CW01163572

Unsere Einbildungskraft dachte sich in einem so herrlichen Wohnorte nur ungetrübtes Glück. Diese Insulaner, so sagten wir unaufhörlich, sind ohne Zweifel die glücklichsten Bewohner auf der Erde; umgeben von ihren Weibern und Kindern, verleben sie in ungestörter Ruhe heitere und ruhige Tage; sie haben keine andere Sorge als Vögel aufzuziehen und, wie der erste Mensch, ohne Arbeit die Früchte zu pflücken, die über ihren Häuptern wachsen. Wir irrten uns. Dieser schöne Wohnplatz war nicht der Garten der Unschuld.
AUS DEN TAGEBÜCHERN DES LA PÉROUSE

Aufmerksam schauend
Seh ich die blaue Blume
Auf dornigem Feld
HAIKU VON BASHO
(Freie Übersetzung)

1

Pfffffffft. Kurz und eindeutig. Verdammte Dornen. Stieg seufzend ab und schob das Fahrrad weiter, verständnisvoll, kameradschaftlich, als wäre es mein treuer, lahmender Gaul. Geduldig ertrug es trotz Luftmangels die große, prall gefüllte Tasche auf dem Gepäckständer. Vom Markt in Touro kommend, hatte ich glücklicherweise den größten Teil des Weges bereits zurückgelegt

Das Gelände um meine Hütte braun, staubig, mit Erdbrocken und im Winde trudelnden trockenen Zweigen und Büscheln bestreut. Die von der Sonne ausgedörrte Landschaftskulisse eines Western, am Tage vom blauen Himmel überwölbt, des Nachts von unzähligen, verheißungsvoll funkelnden Sternen in fahles Licht gehüllt. Blödsinnig summten träge Fliegen um mich herum. Überrascht blieb ich stehen. Auf dem kleinen, durch niedriges Dornengebüsch umgrenzten Platz vor der Hütte saß jemand wie vom Himmel herabgeschwebt auf einem der Stühle. Ein kleiner, verschlissener Rucksack stand neben ihm. Ich stellte das Rad an die Hüttenwand, brachte die Tasche hinein, ging wieder hinaus und stellte mich grinsend vor der merkwürdigen Type auf.

„Sieh an, Jesus mitte Bimmel am Been. Was verschafft mir die Ehre?"

Ruhig, fast würdevoll, sagte er: „Ich suche ein Dach über dem Kopf."

Ein Landsmann also. Braungebranntes, von Vollbart und schulterlangen blonden Haaren eingerahmtes Gesicht. Die in ein weites, weißes Gewand gekleidete lange Gestalt überragte mich um einige Zentimeter, als er aufstand und mir seine rechte Hand entgegenstreckte. Ich ergriff sie und fragte kurz und knapp:

„Wer bist du und wie kommst du auf mich?"

Ohne Zeit für eine Antwort zu lassen, drehte ich mich um und ging in die Hütte. Er folgte mir. In der Türfüllung blieb er stehen, um sich an das Halbdunkel zu gewöhnen. Ein Wink ließ ihn sich auf einen wackligen Stuhl setzen. Ich füllte zwei Gläser mit kühlem Wasser aus einem großen Tonkrug, stellte sie auf den Tisch und setzte mich ebenfalls, wohlig stöhnend. Beide tranken wir in einem Zuge aus. Er wischte sich den tropfenden Bart ab und antwortete ruhig:

„Ralph Otto aus Berlin, Tramper auf Asientour, gerade auf der Insel eingetroffen. Am Flughafen hat mir jemand erzählt, dass es einen anderen Berliner hier gibt, und den Weg erklärt. Wäre schön, wenn ich eine Weile bei dir unterkommen könnte."

Selbstbewusst saß er da, als wäre ich der Bittsteller. Sein Outfit stempelte ihn zum frisch einem indischen Ashram entsprungenen Westler, wo frustrierte Madl und Buben beim Scheißen nebeneinander sitzen und sich selig anlächeln. Verdammt, hier ist mein Revier. Andererseits müssen Tramper zusammenhalten.

„Also erstmal: keene Haustiere, keene Kinder, Rauchen und Damenbesuch verboten, ohne Küchenbenutzung. Überhaupt bittick mir Ruhe aus, das isn anständjet Haus hier, wo kämen wa denn da hin, wär ja noch schöner.

Miete 50 Mark monatlich, zahlbar im Voraus. Biste damit einverstanden, biste hiermit einjezogen."

Finster blickte ich ihn an. Nach seinem: „Jawollja, Frau Wirtin" gaben wir uns lachend die Hand.

Ungefähr so war Ralph Otto in mein Leben getanzt. Sein Erscheinen lockerte das etwas verkrampfte Klausnerleben auf. Die Gespräche mit ihm kamen meinem Hang zu philosophischem Brimborium entgegen und belebten mein angestaubtes Gefühlsleben.

Beziehungen sind verschieden gewürzt. Die unsere war mit meinem Gefühl von Unterlegenheit versetzt, dem ich zu trotzen versuchte. Der neue Kumpel umkurvte die Ecken und Kanten des Lebens gelassener als ich. Das Glück, konnte er zum Beispiel sagen, ist wie ein Leibgericht. Hast du es nicht, macht das Leben genauso Spaß. Ja, ihm vielleicht.

Es mochte daran liegen, dass er ein paar Jahre älter war, doch ebenso mit dem Milieu zusammenhängen, aus dem wir stammten. Er erzählte mir später, sein Vater sei hochgebildeter Rechtsanwalt gewesen, im Krieg bis zum Schluss ungefährdeter Etappenhengst, die Mutter eine anerkannte Malerin (,begnadete Küüüünstlerin' hatte er spöttisch hinzugesetzt).

Meine Mutter war von ihren Mitschülern Tante Kannichnich genannt worden und musste nach der siebenten Klasse von der Schule abgehen, um in einer Fabrik zu arbeiten. Den Obergefreiten auf Fronturlaub Kurt Klein, im Zivilberuf kaufmännischer Angestellter, hatte sie auf einem Tanzvergnügen kennen gelernt. Die Zeiten waren nicht dafür geeignet, lange zu fackeln, und so wurde ich noch am gleichen Abend gezeugt. Wie richtig das gewesen war, zeigte sich einige Monate später. Die Hochzeit musste er mit einem Bein durchstehen, das andere war in Russland geblieben. Kurze Zeit danach starb er an den Folgen der Verwundung.

Wie dem auch sei, Ralph Otto war mir sympathisch und scheinbar ging es ihm mit mir genauso. Wir gewöhnten uns aneinander.

2

Ralph Ottos Touristenvisum war nur einen Monat gültig und er war gescheitert mit dem Versuch, es verlängern zu lassen. Der ungeheuer große und fette Ratu, ein Mann wie ein Berg, hatte freundlich ‚Non' gesagt, und sein im selben Büro sitzender, genauso langer, jedoch dürrer Kollege Jean Peau mürrisch das gleiche Wort benutzt. Die normalerweise glatte, schwarze Haut in Ratus Gesicht war dabei kummervoll gefaltet, während die unzähligen Fältchen der von der Sonne gegerbten gelblichen Haut Jean Peau's höhnisch zu knistern schienen. Diese Einzelheiten der Szene hatte ich mir ausgemalt, als Ralph Otto betrübt die misslungene Visumsverlängerung schilderte. Das ließe sich wahrscheinlich reparieren, beruhigte ich ihn lachend.

Der Sunny Islands State war bis vor einigen Jahren unter dem Namen Les Îles d' Esprit französische Kolonie gewesen. Als die einträglichen Nickelminen der Hauptinsel Manua, auf der unsere Hütte sich befand, erschöpft waren, hatte sich Frankreich entschlossen, die Inselgruppe in die Unabhängigkeit zu entlassen. Mit ausgeklügelter Verfassung wurde erreicht, dass die etwa ein Viertel der Bevölkerung bildende, aus Frankreich stammende Minderheit nicht alle Macht verlor. Jeder öffentliche Posten war doppelt besetzt, mit einem Weißen und einem Melanesier. Die anderen Minderheiten: Chinesen, Vietnamesen, Inder, Araber, Japaner, Polynesier spielten in Politik und öffentlichem Dienst kaum eine Rolle und waren einfach übergangen worden. In das Parlament wählte man alle 5 Jahre 30 melanesische und 30 weiße Abgeordnete.

Kurze Zeit nach Erreichen der Unabhängigkeit war beschlossen worden, den Namen des Staates zu ändern. Im Prinzip waren sich Parlamentarier und die übrigen Einwohner aller Hautfarben und politischen Richtungen einig. ‚Staat der sonnigen Inseln': das lockte die Touristen der Welt, deren Geld man brauchte, in Scharen herbei. Doch in welcher Sprache sollte diese Bedeutung offiziell ausgedrückt werden? In Französisch natürlich, meinten die Abkömmlinge der Grande Nation. Die Melanesier plädierten nicht etwa für eine ihrer mehr als hundert im Staat gesprochenen Sprachen, sondern für Englisch. ‚Sunny Islands State' wollten die französischstämmigen Abgeordneten jedoch keinesfalls akzeptieren, trotz des pragmatischen Arguments, dass die meisten Touristen Australier und Amerikaner seien.

Nach mehreren 30:30 patt endenden Abstimmungen unter dem Druck einer vor dem Gebäude demonstrierenden, in zwei feindliche Blöcke geteilten Menge, hatte der weiße Viehzüchter Paul Mignon entnervt mit den Melanesiern gestimmt. Die ewigen Versammlungen hielten ihn zu lange von seiner Farm fern. Nach dem denkwürdigen Ereignis war Paul Mignon gegen seinen Willen von den feiernden Melanesiern auf Schultern durch die Hauptstadt Touro getragen worden, die Weißen jedoch hatten ihn gnadenlos ausgebuht und ausgepfiffen. Denen aus dem Elsass sei eben nicht zu trauen, war zu hören. Mit Politik ist nicht zu spaßen, sei groß oder klein das Land.

Es war Montag. Wir saßen gemütlich beim Frühstück vor der Hütte. Diesen Tag hatte ich mit Bedacht für die Visumsverlängerung meines Kumpels gewählt. Die wohlige Wärme der Sonne genießend, ab und zu Kaffee schlürfend, schilderte ich Ralph Otto, wie es mir mit Glück und Spucke gelungen war, eine einjährige Aufenthaltserlaubnis zu erlangen. Für abgerissene, über wenig Geld verfügende Tramper ist es nirgends auf der Welt leicht, eine solche zu bekommen.

„Hab mich glücklicherweise mit Instinkt im Büro an Ratu gewandt und nicht an Jean Peau. Als ich einige Tage später diese Hütte hier angeblich zu einem Vorzugspreis von ihm mietete, aus unerfindlichen Gründen in seinem Besitz, sagte Ratu grinsend, er habe mich ins Herz geschlossen, weil ich sofort seine Wichtigkeit erkannt hätte. Die meisten Leute wenden sich im Büro an den Weißen. Mitentscheidend erwies sich, dass zufällig Montag war. An solchen hat Ratu stets besonders gute Laune, da er die Wochenenden nicht in seiner Stadtwohnung in Touro verbringt, sondern im Kreise der Großfamilie auf der anderen Seite der Insel, jenseits der Bergkette. Jean Peau ist dagegen montags nicht nur mürrisch wie sonst, sondern von brütender Übellaunigkeit geschlagen, weil er an Wochenenden seine Frau Yvonne intensiv ertragen muss. Das macht ihn fast kampfunfähig und führt zu Ratus Überlegenheit im Büro an Montagen."

Wir räumten den Frühstückstisch ab und strebten gemächlich auf unseren Fahrrädern der Stadt zu, bahnten uns dort den Weg durch das Gewimmel hupender Mopeds, weniger Autos, vieler klingelnder Radfahrer und kreuz und quer die Straße benutzender Fußgänger. Auf der Avenue de la Victoire, die dörflich anmutende Hauptstraße Touros, fuhren wir an bunten Holzhäusern und einigen gemauerten Gebäuden vorbei, an Läden und Restaurants, Frisiersalons und kleinen Hotels, an der Post und dem Touristenbüro, und erreichten das Parlament. Vor diesem mit imposanten Säulen und Treppen bestückten, im Gegensatz zu den fast durchweg einstöckigen Häusern sich mit zwei Stockwerken erhebenden Gebäude war die Straße zu einem Platz erweitert, auf dem zwischen Blumen ein Springbrunnen plätscherte. An der Seitenwand des Parlaments bogen wir in eine schmale Gasse ein und hielten vor einem einstöckigen Steinhaus, in dem Verwaltungsbehörden untergebracht waren. Wir lehnten die Fahrräder gegen die Wand und stiegen auf einigen Stufen zur offenen Flügeltür hinauf, nun in einem Flur stehend, von dem in regelmäßigen Abständen Türen in Büros führten. Hatten sich die Augen an das Dämmerlicht im fensterlosen Gang gewöhnt, konnte man an jeder Tür ein Schild lesen mit der Aufschrift: LES CHEFS DU BUREAU, ohne weitere Erklärung. Man musste sich hier auskennen, um das zuständige Büro zu finden

„Wie haste dich denn hier zurechtgefunden", fragte ich Ralph Otto grinsend.

„Hab ne Weile Blinde Kuh gespielt."

An einer der Türen klopfte ich. Wir warteten, bis ein ‚Entrez!' mehr zu vermuten als zu hören war und traten ein. Ratu und Jean Peau saßen sich an des Ersteren Schreibtisch gegenüber und spielten Schach. Ohne aufzusehen sagte Jean Peau gerade, einen Springer ziehend, mit seiner leicht knarrenden Stimme:

„Schachmatt!"

Er schraubte den langen, dürren Körper in die Höhe, wischte mit dem Handrücken über den Mund, hüstelte, legte die paar Schritte zu seinem Schreibtisch wie ein Marschall zurück, setzte sich dort und nickte uns, die wir noch an der Tür standen, gemessen zu. Mit hochgerecktem Kinn sagte er:

„Bon jour."

„Mon Dieu", rief Ratu fröhlich entrüstet aus, „So eine Ungerechtigkeit. Ich habe wunderbar gespielt, er hatte keine Chance, und jetzt macht er so was. Eine solche Hinterlist. Herrlich habe ich angegriffen. Nach den Regeln der Kunst habe ich gewonnen, nach den Regeln der Bürokratie er. Jawohl, ein bürokratischer Sieg, das ist es. Ein Sieg, der die Würde verletzt." Er wälzte sich lachend aus dem Sessel, kam zu uns und umarmte mich, wobei ich den Blicken der Anderen völlig verborgen war. „Ach Wolf, mein junger deutscher Freund, du kommst im richtigen Augenblick. Was für eine Welt. Du hast gesehen, dass die Bürokratie des Menschen freudige Schaffenskraft besiegen kann. Eine wichtige Lektion."

Er setzte sich wieder, nachdem er Ralph Otto flüchtig zugenickt hatte.

„Ratu, das kannst du sofort ausgleichen. Mein Freund Ralph, der mein Gast ist, möchte dein Land genau und intensiv kennen lernen, er ist von ihm begeistert. Ein Jahr würde er brauchen, um wenigstens die offensichtlichsten Schönheiten der Insel und die Lebensart ihrer Bewohner kennen zu lernen und zu würdigen. Aber die Bürokratie sagt, ein Monat sei genug für ihn. Scheinbar siegt sie immer und überall, es ist zum Verzweifeln."

„Mon Dieu, das darf man nicht zulassen. Warum hat dein Freund, als er hier war, nicht gesagt, dass er dein Freund ist?"

„Er ist noch unerfahren", sagte ich lachend.

„Aber wovon will er leben, er hat wenig Geld?"

„Er ist mein Freund und sehr genügsam. Da wird er auch leben können."

„Du, Wolf, hast auch wenig Geld, wie kann er da von dir leben?"

„Aber Ratu, man braucht so wenig. Und wenn mal Not herrscht: du weißt, dass ich hier gute Freunde habe, die mich und meinen Freund nicht verhungern lassen werden."

Ratu gluckste in sich hinein, bis ein Lachen daraus wurde.

„So so. Aber ein Jahr, das ist nicht möglich. Das ging nur bei dir. Du weißt: die Bürokratie mit ihren Gesetzen. Man muss aufpassen und darf sie nicht zu sehr reizen. Sechs Monate ist genug.

„Non, non, das ist nicht erlaubt, wir sind kein Hippie-Staat. Sie werden in Scharen kommen mit ihren Drogen und ihrer Faulheit, mit Schmutz und Frechheit, wir werden haarsträubende Probleme haben", schimpfte Jean Peau aus seiner Ecke.

Sichtlich befriedigt grinste Ratu ihn an und sagte:

„Aber dieser Monsieur ist kein Hippie, sondern Monsieur Kleins Freund."

„Aach, der ist selbst ein Hippie", brummte es zurück.

„Das muss ich zurückweisen", sagte Ratu würdevoll, „Wolf ist kein Hippie, sondern mein Freund. Ein Hippie genießt sein Leben wie Unkraut auf fetter Wiese. Wolf aber lebt auf dem unwirtlichsten Fleck unserer Insel, umgeben von Dornen und Staub, in einer Bretterhütte unter heißem Blechdach. Er brütet dort, er ist ein Philosoph. Die Deutschen sind berühmt für ihre Philosophen. Er ist ein junger Asket, der ergründen will, was er dem Leben abgewinnen kann und soll. Und außerdem ..." - hier machte Ratu eine bedeutsame Pause - „ ist er mein Mieter."

Ich imitierte einen Philosophen, schaute ernst in ungewisse Fernen, während Jean Peau wütend sein Gesicht verzog und Ratu anknarrte:

„Du bist auch ein Hippie!"

Lachend sprudelte dieser hervor:

„Mon Dieu, ich bin viel zu fett. Wenn ich das meiner Frau erzähle, was wird sie denken, einen fürchterlichen Schreck wird sie bekommen, Monsieur Peau. Ihr armer, dicker Ratu ein Hippie. Was für ein teuflischer Einfall."

Jean Peau sah plötzlich leidend aus, als plagten ihn Zahnschmerzen. Der lange Oberkörper sackte ein wenig zusammen, als verlöre er an Spannung. Hilfesuchend einige Papiere in die Hand nehmend, senkte er den Blick darauf, sich jedweder weiteren Erörterung entziehend. Die Erwähnung von Ratus Ehefrau hatte ihn an seine eigene Frau erinnert. In die eintretende Stille hinein sagte der grinsende Ratu zu Ralph Otto:

„Geben Sie mir Ihren Pass, junger Mann."

Dieser nestelte am Ledertäschchen, das ihm, vorher verborgen unterm Nachthemd, an einer Schnur um den Hals hing, und übergab, mit einem Anflug von Spott eine Augenbraue hochziehend, das Dokument auf der Handfläche wie auf einem Präsentierteller. Bedächtig setzte Ratu eine goldgeränderte Brille auf, hielt es mit ausgestreckten Armen vor sich und blätterte drin herum. Beide schienen spielerisch eine Zeremonie durchzuführen. Ratu benutzte in kindlichem Ernst die Utensilien seines Schreibtisches für Stempel und Unterschrift, reichte den Pass danach gemessen Jean Peau, der ohne aufzublicken unterzeichnete. Sich erhebend, setzte Ratu gemächlich die Brille ab und gab Ralph Otto den Pass zurück. Wie er es vor einiger Zeit mit mir gemacht hatte, umarmte er den nun oho! offiziell anerkannten Gast seines Landes und sagte:

„Willkommen im Sunny Islands State. Er steht dir mit all seiner Schönheit zur Verfügung. Wisse sie zu würdigen, junger Freund, nutze sie zum Wohle deines Lebens." Feierliche Worte eines Visabeamten fürwahr.

Zum Abschied umarmte Ratu mich und sagte:

„Jetzt bist du nicht mehr einsam. Da nun zwei Philosophen in meiner Hütte wohnen, fühle ich mich noch mehr geehrt. Deshalb erhöhe ich die Miete nicht auf das Doppelte, sondern nur um die Hälfte."

„Aha, das war es", ließ sich Jean Peau vernehmen.

Ratu würdigte ihn keines Blickes.

„Besucht mich bei meiner Familie in Thio.

Meine Frau wird sich freuen, euch zu bewirten." Im gleißenden Sonnenlicht prüften wir auf der Straße die Eintragung im Pass. Aufenthaltsgenehmigung für ein Jahr. Ein voller Erfolg.

3

Geformt wie eine Zigarre ist Manua. Von Nordwesten nach Südosten dehnt sich die Insel 200 km aus, in der Mitte etwa 50 km breit. In der gesamten Länge wird sie von einer bis zu 2ooo Meter aufragenden Bergkette in zwei Hälften geteilt. An beiden Enden der Insel verliert sich das Gebirge in niedrigem, felsigem Gelände. Die Regenwolken aus dem Norden des Pazifik entlassen ihre Wassermassen unter Stürmen fast immer bereits an der Ostseite des Gebirges, so dass auf dieser Hälfte der Insel üppiger Regenwald wuchert. Dort befinden sich die meisten melanesischen Dörfer. Auf unserer Seite regnet es oft viele Wochen nicht. Ausgedehnte, savannenartige Weiden ermöglichen hier einträgliche Viehzucht. Die großen Rinderfarmen gehören ausschließlich Weißen.

In den bereits wärmenden Strahlen der Morgensonne frühstückten wir gemütlich vor der Hütte, beobachteten kauend die wenigen weißen Schäfchenwolken, die über die fernen Gebirgskämme trudelten. Leichte Windstöße versetzten ab und zu rötlichgelben Staub des Bodens in träge Bewegung.
„Siehst du die Wölkchen da? Hinterm Gebirge gießt es wahrscheinlich wie verrückt."
„Ja, Wetterscheide", sagte Ralph Otto und zog die Stirn kraus, als stelle er Berechnungen an.
Während ich weiter in die Luft starrte, versuchte ich, mir meine Erdkundelehrer vorzustellen. Verschwommene Gesichter blickten mich an und ich gab das Unterfangen auf.
Wenige Tage nach Erhalt der Aufenthaltsgenehmigung hatte sich Ralph Otto für eine Woche entfernt. Er wolle die Insel für sich entdecken, sie zu schmecken lernen, hatte er erklärt. Seinen eingerollten Schlafsack unter den Arm geklemmt, war er in Richtung Touro davongelaufen. Gelaufen, als wandelte er. Die schulterlangen, blonden Haare fielen über das lange, weiße Prophetennachthemd, unter welchem man gerade noch die in Sandalen steckenden Füße erkennen konnte. Langsam war er den Blicken entschwunden. Man blieb zurück.
An diesem Morgen war er wieder aufgetaucht und hatte grinsend das Schauspiel beobachtet, wie ich mich gähnend und den Kopf kratzend aus dem Schlafsack wickelte.
„Jung und dynamisch greift er den neuen Tag an, sich bewusst, dass die Zukunft ihm gehört! Fehlen nur noch Strohhalme in der Mähne."
„Haut einfach ab, ist dann wieder da. Jehört sich nich so wat. In anständjen Familjen kommt dit nich vor."
„Was hat sie denn, die gute Frau. Bangte sie um ihre Miete oder sorgte sie sich um ihren netten Untermieter? Ich werde ihr einen starken Tee kochen und mit ihr in Frieden und Eintracht frühstücken.
So saßen wir jetzt vor der Hütte und betrachteten die fernen Wolken. Ich freute mich, dass er wieder da war. Wie der reiche Onkel aus Amerika nicht

nur mit Baguette und Honig, sondern sogar mit einer Büchse Leberpastete. Extra für mich, denn er selbst war Vegetarier.

Nach dem Frühstück gönnte ich mir eine der wenigen verbliebenen indonesischen Zigaretten. Ein intensiver Geruch von Gewürznelken breitete sich aus. Kein Halten mehr. Ich eilte zum Donnerbalken. Ein paar Meter abseits der Hütte hatte ich eine Tonne in die Erde versenkt, ein kleines Sitzgestell aus Holz mit Brille und Deckel gebastelt, einen Tonkrug mit Wasser daneben gestellt und um das Ganze herum eine aus Brettern zusammengezimmerte Bude mit einer Tür errichtet. Ein formidables Örtchen, wenn man es braucht. Ich genoss das Gefühl der Erleichterung und den aufsteigenden Geruch. Welch unproblematisches Vergnügen für ein Säugetier. Da gab es nichts zu grübeln, das Zeug musste einfach raus. Säuberte mich und zog die Hose hoch. Zurück, sagte ich:

„Dein Nachthemde ist immer noch blütenweiß, wie machst du das bloß?"
Geheimnisvolles Lächeln à la Mona Lisa als Antwort.
„Und wo bist du nun die ganze Woche gewesen?"
Er sah mich starr an. Zwischen fast geschlossenen Lippen hervor zischte er:

„Benimm dich ganz natürlich. Wenn mich nicht alles täuscht, reiten in der Staubwolke die Cocker-Brüder auf uns zu. Schätze, das wird ihr letzter Ritt sein. Wenn ich aufhöre zu popeln, ziehen wir blank."

Gemächlich begann mein Partner zu popeln. Jede Fiber meines Körpers spannte sich. War es denn möglich? Ich hatte angenommen, diese verdammten Höllenhunde hätten bei unserem letzten Zusammentreffen in den Wüstensand gebissen. Die sich nähernden Reiter konnte ich nicht sehen, saß mit dem Rücken zum Feld der Kümmernisse, wie ich die Umgebung der Hütte getauft hatte. Ein leichtes Kribbeln, das die Wirbelsäule empor schlich, sich unter den Stetson drückte, um sich dort als runde, niedliche Hitze zu vergnügen, zeigte mir an, dass Ralph sich nicht getäuscht hatte. Der Hufschlag kam näher. Mein Partner zog den Finger aus der Nase. Jetzt! Wie durch Zauberei war der Colt in derselben Hand, als hätte er ihn aus der Nase gezogen. Im gleichen Moment spürte ich kühles Metall in der meinen, schnellte herum und lag quer in der Luft. Das Letzte, was die Cocker-Brüder noch sehen konnten, bevor das heiße Kügelchen über ihrer Nasenwurzel in die Stirn drang, war die Staubwolke, als wir uns hingeworfen hatten. Sie kippten vom Pferd, den rauchenden Colt krampfhaft in der Hand haltend. Ihre Kugeln waren unterwegs gen Himmel, so hoch sie kommen mochten, die Seelen gruben sich hinunter in die Hölle. Die Brüder verloren kein Wort mehr. Was hätten sie auch sagen sollen in einer solch eindeutigen Situation.

Die Pferde unserer Besucher tänzelten erschrocken, wurden von ihren Reitern mit leisen Worten und Tätscheln beruhigt. Es waren meine Nachbarn, der Viehzüchter Paul Mignon und seine Tochter Nadine. Wir standen langsam auf.

„Endlich ist dein Nachthemd mal dreckig", knurrte ich leise.

- 11 -

Ohne ein Wort zu sagen, ging Ralph Otto gemessenen Schrittes in die Hütte. Die Besucher stiegen ab und traten zu mir, während ich den Staub von Hemd und Hose zu klopfen versuchte. Mein Kumpel kam zurück, in ein blütenweißes Gewand gekleidet. Ein Herr von Welt. Nicht die Spur verlegen ergriff er das Wort:

„Bon jour. Die Cocker-Brüder können niemandem mehr etwas antun. Wir haben sie gerade erledigt."

„Die Cocker-Brüder", fragte Paul Mignon.

Die herunterhängenden Enden des Schnurrbartes schienen Ratlosigkeit auszudrücken. Bevor ich verlegen zu einer Erklärung ansetzen konnte, sprudelte seine Tochter lachend los:

„Natürlich, diese Schufte, Viehdiebe, Mörder, von Kanada bis Australien werden die gesucht, Papa. Dass die sich hier bei uns verkrochen hatten, wusste ich nicht."

Monsieur Mignon wich aus:

„Wir sind zu Ihnen herüber geritten, um Sie für morgen einzuladen. Wir feiern ein kleines Fest mit Freunden und Nachbarn. Meine Tochter hat auch Sie beide auf die Liste gesetzt."

Sie ergänzte lächelnd in feierlichem Tonfall:

„Es ist uns eine besondere Ehre, Sie zu empfangen, da Sie die Cocker-Brüder erledigt haben."

Im Nu saßen sie auf ihren Gäulen und galoppierten vor den Staubwolken daher, als könnten diese sie einholen. Wir sahen ihnen nach und setzten uns an den Tisch.

„He, ich lebe hier Monate, aber eingeladen haben mich meine hochwohlgeborenen Nachbarn noch nie. Bin ziemlich verblüfft."

„Das passt zu dir", sagte Ralph Otto und setzte hinzu: „Sieh mal, die sitzen hier im gemachten Bett, sind reich. Doch mitten im Paradies lüstern nach Abwechslung, von Langeweile gepeinigt. Wahrscheinlich eingebunden in öde gesellschaftliche Verpflichtungen provinzieller Art. Wir aber schwirren frei in der Welt herum, arm wie ne Kirchenmaus, doch fröhlich piepsend. Das fasziniert solche Leute."

„Donnerwetter, dass du so einen Schmarren reden kannst. Stimmt hinten und vorne nicht. Ich fröhlich piepsend! Mies fühl ich mich oft genug. Und was du über die Mignons sagst, ist pures Klischee. Der arbeitet hart auf seiner Farm, Langeweile hat er bestimmt nicht. Und die Tochter ist nicht nur schön, sondern dazu phantasievoll, langweilt sich also auch kaum. Wie die auf unser Spielchen eingegangen ist, erste Sahne. Übrigens ist das der Weiße, der mit den Melanesiern gestimmt hat wegen des Staatsnamens. Hab dir davon erzählt."

Um ihn herauszulocken, setzte ich hinzu: „Dass die mich erst jetzt wahrnehmen, muss doch n Grund haben."

Prompt die erwartete Antwort im Brustton der Überzeugung: „Meine Ausstrahlung!"

Bevor ich losschimpfen konnte, fragte er grinsend: „Zufrieden? Wolltest du doch hören."

„Eigentlich schade, dass die Cocker-Brüder dich nicht erwischt haben. Ach, vergiss es. Sag mir endlich, wo du gewesen bist. Hätte beinahe ne Vermisstenanzeige aufgegeben."

„Hab die Gegend durchstreift."

„Man, ich habe durchstreift, du hast durchstreift, er sie es hat durchstreift. Soweit ist alles klar. Und weiter?"

„Neugierde passt zu dir. Also gut, hör zu."

Ich beobachtete zwei Fliegen, die auf dem Rand meiner Teetasse unablässig im Kreise herumrannten, beide gleich schnell, so dass sie sich nicht einholten. In den nächsten Minuten teilte ich die Aufmerksamkeit zwischen dem Drama, das sich auf der Tasse abspielte, und den bedächtig vorgetragenen Erlebnissen Ralph Ottos, der die Schilderung häufig durch Pausen unterbrach, in denen er mit seinen blauen Augen die schon hitzeflimmernde Luft beobachtete, als würde sie den Ablauf der vergangenen Woche als Fata Morgana vorgaukeln. Die Fliegen rannten wie aufgezogen auf dem schmalen Grat entlang, als triebe sie die Kraft einer Feder. Mehrmals stoppten sie abrupt und sicherten aufmerksam.

„Ich war nach Touro gelaufen, durch Touro hindurch. Die Sonne war gerade aufgegangen, kaum jemand zu sehen. Ein streunender Hund schloss sich an, so eine gelbe Promenadenmischung. Lief einfach hinter mir her, als hätte er nichts Besseres zu tun oder zufällig den gleichen Weg. Wenn ich ihn ansah, wedelte er mit dem Schwanz. Ich hatte keine Ahnung, wohin ich wollte, wählte die Asphaltstraße am Meer entlang. Hohes, dürres Gras, ab und zu blühende Büsche und Hecken oder ein Banyanbaum mit riesiger Laubkrone und dem kompakten Bündel Luftwurzeln, das den Stamm verbergend nach unten in die Erde wächst. Die Bucht mit klarem Wasser in sanften Wellen, weit hinten das offene Meer. Kleine, bunte Holzhäuschen, aus denen morgendliche Geräusche drangen, Kinderlachen, Kinderweinen. Ich wusste zwar nicht, wohin ich unterwegs war, aber verdammt, ich wusste, warum."

Die romantisch verklärte Pause störte ich durch profanes Tröpfeln des Tees, mit dem ich meine Tasse wieder füllte, vorsichtig darauf achtend, die Fliegen nicht zu verscheuchen. So hatten sie ein dampfendes, braunes Meer. An seinem Rande liefen sie entlang wie Ralph Otto und sein Hündchen. Ich beugte mich herunter, um den kleinen Wichten ins Gesicht zu sehen. Weit aufgerissene Augen bildete ich mir ein, verstörte Angst, erschöpftes Schnaufen.

„Wir waren bereits weit gelaufen, als aus Richtung der Stadt ein Lastwagen kam. Neben uns hielt er an. Der Hund kläffte los, als der Fahrer ausstieg und zu uns kam. Schwanzwedelnd und fröhlich jaulend rannte ihm der Hund entgegen und sprang ihm in die offenen Arme. Nach dieser Begrüßung gingen die Beiden zum Auto. Der Fahrer stieg ein, der Hund hopste hinterher. Als der Laster rollte, reagierte ich auf einen Wink und sprang auf das Trittbrett, öffnete die Tür, setzte mich auf den Beifahrersitz. Jetzt folgte ich dem Hund."

Wie verabredet drehten sich die Fliegen um und liefen zurück. Längst hatte ich sie Ralph und Fiffi getauft. Ralph war etwas größer.

„Wir bogen bald von der Küstenstraße ab auf eine schmalere, ebenfalls asphaltierte. Sie führt ins Gebirge."

Ich nickte: „Und drüber weg nach Thio. Trifft dort auf die Ostküstenstraße."

„Du sagst es. Ich sehe, du kennst dich aus. Den Fahrer verstand ich kaum. Er sprach ein Gemisch aus einer melanesischen Sprache und Französisch. Als er: ‚Americain' fragte, antwortete ich: ‚Allemand, Berlin.' ‚Oui, oui, Ambourg' sagte er und brüllte mir freudestrahlend ins Ohr: ‚Eil Itler!' "

Ich war alarmiert. Die an der Spitze laufende Fiffi war abrupt stehen geblieben, hatte Ralph auflaufen lassen. Dadurch waren beide in den glücklicherweise nur noch lauwarmen Tee gepurzelt und zappelten verzweifelt herum. Sollte ich eingreifen? Sie würden das selbst meistern können, daraus lernen und beim nächsten Mal besser aufpassen.

„Ich fühlte mich herrlich. Der Fahrer plapperte unaufhörlich mit seinem aufmerksam lauschenden Hund. Der Laster knatterte die steilen Serpentinen hinauf, und ich ... ach, du verstehst schon, unterwegs, unterwegs, durch die Welt ..."

Plötzlich stand Ralph Otto so abrupt auf, dass der Stuhl umfiel, und eilte in die Hütte. Ich sah mich um, entdeckte nichts, dass sein Verhalten hätte erklären können. Schon war er zurück, ein Paket Salz in der Hand. Verblüfft sah ich zu, wie er mit einem Teelöffel die Fliegen aus meiner Tasse fischte und vorsichtig auf den Tisch legte. Sie rührten sich nicht mehr und sahen mitleiderregend aus mit den angeklatschten Flügeln. Verdammt, ich hatte sie glatt vergessen, ich Lump. Wie konnte er von ihnen wissen, hatte er sie ebenfalls beobachtet?

„Die waren so lange bei uns, fast wie Haustiere. Und du lässt sie in deinem Tee verrecken. Man könnte wütend auf dich werden."

„Ich dachte, die schaffen es selbst. Was machst du da, ist das ne Art Begräbnis?"

Er hatte über die Fliegen ein Häufchen Salz geschüttet, so dass sie nicht mehr zu sehen waren. Ruhig setzte er sich auf den Stuhl zurück und nahm den Faden der Erzählung auf, als wäre nichts vorgefallen.

„Von oben, von der höchsten Stelle des Gebirges, sieht man weit vorne und weit hinten den Pazifik. Dort hielt der Fahrer. Eine Pinkelpause. Wir standen alle drei nebeneinander unter einer riesigen Araukarie und pissten behaglich. Für die beiden schien das eine ständig an dieser Stelle vollzogene Zeremonie zu sein. Ich wäre von dort am liebsten allein weitergelaufen, die großartige Gegend forderte Zwiesprache. Belanglos winzig kam ich mir vor."

„Und so weiter", sagte ich und beobachtete staunend, wie das Salzhäufchen sich bewegte. Ralph und Fiffi krabbelten heraus und putzten sich ein Weilchen. Plötzlich schwirrten sie davon.

„Sag mal, war das eines deiner Wunder? Hast nicht nur sein Hemd an, sondern bist ER?"

„Man sollte dich zur Strafe im Ungewissen lassen. Fliegen haben an Körper, Beinen und Flügeln Tracheen, durch die sie atmen. Die waren voll Wasser bzw. Tee. So konnten sie nicht mehr atmen und fielen in Ohnmacht. Ein paar Minuten halten sie das aus. Das Salz saugt das Wasser heraus. Sie können wieder atmen und schwirren davon. Du siehst also: Kein Wunder sondern Wissen. Dass du so was nicht weißt, passt zu dir. Du hast noch viel zu lernen."

Mit aneinander gelegten Handflächen neigte ich mich ihm zu und sagte geschlossenen Auges:

„Oh, ehrwürdiger Meister, nimm mich als Schüler an. Dein Wissen und deine Weisheit sind grenzenlos."

„Unter einer Bedingung. Du musst in einem grauen Nachthemd herumlaufen als Zeichen der Bescheidenheit."

„Ja, und meinen Verstand an der Garderobe abgeben. Außerdem anerkennen, dass du immer Recht hast, denn ES STEHT IN DIR GESCHRIEBEN. Pustekuchen, mit mir nie und nimmer."

Er zog die Mundwinkel herunter, die Augenbrauen hoch, bildete mit Daumen und Zeigefinger ein Monokel und säuselte durch die Nase:

„Ist auch besser so, Monsieur. Hat jemand bereits billige und ordinäre Ansichten, ist er ein unwürdiger Schüler."

Mit weit ausholender Gebärde fasste er die Hütte mit ihrem von Rost und Farbresten geschmückten Wellblechdach, die im träge heißen Wind über das Feld der Kümmernisse trudelnden Zweige, Blätter, Plastik- und Papierschnipsel sowie mein verpfuschtes Leben zusammen und urteilte voller Verachtung:

„Billig!"

„Graf Zitzewitz, nehm es Ihnen nicht übel, Sie können nicht anders, sind Sohn Ihrer Klasse, mit Verlaub jesacht. Jedoch denke er bittschön: nicht billig, sondern recht und billig. Menschlicher Kontrast nämlich: hässliche Außenwelt und schöne Innenwelt. Wo kämen wir hin, dächte und fühlte jeder so, wie seine Jejend aussieht, hä? Wenn der nun umzieht, was dann? Müsste ja jeder Chamäleon sein."

Wir verstanden uns prächtig. Er schwärmte ein bisschen weiter an diesem Tag.

„Verblüffend, wie verschieden die andere Seite der Insel aussieht. Kaum ist man über den Kamm hinweg und fährt hinunter, wird der Wald dichter und üppiger. Auf halber Höhe schon hast du undurchdringlichen Tropischen Urwald. Die trockene hat sich in feuchte Hitze verwandelt. Als wir nach Thio kamen, merkte ich kaum, dass es ein Dorf ist. Die Hütten sind weit verstreut zwischen blühenden Büschen und Kokospalmen. Eine liebliche Gegend."

„Aach ja, so hab ich mir das immer vorgestellt", flötete ich sehnsuchtsvoll mit roten, gerundeten Lippen, klapperte mit den Augendeckeln, sah seufzend in den azurblauen Himmel. „Aaaaaach, die Südsee, die Liebe, die weißen unendlichen Strände, schaukelnde Brüste in lauer, verlockender Nacht unter dem Kreuz des Südens. Oh, könnte ich dort sein. Seit frühester

Kindheit welche Sehnsucht. Schon damals auf grauem Hinterhof dichtete ich voller Verlangen einen Südsee-Abzählreim:

> Die Strände sind weiß,
> die Sonne brennt heiß.
> Schlanke Palmen schaukeln,
> süße Träume gaukeln.
> Die Schönheit der Frauen
> wird jeden erbauen.
> Das Schwarzhaar voll Blüte,
> statt Locken und Hüte.
> Meer und Himmel blau.
> Genau!
>
> Eenemeenemopel,
> Wer frisst schon gerne Popel.
> Hier bleiben ohne Sinn,
> Drum fährst DU! jetzt dorthin."

In aller Bescheidenheit: ich hatte das recht gefällig vorgetragen und meinem strengen Gegenüber ein Lächeln entlockt.

„Ich werd jetzt abwaschen", sagte er, nahm Tassen wie Kanne und verschwand in der Hütte.

Folgte ihm wie ein Hündchen.

„Werd dir helfen. Weiß schließlich noch immer nicht, warum du eine Woche weggeblieben bist. Kannst beim Abwaschen weiter erzählen."

„Wir fuhren über einen kleinen Weg in ein Palmenwäldchen neben Thio. Zwei Männer kamen, um zu helfen. Sie entluden den Laster. Die Ladung bestand aus etwa einen Meter großen Palmen, die aus geplatzten Kokosnüssen herauswuchsen. Danach gingen wir alle zu einigen im Kreis stehenden Rundhäusern traditioneller Bauweise. Davon gibt es nicht mehr viele auf der Insel, hab ich erfahren. Vor einem dieser Häuser setzten wir uns auf den Boden. Einer der jungen Männer sagte in feinstem Englisch, dass wir gleich zu essen bekämen. Kinder und Frauen blieben in respektvoller Entfernung. Die Männer unterhielten sich mit dem Fahrer in ihrer Muttersprache, ich saß also blöd da und verstand nichts. Eine dicke Frau brachte das Essen. Schweinefleisch und Fisch, Taro und Yamswurzeln, alles im Erdofen gekocht. Anschließend ne Süßspeise aus Kokosnuss."

Ich fragte grinsend: „Du als Vegetarier?"

„Die merkten natürlich, dass ich von Fisch und Fleisch nicht aß. Als ich erklärte, ich äße nur Pflanzenprodukte, glotzten sie mich ungläubig an und lachten."

Ich nahm die Schüssel mit dem Abwaschwasser, trug sie nach draußen und schüttete sie aus. Als ich zurückkam, lag Ralph Otto auf seiner Pritsche und starrte an die blecherne Decke, die Hände hinter dem Kopf verschränkt.

Zündete mir eine Zigarette an und setzte mich befriedigt ächzend auf die Pritsche, mich vom Abwaschen zu erholen.

„Du hast mir beim Einzug unter anderem das Rauchen verboten. Gilt nicht für dich?"

„Welche Wirtin ist so blöd, an Untermieter gerichtete Verbote auf sich selbst anzuwenden? Bin außerdem eigentlich Nichtraucher. Diese Dinger rauch ich nur wegen des Nelkengeruchs. Ist der nicht herrlich? Erzeugt ne Stimmung wie aus Tausendundeiner Nacht. Gut zum träumerischen Sinnieren. Ist leider die Vorletzte. Wer weiß, wann ich wieder mal nach Indonesien komme. Musst also nicht mehr viel ertragen. Weißt du, solltest Papi immer schön die Wahrheit erzählen. Dass Fiame und Naboua nicht gewusst haben, was ein Vegetarier ist und dich ausgelacht haben, kann nicht stimmen. Fiame hat in Fiji auf der University of the South Pacific studiert und Naboua in Neuseeland. Da leben überall Vegetarier, Inder zum Beispiel. Die Beiden lachen außerdem nicht einfach einen Besucher aus. Der Lastwagenfahrer, der mag gelacht haben."

„Donnerwetter, du passt gut auf. Woher weißt du, dass es Ratus Söhne waren? Ich hab ihre Namen gar nicht erwähnt."

„Mein Gott, er nun wieder. Bin hier Monate, da werd ich einiges erlebt haben. Am Anfang bin ich wie du in der Gegend rumgetigert, bis ich sesshaft wurde."

„Joi joi, man sollte dich nicht unterschätzen", sagte er grinsend. „Jedenfalls blieb ich die ganze Woche bei Ratus Familie. Hab dort angefangen, ihre Muttersprache zu lernen mit einem kleinen Büchlein, das ich in Touro gekauft hatte. Kann mich schon ganz gut verständigen."

„In Französisch mir hoch überlegen, jetzt lernt er auch noch ne melanesische Sprache. Hab Glück, einen solchen Freund zu haben."

Er zog die Stirn kraus und wackelte mit dem Kopf.

„Die Frage kann nur lauten, ob du seiner würdig bist. Wie gefällt dir eigentlich dieses Mädchen?"

„Welches Mädchen", fragte ich scheinheilig, während mein Magen reagierte, als führe ich in der Straßenbahn über einen kleinen Hügel.

„Na die auf dem Pferd, die Französin."

„Aach, Nadine Mignon meinst du. Eine Blume in Nachbars Garten. Wächst nicht für uns. Du bist Prophet und ich ne Art Eremit. Du frönst der Erlösung der Menschheit, ich der Philosophie. Uns geziemt nur das. Du hütest die Weisheit, ich will se nicht verpassen, wenn se erscheint. Hier ist das Feld der Kümmernisse! Um dieses Feld zu bestellen, musst du die durch das reinigende Fegefeuer scholastischer Gedankenwelt geprägte Geheimformel kennen, kristallisierte Quintessenz des Geistes: $Fr_1 + Fr_2 = Fr_3 + Fr_4 \neq Fr_5 + Fr_6$."

Er staunte mit offenem Munde. Ich sprang auf, zauste mir die Haare ins Gesicht, ließ einen Arm mit ausgestrecktem Zeigefinger triumphierend nach oben weisen, das Blechdach durchstoßend in den Himmel, der die göttlichen

Kräfte in die Menschen sendet, läuft doch der Mensch antennenaufrecht. Ruhig setzte ich mich wieder und sagte herablassend:

„Frater plus Frau ergibt Freude und Frust, nimmt Friede und Freiheit."

Er hüstelte überwältigt, sagte, nachdem er sich gefangen hatte:

„Ich fahre nach Touro, hab was zu erledigen."

Schon war er weg. Eine Weile hörte ich noch das Quietschen des Fahrrades.

Stunden später kam er zurück, ich lernte gerade in einer französischen Grammatik, stellte mir vor, wie Nadine Mignon lächelnd Beispiele vorlas, mit weicher Stimme, mit weicher Stimme ... zum Kuckuck. Er hatte ein in Zeitungspapier gewickeltes Paket mitgebracht und legte es auf seinen Rucksack, ohne es zu öffnen. Ich tat ihm nicht den Gefallen, nach dem Inhalt zu fragen.

4

Am nächsten Tag fuhren wir zusammen auf Fahrrädern zum Hotel Sunrise. Es lag einige Kilometer von Touro entfernt am Ufer einer kleinen Bucht. Der feine Sand des Strandes setzte sich hier ins Wasser fort, an der felsigen Westküste der Insel keine Selbstverständlichkeit. Alles war da: Meer und Himmel, Strand und Palmen, Blüten in Hülle und Fülle, ein gediegenes zweistöckiges, gelborange gestrichenes Haus im Kolonialstil, ein blau gekachelter Swimmingpool und ein Tennisplatz. Doch die Farbe am Haus ringelte sich in Streifen in die flimmernde Luft, im staubtrockenen Swimmingpool fehlten viele der Kacheln, und das Tennisnetz war durchlöchert.

„Herrlich", sagte Ralph Otto, der das Hotel zum ersten Mal sah.

Die Flügeltüren des Portals lehnten geöffnet an der Hauswand. Wir stiegen die paar Stufen der Vortreppe hinauf und traten in die Hotelhalle. Einen Moment lang sahen wir fast nichts. Ich blieb bewusst zurück und lehnte mich an die Türfüllung, vergnügt grinsend und erwartungsvoll. Über Aggy, Agatha Green, hatte ich ihm nichts erzählt. Wie üblich zu dieser Tageszeit, saß sie in einem der in der Hotelhalle herumstehenden knallroten Ledersessel. Bei unserem Erscheinen sprang sie dynamisch, nein, nein, rüstig tapsig auf und warf das Buch, in dem sie gelesen hatte, wie ekles Gewürm meterweit fort. Einen Schritt vor dem verblüfften Ralph Otto stellte sie sich auf und flötete aus grellrot geschminkten Lippen:

„Do you play tennis, young man?"

Was für ein Bild! Die etwa 70 Jahre alte Aggy in eng anliegendem rotem Sportdress, der Ecken und Kanten ihres hageren Körpers unterstrich; ihr erwartungsvolles Gesicht mit in tausend Fältchen zergliederter, wettergegerbter Haut; der auf ihrem Kopf wie eine Krone aus energisch gestrafften grauen Haaren trutzende Dutt, aus dem sich einige Strähnen und Löckchen verschmitzt befreit hatten; - dazu dieser Möchtegern-Jesus mit feenhaft wallenden Haaren, der sich überrascht im Bart kraulte und murmelte:

„Quite reasonable."

Aggy drehte sich wortlos um und stakste zu einem großen, verzierten Schrank. Mit zwei Tennisschlägern und einer Büchse mit Bällen kam sie zurück. Ohne ein weiteres Wort zu verlieren, begab sie sich an uns vorbei zum Tennisplatz, mir einen triumphierenden Blick zuwerfend. Hilflos fragte mich der ‚young man' flüsternd:

„Wer ist denn das?"

„Aggy", erwiderte ich ernst.

Sie schrie vom Tennisplatz herüber:

„Young man, what´s your name?"

„Ralph Otto", rief er zurück.

Sie hatte nur Otto gehört, hielt es für seinen Vornamen und nannte ihn fortan so. Seitdem ging ich übrigens ebenfalls dazu über.

„O. k., Otto, come on, I´m waiting."

Nichts zu machen. Er schlürft zu ihr, sie drückt ihm einen Schläger in die Hand. Mit Sandalen geht es natürlich nicht, also fort damit, ist der Boden auch noch so heiß, barfuß ist der Mann. Das Spiel beginnt.

Vor mich hin kichernd ging ich durch die Halle zum Kühlschrank neben dem Empfangstisch und entnahm ihm eine große Flasche Coca Cola. Bei den Preisen auf der Insel ein Luxus. Ich war ihn mir schuldig, um den Genuss des zu erwartenden Schauspiels zu erhöhen. Schlenderte langsam zurück und ließ mich behaglich laut stöhnend in die abgewetzte Hollywood-Schaukel neben dem Tennisplatz plumpsen. Fing einen giftigen Blick meines Kumpels auf, der im wehenden Nachthemd auf heißem, rotem Sand umhersprang. Er spielte passabel und ehrgeizig. Doch eine Chance gab ich ihm nicht, hatte Aggy bereits Tennisspielen gesehen, ihre Energie und überlegte Präzision bewundert. Sie musste in ihrer Jugend eine sehr gute Spielerin gewesen sein und es war ihr gelungen, Stil und Alter einander anzupassen. Ohne Eleganz erfolgreich. Lässig tippte ich ab und zu mit dem Fuß auf den Boden, die Schaukel in sanfter Bewegung zu halten. Eiskalte Coca-Cola, träumerischer Blick in die Ferne, Blau, Grün, Bunt, Hitze und fächelnde Lüftchen. Palmen nickten mir zu, bewunderten diesen Weltbürger, Weltreisenden. Ick kleener Verirrter aus Berlin. Raus aus n Hinterhof, rin inne Südsee. Da hopsten diese Vogelscheuchen herum, als kämpften sie für ausgefallene Moderichtungen, die olle Aggy und mein Kumpel Otto.

Die Beiden waren fertig und gingen schweißdampfend zum Haus. Ich wurde unsanft aus süßem Schlummer gerissen, da die Hollywood-Schaukel in wilde Bewegung versetzt worden war, so dass ich fast herausfiel. Die leere Flasche glitt mir aus der Hand und rollte herum. Erschrocken stierte ich in die Gegend, bis mein Blick die gerade ins Hotel tretenden Hochleistungssportler erfasste. Ja ja, es musste ihn hart getroffen haben, mich so zu sehen. Nahm ihm den Anschlag nicht übel, erhob mich grinsend und dackelte hinterher. In den nächsten zwei Stunden plauderte Aggy unablässig, servierte dazu Sandwichs amerikanischer Art und Bier. Sie hatte Spendierhosen an, weil sie glänzender Laune war. Das Tennismatch war gewonnen worden, jedoch nicht zu leicht und nicht zu hoch. Deshalb hatte sie ihren Gegner ins Herz geschlossen. Ohne Tennis konnte man ihre Zuneigung nicht gewinnen. Es hatte mir nichts gebracht, als ich einmal andeutete, ein guter Fußballtorwart zu sein. Oh, soccer, hatte sie gesagt und das Thema gewechselt.

Über ihre sechs Töchter und zwei Söhne sowie die mindestens zwanzig Enkelkinder plappernd, richtete sie die Worte fast ausschließlich an Ralph Otto. Bevor wir aufbrachen, wurde ihm gestattet, im Hotel zu duschen. Sichtlich belebt kam er zurück. Die nassen Haare waren mit einem Gummi zum Pferdeschwanz gebändigt. Wir kauften von Aggy französischen Cognac und Cointreau als Gastgeschenke für die Mignons. Das war der eigentliche Grund für den kleinen Ausflug gewesen. Aggy hatte derlei zu angemessen hohen Preisen stets vorrätig.

Zu Hause angekommen, setzten wir uns vor die Hütte. Otto legte die Füße hoch. Die Sohlen brannten. Die Kargheit der Gegend schuf im Kontrast zur Umgebung des Hotels wohltuend anspruchslose Gemütlichkeit. Nach längerem Schweigen fragte er mich über Aggy Green aus. Anfänglich mundfaul, überkam mich plötzlich Erzähllust.

„Otto, werd dir ne kleine Geschichte erzählen. Aggy ist hier auf der Insel ne Institution, bekannt wie n bunter Hund. Kursieren Gerüchte über sie. Ob alles stimmt, kann ich nicht beurteilen. Kaum jemand kann sich an eine Zeit ohne Aggy erinnern. Sie ist etwa siebzig. Doch es gab eine Zeit, in der sie als junges Mädchen ... "

Friedlich in sein Schicksal ergeben saß er da. Die Füße qualmten ihm wie Häuptling Rauchender Fuß. Ich setzte einen drauf, sprang auf, blies in die Fanfare, schmetternd die Menge in den Bann ziehend. Breitete die Arme aus, mit ihnen Welt und Schicksal umfassend, um sie ins Gefängnis der Worte zu zwingen:

„So hört denn die Geschicht von Aggy und dem Bösewicht."

Bescheiden setzte ich mich nach dieser Ankündigung auf die Kante des Stuhles, wie es dem geziemt, der berichtet. Im halbdunklen Saal verschwammen die Lauschenden zu einem riesigen Ohr, das mit saugender Kraft die Worte aus meinem Munde zog.

„Es war einmal, ja, so ist es, es war einmal das junge Mädchen in der riesigen Stadt, die New York heißt. Mägdelein fein hieß Agatha. Eine arme Waise, jawohl. Jahre zuvor hatte ihr lieber Vater, begnadeter Geschäftsmann, mit seinem Partner eine wunderbare finanzielle Transaktion gestartet. Vielen Leuten konnten sie das Geld aus der Tasche ziehen. Reichtum kehrte ein in das protzige Haus des Partners, nicht ins traute Heim Agathas. Ihr Vater hatte mit gutmütigem Herzen und in schlichter Einfalt eine Vertragsklausel übersehen oder ihre volle Tragweite nicht erkannt. Die Familie war plötzlich bettelarm. Der nun steinreiche Partner schenkte Agathas Vater jovial einen wertvollen Glückspfennig und wünschte ihm herzlich Anteil nehmend Wohlergehen auf dem weiteren Lebensweg. Dieser reichte den Glückspfennig gütig an die innig geliebte Tochter weiter, um dann für immer aus ihrem Leben zu verschwinden. Man fand ihn hier nicht, man fand ihn dort nicht, weder tot noch lebendig, verschwunden blieb er in der geheimnisvollen Welt. Agathas Mutter, eine fromme, gottesfürchtige Frau, konnte nicht verwinden, nichts mehr zu besitzen, das sie den Armen hätte spenden können. An gebrochenem Herzen starb sie. Mit zwölf Jahren war Agatha allein.

Setzte sich weinend an den Rand des Meeres. Durchs Flimmern der Tränen sah sie phantastische Herrlichkeiten und gefährliche Ungeheuer der Horizontlinie zwischen Himmel und Meer entsteigen, größer und wirklicher werdend je höher hinauf, als riesige Seifenblasen endlich inmitten dahinjagender Wolken zerplatzend.

Die Tränen versiegten wie alle Tränen der Menschen, trockenes Salz hinterlassend, das mal die Zukunft würzt, mal ungenießbar macht. Agatha ging in die riesige Stadt zurück und lebte im pulsierenden Haufen einige Jahre, Zeitungen verkaufend, des Nachts in Nischen gedrückt. ‚Times Tribune Herald' rufend auf ihrer Tour im vertrauten Labyrinth der Straßen und Avenues, verkauf und lauf, Mädchen mit den ins Gesicht purzelnden Löckchen, schrei dich weiter, bis, ja was, dir etwas blühen wird ..., reifte sie zur schmucken Maid heran.

Sei es an diesem oder jenem Tage gewesen ... traf sie endlich auf ihn, den lang Ersehnten. In der 48th war es, ein Buick war seine Sänfte, am nächsten Tag ein Cadillac. Einen ganzen Dollar gab er für die Zeitung, überwältigt vom Liebreiz knospender Schönheit.

Agatha, oh, nun schien der Mond helle, die Sonne wärmte das Herz. Sie küsste den Glückspfennig, bald auch ihn, Winston, den Unvergleichlichen. Er entführte sie zärtlich auf eine Yacht, die sie ins Glück schaukelte, in ferne Länder, endlich ins Südseeparadies. Auf einer Insel lebten sie miteinander, füreinander, zeitloses Glück genießend, bar jeder Sorge, bis ... ein letzter café au lait, dann blickt das Mädchen mit tränenverschleierten Augen trotzig dem lustig blinkenden Segel in blauer See hinterher.

Ein französischer Kolonialbeamter, ein weißer Koprahändler unbestimmter Nationalität und ein Melanesier, Chef eines idyllischen Dorfes der Insel, hielten um ihre Hand an. Sie nahm den Insulaner und wurde Stammmutter einer vielköpfigen Mischlingsfamilie. Im Laufe dahin plätschernder Jahre errichtete das Paar ein Hotel und steuerte es durch die Fährnisse der Geschichte. Witwe geworden, lebte sie mit ihren Nachkommen in trauter Gemeinschaft weiter - und hat gerade, schon hochbetagt, einen jungen Herausforderer im Tennis besiegt."

Ich blickte auf. War es möglich? Das eigene Geschichtchen hatte mich derart gefangen, dass mir entgangen war, wie der Saal sich nach und nach geleert hatte. Traurig saß ich da, spürte die Einsamkeit eines leicht entzündbaren Herzens in dieser Welt. Gleichzeitig lachte mein pragmatisch geschultes Hirn mich aus. Nur ein Zuhörer war im Saal verblieben. Er saß in der ersten Reihe. Hoffnungsvoll blickte ich zu ihm hin. So war ich nicht ganz allein im weiten Rund. Zusammengesunken saß er da, die langen Haare waren ins Gesicht gefallen. Ich sah undeutlich die Nasenspitze, unter ihr den leicht geöffneten Mund. In einem von dessen Winkeln glänzte ein ordinärer Tropfen Speichel im Lichte der tief stehenden Sonne. Ralph Otto war eingeschlafen. Ich sprang auf, streckte die Arme hoch, ballte die Hände zu Fäusten und schrie so laut ich konnte:

„Ich aber trotze der Welt!"

Er öffnete ruhig die Augen, strich betont anmutig die Haare aus dem Gesicht, klatschte verhalten locker in die Hände wie Monsieur le Baron in der Oper, gelangweilt hüstelnd, und sagte piekfein durch die Nase:

„Superbe, errzallerrliebst", setzte sich erhebend hinzu: „Übrigens sind meine Sohlen abgekühlt. Fühle mich märchenhaft erquickt."

„Hast wunderbar gepennt."

Er wackelte mit dem erhobenen Zeigefinger, zog die Augenbrauen herablassend hoch und belehrte salbungsvoll:

„Höre im Schlafe, lausche der Welt, wann immer sie sich offenbart!"

Die Sonne machte sich davon. Dunkelheit schwappte in kleine Untiefen, strömte durch sich öffnende Schleusen, schluckte Mehr und Mehr, hatte nun das Feld der Kümmernisse überschwemmt und waberte triumphierend um die Hütte herum. Wir gingen hinein, um uns aus Gründen der Etikette so würdig wie möglich für la fête beim Nachbarn Mignon auszustaffieren. Ich wusch mir die Haare, putzte die Zähne, schnitt Finger- und Zehennägel. Mein bestes Hemd, blaugelbweißes Schottenmuster, zog ich an, dazu frisch gewaschene Jeans. Übte vor dem Spiegel einige Versionen Weltenbummlergesicht, bis die lockende Nadine darin erschien. Lächelnd schmachtete ich sie an.

Ralph Otto hatte mich um Längen geschlagen. Das Geheimnis des aus Touro mitgebrachten Pakets war gelüftet. In einen weißen Smoking gekleidet, zu allem Überfluss eine rote Fliege auf der gestärkten Oberhemdbrust, erglänzte er im gleißenden Rampenlicht der Propangaslampe. Ich war am Boden zerstört, stammelte entgeistert:

„Das ist unfair. Wo ist dein Nachthemd?"

Unvergleichlich sah er aus. Die frisch gewaschenen langen, blonden Haare rahmten das braungebrannte Gesicht, dem durch den sorgsam gestutzten Vollbart eine Aura von Abenteuer verliehen wurde. Der sportgestählte, breitschultrige Körper kam im wie angegossen sitzenden Anzug bewundernswert zur Geltung. Um Fassung bemüht, zupfte ich zerfahren an den popligen Jeans, setzte mich zerschmettert auf die Pritsche. Ade, Nadine. Es endet zwischen uns, bevor es je begonnen hat. Otto, Altes Haus, wünsch euch von Herzen Glück und Zufriedenheit in alle Ewigkeit. Sei ich fortan dein treuer Diener und Helfer.

5

Gedankenverloren schritten wir unter sterneglitzerndem Himmel aus. Als das festlich erleuchtete Herrenhaus der Mignons in Sicht kam, beschloss ich trotzig , die Chance, die ich nicht hatte, zu ergreifen.

Vor der breiten, auf die Terrasse führenden Treppe des Hauses angelangt, mussten wir den Staub einatmen, den ein eintreffendes Auto aufgewirbelt hatte. Ihm entstiegen Ratu und seine Söhne Naboua und Fiame. Ratu kam sofort auf uns zu und umarmte uns beide gleichzeitig.

„Meine deutschen Freunde sind auch dabei, wunderbar. Ein Fest wird geadelt durch Anwesenheit von Philosophen und bohèmiens."

Er trat zurück, fasste Ralph Otto mit ausgestreckten Armen an den Schultern und staunte mit übertriebener Bewunderung:

„Was für ein erhabener Anzug, junger Freund. Ein schöner Mann bist du und hast bei Crocombe genau das Richtige ausgeliehen."

Von der Terrasse erklang das - etwa gar perlende, he? - amüsierte Lachen Nadine Mignons, welche die Szene miterlebt hatte. In eine einfache rote Bluse und Jeans gekleidet, stand sie dort oben wie eine Verheißung. Mein Herz klopfte hoffnungsvoll. Hatte sich mein Kumpel vergaloppiert mit seinem glänzenden Fell?

Ratus Söhne lächelten uns freundlich zu, beide stattliche Männer Ende Zwanzig, wie ihr Vater fast schwarzer Hautfarbe. Alle drei waren in einen blauen Rock und ein knallbuntes, kurzärmliges Hemd gekleidet. Fiame und Otto wechselten ein paar melanesische Sätze, wonach Ratu lachend einwarf:

„Sehr gut, mein Freund. Du hast Fortschritte gemacht in unserer Sprache. Sprichst du wie wir, lernst du zu verstehen, was es bedeutet, zu denken wie wir. Mein Freund Wolf ist zu faul dazu, oder er hat keine Zeit, weil er immerzu nachdenkt auf seinem ‚Feld der Kümmernisse'."

Den Namen des Feldes hatte er in Deutsch gesprochen. In einem Gespräch mit mir hatte ich ihn unlängst benutzt und ihm dessen Bedeutung erklärt.

„Ihr seht, ich habe auch von eurer Sprache ein paar Worte gelernt. Zu mehr reicht es nicht, habe zu wenig Zeit, die schwere Büroarbeit und die Politik nehmen in Beschlag. Dazu versuche ich meinen Söhnen den Weg zu weisen, als ob ich ihn wüsste." Er verdrehte die Augen, so dass der Ernst seiner Worte verschwand und wir alle lachten.

Unterdessen waren wir zur Terrasse hinaufgestiegen, während immer mehr Leute eintrudelten. Vor Nadine deutete Ratu eine theatralische Verbeugung an, ergriff eine ihrer Hände, küsste diese und schwärmte:

„Mademoiselle, Sie sind eine aus dem Meer gerollte Perle, ihr Haus ist eine Muschel, junge Männer umschwärmen Sie wie Fischlein, alte Herren wie ich aber sind selbstlose Bewunderer."

Während die Dabeistehenden lachten, nahm Nadines Gesicht die Farbe ihrer Bluse an. Jäh wurde ich von Begierde ergriffen und stierte sie an, während ein Wirrwarr obszöner Wörter in mir erklang, dem ich wehrlos ausgeliefert war. Biegsamer Körper, klingende Glocken, Brüste, Brüste, was für wunderschöne Titten, ach würdest du die Schenkel öffnen, ich könnt es dir besorgen. Ich versuchte, dieser Aufwallungen Herr zu werden, mich in einen schüchternen Jüngling zu verwandeln, bar jeder Geilheit, sich keusch sehnend nach warmer, mitmenschlicher Zuneigung, Zärtlichkeit, mütterlicher Anteilnahme. Half alles nichts, ich starrte hypnotisiert auf die Bluse und musste die Gruppe verlassen, um Fassung zu gewinnen. Die eingewickelte Flasche Cognac wie einen Schild vor mich haltend, betrat ich den Wohnsaal, der fast die Hälfte der unteren Etage des Hauses einnahm. Durch eine Flügeltür war er mit dem etwas kleineren Esssaal verbunden, von welchem eine Tür in die Küche führte. Überraschend stand ich dem Hausherrn gegenüber. Er war auf dem Weg zur Terrasse, um die Gäste zu begrüßen. Verlegen drückte ich ihm die Flasche in die Hand und sagte:

„Die habe ich Ihnen mitgebracht."

Er lachte amüsiert, ging zu einem Schränkchen und stellte sie dort ab, ohne sie auszuwickeln.

„Vielen Dank. Freue mich, dass Sie gekommen sind. Meine Tochter hatte darauf bestanden, Sie beide Weltenbummler einzuladen." Die Zweideutigkeit des Satzes bemerkend, fügte er freundlich hinzu: „Ich heiße Sie natürlich ebenso willkommen, fühlen Sie sich wie zu Hause."

Er ging auf die Terrasse hinaus, während ich mich seufzend in einen Sessel vergrub, um mich von meinen Anwandlungen zu erholen. Monsieur Mignon gefiel mir, schien allerdings etwas simpel, Typ ehrliche Haut. Für einen Franzosen sprach er gemessen und langsam, was vielleicht damit zusammenhing, dass er aus dem Elsass stammte. Wie ich wusste, konnte er wie seine Tochter gut Deutsch sprechen. Die schönen braunen Haare musste Nadine Mignon von ihrer Mutter geerbt haben, über die ich nichts wusste. Denn die ihres Vaters waren rötlich und struppig.

Jetzt konnte ich mich wieder unter Menschen wagen. Ich stand auf und begab mich auf die Terrasse. Der Gastgeber begrüßte gerade Ratu. Dieser setzte dabei eine ehrfurchtsvolle Miene auf. Wegen seiner Rolle bei der Namensgebung des Staates war Monsieur Mignon eine von den Melanesiern respektierte Persönlichkeit. Oft wurde er bei auftretenden Schwierigkeiten in der Politik des Landes von ihnen um Rat gefragt. Unter den Weißen war nach einigen Jahren die Erinnerung an den ‚Verrat' verblasst, und sie bedienten sich seiner Kontakte zur anderen Gruppe. Er hatte eine geachtete Position zwischen den Stühlen eingenommen.

„Haben Sie sich aber in Schale geworfen, junger Mann", wiederholte Paul Mignon gerade den Spott Ratus zur Begrüßung Ralph Ottos. Ich feixte.

Der Gastgeber zog sich mit Ratu und dessen Söhnen zu einer Sitzecke in der Halle zurück, ein Signal für die anderen Gäste, sich ebenfalls ins Haus zu begeben. Nur Nadine, Otto und ich blieben zusammen draußen stehen. Mein Kumpel überreichte die Flasche Cointreau mit den Worten:

„Ein bescheidenes, aber liebevoll gemeintes Präsent."

Sie lachte, als er einen übertriebenen Bückling andeutete. Abrupt verließ ich die Beiden, kam mir überflüssig vor. Diesem Nebenbuhler war ich nicht gewachsen. Mochte der Smoking fehl am Platze sein, dergleichen steckte er souverän weg.

Drinnen hatten sich Grüppchen gebildet. Niemand beachtete mich. Das Schränkchen, auf welches Monsieur Mignon die Flasche Cognac gestellt hatte, war eine jetzt geöffnete Hausbar. Schnurstracks ging ich darauf zu, griff mir ein Glas und goss wahllos aus einer Flasche ein. Nachdem das Teufelszeug feurig die Kehle heruntergeflossen war, füllte ich finster entschlossen nach. In Erwartung des Festes hatte ich kaum gegessen, war zudem Hochprozentiges nicht gewohnt, so dass die Wirkung unverzüglich eintrat. Jawohl, kühn würde ich mich der Situation stellen! Herausfordernd sah ich mich um. Ein Durcheinander brauner, weißer, schwarzer Gesichter, manches asiatisch geformt. Alle schienen gleichzeitig zu sprechen, ein Stimmengewirr wie lautes Gesumme durchwanderte sanft meinen Kopf. Die Gesichter nickten sich gleichmäßig zu, lächelten sich an. Mechanisch begann auch ich zu nicken, hoch, runter, hoch, runter, Na, dine, Na, dine. Das verdammte Liebchen zu vergessen, goss ich mir noch einen hinter die Binde. In dunkler Ecke führt sie mit dem berühmten Guru Otto, genannt ‚Das Nachthemd', geschäftliche Gespräche, haha. Der kleine Philosophaster Wolf Klein, wohnhaft champ du chagrin, konnte nicht mithalten. Ich beschloss zu seufzen und seufzte überzeugend. Trauriger Hanswurst hält sich standhaft am Glas fest.

Gerüche befreiten mich aus der Duselei, lockten in den Esssaal an die Tafel, deren blendend weiße Tischdecke mit Tellern und Schüsseln voll dampfender Speisen übersät war. Meine schlichte Genussfähigkeit war angesichts der Spezereien überfordert. Geschult war sie worden im Ostberlin der Nachkriegszeit mit Brot- und Brennnesselsuppe, Kohlrüben und Weißkohl, Blutwurst und Bouletten, Schmalz und Margarine, Salzhering und Bratkartoffeln, Quark mit Leinöl, Molke und Muckefuck. Welch verführerische Leibgerichte: Linsensuppe mit Würstchen und Falscher Hase mit Salzkartoffeln.

„Greif zu. Aber überleg dir, ob du französisch oder pazifisch essen willst, beides zusammen ist ordinär", raunte mir Otto ins Ohr.

„Bin kein Gourmet vonne Oberen Zehntausend, esse, wie mir der Schnabel jewachsen ist. Reihenfolge und Zusammenstellung ist mir wurscht. Werd meine Zunge überall n bissken durchziehn, nüscht Menschliches ist mir fremd."

„Ja ja, das passt zu dir." Er lächelte sanft.

„Richtig. Und zu dir passt die Haute Cuisine aller Landstriche der Erde, denn du bist unvergleichlich."

Das Lachen Nadine Mignons unterbrach die Sticheleien. Sie hatte sich, unbemerkt von mir, an meiner anderen Seite postiert.

Mit den Worten: „Männerfreundschaften sind merkwürdig", drückte sie mir einen Teller in die Hand. „Essen Sie einfach drauflos."

Störrisch sagte ich: „Guten Appetit", und verließ die beiden.

Versuchte, mich aufs Essen zu konzentrieren. Bereits ein wenig herumgekommen in der Südsee, kannte ich einige der angebotenen Gerichte. In einer Schale eine Spezialität von den Neuen Hebriden: Kokosnusskrabben, auch Palmendiebe genannt, schwimmend in einer stark nach Knoblauch duftenden Soße. Sehr scharf gewürzt, also nicht als Einstieg geeignet, weil sofort der Geschmackssinn betäubt wird. Ich kostete von den Süßwassergarnelen mit feinen Bambusspitzen in Mayonnaise. Danach Schweinefleischstückchen in Kokosnusscreme. War mir von Samoa bekannt, wo es in Taroblättern gebacken wird und Palusami heißt. Doch das alles war mir zu filigranartig und befriedigte meinen Appetit nicht. So verdrückte ich ein riesiges Steak mit Kartoffeln. Das wars doch, Cowboy!

Von weitem beobachtete ich, wie Otto sich Vegetarisches heraussuchte. In Kokosnussmilch eingelegte gekochte Gemüsescheiben, danach eine fleischlose Laplap-Art: zerstoßene Yams, Taro und Maniok, zu Brei geknetet und in Kokosmilch und aromatischen Blättern gebacken. Wohlig leise rülpsend pries ich, kein Vegetarier zu sein.

Der Vegetarismus Ralph Ottos war gerade Gesprächsthema. (Dass er bald ein politischer Faktor von absurder Wichtigkeit für das Geschehen im Sunny Islands State werden würde, konnte ich an diesem Abend nicht ahnen.) Es hatte sich ergeben, dass nach dem Essen in einer Ecke des Saales Ratu mit seinen Söhnen, der Gastgeber und seine Tochter, Ratus mürrischer Bürokollege Jean Peau mit seiner Frau Yvonne, Ralph Otto, ich, sowie einige mir nicht bekannte Personen zusammen saßen. Entsinne ich mich recht, hatte Nadine Mignon in neckendem Tonfall Otto gefragt, warum er Vegetarier sei. In das sich entwickelnde Gespräch waren nach und nach andere der Gruppe eingestiegen. Ich beteiligte mich fast nicht, da die Unterhaltung in Französisch geführt wurde, ich aber damals noch nicht die Unart abgelegt hatte, mich meiner Fehler in der Fremdsprache zu schämen. Sanften Lächelns befreite sich mein Kumpel geschickt mit einem Satz aus der Defensive:

„Ich kann mich des Eindrucks nicht erwehren, dass Sie alle ein schlechtes Gewissen haben, Fleisch zu essen, warum sonst greifen Sie jemanden vehement an, der das nicht tut".

„Sehr gut, hervorragend", stellte Ratu begeistert fest und strich sich befriedigt über den Bauch, als wäre er angenehm satt. „Routiniert ist die Beweislast umgekehrt. Raffiniert. Werden wir eines schlechten Gewissens bezichtigt, müssen wir uns verteidigen. Also gut: warum essen wir Fleisch? Und dürfen wir das?"

„Aber Ratu", sagte lachend Nadine, „weil es schmeckt, das heißt, wenn es gut zubereitet ist."

„Chère Mademoiselle, Sie sind wunderbar. Weil es schmeckt, Punktum. Ein klares Argument, offen und prägnant. Würde ich nun aber mit der gleichen Begründung Sie verspeisen, wie es ja vielleicht vor einiger Zeit manche meiner Vorfahren mit so manchen Ihrer Vorfahren gemacht haben?"

Er saß triumphierend da, durch Massigkeit den Eindruck erweckend, bereits einen von uns verputzt zu haben. Breitbeinig, majestätisch auseinander fließend, hielt er wie Insignien eines mächtigen Häuptlings das Cognacglas in der einen, eine Zigarette in der anderen Hand. Reihum Gelächter. Ralph Otto und Naboua beteiligten sich allerdings nicht daran. Der Eine strich versunken seinen Bart, sich einen Cognac eingießend, der Andere warf einen finsteren Blick auf seinen Vater. Während ich lachte, beobachtete ich, dass Otto und Naboua sich wie in geheimem Einverständnis eine kurze Ewigkeit in die Augen sahen.

In vom Alkohol angeregter Stimmung war viel von Liebe zur Kreatur, vom Schlachten, pflanzlichem und tierischem Eiweiß, vom Hunger auf der Erde und allgemeinen ethischen Aspekten des Themas die Rede. Ich blieb bescheidener Beobachter. Auch Naboua und merkwürdigerweise sogar Ralph Otto, um den es doch eigentlich ging, beteiligten sich nicht mehr an der Diskussion. Zwei Parteien hatten sich gebildet, zwischen denen der Gastgeber und seine Tochter zu vermitteln trachteten. Ratu und sein Sohn Fiame, leidenschaftliche Fleischesser, verteidigten den Vegetarismus; Jean Peau und seine Frau Yvonne bezeichneten ihn als Blödsinn und übertriebenes Getue. Durch gleichzeitiges Ehegeplänkel würzten die beiden die Diskussion.

Yvonne Peau hatte ich vorher nie gesehen. Sie war etwa 50 Jahre alt und keineswegs hässlich. Lang wie ihr Mann, war sie wohlproportioniert, dazu mit einem gleichmäßigen Gesicht ausgestattet. Aus einiger Entfernung hielt man sie für eine schöne Frau, nahm jedoch von nahem einen böse verkniffenen Zug um ihren Mund wahr, durch zwei Falten hervorgerufen, die sich an den Winkeln eingegraben hatten. Verschärft wurden diese durch grelle Schminke. Sie sprach sehr schnell und rechthaberisch. Da ihr Mann sie ständig unterbrach, was sie jedes mal neu in Fahrt brachte, lebten die Beiden in immerwährendem Streite. Auf Zuhörer wirkte das unangenehm, amüsierte aber gleichzeitig, als wohne man einer Theaterprobe bei. Insgeheim war man froh, dass sie intensiv miteinander beschäftigt waren, so dass ihnen keine Zeit blieb, sich mit anderen Personen in gleicher Weise auseinander zu setzen.

„Also schließlich hat man festgestellt, dass Menschengruppen Wolfsrudeln ähneln. Will man etwa den Wölfen Fleischfressen verbieten, äh? Na bitte. Es ist also Tierquälerei, es den Menschen zu verbieten", sprudelte Madame Peau ihre Überzeugung heraus.

„Blödsinn. Das Argument könnte einen zum Vegetarier machen. Wir haben nichts zu tun mit Wölfen, vom Affen stammen wir ab, das ist wissenschaftlich bewiesen. Und der frisst tagaus, tagein Bananen. Aber was hat das mit unserem Thema zu tun, Yvonne? Nichts! Es ist eine moralische Frage, und Affen wie Wölfe wie Mäuse wie Flöhe haben keine Moral, also muss man..."

Seine Frau fiel ihm wütend ins Wort: „Bananen, jawohl, die solltest du täglich essen, um nicht zu vergessen, wovon du abstammst. Flöhe sind ohne Moral? Unbewiesenes Zeug. Hast du einen Floh schon mal gefragt? Ich sag dir, wir haben was von Wölfen, deshalb schmeckt uns Fleisch. Isst jemand nur Pflanzen, hat er eben was vom Affen. Also gibt es zwei verschiedene Arten Mensch."

Paul Mignon fiel lachend ein: „Auch Geier fressen Fleisch. Und noch viel mehr Arten Mensch gibt es. Denken Sie an die Pfauen und die Schweine, an Füchse und Hamster, die sind ja auch Menschen. Ich möchte Ihnen eine Begebenheit aus meiner Kindheit schildern, aus der Sie entnehmen können, dass auch ich, Züchter von Fleischrindern, einst Vegetarier war. Mancher meiner Berufskollegen mag das als schwarzen Fleck auf meiner Weste sehen."

Während das allgemeine Gespräch langsam abebbte, lächelte er wehmütig, stopfte sich eine Pfeife und zündete sie an. Nach einigem Paffen begann er:

„War damals 8 Jahre alt und lebte mit meinen Eltern im Elsass, in Colmar. Großvater war in den sechziger Jahren des neunzehnten Jahrhunderts aus Paris dorthin gezogen, weil er zum Richter am Appellationsgericht ernannt worden war. Als das Elsass einige Jahre später nach dem deutsch-französischen Krieg deutsch wurde, wanderten die meisten Franzosen wieder ab nach Frankreich. Mein Großvater aber blieb. Er hatte sich in die Landschaft verliebt, in die Weinberge, in die Vogesen mit ihren Wäldern, in die Stadt Colmar. Richter hatte er natürlich nicht bleiben können, fand sein Auskommen als Redakteur einer kleinen Zeitung. Er heiratete eine deutsche Frau aus Hannover. Als sie einen Sohn bekamen, meinen Vater, hätten sie vielleicht glücklich gelebt ‚als bis der Tod sie scheidet' wie es in Deutsch so schön heißt."

In Gedanken versunken lächelte er und schwieg ein kurzes Weilchen. Die aus dem Dunst der Vergangenheit herauskristallisierten Worte ließen ähnlich gestimmte Saiten in uns mitklingen. Sogar auf den Gesichtern der Kinder des Pazifik, Ratus und seiner Söhne, für die das Elsass eine unbestimmte Gegend war, konnte man die Anteilnahme ablesen. Ich goss mein Glas voll, glotzte in das funkelnde Zauberwasser, melancholisch geworden durch die aus den Worten des Gastgebers erspürte Heimatlosigkeit eines in Grenzbereichen Aufgewachsenen. Grenze, Grenze, was für ein Wort. Ich wusste, wie leicht sie umschlug von Schutz bietendem Schild zu quälender, bedrückender Einengung. Bevor der Gedanke mich vollends in Trübsinnigkeit versetzen konnte, fuhr Paul Mignon in der Erzählung fort.

„Aber mein Großvater hatte sich in eine Welt begeben, in der glücklich zu werden schwer war. Frankreich und Deutschland machten sich in seiner Ehe breit. Auch im Berufsleben geriet er dauernd zwischen die Fronten ..." Seufzend zog er an der Pfeife, als wären die Probleme des Großvaters seine eigenen, fuhr fast unwirsch fort: „Ach, wollte ganz was Andres erzählen. Also ... ich hatte als Achtjähriger ein Kaninchen. Es lebte in einem Verschlag im Garten. Oft spielte ich mit ihm im Hause. Es war so zahm, dass es mir hinterher hoppelte. Wir wohnten am Rande Colmars, nicht weit entfernt gab es ein kleines Wäldchen. Wir Kinder spielten oft dort. Im Gebüsch hatten wir uns eine Höhle gebaut. Einige von uns fühlten sich mit Frankreich sehr verbunden und beschlossen, den nahen 14. Juli in dieser Höhle zu feiern. Es war das Jahr 1913. Obwohl manche in unserer Kindergruppe den Plan zum Vaterlandsverrat stempelten, machten schließlich alle mit. Der Anschein von Konspiration lockte. Es wurden Aufgaben verteilt für die Feier, jeder sollte etwas herbeischaffen für einen Festschmaus in der Höhle. Als der Tag heran war und wir uns in der Höhle versammelten, hatte ein deutschstämmiger Junge ein bereits enthäutetes Kaninchen mitgebracht, das wir am Spieß brieten. Es schmeckte herrlich. Sie haben es erraten: es war mein Kaninchen, mein Napoleon. Der Junge hatte es aus unserem Garten gestohlen, sein älterer Bruder es schnell geschlachtet und hergerichtet. Als er mir dies triumphierend berichtete, musste ich mich heulend übergeben. Zwei Jahre aß ich kein Fleisch mehr. Der Streich war mir natürlich gespielt worden, um mir meinen französischen Großvater und meine Sympathie für Frankreich heimzuzahlen. So hatte die Politik mich gezwungen, Napoleon zu verspeisen, der mir schwer im Magen lag." Er klopfte die Pfeife aus und sagte: „Soviel zum Thema Fleischfressen."

Schweigen breitete sich aus, das Yvonne Peau nur kurz ertrug:
„Ja ja, die Deutschen haben schlimme Sachen gemacht", ließ sie sich vernehmen, worauf ihr Mann ärgerlich fragte:
„Was hat das nun wieder damit zu tun?"
Weltschmerz. Er drückte mich mit seinen schwammigen Patschhänden. Dieses nichtsnutzige Gefühl junger, leicht in Alkohol getauchter Leute, deren Lebensfreude zwischen zwei Zweifeln zerrieben zu werden in Gefahr ist: dem an den eigenen Fähigkeiten, den Ansprüchen der Welt zu genügen, und dem, ob sie überhaupt in einem Zustand sei, dass man in ihr leben wolle. Und die Liebe, mein Gott, die Liebe, aaaaaah ... Ich musste Nadine Mignon lange angestarrt haben, bemerkte auftauchend Grinsen und lauernde Blicke in der Runde, sah aller Augen auf mich gerichtet. Das Blut schoss mir zu Kopfe. Ich senkte den Blick. Ralph Otto beugte sich herab und flüsterte mir ins Ohr: „Eh, Jonny, ertappt."

Ertappt, ertappt. Wobei? Liebe? Ein Wort. Wie viele Wörter spricht man im Leben, mit wie vielen hätte man genauso gut auskommen können. Andererseits: Pulsiert nicht in manchem Wort Blut und sind nicht in ihm wie in einem Kristall bebende Gefühle eingeschlossen? Um den spärlich erschienenen Uraniabesuchern eine kleine Pause zu gönnen, hüstelte ich und räusperte mich ausgiebig, nahm einen langen Schluck aus dem Wasserglas, fuhr dann mit erhobener Stimme fort, einen intensiven, äh, dämonischen Blick in alle Augenpaare gleichzeitig werfend: „Denn, meine Damen und Herren, nicht der hausbackene Ratgeber Verstand, sondern die unwägbaren Gefühle bewegen uns vom Fleck, reißen ins Glück, stürzen ins Unglück. Sehen Sie ihre Erfahrungen durch. Wir Mitmenschen sind nicht Leidensgenossen und Glücksgefährten durch Wörter, die aus trockenem Munde in schnörklige Ohrmuscheln gestottert werden, um im Gewirr innerer Labyrinthe vor verschlossenem Tore zu verröcheln, sondern Gefühle treiben uns einander in die Arme und in die Fäuste!" Den letzten Satz hatte ich sehr laut gesprochen, breitete emphatisch die Arme aus und brüllte mit Donnerstimme: „Ja ist es nicht so, meine Damen und Herren!!" Die Zuhörer duckten sich erschrocken. Dann sprangen sie auf und applaudierten begeistert. Hochrufe wurden laut. Sogar ein altes Mütterchen, das die ganze Zeit geschlafen hatte und dessen Schwerhörigkeit erst vom letzten Satz überwunden worden war, beteiligte sich mit vor Glück gerötetem Gesicht am Beifall. Ach, Nadine, wärest du unter den Zuhörern in der Urania gewesen, hättest du mich verstanden, bewundert den kleinen Philosophen. Danach wären wir im Foyer zusammengetroffen und hätten gemeinsam geseufzt. Ich brütete im Sessel vor mich hin. Was hatte ich für ein verschrobenes Gemüt. Lähmende Konjunktive. Man verrannte sich in ihrem Gewirr, statt zielstrebig immer feste druff ...

Stand auf, nahm aus einem herumliegenden Paket eine Zigarette und ging auf die Terrasse, um einen sicheren Gang bemüht. Die warme Luft bewegte sich im leichten Wind. Unnahbare Sterne beruhigten mich mit glänzendem Schweigen. Von der Zigarette wurde mir übel, trotzdem rauchte ich sie weiter, denn mit ihr gelangen echte Cowboybewegungen, die mich festigten. Yeah. Doch als Nadine aus dem Haus trat und sich zu mir gesellte, fing ich jämmerlich zu husten an. Sie lachte und klopfte meinen Rücken.

„Ja ja, Gauloise haben es in sich, nicht jedermanns Sache. Ich kann die Dinger auch nicht rauchen, was an Landesverrat grenzt. Aber wir sind nicht in Frankreich. Sagen Sie, ist Ihr Name wirklich Klein? Dann haben wir ja fast denselben, merkwürdig."

Der Husten war besiegt, so dass ich sagen konnte: „Der Ihre ist lieblreizender. Und das mit Recht."

Donnerwetter, hätte ich mir nicht zugetraut. Ha, so leicht ließ sich einer meiner Sorte nicht unterkriegen! Sie lächelte und sagte nach kurzem Schweigen unvermittelt:

„Wissen Sie was, wir gehen einfach ein bisschen spazieren. Haben Sie Lust?"

Was für eine Frage. Das Herzelein mein pochte ungestüm.

Eine Weile gingen wir schweigend zwischen dunklen Bäumen und Gebüsch entlang. Das Sternenlicht reichte nicht aus, in dieser Neumondnacht viel zu erkennen. Ich schalt mich einen feigen Narren, kleinmütig und trostlos schüchtern. Kein Wort brachte ich heraus, dabei vor sehnsüchtiger sexueller Begierde fast zerberstend. Doch plötzlich platzten angestaute Worte von selbst heraus, ihr stotterndes Stakkato trieb mich dazu, ungelenk eine ihrer Hände zu ergreifen und sie auf mein Herz zu pressen:

„Klopft wie verrückt, Nadine. Ich werde dich ab jetzt duzen, das tu ich schon lange, wenn ich an dich denke. Ich denke oft an dich. Was für ein unverbesserlicher Idiot, der sich in dich nicht verliebt."

Ich zog sie an mich, streichelte Haar und Gesicht. Sie blieb abwehrend steif, wehrte sich jedoch nicht. Ich wurde kühner. Getrieben von einer Welle flutender Zärtlichkeit versuchte ich, sie zu küssen. Ihr Mund wich ein paar Mal aus, doch unversehens presste sie sich an mich und erwiderte den Kuss, meine Haare durchwühlend. Ich spürte ihre Brüste, dachte mehrmals dieses Wort: Brüste. Berührung und Wort erschütterten mich gleichermaßen. Als ich in ihre Bluse fassen wollte, entzog sie sich mir lachend und zwickte mich in die Nase.

„Diese frechen Deutschen sind immer so zielstrebig."

Ich nahm sie an der Hand, und wir schlenderten weiter.
„Ein Vorurteil, weißt du. Gerade das bin ich nicht: zielstrebig."
„Aber dein Freund ist auch Deutscher, und er wollte genau dasselbe tun."
Hase und Igel ...
„Bist du jetzt traurig", fragte sie leise.
„Nein, nicht mal überrascht. Hab ja bemerkt, dass ihr vorhin eine Weile verschwunden wart. Bestimmt habt ihr nicht zusammen in der Bibel gelesen."
Lachend gab sie mir im Gehen einen leichten Kuss auf die Wange, doch bevor ich sie an mich drücken konnte, hatte sie sich weggedreht.
„Aber bist du nicht eifersüchtig? Weißt du, er hat mich auch geküsst. Es war schön. Danach haben wir viel geredet, es war sehr interessant."
„Ja, versteh ich. Ein faszinierender Typ. Mit welcher Grandezza er im Smoking oder im Nachthemd rumrennt, ohne zu stolpern. Sein umfangreiches Wissen, sein mild überlegenes Wesen, unvergleichlich."
„Du meinst das alles nicht ernst, aber ich finde, es stimmt. Und dazu ist er auch lieb."
„Und ich?"
„Du bist auch lieb."
„Dann gib mir einen Kuss."
Sie blieb stehen, schlang die Arme um meinen Hals, drängte sich an mich. Es überlief mich heiß. Ich legte die Hände auf ihre Backen und knetete daran herum, presste ihren Unterleib an mich. Den Kuss beendend, legte sie ihren Mund an mein Ohr und gab ein leichtes Seufzen von sich. Um meine Beherrschung war es geschehen, schubartig ergoss sich der Samen in meine Hose. Nadine stöhnte laut in mein Ohr hinein und rieb sich an mir, während wir uns krampfhaft aneinander klammerten. Nachdem wir uns gelöst hatten, waren wir beide merkwürdigerweise nicht verlegen. Es war, als würden wir uns lange intim kennen. Fassten uns an den schwitzenden Händen und gingen weiter. Die erlebte Anspannung klang als leichtes Zittern nach.
„Nadine, du bist wie eine süße Hexe, die jeden in einen Ziegenbock verwandeln kann."
Ihr Lachen klang ein wenig albern. Eng umschlungen gingen wir durch die Dunkelheit. Die Sterne brannten ins Gemüt.
„Du hast mich gefragt, ob ich eifersüchtig bin. Weißt du, ich bemühe mich, es nicht zu sein. Hab mal erlebt, wie Eifersucht einem zu schaffen machen kann."
Einen Fanfarenstoß unter die Zuhörer schmetternd , die es sich auf herumstehenden Säcken, Kisten, Karren des Marktes bequem gemacht hatten, begann ich die Moritat vom 20-jährigen Wolf Klein und seiner ersten Liebe.

„Liebe Leute, lasst euch sagen, dass ich im Jahre **** des Herrn ein schmucker junger Bursche war, wenn ihr euch das auch nicht vorstellen könnt." Streichelte selbstgefällig meine Wampe, über die sich das verschlissene Wams so spannte, dass der letzte Knopf abzuspringen drohte. „Doch was nutzt in dieser schnöden Welt Schönheit und Anmut, wenn man bettelarm ist. Und das war ich in der ..."

„Und wie kommts, dassde denn so stattlich jeworden bist", brüllte jemand dazwischen.

„Weil ick dir ständig deine Portionen jeklaut hab, ohne dass de dit jemerkt hast", schrie ich dem spindeldürren Kerl zu.

Die Menge lachte, johlte und pfiff.

„Meine Eltern hatten mir unter Entbehrungen leidliche Schulbildung ermöglicht. Aber sie waren tot und hatten nichts hinterlassen. Böse Zeiten waren eingezogen. Die Obrigkeit schikanierte die Leute und predigte, es wäre fürs Seelenheil das Beste. Kurzerhand schnürte ich mein winziges Bündel und rückte aus ins Nachbarland, von dem man sich Wunderdinge erzählte. Dort steckte man mich sofort in ein Heim für aufgegriffene Waisen. Ich hätte die ganze Zeit rumheulen können. Aber zu so einem Kerl wie mir passt das nicht. Es gelang mir, in entscheidenden Momenten intelligent zu wirken ..."

„Hört, hört und gloobtit!"

Ich streckte dem Zwischenrufer den Zeigefinger entgegen und schrie: „Du bist sojar damit überfordert, dumm zu sein!"

Wartete, bis die Menge sich beruhigt hatte und erzählte weiter:

„So wurde mir ein Stipendium gestiftet, mit dem ich an der berühmten Universität der gewaltigen Stadt B. begann, die gelehrte Philosophie aus dem Effeff zu erlernen."

„Schade, dassde allet wieder vajessen hast, Herr Dokter."

„Nee, kann nich stimmen, ohne Philosophie könntick die Tatsache, dasset dich armet Jeschöpf jibt, nich vakraften."

Die Unruhe mit erhobenen Armen stoppend, rief ich beschwörend:

„Jetzt begann das Unglück, aus dem ich geläutert hervorgehen sollte!"

Die Arme senkend, legte ich eine kleine Pause ein, um die Spannung zu erhöhen.

„Alle Kräfte benötigend für die Studien, um der Weisheit teilhaftig zu werden, geriet ich wehrlos in die Fallstricke der Liebe. Auf diesem wundersamen Gebiet war ich blutiger Anfänger."

Die dramatische Wirkung wurde durch den Zuruf einer fetten Marktfrau zuschanden, die an einem langen Stand Heiligenbilder verkaufte:

„Warum biste denn nich mal bei mir inne Lehre jekommen. Ick hätt dir die Flötentöne schon beijebracht. An mein Herz hättste trainieren jekonnt ohne Jebühren."

„Gnädichste", schrie ich ihr ärgerlich zu, „ick weeß Ihr Anjebot zu schätzen. Sie ham dit richtje Format dazu. Aber wenn wir beede uns verlustiert hätten, wärn Ihnen ja die Heilijen vom Tisch jesprungen. Und ohne Sie zu nahe treten zu wollen, bezweifle ick doch, dasse flink jenuch jewesen wärn, die wieder einzufangen."

Ihre Erwiderung ging im allgemeinen Gejohle unter.

„Ich verliebte mich in ein holdes Geschöpf mit rätselhaften Augen und zartem Busen. Wir trafen uns einige Male in züchtigem Anstand. Sie ließ durchblicken, dass sie mir wohlgeneigt sei. An einem Sommerabend, als ihre Eltern aus dem Hause waren, wie ich wusste, wollte ich sie überraschend besuchen. Besorgte mir aus dem schönsten Garten, den ich kannte, einen wundervollen Blumenstrauß. Zurückkletternd, verstauchte ich mir jämmerlich den Fuß. Einen Stock als Krücke benutzend, das Herz voller Liebe, humpelte ich zum Haus der Angebeteten. Doch als ich ihren Garten durch eine verborgene Pforte betrete, sitzt sie mit einem mir wohlbekannten Stutzer, einem Studenten der Juristerei, auf einer Bank, zum Kusse vereint. Wie sie auseinander schreckten! Der Geck nahm eine hochmütige Miene an, die Holde aber lächelte mich sanft errötend verwirrt an. Mit blutleerem Gesicht stand ich Tölpel da, drückte ihr die Blumen wortlos in die Hand und humpelte halb ohnmächtig davon. Ein Satz jagte durch meinen Kopf: Das ist der Tod!"

Ich schwieg, das Publikum war mucksmäuschenstill. Ach, wer hatte noch nie den Kummer verschmähter Liebe erfahren. Auch lachte keiner, als ich erzählte, wie ich zu Hause aufs Fensterbrett gestiegen war, das Ende des um den Hals gelegten Strickes an einem Gardinenhaken befestigt hatte und mit einem Sprung in die Tiefe des Zimmers ..., wie jedoch der Strick gerissen, ich jämmerlich auf die Nase gefallen war. Einige bekreuzigten sich ob der Sünde. Das von Gott geschenkte Leben verschmähen!

Währenddessen hatte sich der Himmel mit drohenden schwarzen Wolken überzogen. Starker Wind tobte über den Platz.

„Haha, hoho", lachte ich in die ersten Regentropfen hinein.

„Nach einigen Wochen schmerzvoller Düsterkeit war mein Gemüt bereit, den wohlwollenden Vorschlägen der Vernunft zu lauschen. Mit erneuerter Kraft schwor ich, nie wieder eifersüchtig zu werden. Denn ist nicht, liebe Leute, Eifersucht eine besonders gefährliche Form der Dummheit?!"

In strömendem Regen brüllte ich gegen das Tosen des Sturms über den Platz: „Habt ihr das auf immerdar verstanden?!"

Vom Furor der Erleuchtung getrieben, weitere im Lebenskampf erworbene Weisheiten in die Welt zu posaunen, entfuhr mir Gekrächze. Ich war heiser geworden. Durch die Anstrengung platzte der letzte Knopf vom Wams, so dass dieses nass um mich herumflatterte wie verkümmerte, unbrauchbare Flügel. Die Zuhörer waren längst vor dem Unwetter geflohen.

Frierend und fluchend stieg ich herab. Wie konnte mir als ausgekochtem Profi eine solche Pleite passieren. Zu spät, mit dem Hut herumzugehen, der wohlverdiente Lohn war mir entgangen. Sah mich missmutig nach einem Plätzchen um, das Schutz vor dem Regen bieten konnte, als eine sanfte Stimme sagte:

„Kommen Sie mit!"

Überrascht sah ich in das Gesicht einer freundlich lächelnden, etwa 40-jährigen, schönen Frau mit starkem Busen, deren Arm einen schützenden Regenschirm über mich hielt. Eng aneinandergedrängt, um gemeinsam den Schirm zu nutzen, gingen wir davon.

„Ich wohne allein in einem kleinen Häuschen. Sie können die Sachen bei mir trocknen. Ich werde Ihnen Knöpfe annähen."

Sie hängte einen Arm bei mir ein. Langsam floss Wärme in mich über. Ich schien in ein fremdes Märchen geraten ..."

„Aaahh, ein verführerischer Schluss. So hoffnungsvoll sollte das Leben immer in die nächste Etappe überspringen", sagte Nadine lachend.

Ich nahm ihre Hand, küsste die Innenfläche zärtlich und flüsterte: „Aber so ist es. Sieh doch, eben stand ich im Regen, schlotternd und einsam. Jetzt genieße ich in milder Nacht die Nähe eines schönen Mädchens."

Sie entzog mir die Hand, machte ein paar Schritte zur Seite.

„Du sprichst wie Leute aus deinen Geschichten. Du bist ein Dummerchen. Und wenn du so meine Hand küsst, kitzelt das, da muss ich lachen. Weißt du, Wolf, ich bin zwar noch ein ziemlich junges Ding, aber verglichen mit dir komm ich mir alt vor."

„Also gut, du bist keine junge Hexe, sondern eine alte", erwiderte ich mürrisch. „Hast ja Recht. Hab längst begriffen, dass Männer romantischer sind als Frauen. Das muss nicht unbedingt stimmen, denn ich hab eingesehen, dass ich Frauen nie im Leben begreifen werde. Vielleicht hab ich nur keinen Draht für ihre Art der Romantik."

„Lass uns umkehren, mein Vater macht sich vielleicht Sorgen, wenn wir länger wegbleiben. Auf dem Rückweg erzähl ich dir eine Geschichte über mich."

Sie nahm meine Hand und befahl: „Aachtung, kehrt!"

Vorschriftsmäßig drehten wir uns mit ausschwenkenden Beinen und marschierten ein paar Schritte im Gleichtakt. Als sie: „Aachtung, rühren", rief, schlenderten wir Hand in Hand zurück durch das mit Gehölz und Gebüsch bewachsene Hügelland, in das wir bereits vorgedrungen waren.

„Ich hab nachgedacht, was ihr beide für mich seid. Ich glaube, tatsächlich Märchengestalten. Vielleicht ein bisschen wie Traumfiguren, die unbestimmte Sehnsucht in mir ansprechen. In gewisser Weise bin ich fremd hier, obwohl wir seit vielen Jahren hier leben. Ich denke oft an meine Kindheit in Colmar zurück. Das ist immer irgendwie mit Zauber verbunden. Mein Vater hat mir dort viele Märchen vorgelesen. Die handelten von der Gegend, vom Rhein, den Vogesen, von ferner Vergangenheit, Zwergen und Riesen. Das steckt alles in mir drin. Plötzlich wurde ich hierher versetzt, wo die Welt ganz anders ist. Jetzt bin ich eine merkwürdige Mischung, als wäre ich irgendwie verzaubert."

Wir blieben stehen und sahen uns an. Ich streichelte ihr Gesicht und sagte: „Armes kleines Mädchen."

Sie lehnte sich sanft an mich und flüsterte: „Ach, Wölfchen, das Leben ist unbegreiflich. Man muss es genießen."

Ich erschrak fast, als sie meine Hand ungestüm auf eine ihrer Brüste presste. Wie auf Kommando riss ich sie an mich. Wir küssten uns, rissen uns die Kleider vom Leib, taumelten ins vertrocknete Gras, ich lutschte an den Brüsten, sie fasste den drängenden Penis und brachte ihn in die richtige Lage. Als er eingedrungen war, flüsterten und stöhnten wir wollüstig, wälzten uns herum bis zum Finale. Wie Hexlein und Teufelchen eben zu tun pflegen in ihrer Geilheit.

Eng umschlungen blieben wir eine pochende Ewigkeit verwundert liegen, beruhigten uns langsam. Reinigten uns notdürftig mit Blättern, zogen die Kleider an und gingen Hand in Hand weiter, still, in Gedanken verloren. Einige Male lächelten wir uns fast schüchtern an. Das Knacken trockener Ästchen unter den Füßen betonte die Stille.

„Nadine, ich liebe dich, Nadine, je t'aime."

Sie sah mich ernst an, sagte: „Ja, natürlich", und lief weiter. Da hatte ich meine Liebe.

Unvermittelt begann sie zu erzählen.

„Meine Eltern lebten getrennt, ich war 4 oder 5 Jahre alt, als mein Vater mit mir einen Ausflug auf den Mont Sainte Odile machte. Auf diesem Berg liegt die heilige Odile, die Schutzheilige des Elsass, in einem Kloster begraben. Während der Fahrt erzählte mein Vater mir ihre Geschichte. Sie wurde etwa 660 blind geboren. Ihr Vater war Herzog des Elsass. Er wollte sie töten lassen wegen der Blindheit und weil er einen Sohn erhofft hatte. Ihrer Mutter gelang es, den Säugling zu verbergen. In einem Kloster in Burgund wurde sie aufgezogen. Nach der Taufe mit zwölf Jahren konnte sie plötzlich sehen. Ihr Bruder brachte sie zurück zum Vater, der sie jetzt annahm. Später floh sie, weil er sie verheiraten wollte. Bedrängt von Verfolgern, öffnete sich ein Felsen vor ihr, so dass sie entkam. Sie wurde Nonne und gründete um 700 ein Kloster auf dem Gipfel des Berges. Es wurde mehrmals zerstört und wieder aufgebaut. Dieses Kloster auf dem Mont Sainte Odile gibt es heute noch. In einer Kapelle, die dazugehört, kann man ihren Steinsarg sehen. Sie ist dort um 720 begraben worden. Das Kloster liegt unvergleichlich. Man kann vom Garten sehr weit in das Elsass hineinsehen. Ich staunte über die Unermesslichkeit dort unten. Als wir vor dem Sarg standen, den man durch ein Gitter betrachten kann, stellte ich mir vor, dass Odile als schönes Mädchen schlafend in ihm lag und irgendwann befreit werden würde, etwa wie Dornröschen von einem Prinzen. Das flüsterte ich meinem Vater zu. Er ist ein sensibler Mensch, damals aber lachte er trotzdem und sagte: ‚Weißt du, da liegt Staub drin. Vielleicht noch ein paar Knochen vom Skelett der toten Frau. Wer tot ist, ist tot, weiter nichts. Niemand kann ihn befreien oder erwecken.' Natürlich wusste ich nicht, was ‚tot' eigentlich bedeutet, stellte mir aber etwas Schreckliches darunter vor, fing fürchterlich an zu weinen und war kaum zu beruhigen. Das Erlebnis hat sich mir eingeprägt. Mein Vater behauptet, er habe es vergessen. Wenn man tot ist, ist man tot. Also sollte man sich vergnügen im Leben, Wolf, du denkst zuviel nach, das führt zu Nichts, genau wie träumen."

Ich schüttelte den Kopf.

„Glaubst du, was du sagst? Vor kurzem waren Otto und ich Märchenfiguren für dich. Weißt du, ohne Denken und ohne Träumen kann niemand auskommen. Sie sind sehr verschieden. Träumen ist wie Atmen, Gehirnatmung, Denken banales Hilfsmittel wie Gehen. Das Träumen ist unerbittlich wie ein Gefühl, zwingt dich in seiner Welt zu versinken, Denken ist eine Methode, dir mit Wörtern eine Art Plan der Welt zu konstruieren, um dich zurechtzufinden, während du in ihr herumwanderst. Glaubst du wirklich, dass man ..."

„Ach, was redest du da."

Ernüchtert schwieg ich, fragte nach einer Weile traurig: „Du hast dich hoffentlich vergnügt mit mir?"

Sie musste nicht mehr antworten.

Wir waren nicht sehr weit vom Haus entfernt, das unseren Blicken allerdings noch verborgen war. Der Weg verlief an dieser Stelle in einer engen Kurve und war sehr schmal. An beiden Seiten wuchs Dorngestrüpp. Einige hoch aufragende Bäume breiteten ihre Kronen über uns aus, so dass dunkle Nacht herrschte. Wir hörten plötzlich Gekeuche und wurden, bevor uns möglich war irgendwie zu reagieren, umgestoßen. Vor Überraschung zu keinem Laut fähig, fielen wir übereinander in die Dornenbüsche. Unterdrücktes Fluchen zeigte an, dass wir jedenfalls nicht von Rindern oder Ungeheuern umgerannt worden waren. Rappelten uns auf, standen heftig atmend in der Dunkelheit. So laut ich konnte, brüllte ich:

„Idioten, verdammte!"

Nadine sagte kichernd: „Hör lieber auf, sonst kommen die zurück und machen dasselbe nochmal."

„Hast du dir sehr weh getan?"

„Überall Dornen. Bin gespannt, wie wir im Gesicht aussehen."

„Ja, die Frauen. Denken unter allen Umständen ans Aussehen. Du wirst immer noch schön sein."

„Und die Männer machen unter allen Umständen Komplimente."

Wir lachten mit schmerzenden Gesichtern. Uns langsam in Bewegung setzend, merkten wir, dass nicht nur Gesicht und Hände, sondern auch andere Stellen des Körpers betroffen waren.

Ein noch größerer Schreck erwartete uns. Hinter der letzten Kurve des Weges bot sich ein gespenstisches Bild. Dunkle Gestalten rannten im rötlichen Licht lodernder Flammen wie in ekstatischem Tanz durcheinander. Wir rannten auf die schaurige Szene zu, während Befürchtungen uns wie Blitze durchzuckten. Näher gekommen, hörten wir Nadines Vater von irgendwoher brüllen:

„Hat keinen Zweck mehr, lasst es brennen. Richtet die Schläuche auf das Wohnhaus, damit die Flammen nicht übergreifen. Mit den Eimern befeuchtet den Boden ringsum, damit das Feuer nicht zu den anderen Scheunen und den Ställen kriechen kann."

Fast übertönt wurde seine Stimme vom Prasseln der Flammen und Brüllen der Rinder aus den nicht weit entfernt liegenden Ställen. Um die Ecke des Wohnhauses biegend, standen wir Monsieur Mignon gegenüber, der an einem aus der Hauswand ragenden Wasserhahn herumfummelte, an welchem ein Schlauch angeschlossen war.

„Mon Dieu, Nadine", schrie er und riss sie ungestüm an sich. „Da bist du. Ich hatte Angst um dich, Töchterchen."

Sie befreite sich ungeduldig und fragte: „Papa, was ist hier los? Warum hattest du Angst um mich?"

Ihr genauer ins Gesicht schauend, entdeckte er die Dornenspuren, die wegen des unruhigen Lichtes martialischer wirkten, als sie waren. Ein flüchtiger Blick auf mich zeigte ihm dasselbe.

„Was ist mit euch los?"

„Nichts Schlimmes, Monsieur Mignon, nur Dornenkratzer. Wir sind spazieren gegangen."

Trotz der Ungereimtheit der Bemerkung war er sofort beruhigt und sagte

„Geht ins Haus und lasst euch von Anne verarzten. Hier könnt ihr nicht helfen. Die Scheune ist hinüber, die Gefahr für das Übrige wohl gebannt."

Er drehte sich um und verschwand um die Hausecke.

Wir stiegen die Treppe zur Terrasse hinauf und traten durch die noch immer weit geöffnete Flügeltür in den hell erleuchteten Saal. Vom vorausgegangenen Fest war nichts mehr zu bemerken, es war bereits aufgeräumt. Ein Blick auf die große Pendeluhr verriet mir, dass es nach Mitternacht war.

„Wir sind lange fort gewesen. Derweil brennt hinter uns die Welt ab. Mein Gott, Nadine, wie siehst du denn aus."

Zärtlich besorgt strich ich ihr die Haare aus der Stirn und küsste vorsichtig die Nasenspitze. Erst hier im hellen Licht konnten wir erkennen, wie wir zugerichtet waren. Die Gesichter kreuz und quer zerkratzt und mit Flecken geronnenen Blutes bedeckt. An vielen Stellen hatten die Dornen die Kleidung durchdrungen und steckten noch in der Haut. So schlimm hatten wir es nicht erwartet, da es nicht stark schmerzte, sondern nur mild brannte. Entgeistert starrten wir in den bis auf den Boden reichenden Wandspiegel. Einen großen Dorn auf Nadines Hals fasste ich mit spitzen Fingern und zog ihn mit einem Ruck heraus.

„Oh lala, das tut weh", sagte sie zurückschreckend.

Triumphierend zeigte ich ihr das üble Ding:

„Sieh dir den an, was für ein Hoscher. Das müssen Teufelsbüsche gewesen sein. So was wächst bestimmt in der Hölle auch."

Sie sah mich verschmitzt an und sagte:

„Dabei waren wir gerade im Siebenten Himmel."

Statt Lachen gelang uns nur vorsichtiges Grimassenschneiden.

Eine aufgeregte Stimme ertönte: „Mon Dieu, Mademoiselle Nadine, was ist geschehen. Was für ein Unglück."

Die etwa 60-jährige Frau, die den Saal betreten hatte, war die Haushälterin Anne, die beim Abendessen als dienstbarer Geist herumgewuselt war. Mit trippelnden Schritten kam sie auf uns zu. Die fettige, bekleckerte Schürze stand in gewissem Gegensatz zum hart, streng und exakt wirkenden Dutt der schwarzen Haare, in welchem ein großer, kostbar golden glänzender Kamm steckte. Die kleine, dickliche Figur lief überraschend behände. Unaufhörlich sprechend - so schnell, dass ich ihr Französisch kaum verstehen konnte - war sie bei uns angelangt und nahm Nadines Kopf sanft zwischen die Hände. Sie zog ihn zu sich herunter, um ihn genau begutachten zu können. Mir warf sie einen misstrauischen, ja vorwurfsvollen Blick zu, der mir signalisierte, dass sie mich für den Schuldigen an diesem Desaster hielt. Abrupt ließ sie Nadine los und eilte davon, weiterhin ohne Pause sprechend, bis sie durch die Tür verschwunden war. Meinen ratlosen Blick beantwortete Nadine mit der Feststellung:

„Anne wird uns jetzt verarzten."

Sie nahm mich an der Hand und zog mich zu einer ledernen Sitzecke. Wir ließen uns nieder. Nadines Hand hielt ich weiter fest, als hätte ich ihre Unterstützung nötig. Die Berührung unserer Oberschenkel beim Sitzen schienen wie ein Zeichen unserer Vertrautheit. Sollte ich mich an sie schmiegen? Ängstlich hielt ich mich zurück, deppenhaft, naiv und treuherzig. Doch als meine Blicke in den Ausschnitt ihrer Bluse wanderten, war ich sofort elektrisiert. Nichts war dagegen zu machen, es riss einen fort. Ich drehte mich zu ihr und presste das Gesicht hektisch in den Ausschnitt, den Schmerz der Kratzer nicht beachtend. Sie strich über mein Haar, während ich ihr Herz pochen hörte.

„Sei vernünftig, Anne kommt gleich zurück."

Ich hob den Kopf und sah ihr in die Augen.

„Nadine, ich hab dich sehr lieb."

„Du bist wie ein kleiner Junge."

„Magst du das nicht?"

„Doch. Ich muss keine Angst vor dir haben."

„Das klingt, als ob ich dich langweile."

„Aber nein."

Brav setzte ich mich hin.

„Nadine, kann es sein, dass Liebe immer nur zu Einsamkeit führt?"

„Das weiß ich nicht. Aber es steht manchmal so ähnlich in der Zeitung."

Herrgott. Und nie konnte ich entscheiden, ob ich den Spott verdient hatte.

Anne kehrte zurück, bepackt mit Schere, Pflastern, Pinzette und Alkoholfläschchen. Eine Weile dokterte sie an uns herum, ständig vor sich hin murmelnd. Endlich war sie fertig und verschwand. Wir sprangen auf und stellten uns vor den Spiegel. Die Gesichter waren über und über mit Pflastern bedeckt, so dass man uns kaum zu erkennen vermochte.

„Ist doch Blödsinn, so heilt es ja nicht."

Ich versuchte, eines der Pflaster abzureißen. Nadine ergriff meine Hand, um mich daran zu hindern.

„Nein, hör auf. Sie hat sich solche Mühe gegeben. Wenn du es abreißen willst, bitte nicht hier."

Ihr Vater trat von der Terrasse herein. Sie ging ihm mit schnellen Schritten entgegen und umarmte ihn, als suche sie Schutz. Er streichelte mit wehmütigem Lächeln ihr Haar. Wie ertappt, löste er sich und sagte lachend, ihren Kopf zwischen den Händen haltend:

„Was für ein Mädchen. Mit den Pflastern sieht sie aus wie eine Mumie."

„Hör auf, Papa. Sag mir, was hier passiert ist."

Hölzern stand ich in einiger Entfernung da und beobachtete die Szene wie im Theater. Sollte ich einfach verschwinden?

Es war noch dunkel draußen. Der Hoteldiener Jeremias rechnete schlaftrunken mit mir ab und verschwand wieder in seiner Kammer, um weiterzuschnarchen. Ich holte mein treues Pferd aus dem Stall. Im Sattel gab ich die Zügel nicht sofort frei. Mitten auf dieser jämmerlichen Dorfstraße blickte ich im Kreise herum. Dämmerlicht des Morgens begann das Nest aus der Dunkelheit in sein graues Dasein zu zaubern. Ich lachte bitter. ‚Big city', was für ein Name für einen Haufen Scheiße. Und die Menschen hier. Niemand war zu sehen. Gestern hatten sie mir zugejubelt, weil ich sie von den Cocker-Brüdern befreit hatte. Keiner von diesem Pack war mir zu Hilfe gekommen. Verächtlich spuckte ich den Kaugummi in den Staub. Er schmeckte nach nichts, war bereits durchgekaut. Mit Wehmut dachte ich an das junge Mädchen, welches sich nachts in mein Zimmer geschlichen hatte. Das war die richtige Art, mir zu danken. Stramme Brüste, unverfälschte Lust. Morgens war sie verschwunden. Caramba, es war besser so. Liebe war eine Falle, die einen in so ein ‚Big city' sperrte. Schaudernd spie ich aus. Als glänzender kleiner Ball rollte die Spucke durch den rötlichen Staub, wurde von diesem eingefangen, blieb ängstlich pulsierend liegen, resignierte und vertrocknete elendiglich. Abfall, aber immerhin ein Stück von mir. Ich seufzte.

In der Verlängerung der Straße zeigte sich weit hinter Weiden und Wüsten der rotglühende Rand der aufgehenden Sonne. Ein wärmendes Gefühl des Glücks presste einen leisen Laut des Übermuts zwischen meinen Lippen heraus. O. k., ich war ein verdammter Fremder auf diesem Flecken Erde mit seinen Bretterbuden. Aber die weite Ferne ist ein unermessliches Zuhause. Niemals würde ich mich auf einem fett gewordenen Arsch niederlassen. Mein Gaul kannte die Zeremonie der Einkehr längst, hatte alle ihre Stadien aufmerksam mitgefühlt. Er wendete mir den Kopf zu, wusste, was zu tun war. Erwartungsvoll wieherte er. Mit einem gewaltigen Schrei aus tiefster Seele gab ich die Zügel frei. Befreit sprengten wir in das menschenleere Land zwischen ‚Big city' und ‚Rocky town'.

„Heh, junger Mann, wo sind Sie, soll ich lieber deutsch reden, verstehen Sie mich nicht?"

Monsieur Mignon schüttelte mich leicht an der Schulter.

„Nein, nein, nicht nötig."

Er sah mich prüfend an.

„Wo sind Sie gewesen, haben Sie mit offenen Augen geschlafen?"

„Ich sollte Sie besser mit ihrer Tochter allein lassen, Sie haben sich einiges zu erzählen."

Lachend winkte er ab:

„Patati, patata. Bleiben Sie ruhig noch. Wahrscheinlich wollen Sie wissen, was hier los war. Wisst ihr was, Kinder, jetzt nehmen wir zur Stärkung einen anständigen Cognac."

Sich die Hände reibend, ging er zur Hausbar und kam mit Gläsern und Flasche auf einem Tablett zurück. Beim Eingießen sah er mich verschmitzt lächelnd an und fragte:

„Oder haben Sie von meiner Tochter geträumt? Ist doch nicht nötig, sie ist hier."

„Papa, hör auf damit, so was geht dich nichts an!"

„Ist ja schon gut."

Nadine sah mich an. Das Zucken der Pflaster deutete ich als Lächeln.

„Er hat bestimmt an die Cocker-Brüder gedacht, Papa. Ralph hat mir heute Abend einiges darüber erzählt. Es war sehr interessant."

„Ja, natürlich, macht euch über einen alten Mann lustig."

Soso, dachte ich. Keine Ahnung, was er da erzählt haben mochte. Mein Kumpel Otto der Große. Immer einen Schritt voraus.

„Papa, erzähl uns endlich, was hier los war."

„Viel ist da nicht zu erzählen. Bis auf Monsieur Otto waren alle Gäste schon weg. Er wollte auf seinen Freund warten, schien irgendwie beunruhigt." Amüsiert sah er mich an und setzte nach einer kleinen Pause noch einen drauf: „Ja ja, diese warmen, sternverklärten Südseenächte."

„Papa, hör auf!"

Unschuldig sah er sie an. „Aber Töchterchen, du weißt genau, dass ich diese Nächte besonders liebe."

„Nenn mich nicht Töchterchen. Ich bin eine erwachsene Frau, gewöhn dich daran."

„Patati, patata. Du nennst mich manchmal Papachen, dabei bin ich über 60. Schließlich lass ich dir alle Freiheiten, da ist es egal, wie ich dich nenne."

„Das sind meine Freiheiten, die kannst du mir weder nehmen noch lassen."

„Ihr Freund ließ sich zu ein paar Gläschen überreden und wir plauderten miteinander, während Anne abräumte und dazwischenquasselte, wie es ihre Art ist. Ein intelligenter junger Mann. Als das Gespräch wieder auf den Vegetarismus kam, wurde es gefährlich für mich. Nicht auszudenken, hätte er mich eingefleischten Rinderzüchter überzeugt. Ich stände blöd da mit meinen vielen Rindviechern. Es gelang mir, vorher das Thema zu wechseln, ein geordneter Rückzug also."

Er goss sich noch einen ein und trank sofort aus.

„Sie kennen doch ihren Freund besser als ich. Halten Sie für möglich, dass er mit dem Brand zu tun hat? Der entstand nämlich, kurz nachdem er gegangen war. Ein paar Cognac drin, und als eingefleischter Vegetarier, man könnte annehmen, dass er vielleicht ... Übrigens, ist das nicht köstlich: eingefleischter Vegetarier, haha ..."

Nadine sprang auf und rief empört:

„Papa, du hast zuviel getrunken, sonst könntest du nicht so gemein sein. Für Ralph lege ich meine Hand ins Feuer."

„Wieder ein sehr passender Ausdruck für den heutigen Abend. Wir sind eine wortgewandte Familie." Er kicherte in sich hinein.

Entfernte Rufe von den mit Aufräumarbeiten beschäftigten Männern waren zu hören. Monsieur Mignon starrte nachdenklich vor sich hin, ein wenig zusammengesunken. Aufschreckend stieß er fast trotzig aus:

„Jedenfalls war es Brandstiftung. Es lag ein Benzinkanister in der Scheune." Strich sich seufzend, mit müder Geste über die Augen. „Irgendwann sagte der junge Mann, sein Freund würde auch allein nach Hause finden. Ich brachte ihn auf die Terrasse und sah den weißen Smoking wie ein Gespenst im Dunkel verschwinden. Auf merkwürdige Art kleidet er sich. Nun, was ist heutzutage schon normal. Alles in der Welt wird durcheinander geschüttelt. Ich ging ins Büro, um einigen Schreibkram zu erledigen. Das mache ich gern nachts, wenn es ruhig ist. Dann fühle ich mich wie in einer anderen Welt. Eine Konstante, in der man sich nicht ständig neu anpassen muss. Ja ja, eine Illusion. Ich wurde schnell unruhig, weil mein Töchterchen nicht kam. Hihi, Töchterchen darf ich gar nicht sagen und unruhig wegen ihr darf ich auch nicht sein, sonst schimpft sie."

Er hatte offensichtlich den Faden ein wenig verloren und schwieg. Besänftigend strich Nadine über seine Hand.

„Papachen, ist ja gut. Denken darfst du das, nur sagen sollst du so was nicht, es macht mich wütend, und dann streiten wir uns."

„Natürlich, nun bist du erwachsen. Es ist komisch, ich fühle mich oft wie ein Kind. Ich trat aus dem Haus in die wundervolle Sternennacht in der Hoffnung, dich kommen zu sehen. Und dabei entdeckte ich unter der Terrasse einen Feuerschein. Der Brand war noch klein, ich konnte ihn mit dem Wasserschlauch schnell löschen, bevor er Schaden anrichtete. Aber danach entdeckte ich den Brand der Scheune. Ich weckte die Arbeiter. Wie wir uns auch anstrengten, die Scheune war nicht mehr zu retten. Ja, Kinder, so war das gewesen."

„Mein Gott, Monsieur Mignon, das Wohnhaus wollte man also ebenfalls anstecken. Das ist ja ein Mordanschlag. Wer kann denn so was gemacht haben?" Mich ritt der Teufel, als ich hinzusetzte: „Außer meinem Freund natürlich."

Prompt warf Nadine empört ein:

„Wolf, jetzt hör auf. Das mit Ralph hat Papa doch nicht ernst gemeint."

„Schau an, ruckzuck geht das heutzutage, schon ganz intim: Wolf und Ralph. Wenn ich daran denke, dass ich sogar meine Eltern siezen musste. Wissen Sie, junger Mann, es gibt zwei Möglichkeiten. Entweder waren es die Schwarzen oder die Weißen. Die Politik hat sich hier in den letzten Jahren immer stärker radikalisiert. Da gibts Melanesier, besonders junge Leute, für die ich nur verhasster Weißer bin. Die wollen alle Weißen aus dem Land werfen, egal wie lange sie hier schon leben. Sie haben die LS gegründet, Les Sauveurs. Eine große Gruppe radikaler Weißer einschließlich einiger ehemaliger Algerienfranzosen, die hierher geflüchtet sind, will das Land andererseits wieder an Frankreich anschließen. Organisiert sind sie im ML, dem Mouvement de la Liberté. Dazwischen sitzen wir auf Ausgleich Bedachte von der MÉD, dem Mouvement Égalité des droits. Wir werden von beiden Seiten beschimpft und schrumpfen immer mehr an Zahl. Für viele Franzosen bin ich sowieso verdächtig. Verräter, halber Boche aus dem Elsass. Junger Mann, glauben Sie nicht, dass unsere Inselwelt zu klein für alle Dämlichkeiten der Menschheit ist. Jedenfalls Diese oder Jene wollten mir die Bude überm Kopf anzünden, nehme ich an. So, jetzt erzählt ihr mir, was euch zugestoßen ist, warum ihr nicht wie auf Rosen gebettet, sondern wie in Dornen gebadet ausseht, ha ha."

„Ja, weißt du, Papa, wir gingen friedlich spazieren und unterhielten uns. Auf dem Weg, der in die Berge führt. Und gerade an der Stelle, wo es so eng ist durch diese widerlichen Dornensträucher, rennt uns jemand um. Wahrscheinlich zwei Leute. Es war vollkommen dunkel, so dass wir niemanden erkennen konnten. Wir hörten nur undeutliches Fluchen. Ich glaube, es war französisch. Wir landeten in den Sträuchern. Das müssen die Brandstifter gewesen sein. Jedenfalls kannst du sicher sein, dass es nicht Ralph, äh, Monsieur Otto war, falls du das doch ein bisschen ernst gemeint hast."

„Ein Glück, dass euch nicht mehr geschehen ist. Wer weiß, wozu die fähig sind. So weit ist es gekommen, in Zukunft müssen wir Wachen aufstellen. Manchmal möchte ich den Krempel hinschmeißen. So, Kinder, ich bin müde, ihr wahrscheinlich auch. Es war ein anstrengender Tag."

Ich stand sofort auf und verabschiedete mich. Wie ein Hund, der einen Leckerbissen erwartet, sah ich Nadine sehnsüchtig an. Sie verzog die Pflaster zu einem Lächeln und flüsterte: „Ich bring dich raus."

Auf der Terrasse gaben wir uns einen langen aber vorsichtigen Kuss, der mein Blut sofort in Wallung brachte. Ich presste sie an mich, die Hände auf ihrem Hinterteil. Eijeijei, umgeben von blutrünstigen Brandstiftern küsst er das schöne Mädchen unter dem Kreuz des Südens, inmitten der Gefahr.

Durch die laue Nacht meiner Klause entgegentappend, versuchte ich, dem Alkohol, der Liebe, der Welt überhaupt zu trotzen.

„Ach, verdammt", begann ich ein Gespräch. Nee, der Anfang ist nicht angemessen. Konnte man denen da oben nicht anbieten, die so feierlich leuchteten. Eine Ode musste her! Die Arme enthusiastisch in die Höhe gestreckt, deklamierte ich:

„Lenker der Welten! ..." Trat in eine Bodenvertiefung und fiel der Länge nach in den Staub. Um meine Inspiration war es geschehen. Wer konnte unter solchen Umständen dichten. Ich rappelte mich auf.

„Gibt sowieso nur eine Welt."

Weiter torkelnd murmelte ich zunehmend unverständliches Zeug vor mich hin. Einzelne Wörter wurden von Stoßseufzern aus dem Mund gerissen und verschwanden in der Dunkelheit. Verliebt war ich und froh; Wollust trieb sich in mir herum; Eifersucht spottete der guten Vorsätze; Angst vor den Grausamkeiten der Welt schüttelte mich durch; Ratlosigkeit über meine Lage und mein ganzes bisschen Leben lähmte mich. Ja, aber Trotz stolzierte drüber weg und gab helfende Kraft.

„Reiß dich zusammen; magst traurig oder fröhlich sein, bist immerhin am Leben, kann man von manchem Toten nicht sagen."

Ein einsames Lichtchen wies mir den letzten Teil des Weges über das Feld der Kümmernisse. Angekommen, sah ich Ralph Otto vor der Hütte am Tisch sitzen, auf dem eine sanft brennende Kerze stand. Er hatte sich umgezogen. Das weiße Gewand war vom rötlichgelben Licht verändert, die Falten vertieften sich in schwarzen Schatten. Halbwegs wieder nüchtern, setzte ich mich auf den anderen Stuhl, beschleunigt atmend vom Gehen, Fallen, Aufstehen. Amüsiert sah er mich an.

„Gehe ich richtig in der Annahme, dass das Nachtgespenst mein Mitbruder Klein ist?"

„Jenau derjenje welcher, Herr Kriminalrat."

„Haben dich Heuschrecken angeknabbert oder bist du da drüben ins Feuer geraten und verarztet worden?"

Misstrauisch fragte ich: „Woher weißt du, dass es gebrannt hat?"

„Den Feuerschein sah man bis hier. Hoffentlich ist nichts Schlimmes passiert."

„Nö, Sachschaden. Bevor ich erzähle, brauch ich ein Käffchen. Wie ich dich kenne, wirst du mir eins brauen. Bin fix und foxy, der Schädel brummt mir."

Zögernd stand er auf und ging hinein, dabei murmelnd:

„Eine Zumutung. In Gottes Namen und um des Hausfriedens willen."

Auf den Kaffee wartend, streckte ich erleichtert die Beine aus. Merkwürdig, dass man sich an solch bitteres Gesöff gewöhnen kann. Mokka, Arabien, Hengste, edelmütige Grausamkeit, Kampf um dreckige Wasserlöcher, Oasen, Träume von wunderbaren Gärten, Bauchtänze, Wüste, ja, die Wüste und Allaaah in ihrer Mitten ...

Der Sturm will mich mit pausenlos geißelnden, winzigen, erbarmungslos harten Sandkörnchen für sonderbare Träume strafen und mir seine Botschaft einpeitschen, die da lautet: Auf eine Fata Morgana ist all dein Sinnen und Trachten gegründet, lächerliches Blendwerk dein wurmhaftes Getue. Verzweifelt wühle ich mich in den Sand hinein, begrabe mich in ihm, versande, taub, blind. Dort ist es warm, fast angenehm. Ich erwache, weil ich vollkommene Stille höre. Das Sausen über mir ist vorbei. Schlängle mich an die Oberfläche und schüttle, noch huckend, soviel des Sandes ab wie möglich. Reibe an mir herum, fahre mit den Fingern in die Ohren, streiche über die Lider, öffne vorsichtig die Augen, schließe sie schnell wieder, vom grellen Sonnenlicht geblendet. Töricht im Sande sitzend versuche ich, Fassung zu gewinnen, klare Gedanken zu bilden.

„Du hast zu mir gefunden. Beginne das Gespräch."

Der Klang der würdigen Stimme lässt mich die Augen erneut öffnen. Die Sonne hat ihr Licht verändert, färbt die sich endlos wellenden stillen Haufen

Sandes ringsum angenehm rötlich, blendet nicht. Vor mir ein regungsloser Mann im Schneidersitz, in einen weißen Burnus gekleidet, der Oberkörper betont aufrecht, die Arme verschränkt. Im braunen, von einem schwarzen Vollbart umrahmten Gesicht saugende, unergründlich dunkle Augen. Zu Konzentration gebannt, frage ich ruhig:

„Wer bist du?"

„Der Herr der Sandwüste."

Ich setze mich gleichfalls in den Schneidersitz, versuche ebenbürtige Würde auszustrahlen.

„Warum kannst du deutsch sprechen?"

„Du sprichst alle Sprachen, ich spreche alle Sprachen."

„Wozu gibt es dich, was machst du hier?"

„Ich wache über die Menschen der Wüste."

„Lebst du wirklich?"

Sanften Tonfalls: „Lebst du denn wirklich?"

Schweigend senke ich den Kopf, hebe ihn wieder und frage, die Antwort genüsslich erwartend:

„Lebt irgendein Mensch wirklich?"

„Nein."

Fröhlich lachend sage ich: „Nonsens. Ich spüre mein Leben pulsieren. Natürlich begreifst du das nicht."

Ich gewinne Oberwasser, und das, pardon, mitten in der Wüste. Gleichzeitig verlässt mich die zauberhafte Ruhe, gefühlsbeladene Worte drängen sich in den unersprießlichen Dialog.

„Glaubst du, dass du viel weißt, Herr der Wüste?"

„Ja, alles!"

Blödsinnige Antwort. Leichtes Runzeln seiner Brauen zeigt mir, dass er merkt, wie ich ihm entgleite. Schnell setze ich nach:

„Es ist leicht, an sein Wissen zu glauben. Aber wie kannst du wissen, dass du alles weißt?"

Seine Miene verzerrt sich zu einer hässlichen Fratze. Ich bin endgültig seinem Bannkreis entronnen, springe auf und schreie ihn an:

„Seelenquacksalber, alberner Gockel, fahr zur Hölle mit deinem Geschwätz. Ich lebe, du aber bist aufgeblasener Quatsch. Herr der Sandwüste, was für ein Schmarren, dass ich nicht lache!"

Ein kühler Windstoß wirbelt die Wüste um mich auf. Sand gerät mir in die Augen. Die Beine sind taub geworden. Ich bin allein. Aus der Ferne ertönt eine höhnische Stimme:

„Warte, der Herr der Schwarzen Steinwüste wird mich rächen, nichtsnutziger Erdenwurm. Haha, hoho ..."

Ich brülle hinterher:

„Meinst du etwa den Tod, diesen ungenauen Fatzke, der juckt mich nicht die Bohne ...!" Sehr wohl ist mir dabei nicht.

„Äih, der Kaffee für den Herrn Grafen."

Im flackernden Kerzenlicht Ralph Otto.

„Danke, Herr der Sandwüste im Burnus."

„Ein gewisser Fortschritt, Burnus statt Nachthemd."

Überließen uns dem überwältigenden Einfluss des glitzernden Firmaments. Saßen mit offenem Munde, aufgerissenen Augen, lauschenden Ohren da, die Beine von uns gestreckt. Still dröhnte es herab. Ich nahm die Tasse in beide Hände, starrte in den schwarzen Kaffee, dunkler als die Nacht. Schlürfte ihn ein. Etwas Reelles, man wusste, was man hatte.

„Dieses tierische Schlürfen passt zu dir. Du verdirbst die ganze Stimmung."

„Bin ne kleene Nuss, darf schlürfen. Du hast freilich Paragraphos wohl einstudiert, dir ziemt das nicht."

„Dabei nennt Ratu dich bei jeder Gelegenheit Philosoph."

„Otto, hab keine Ahnung, warum. Kommt auch nicht drauf an, wie man genannt wird. Für Einen biste dies, fürn Anderen jenes. Fühl mich selbst jedenfalls wie ne kleine Maus. Ist bequem, da kann ich ohne Stilbruch schlürfen. Du als Sonderanfertigung musst den kleinen Finger von der Tasse abspreizen und das Gewölbe da oben anstaunen, um deine Seele zu nähren. Noch die Frage, wer das bessre Los gezogen hat."

„Na gut, wenn es dir ohne Seele mehr Spaß macht, dann sei Mäuschen. Warum hat es da drüben gebrannt?"

„Brandstiftung. Monsieur Mignon fragte mich, ob ich es für möglich hielte, dass du den Brand gelegt hast."

Er lachte geschmeichelt.

„Und jetzt will er wohl den Leihsmoking, um ihn auf Schmauchspuren zu untersuchen. Was hast du geantwortet?"

„Erstmal hat dich Nadine vehement verteidigt. Natürlich war auch ich angemessen entrüstet. Ich hab ihn zum Duell gefordert."

Er sprang auf und streckte mir die Hand hin. Ich erhob mich ebenfalls und ergriff sie. Feierlich sagte er:

„Mein Herr, diesen Beweis von Ritterlichkeit und wahrer Freundschaft werde ich Ihnen nie vergessen, seien Sie dessen gewiss."

Gerührt lagen wir uns in den Armen, setzten uns dann wieder.

„War gerade mit Nadine spazieren, als … Nein, also folgendermaßen: Das reizende Fräulein Mignon hatte mich mit wohlgesetzten Worten zu einem Spaziergang in der milden Nachtluft eingeladen. Selbstverständlich willfahrte ich ihr. Ihrer bezaubernden Anmut kann sich kein Sterblicher entziehen. Auf dem Spaziergang wurde das empfindsame Herz meiner Begleiterin von der wundersamen Szenerie des Sternenzeltes überwältigt. Mit einem Seufzer sank sie wie von Sinnen in meine Arme, die ich besorgt ausgebreitet hatte. Ja, sollte ich es wagen, mit banaler Menschenart auf die göttliche Stimmung zu reagieren, sollte ich den mich anleuchtenden Rosenmund küssen?"

Teilnahmsvoll und gespannt beugte sich Ralph Otto vor und fragte:

„Und nun, edler Freund, wozu haben Sie sich entschlossen?"

Ich sah ihn grinsend an und sagte nach angemessener Pause:

„Ein wenig später haben wir gefickt."

Erst schien er zu glauben, sich verhört zu haben, dann sagte er unwillig:

„Alte Sau, das passt zu dir."

„Ja, selbstverständlich, ich hab nicht mal ´n schlechtes Gewissen. Sollt ich natürlich haben, unbedingt. Denn schließlich isses so: Ne Sünde mit schlechtem Gewissen wird verziehn, man ist dann eben Sünder, und der sind wir alle. Wer jedoch ohne schlechtes Gewissen sündigt, ist Anarchist, also gefährlich, wird gnadenlos verfolgt."

„Aach, Papperlapapp. Du hast also mit ihr geschlafen. Und liebst du sie?"

„Das könnte dir so passen, geschlafen haben wir dabei nicht."

„Hör auf. Also?"

„Du lieber Himmel, was für eine Frage."

„Ja, vielleicht eine gute Frage."

Ich las angestrengt in seinem Gesicht, was durch das Flackern des schwachen Kerzenlichtes erschwert wurde. Er schien mich gelassen und aufmerksam anzusehen.

„Also gut. Ich bin n naiver Mensch, weißt du. Mir bleibt gar nichts Andres übrig, als Nadine zu lieben. Und du? Ich hab gehört, dass du auch mit ihr spazieren warst. Liebst du sie denn?"

Lächelnd sagte er sanft:

„In Indien hat mir mal ein weiser Mann gesagt, man solle den aufwühlenden Gefühlen den Schneid abkaufen, sich ihnen nicht ausliefern, sondern sie genießen. Ich versuche, danach zu leben. Auf diese Weise spielt man nie in einer Tragödie mit, nur in Komödien. Das Leben soll Spaß machen."

„Wird das nicht leicht zum Gähnen?"

Er zuckte mit den Schultern: „Jeder lebt, wie er kann. Jedenfalls können Gefühle sonst ziemlich zerstörerisch wirken. Wie bekommst du das in den Griff?"

„Hast schon Recht, man muss irgendwie durch. Aber ich glaube, wir beide gehören verschiedenen Kasten an. Du bist ne Art Aristokrat. Wenn es brenzlig wird, lächelst du fein. Ich schaff es nur, mein Heulen in Grinsen zu verwandeln. Zwei Lebensarten: Lächeln und Grinsen. Wenn ich es mir allerdings genauer überlege, stimmts hinten und vorne nicht."

„Passt zu dir. Echt philosophisch."

Bewunderung, Verachtung, Zuneigung und Gehässigkeit ballten sich in mir zusammen, wurden von nebulöser, wortloser, aus dem Kopf sinkender Sehnsucht verklebt zu einem Kloß, der mir im Halse stecken blieb. Es war zuviel für den alkoholgeplagten Körper. Konnte gerade noch aufspringen und in der Dunkelheit verschwinden. Mutterseelenallein würgte ich auf dem Feld der Kümmernisse aus, was ich nicht mehr halten konnte. Als ich fertig war, blieb ich eine Weile stehen und sog den scharfen Geruch ein, der von der verführerisch im Sternenlicht glänzenden Lache heraufzog. Ich kicherte blöd. Die Kotze war ein Teil von mir, sieh einer an. Hähä, so war das, Gefühle und Gedanken hatten sich getroffen und einen fulminanten stinkenden Haufen erzeugt. Wortlos am sinnend in die Nacht starrenden Ralph Otto vorbeieilend, streckte ich mich auf der Pritsche aus. Die Erde drehte sich mit mir in Windeseile weiter. Woran erinnerte mich das? Richtig, ein Kinderbuch. Der kleine Häwelmann rollte in seinem Gitterbettchen durch die nächtliche Stadt. Alle Menschen außer ihm waren in einen Zauberschlaf gesunken. Der Straßenbahnfahrer wie seine Fahrgäste, Spaziergänger wie Autofahrer. Alles still, nur er rollte in seinem Bettchen dahin. Staunend betrachtete er diese veränderte Welt. Doch nach einer Weile ängstigte ihn das und er fing an zu weinen. Er sehnte sich in die Arme seiner Mutter.

Ich bin nicht der kleine Häwelmann. Die Erde wiegte mich in traumlosen Schlaf. Das Kotzen hatte mir gut getan.

6

Ein mit Amerikanern gefülltes Kreuzfahrtschiff war in den Hafen von Touro eingelaufen und sollte dort zwei Tage bleiben. Die Gelegenheit zum Geldverdienen zu nutzen, waren Familien nicht nur aus Dörfern der Hauptinsel Manua, sondern auch von umliegenden kleinen Inseln im Hafen erschienen und hatten aus Stöcken und Palmwedeln Stände errichtet, in deren Schatten sie Geschäfte zu machen hofften. Selbstgefertigte, aber auch in Fabriken Asiens, Europas, Australiens und Amerikas hergestellte Gegenstände wurden erwartungsfroh angeboten. Webereien aus Fasern vielerlei Pflanzen, so der Kokospalme, des Pandanus, der Banane, sogar von Wasserpflanzen, waren übereinander gestapelt. Nur wenige hatte man mit den zarten, aus Gemüsepflanzen gewonnenen Farben getönt, die meisten mit gekauften synthetischen. Polierte Muscheln, die kleineren zu Ketten und Armbändern verarbeitet, lagen neben Flöten und billigem Plastikkram. Zwischen Holzschnitzereien vom Charme der Unvollkommenheit gab es Figuren, deren gelackte Regelmäßigkeit ihre Herkunft aus Manufakturen ferner Länder verriet, ach so typische Tiere der Südsee wie Elephanten, Nashörner oder Giraffen darstellend. Aus der Rinde des Papiermaulbeerbaumes hergestellte Tapa-Matten in einer Vielfalt von Färbungen und Mustern waren aufeinander geschichtet; an die Stapel gelehnt standen Speere mit Spitzen aus Knochen, diverse Masken sowie Figuren mit riesigen Geschlechtsteilen. Zu Bergen aufgetürmte Körbe und Taschen aller Größen drohten bei der leisesten Berührung umzufallen. Kauft ihr Leute, kauft es ein! Seid nicht zimperlich, wir brauchen eure Dollars, ihr tragt zu schwer an ihnen, das macht euch ganz krank. Völkerverbindender Handel, oho! Ich betrachtete das Sammelsurium missmutig.

Die Szene erwachte zu quirligem Leben, als das Schiff begann, seine Hundertschaften begieriger Touristen auszuspucken. Mit jugendlichem Feuer stürzten sich noch die Ältesten auf die Verkaufsstände. Ein Stimmengewirr, ab und zu von besonders grellen Schreien durchstoßen, hüllte den Ort des Kulturaustausches wie eine beißende Staubwolke ein, während der wirkliche, rötliche Staub, ermuntert durch gelegentliche träge Windstöße, zwischen die Menschen schwebte wie verzeihendes Lächeln der Götter.

"Look at that, honey, is'nt it marvelous", spritzte in meine Ohren, gefolgt von: "Unbelievable expressive!"

Die zum größten Teil sehr alten Leute aus den USA mit faltigen Gesichtern waren gekleidet, als planten sie, in einem Laienzirkus aufzutreten. Wollte man allerdings an ihnen übellaunig nur beschränkte Dummheit wahrnehmen, wurde man durch die darein gemischte, erfrischende Naivität sofort entwaffnet und zu dem peinigenden Gedanken gedrängt, man wäre in seiner Beobachterrolle ein lächerlich hochnäsiges Exemplar derselben Spezies. Da stand man und war was Besseres.

„Ausjerechnet ick wat Bessret", sagte ich grinsend und wendete mich ab.

Schlenderte langsam die ins Meer ragende Pier entlang, schlurfte in abgewetzten Sandalen durch die dicke Staubschicht, die den hier und dort von

Rissen durchzogenen rohen Beton bedeckte. Sah auf meine Füße, wie sie weitertrabten, immer weiter in stumpfsinniger Folge. „Ach, Quatsch." Ich sprang über einen breiten Spalt, unter mir glucksendes Wasser.

„Na also, ein doller Bursche."

Setzte mich auf eine alte Kabeltrommel und sah zu, wie ein kleines verbeultes und verrostetes Frachtschiff, wahrscheinlich eine Fähre zu umliegenden Inseln, beladen wurde. Auf dem Deck quirlten Insulaner durcheinander, die ein Plätzchen für die Überfahrt suchten im ungeheuerlichen Wirrwarr von Gepäckstücken, Kisten, Körben, Netzen, Stangen, Hölzern, gefesselten Hühnern und Schweinen. Von der Pier warfen in höchster Aufregung hin und her rennende Leute ständig weitere Sachen aufs Schiff. Das unverständliche Lärmen aus Schreien, Lachen und Kinderweinen wurde vom Quietschen angstvoller Schweine gegliedert. Welch Kontrast zum Gewimmel kaufberauschter Touristen, und doch aus einiger Entfernung aufreizend ähnlich. Die Sonne stand bereits tief. Lohnte nicht, zur Hütte zurückzukehren. Ein wenig durch Touro laufen und dann auf zum Hotel ‚Sunrise'. Bei Aggys Südseefete würde ich den ganzen Schwarm ihrer Landsleute wieder sehen, denn für diese war das Fest organisiert.

In die ersten schwachen Ausläufer des vom Hotel strahlenden Lichtes gelangt, traf ich auf Nadine. Überrascht stoppte ich, blieb gebannt stehen, während mein Herz stürmisch pumpte, so dass ich meinte, das Blut rauschen zu hören. Sie hatte mich nicht bemerkt. Das Gesicht gen Himmel gewandt, um die glitzernden Sterne zu betrachten, schien sie wie eine Traumfigur ein paar Zentimeter über dem Boden zu schweben. Ich scharrte mit dem Fuß. Sie stieß einen Überraschungsschrei aus und sah in meine Richtung, erkannte mich nicht sofort.

„Hallo, Nadine", sagte ich und kam mir fehl am Platze vor.

„Wolf, du bist es. Hab ich einen Schreck bekommen."

Unschlüssig standen wir uns gegenüber, bis sie die Verlegenheit durch Worte verscheuchte:

„Ich bin ein bisschen ins Dunkle gegangen, um die Sterne zu bewundern."

Leise Musik und Beifall tönten vom Hotel herüber.

„Es hat angefangen. Komm, gehen wir hin."

Sie nahm mich bei der Hand. Folgsam trottete ich mit. Die gleißende Helligkeit des Hotels überflutete die Treppe zur Terrasse, wir schritten gemessen hinauf wie zur Preisverleihung auf einer Bühne, oben durch die geöffnete Flügeltür in die Empfangshalle. Sie war trotz Festbeleuchtung menschenleer, da jedermann im Garten hinter dem Haus war, wo die Südseefete begonnen hatte. Ich blieb stehen. Da wir uns noch an der Hand hielten, musste Nadine ebenfalls stoppen.

„Was ist, Wolf, komm."

„Nadine, ich bin zwar für dieses Murksfest hergekommen. Aber jetzt hab ich dich hier getroffen, da ist mir alles andere schnurzpiepegal. Wollen wir nicht lieber beide am Strand spazieren gehen?"

„Warum hast du mich nicht mal besucht? So groß kann dein Interesse nicht sein."

„Ich wusste, dass du dich mit Otto triffst. Ich glaube, du liebst ihn. Da wollte ich nicht stören."

Neckend, spöttisch, sah sie mich an.

„Was hat das mit uns beiden zu tun? Du selbst hast gesagt, Eifersucht sei dumm. Warum lässt du dir dann von ihr vorschreiben, was du tust oder nicht? Ich bin gern mit dir zusammen. Vielleicht gerade deswegen, weil du so ein Kindskopf bist."

„Ich soll also froh sein, weil du Mitleid mit mir hast. Du willst mit mir spielen."

„Eigentlich kann es dir egal sein, warum ich gern mit dir zusammen bin. Und wenn nicht, versteh ich nicht, warum du jetzt mit mir spazieren gehen willst."

„Ja warum, warum wohl. Das ist kaum zu verstehn. Wenn es dir in den Kram passt, bestehst du sogar auf Logik."

Ich riss sie an mich, umklammerte sie ungestüm und versuchte sie zu küssen. Sie drehte ihren Kopf weg und wollte sich befreien. Einen kurzen Moment rangen wir stumm miteinander. Die Momente, in denen ein Mann sich durchsetzen muss, um Erfolg bei den Frauen zu haben, hä, weiß das nicht jedes Kind, oder? Ich ließ sie los. Schwer atmend standen wir uns gegenüber. Ärgerlich sagte sie:

„Lass diesen Blödsinn sein, ich mag es nicht, wenn man mich zu etwas zwingen will, und zu dir passt es nicht."

Sie nahm meine Hand, zog mich fort und sagte im Tone der Mutter zum störrischen Kind:

„Jetzt komm endlich."

Wir durchquerten den großen Saal des Hotels und traten durch eine Flügeltür auf die hintere Terrasse. Vom erhöhten Standort konnten wir das Treiben überblicken. Zwischen blühenden Büschen und hoch ragenden Palmen waren lange Holztische aufgestellt, mit Bananenblättern bedeckt. Auf diesen standen dicht gedrängt Holzschüsseln und -teller mit bis zu uns duftenden Speisen. Mädchen und Frauen in bunten Kleidern deckten die Tafel. Weiter entfernt standen vor einer Bretterbühne wacklige Bänke, mit etwa 200 Touristen voll besetzt. Für Aggy Green waren solche mit ‚Pacific Islands feast. Food, music and dancing. Come and get a taste of paradise.' angekündigten Feste die Haupteinnahmequelle. Sie waren fester Bestandteil der Ergötzungen für die Touristen der anlegenden Kreuzfahrtschiffe.

Die Zuschauer starrten gebannt auf die Bühne, um ‚authentic music and dancing' zu genießen. Mit zwei Gitarren und einigen verschieden großen Trommeln wurde eine Art Hula-Musik fabriziert, inspiriert vom amerikanischen Hawai. Etwa zwanzig junge Männer und Frauen hopsten herum, sich ab und zu schlangenartig windend oder rhythmisch zuckend. Im Haar und als Ketten um den Hals trugen Musiker wie Tänzer und Tänzerinnen große Blüten. Die meisten lächelten stereotyp und gelangweilt. Nur einige von hellerer Hautfarbe und fast europäischen Gesichtern schienen wirklich Spaß dabei zu haben. Diese waren Aggys Enkel, wie ich wusste. Nach jeder Darbietung sprangen die Zuschauer, wie zu neuer Jugend erwacht, von den harten Bänken auf und klatschten begeistert, schrieen lauthals Bravo. Am Ende steigerte sich der Beifall zum Orkan, als hätten sie den aus wahrer Lebensfreude geborenen Inbegriff aller Volkskunst genossen. Danach stürmten alle mit heißer Erwartung zu den Tischen mit den ‚authentischen' Köstlichkeiten der Südseeküche.

Das Schauspiel hatte uns gänzlich in Anspruch genommen. Jetzt merkten wir, dass unsere immer noch verschränkten Hände im Schweiß festzukleben drohten und lösten sie.

„Ach, sieh mal, da ist ja Ralph", sagte Nadine.

Sie ließ mich stehen und lief zu den Tischen, die Stufen hinunter springend. Ich schritt nach ein paar Minuten langsam die Treppe hinab und trat zu den Beiden. Sie lachten gerade gemeinsam.

„Hallo, Otto, sieht man dich mal wieder."

Mehrere Tage war er nicht in der Hütte aufgekreuzt. Beim Bezahlen der Miete hatte ich von Ratu erfahren, dass er viel Zeit mit dessen Söhnen verbrachte.

„Was hältst du von dem formidablen Inselfest", fragte ich.

Er erlebte es zum ersten Mal.

„Nun, die Damen und Herren Touristen scheinen sich glänzend zu amüsieren", antwortete er grinsend.

Wie geschickt er ausgewichen war, merkte ich, als Nadine sagte:

„Also ich finde es toll, was Aggy hier jedes mal auf die Beine stellt. Es ist bestimmt nicht leicht, so etwas zu organisieren. Das gibt den Leuten wenigstens einen Geschmack von der Kultur hier. Und wie begeistert ihre Enkel da mitmachen."

Ich ereiferte mich: „Sagt mal, habt ihr nicht alle Tassen im Schrank. Das ist keine Südseekultur, sondern Scheißdreck. Nichts gegen die Touristen, die sind so dämlich wie se sind. Ist ihre Privatangelegenheit, für den Mist 100 Dollar zu bezahlen. Nichts gegen Aggy, die sich damit die nötigen Kohlen verdient. Nichts gegen die Küünstler, die sich für gutes Geld zu Tode langweilen. Nichts gegen Aggys Enkel, die sich fröhlich schaffen. Wenn ihr wollt, gegen niemanden etwas. Aber es stinkt zum Himmel. Ganze Völkerschaften werden verhohnepipelt. Verdammt, was ist ne Kultur wert, aus welcher Gegend auch immer, wenn jeder ungerührt solchen Mist unterjubeln darf. Genau, Hühnermist ist das."

Herausfordernd sah ich Nadine an. Jawoll, schöne Maid, ein solcher Held bin ich. Sie musste unbändig lachen.

„Verhohnepipeln, das Wort kannte ich nicht. Kommt das aus Berlin?"

„Weiß ich doch nicht", sagte ich verdrossen.

„Gut gebrüllt, Löwe. Als Berliner Pflanze hat man ne große Fresse zu haben", warf Ralph Otto grinsend ein. „So was wie das hier kann unserm Volk der Dichter und Denker natürlich nicht passieren, unserm Volk von Oberammergau- und Karl-May-Festspielen. Helden wie du müssen die melanesische Kultur verteidigen. Auf dich haben die gerade gewartet. Mein Gott, halt die Luft an, das geht dich nichts an, ist Sache der Melanesier. Die müssen sich da selbst rauswinden, wenn sie überhaupt wollen. Und warum machst du den Rummel mit, indem du dich von Aggy zum Fressen einladen lässt? Nur um dich zünftig ereifern zu können und dich dabei noch wunder wie erhaben zu fühlen?"

„Ach, hört auf. Ihr seid beide so deutschernst. Die Leute amüsieren sich, andere verdienen. Die menschliche Kultur wird nicht gleich untergehen. Jedenfalls habe ich Hunger und hier riecht es lecker."

Sie ließ uns stehen, griff sich einen Teller und widmete sich den Speisen. Ein Streit ohne Publikum ist wenig wert, also beeilten wir uns, ihr zu folgen.

Das Essen war zum größten Teil traditionell hergestellt worden. Wurzelknollen und Gemüse in Scheiben geschnitten und in Kokosnussmilch eingelegt, dann mit Schweinefleisch, Geflügel oder Fisch in Bananenblätter gewickelt und auf heißen Steinen in Erdöfen im eigenen Saft gegart. Allerdings gab es auch gebratene Steaks und sogar Hamburger. Diese waren zuerst verschwunden. Aggy ließ das Festmahl von einem bestimmten Dorf herstellen und bezahlte einen Pauschalpreis dafür.

Die Musiker hatten sich in der Nähe ins Halbdunkel gesetzt und unterhielten mit leiser Hula-Musik. An den Tischen herrschte wildes Gewühle und lautes Stimmengewirr aus amerikanischen Silben. Wir drei setzten uns mit vollen Tellern abseits unter einen mit Blüten übersäten Hibiskusstrauch. Friedlich, ohne zu sprechen, aßen wir gemächlich. Jeder hing seinen Gedanken nach. Ab und zu trafen sich die Blicke und wir lächelten uns an. Das gemeinsame Essen schuf eine Atmosphäre des Einverständnisses, welche die Gegensätze vernebelte. Das seltene Gefühl, in die Welt zu gehören, wärmte mich und stimmte mich friedlich. Nur träges Grübeln in leichtem Wortsalat erlaubte sich mein Gehirn, als wolle es auch ein wenig futtern, es fragte mich, ob man sich vergessen muss, um sich geborgen zu fühlen, sich aufheben muss, um sich aufgehoben zu fühlen, womöglich gar erhoben. Ich ließ es milde gewähren.

„Mann, hat das geschmeckt. Was fangen wir an mit dem angebrochenen Abend?"

Unternehmungslustig und erwartungsvoll sah ich in die Runde.

„Ich weiß nicht, was ihr machen wollt, ich jedenfalls bin in Touro verabredet", sagte Otto.

War mir recht. Erwartungsvoll sah ich zu Nadine. Sie hielt den Kopf gesenkt und begutachtete ihre gestreckten Hände.

„Mit wem denn?", fragte ich.

Er ließ eine Pause verstreichen, bevor er lächelnd antwortete:

„Geschäftliche Besprechung. Wegen der gleichen Sache war ich hier, hatte mit Aggy etwas zu bereden."

„Herrjeh, was für ein Wichtigtuer, der Herr Direktor wird sich noch n Herzinfarkt zuziehn. Immer nur Jeschäfte im Kopf. Worum gehts denn, wenn man fragen darf?"

Er sah grinsend auf eine imaginäre Armbanduhr und schüttelte den Kopf.

„Tut mir leid, bin spät dran, kann euch jetzt nichts erzählen. Nur soviel: ich werde demnächst ein vegetarisches Restaurant in Touro eröffnen."

Er sprang auf, trat zu Nadine, gab ihr einen leichten Kuss auf die Haare, mir einen quietschenden Schmatzer auf die Wange und entfernte sich, uns in Verblüffung zurücklassend. Nahm nicht den Weg durchs hell erleuchtete Hotel, sondern verschwand zwischen den Büschen und Bäumen des Gartens. Lange konnten wir Bruchstücke des weißen Gewandes sehen, bis er endgültig entschwunden war.

„Mein Gott, starker Abgang. Er hat erreicht, dass wir die ganze Zeit über ihn sprechen werden. Donnerwetter."

Nadine lächelte schelmisch , trat dicht heran, streichelte mir übers Haar und sagte:

„Wir werden ja sehen."

Ich schlug vor, in meiner Hütte gemeinsam ein Käffchen zu trinken. Sie war sofort einverstanden. Eng umschlungen verließen wir den Ort des Geschehens.

Während ich im einen Raum mit der Zubereitung des Kaffees beschäftigt war, erkundete sie neugierig den anderen. Da der Vorhang dazwischen halb zurückgezogen war, konnte ich verstohlen beobachten, wie sie die Blicke mit vorgeschobenem Kopf umherschweifen ließ, als nähme sie Witterung auf.

Die zwei Pritschen waren die einzigen Möbelstücke. Auf meiner lag der Schlafsack. Otto hatte seinen mitgenommen, da er tagelang nicht hier übernachtet hatte. In zwei Ecken des Raumes standen die Rucksäcke. An der Bretterwand der Hütte waren zwischen den Pritschen einige Bücher auf den Boden gestapelt. Nadine setzte sich und nahm sie nacheinander in die Hand, darin blätternd. Danach sah sie mit schief gehaltenem Kopf konzentriert in den kleinen Spiegel an der Wand. Die Dornenkratzer waren längst verheilt. Als spüre sie die von mir ausgehende vibrierende Welle der Zärtlichkeit, drehte sie sich um und kam zu mir.

„Hilf mal, Nadine, wir tragen den Tisch und die Stühle hinaus."

Sie hob das Kinn leicht an, die Nasenflügel bebten. Mit merkwürdigem Lächeln sagte sie:

„Lass uns lieber drin bleiben."

„Aber draußen ist es viel schöner und nicht so heiß, da weht ein kleines Lüftchen."

„Das mag stimmen. Trotzdem. Draußen ist die Welt, hier seid ihr. Es riecht nach euch."

Das ‚ihr' war völlig passend. Unsichtbar schwebte Ralph Otto um uns herum. Begann ich mich daran zu gewöhnen, gar Geschmack daran zu finden, entlastete es mich? Ich stellte Tassen und dampfende Kanne neben die Bücher auf den Boden, legte ein paar eingewickelte Stück Zucker daneben, die ich aus einem Flugzeug hatte mitgehen lassen und sagte:

„Milch oder Sahne hab ich nicht mehr."

Ich goss den Kaffee ein. Wir saßen uns auf den Pritschen gegenüber. Als sie sich niederbeugte, um ihre Tasse vom Boden aufzunehmen, sah ich voll in ihren Ausschnitt. Mein Penis reagierte sofort und verhakte sich ein wenig in der Unterhose, so dass ich ihn mit verstohlenen Bewegungen in eine bequeme Lage bringen musste. Einige Minuten redeten wir kein Wort, als müssten wir uns neu aneinander gewöhnen.

„Fast ein Jahr lebe ich schon in dieser Hütte."

Sie fragte sofort: „Aber warum? Bist du hier glücklich?"

Ich lehnte mich lachend so zurück, dass Kopf und Schultern an der Wand ruhten.

„Weiß nicht, wie ich antworten kann, ohne dass es aufgeblasen klingt."

Mit wegwerfender Handbewegung meinte sie lächelnd: „Patati, patata. Hast du Angst vor mir?"

„Vielleicht. Ja, natürlich." Ich gab mir einen Ruck und fuhr fort: „Als Kind gab man mir den Spitznamen ‚Einzelgänger'. Lief auf Schulwanderungen oft grübelnd weit hinter den anderen Kindern. Dabei war ich durchaus wohlgelitten, nicht etwa verstoßen von den Andren. Das Grübeln war ne Mischung aus Märchenhaftem und normalem Denken. So gehts mir heute noch, hast es ja gemerkt. Ständig steck ich in irgendwelchen Dunkelheiten, in denen ab und zu etwas aufleuchtet. Vielleicht ganz normal, geht jedem so. Banales, lächerliches Zeug."

Wie blöd alles wurde, wenn man es aussprach. Ein Labsal, als sie sich einfach neben mich setzte und mit einer zärtlichen Geste über mein Haar strich.

„Weißt du, Wölfchen, die Worte riechen nach dir." Das Schnurren einer Katze.

Sie setzte sich zurück auf ihren Platz. Wir schlürften den heißen Kaffee. Ich bekam Angst, sie würde weggehen, doch sie forderte mich auf:

„Erzähl mir mehr, Wolf. Was machst du den ganzen Tag hier, langweilst du dich nicht? Wie ist das möglich?"

Da ich schwieg, sah sie mich prüfend an und sagte lachend:

„Mon Dieu, denkst du, ich sei nur ein, ein.... ein poulet mit mehr oder weniger prächtigem Federkleid? Bei meinem Vater spüre ich so einen Gedanken manchmal, dann werde ich wütend. Jetzt hab ich das Wort: ein Hühnchen. Manchmal mag ich mich ja so benehmen."

„Nadine, manchmal sind wir alle Hühner."

Ich stellte die Tasse hin und sprang auf.

„Ungefähr so!"

Die Arme wie Flügel ausbreitend, hüpfte ich herum und gackerte: „Gaack, gaack, gagack."

Wir lachten befreit, fassten uns zum Menuett antretend an den Händen, küssten uns formvollendet und setzten uns wieder.

„Was hältst du davon, wenn wir n Bierchen trinken? Ich hab ein paar da."

„Du hast recht, ich fühl mich genauso. Wein hast du nicht?"
„Bin untröstlich. Für junge Damen ist mein Haushalt nicht eingerichtet."
„Also gut, ein Bier."
Eilfertig räumte ich Tassen und Kanne weg und kam mit zwei Flaschen zurück. Wir prosteten uns zu und tranken einen Schluck. Ich wischte mit dem Handrücken über den Mund und flüsterte wie zu mir selbst:
„Wir sind jung."
Ratlos sah sie mich an, während ich dem Satz hinterher horchte, dann fortfuhr:
„Eigentlich will ich sagen, dass die Welt mich verwirrt. Stell dir vor, Nadine, wie groß sie ist und wie klein wir selbst sind. Und wie viele Menschen drüber nachgedacht haben. Ich kleines Mäuschen sitze da und blinzle. Wie ich auch grüble, was ich auch darüber lese, wer mir auch irgendwas drüber erzählt: redlich versuche ich zu verstehn, bin jedoch nur verwirrt. Man sollte einfach irgendwas glauben. Genau das kann ich nicht. Ich bin ein verdammt ungläubiger Thomas. Glaubst du an Gott?"
„Weiß nicht genau. Als Kind hab ich inbrünstig gebetet. Aber es kommt mir manchmal vor, als hätte ich nur an den Weihnachtsmann geglaubt. Ich denke nicht oft über so was nach. Jedenfalls fühle ich in einer Kirche Ehrfurcht."
„Naja, siehst du, n ziemlich großes Haus. Und die knallen dir einfach die Offenbarung um die Ohren, da vergeht dir Hören und Sehen. Nach dem Allerheiligsten darfst du gar nicht ehrlich fragen, sonst kriegst du n Tritt in den Allerwertesten und die liebe Seele hat ihre Ruh. Oder zum Beispiel der Staat. Der ist ne Möchtegernkirche. Du weißt ja, dass ich aus der DDR geflüchtet bin. Na ja, egal."
Ich trank den Rest der Flasche mit einem langen Schluck aus. Sie lächelte.
„Ja, Nadine, schon gut. Weiß der Kuckuck. Und der ruft mal kuckuck und mal nicht."
„Wölfchen, was bist du merkwürdig."
„Ich hol mir ne neue Flasche. Deine ist noch nicht leer."
„Hast du hier auch eine Toilette?"
Boshaft fragte ich: „Groß oder klein?"
Lachend erwiderte sie: „Das geht dich nichts an."
„Komm mit, ich zeig dir meinen Donnerbalken, den hab ich im Rahmen des Nationalen Aufbauwerks errichtet."
Nahm die Taschenlampe und brachte Nadine zum Örtchen. Dort drückte ich ihr die Lampe in die Hand und ließ sie allein. Die Gelegenheit nutzend, ging ich einige Meter in die Dunkelheit hinaus, um zu pinkeln. In der Hütte nuckelte ich wartend an der Flasche. Sie kam zurück, setzte sich wortlos und sah mich mit einem merkwürdigen Blick an. Vielleicht hatte sie mich nach dem Kennenlernen der stinkenden Latrine neu einzuschätzen. War sowieso egal. Was hatte ich zu verlieren. Ich spann den unterbrochenen Faden einfach weiter:

„Überall soll man glauben. Wenn du mir sagtest: Wolf, ich liebe dich, oder, weil es mir noch geheimnisvoller klingt: je t'aime, würde ich das auch glauben. Was bleibt einem anderes übrig. Beweise gibt es nicht. Für nichts auf der Welt, schon gar nicht für Liebe. Küsse, Zärtlichkeit, Sex? Vielleicht willst du nur meinen Rucksack klauen, weil du denkst, da ist n Vermögen drin, oder die Elsässerin will den deutschen Pass. Im übrigen würdest du nie zu mir sagen: je t'aime, wo kämen wir denn da hin. Du bist erwachsener als ich, hast mal gesagt, man soll sich vergnügen, recht hast du. Hoffentlich werd ich auch mal so weise und bleib nicht ewig n Einfaltspinsel."

„Was für ein niedliches Wort."

„Ja ja, lach nur, hör mal, n bekanntes Berliner Gedicht, so fühlt die Welt sich für mich an:

„Ick sitze hier und esse Klops,
Uff eenmal kloppt's.
Ick staune, kieke, wundre mir,
Uff eenmal jehtse uff, die Tür.
Nanu, denk ick, ick denk: nanu,
Jetz isse uff, erst war se zu!
Und ick jeh raus und kicke,
Und wer steht draußen: ... Icke!"

„Ach Wölfchen, lustig und traurig, genau wie du."

Sie kam zu mir. Neben mir sitzend, mit meinen Händen spielend, sagte sie zwar nicht: je t'aime, aber immerhin:

„Du bist so ein lieber Junge, aber du denkst zuviel und siehst zu wenig hin. Wenn es an deine Tür klopft, ist jemand da."

Blitzschnell entkleidete sie sich und stand nackt vor mir. Gierig verschlang ich sie mit den Augen, war so gebannt, dass ich mich kaum rühren konnte. Sie nahm mich an den Händen und zog mich hoch. Ruhig, sachlich, kleidete sie mich aus. Fast pflichtgemäß umarmte ich sie und presste sie an mich. Eng umschlungen fielen wir auf die Pritsche und wälzten uns zuckend umher. Die angestaute Begierde entlud sich ziemlich schnell. Danach lagen wir schwitzend und schwer atmend nebeneinander.

„Wölfchen, sag mir, was ich für dich bin."

Versonnen ihre Backen und Schenkel streichelnd, küsste ich eine ihrer Brüste und antwortete:

„Ich liebe dich sehr, Nadine. Aber dieses Gefühl beschreiben kann ich nicht. Bist du ein wunderschönes Tier, sind wir zwei Tiere, in Millionen Jahren füreinander herangereift? Oder bist du eine Fata Morgana, die durch mein Leben schillert und nach dem nächsten Schritt verschwinden wird?"

„Wie aus einem Buch. Jetzt wollen wir schlafen. Wir sind müde."

Ich löschte das Licht. Nach kurzer Zeit schliefen wir fest. Ich weiß nicht, wie viele Stunden vergangen waren, als ich aufwachte. Es war noch dunkel. Nadine war nicht mehr da. Ich stellte mir vor, dass sie nackt übers Feld der Kümmernisse nach Hause geschwebt war. Schnell schlief ich wieder ein.

7

Eine Woche hatte ich Ralph Otto nicht mehr gesehen, als er einen kleinen Jungen als Boten schickte, um mich zur Eröffnung seines Restaurants einzuladen. So schlenderte ich an diesem Tag durch die Avenue de la Victoire am Parlament vorbei, überquerte die Fahrbahn, ging geruhsam auf dem gegenüber liegenden Trottoir weiter und setzte mich am Ende der Straße auf eine herumstehende Kiste. Von dort konnte ich das Restaurant auf der anderen Seite aus einer gewissen Entfernung beobachten. Hinter mir die leise plätschernden Wellen des Hafenbeckens, fauligen Geruch in der Nase, begutachtete ich das schmucke, frisch blau gestrichene Holzhäuschen, dessen Wellblechdach mit grauer, ebenfalls frischer Farbe glänzte. Über der Tür prangten in roter Schrift auf weißem Schild die Worte: BERLIN. RESTAURANT VÉGÉTARIEN. Das Puppenhaus passte in diese kleine Stadt, in der vieles zierlicher zu sein schien als in der großen, weiten Welt. Die Menschen allerdings nicht. Ich blickte einer Frau hinterher, die gerade an mir vorüber gegangen war. Ihr gewaltiges Hinterteil bewegte sich lässig, dem Rhythmus der ruhigen Schritte gemäß. Da auch die Männer meist einen Lap-Lap, einen langen Rock, tragen, wäre die imposante Gestalt von hinten kaum von einem Mann zu unterscheiden gewesen, hätte sie nicht auf dem krausen, schwarzen Wollknäuel ihrer Haare ein großes Netz mit Süßkartoffeln getragen. Männer taten das nicht.

Die Sonne spiegelte sich im Fenster des Restaurants und blendete mich ein wenig. Ich hatte keine rechte Lust hinüberzugehen. Vor mich hin dösend, kam mir Gulliver in den Sinn. Bei den Riesen, bei den Zwergen. Überlegen, unterlegen. Wie unbestimmt solche Unterscheidungen sind, geht es ums menschliche Glück. Alles Geschmacksfrage.

Saß verloren als kleiner Prinz in der Wüste, wissend und traurig; hastete plötzlich im gelben Mantel durch Christiania, holte ein schönes Fräulein ein, tippte ihr auf die Schulter und fragte: ‚Gestatten, mein Name ist Nagel. Darf ich Sie an die Puffe fassen?' Es war Nadine, die sich umdrehte und mich anlächelte. Sie öffnete den Geigenkasten, den ich bei mir trug und griff sich eine der dampfenden, gekochten Süßkartoffeln, mit denen er gefüllt war. Heißhungrig biss sie hinein, während ich sie konsterniert anstarrte. Lachend drückte sie mir einen Kuss auf den Mund, spie mir das Gekaute hinein. Plötzlich weiteten sich ihre Augen schreckhaft und sie verschwand. Ich drehte mich um. Drei junge Männer standen bei mir. Der eine sah mich liebevoll an, drohte neckisch mit dem Finger. Der zweite lachte dröhnend und stemmte mir seine Faust kumpelhaft in die Seite. Der dritte blickte mich aus kalten Augen an und zischte durch wenig geöffnete Lippen: ‚Zieh blank, du lächerlicher Wicht!' ‚Die Cocker-Brüder', stammelte ich entsetzt. Ein alter Mann in abgewetztem Mantel huschte zu mir, zupfte an meinem Ärmel und flüsterte:‚Quatsch, das sind meine Söhnchen. Gestatten: Karamasoff.'

In diesem Moment krachte etwas. Die Kiste, auf der ich zusammengesunken eingenickt war, brach unter mir auseinander. Rappelte mich auf und sah mich um. Wie Schleier wandernder Träume wehten leichte Schmerzen durch den Kopf. Was für einen Wust man mit sich herumtrug. Eingesaugt im Leben, mal pflichtgemäß, mal begeistert. Aus den Regalen dieses Kramladens konnte man sich jederzeit bedienen. War man das selbst?

„Hattatatt!"

Entschlossen überquerte ich die Straße. Bevor ich die Klinke berühren konnte, wurde von innen geöffnet.

„Komm an meine Brust, Geliebter", rief Otto emphatisch, mich mit strahlender Miene umarmend. „Dein besseres Ich hat gesiegt. Hab dich durchs Fenster beobachtet. Du hast einen heroischen Kampf mit tückischen Objekten, wohl auch mit dir selbst ausgefochten. Glücklicherweise brachst nicht du zusammen, sondern nur der Sitz hielt nicht durch."

Schnüffelnd erwiderte ich: „Du riechst nach allen Wässerchen Arabiens, zumindest nach Shampoo."

„Zu diesem Freudentag frisch gewaschen und gepudert. Das Nachthemd ist besonders weiß, mein blondes Haar glänzt seidig, der Bart ist sorgsam gekräuselt. Caramba, man eröffnet nicht jeden Tag ein Restaurant. Für mich jedenfalls ist es das erste."

Wir traten ein. Die Arme ausbreitend, rief er: „Geschaffen aus dem Nichts!"

Der Raum war fast quadratisch, die Wände mit in traditionellen geometrischen Mustern bemalter Tapa behängt. Mein Grinsen irritierte Otto.

„Was ist?"

„Die Tapa."

„Ja, sieht schön aus, findest du nicht? Echte Südsee."

„Du weißt doch sonst alles. Typisch für die Gegend hier ist solche Tapa eben gerade nicht."

Die Stirn kraus ziehend, sagte er verärgert:

„Wieso denn nicht. Ich habe selbst gesehen, wie diese Tapa hier in einem Dorf hergestellt wird, und sie dort gekauft. Und schließlich verkaufen sie das auch an den Ständen im Hafen und in den Läden in Touro. Du musst dich irren."

„Die im Dorf sind wahrscheinlich polynesische Einwanderer. Jedenfalls ist solche Tapa typisch für Polynesien, wir sind hier in Melanesien. Ist ja egal, vergiss es. Sieht schön aus. Will kein Korinthenkacker sein."

Leicht beleidigt brummte er:

„Wenn das stimmt, verstehe ich nicht, warum Naboua nichts gesagt hat. Er war zufrieden. Na ja, die Touristen merken es eh nicht."

„Und Naboua ist es eben auch egal. Vielleicht hat der davon gar keine Ahnung."

„Das glaubst du doch selbst nicht."

Die Kopfschmerzen hatten sich verflüchtigt, ich bekam prächtige Laune. Die Einrichtung mit dem Charme authentischer Dürftigkeit gefiel mir. Ein paar wacklig wirkende, eckige Tischchen mit je vier Stühlen. Von der Decke hing an einer langen Leitung eine einzelne Glühbirne, der man ansah, dass sie bei Dunkelheit den Raum in nur schummriges Licht zu tauchen vermochte.

„Komm mal mit", forderte er auf, zog mich am Arm und öffnete eine kleine Tür an der Rückseite der Gaststube. Wir durchquerten die dahinter liegende, winzige Küche mit Propangasherd, Kaffeemaschine, Regalen voller Geschirr und Kochutensilien, und gelangten auf einen viereckigen Hof, der von einem hohen Bretterzaun umgeben war. Im staubigen Boden gab es einige Gruben. Neben einer Feuerstelle, in der Glut Wärme ausstrahlte, lagen diverse große Steine, die man erhitzen und so als Kochsteine verwenden konnte. Am Zaun war Brennholz geschichtet, daneben ein Bretterverschlag prall mit Bananenblättern gefüllt, in die man die Speisen einwickelte, wenn man sie zwischen den heißen Steinen garen wollte. Überdacht war der Hof mit Wellblech, das auf in die Erde gegrabenen Holzstäben ruhte. Bedächtig hantierte eine etwa 40jährige Melanesierin in buntem Kleid, das die mächtige Figur mit äußerster Anspannung im Zaume hielt. Sie lachte uns an und grüßte:

„Bon jour."

Ich erwiderte: „Bon jour, Madam."

Aus mir unerfindlichen Gründen musste sie lachen. Ralph Otto stellte uns einander vor:

„Mon ami Wolf. - Okani. Sie ist aus dem Dorf, das immer Aggys Touristenfeste beliefert. Heute hat sie nicht viel zu tun, denn du bist mein einziger Gast."

„Nanu, ich dachte, hier wirds n Mordstrubel geben zur Eröffnung?"

Während wir in die Gaststube zurückgingen, fasste er mich freundschaftlich um die Schulter und erklärte:

„Weißt du, wir beide feiern unter uns. Können in Ruhe ein bisschen quatschen. Die sozusagen offizielle Eröffnung mit Naboua und seinen Freunden wird erst morgen sein."

„Donnerwetter, ich bin gerührt."

Er dirigierte mich zu einem der Tische am Fenster.

„Setz dich hin, ich hol uns einen Aperitif aus der Küche."

Ich lehnte mich zurück und versuchte, die beste Lage auf dem kleinen, unbequemen Stuhl herauszufinden. Was hatte das alles zu bedeuten? Für wen sollte ein derartiges Restaurant attraktiv sein? Für einheimische Weiße bestimmt nicht, denen war die Einrichtung höchstwahrscheinlich zu primitiv. Unter Melanesiern gab es kaum Vegetarier. Touristen würden sich nur wenige einfinden. Vielleicht ab und zu ein Tramper. Das war zu wenig. Und wie hatte er es geschafft, als Ausländer ein Restaurant führen zu dürfen? Vielleicht über Naboua und seinen Vater. Beziehungen braucht man überall auf der Welt, um auf einen grünen Zweig zu kommen. Der Gedanke kam mir, dass es irgendwie ein Geheimnis geben musste. Der ganze Otto war n Geheimnis. ‚Mein Freund Wolf' hatte er mich vorgestellt. Dabei lässt er sich tagelang nicht sehen, als wäre ich Pustekuchen für ihn. Menschen sind eben n Buch mit sieben Siegeln, punktum. Nadine zum Beispiel. Oder was für ein merkwürdiges Exemplar war ich selber.

Otto knallte triumphierend zwei Gläser und eine Flasche Martini auf den Tisch.

„Was sagst du dazu?"

„Donnerwetter. Habe die Ehre." Ich deutete an, einen Hut zu lüpfen.

Er goss voll, und wir prosteten uns zu.

„Du hast dir n Unternehmer bestimmt anders vorgestellt. Aber hier siehst du einen reinsten Wassers vor dir."

„Siehst eher wie n verkleideter Weihnachtsmann aus. Und als dir ehrfurchtsvoll ergebener Kumpel wird mir angst und bange, denke ich an deine wirtschaftlichen Perspektiven. Hoffentlich gibts im Sunny Islands State keinen Schuldturm. Oder bist du irgendwie abgesichert?"

Er musste nicht antworten, denn Okani erschien mit duftenden und dampfenden Speisen. Unter nichtssagendem Geplauder aßen wir lange Zeit. Es schmeckte hervorragend. Alles war in pikanten Soßen und Gemüsebrühen gesotten, so dass man das Fehlen von Fleisch kaum bemerkte. Es war viel schmackhafter als das Essen auf Aggys Touristenfest. Wie Ralph Otto erklärte, hatte er den Köchinnen des Dorfes bestimmte zusätzliche Anweisungen gegeben. Koch war er also auch noch. Zum Mahl gab es französischen Rotwein. Als wir satt waren, tranken wir weiter davon und gerieten in Stimmung. Ein gemütlicher Herrenabend bahnte sich an. Angestrengt versuchte ich zu begreifen, was er in belehrendem Tonfall erklärte.

„Weißt du, es gibt Menschen, die sich in der Welt befinden, wie du zum Beispiel, und andre, in denen sich die Welt abspielt, wie ich. Ein gewaltiger Unterschied. Man findet sich in der Welt vor, ist eine kleine, fast hilflose Insel in ihr, die verzweifelt versucht, ihr Miniklima zu erhalten, während um sie herum übermächtige Begebenheiten passieren. Hast du aber begriffen, dass die Welt sich in dir selbst abspielt, ändert sich die Gefühlslage. Dir leuchtet plötzlich ein, dass du nichts passiv ertragen musst. Was in dir geschieht, kannst du ändern, indem du seine Bedeutung für dich änderst. Abrakadabra ist die Welt anders. Sofort wirst du gelassener, spielst befreiter und aktiver auf. Hast keine Angst mehr, kannst nicht scheitern, jede Niederlage ist nur Gelegenheit zum Lernen, wird also zu einem Sieg."

Er legte eine Pause ein, als müsse er mir Zeit zum Verdauen geben, und fuhr dann fort:

„Stattdessen setzt du dich auf dein idiotisches Feld der Kümmernisse und grübelst nach, wie du der ganzen Welt trotzen könntest. Irgendwann verwandelt sich dein staubiges Feld in den Sumpf der Verzweiflung. Spiel fröhlich mit der Welt, sie gehört dir!"

Als wolle er mich demonstrativ verlassen, stand er abrupt auf und verschwand in der Küche, kam jedoch blitzschnell mit einer Flasche Wein wieder. Während er sie entkorkte und die Gläser bis zum Rand voll goss, war ich immer noch verblüfft über seine Suada. Und genervt. Otto mein Kindermädchen, da hört sichs auf. Genau wie Nadine will er mir aufschwatzen, die

Quintessenz im Leben sei, sich zu vergnügen. Hatte sie das von ihm oder er von ihr. Sollen mich in Ruhe lassen, ich bin wie ich bin. Beugte den Kopf nieder und schlürfte vorsichtig ein wenig aus dem Glas, denn es war gar zu voll. Endlich fand ich die Sprache wieder.

„Meine Güte, ist der Herr klug. Stimmt leider hinten und vorne nicht. Könnte man die Welt verändern, indem man einfach die Vorstellung von ihr ändert, würde es reichen, dass ich mein Feld für ne prächtige Wiese halte und alles wär in Butter. Illusionen, weiter nüscht. N bisschen größenwahnsinnig bist du. Die Welt ist in dir! Na wenn nicht gar, überfriss dich nicht. Und was heißt hier: mein idiotisches Feld der Kümmernisse? Vor einiger Zeit kamst du zur Frau Wirtin anjekrochen und warst froh, in meiner bescheidnen Hütte Unterschlupf zu finden. Kaum Unternehmer, schon ist ihm nüscht jut jenuch und er wähnt, allmächtig zu sein, die Welt um den kleinen Finger wickeln zu können. Letztenendes, Freundchen, sind wir alle kleine Würstchen und versuchen, über die Runden zu kommen."

„Passt zu dir, gleich wieder beleidigt zu sein. Ein Philosoph wie du sollte nicht schimpfen, sondern bessere Argumente haben. Wölfchen, du solltest aktiver werden, nicht nur nachdenken, sondern in die Welt ausschwärmen und sie in Besitz nehmen. Kennst du Ibn Battuta?"

„Jetzt fängst du auch noch an, mich Wölfchen zu nennen, die Ecke kenn ich. Wie oft schwätzt ihr eigentlich über mich? Na gut. War irgend so n arabischer Reisender, 14. Jahrhundert glaub ich. Mehr weiß ich nicht."

„Donnerwetter, immerhin. Der wurde in Tanger geboren. Als gläubiger Moslem wollte er 1325 ne Pilgerreise nach Mekka machen. Dort hatte er keine Lust, wieder nach Hause zu fahren. Reiste weiter in der Welt herum, blieb sage und schreibe 27 Jahre unterwegs. Nach Tanger zurückgekehrt, schrieb er über seine Abenteuer einen Bericht. Die deutsche Übersetzung hab ich als Jugendlicher gelesen und war hingerissen. So wollte ich auch mal reisen! Hab sogar einige Sätze auswendig gelernt. Hör mal:

‚... trieb mich ein fest entschlossener Sinn, und ein leidenschaftliches Verlangen, diese hehren Heiligtümer zu sehen, wohnte in meiner Brust. So beschloss ich denn, mich von meinen Lieben zu trennen, Männern wie Frauen, und ich verließ meine Heimat, wie der Vogel sein Nest verlässt.'

Der Mann war in Arabien, Spanien, Sardinien, am Kaiserhof in Byzanz, in Afghanistan, Indien, China, an der Wolga, auf südostasiatischen Inseln, in der Sahara und am Niger. Er hat ungefähr 120000 Kilometer zurückgelegt. Mehrmals wurde er ausgeraubt, auch von Seeräubern. Am meisten hat mich beeindruckt, dass er nicht einfach so hin und her gereist ist, sondern unterwegs manchmal jahrelang in einem fremden Land gelebt hat. Dabei trieb er Handel, war Richter, Botschafter, Berater eines indischen Kaisers. Das schien mir die richtige Art, andere Länder kennen zu lernen. So verinnerlicht man die Welt. Man musste mitleben."

„O.k. Und wer ist dein Kaiser?"

„Mein Kaiser ist noch nicht Kaiser."

„Also glaubst du, dass Naboua hier mal einer wird, nehm ich an."

Er sah mich überrascht an, stand auf und ging zum Fenster.
„Die Sonne verschwindet. Irgendwo hab ich mal gelesen: ‚ ...nun steigt sie ins Meer, um sich abzukühlen, wie eine Baroness ins Bad.' "
Ich goss mein Weinglas voll, rülpste laut und trank. Er setzte sich seufzend und schimpfte:
„Mein Gott, nichts ist dir heilig."
„Ehrenwort, ist bei mir schlichte Unwissenheit. Die macht ordinär und treibt von einem Fauxpas in den andern. Uns trennen Welten. Du lebst mit Kaisern und Baronessen, zitierst parfümierte Verse, legst dir deine Welt zu Füßen, während ick in dumpfer Unwissenheit verharre, mich an billigem Wein besaufe und meine Eingeweide ertönen lasse. Wir sind wie Ernst Thälmann: Sohn seiner Klasse."
„Glück ist, wenn man mehr aus sich macht. Übrigens ist der Wein gar nicht so billig. Du trinkst ihn allerdings wie Bier."
„Prost", sagte ich und nahm einen tiefen Schluck.
Er schüttelte den Kopf:
„Beschwerlich mit dir. Ein Glück, dass ich dich gut leiden kann. Wie kommst du übrigens auf Naboua?"
„Hast ihn selbst erwähnt, als wir über die Tapa an der Wand redeten. Außerdem hab ich mal etwas zwischen euch beobachtet."
„Spionierst du mir aus Langeweile nach?"
„So wichtig bist du nu auch wieder nicht. Auf dem Fest bei den Mignons habt ihr beide euch auf merkwürdige Art angesehn. Mir kam der Blick vor, als hättet ihr n Geheimnis miteinander. Scheint zu stimmen."
„Donnerwetter, du hast Fähigkeiten, die ich dir nicht zugetraut hätte. Passt gar nicht zu dir. Also gut, ich erzähl dir, wie das mit dem Restaurant zustande gekommen ist. Erst hol ich uns noch ein Fläschchen."
Zurück, entkorkte er sorgsam die Flasche, goss ein und sagte befriedigt:
„Heute werden wir besoffen."
Unruhig herumlaufend, ab und zu am Tisch stehen bleibend, um einen Schluck Wein zu trinken, fing er an zu erzählen.
„Dass ich oft in Thio war, weißt du. Mir gefällt es dort. Übernachte immer in einer unbenutzten Hütte. Versteh mich gut mit Fiame und Naboua. Wir hatten lange Gespräche. Ratu sah ich selten, der arbeitet ja die ganze Woche in Touro, hat dort eine Wohnung. Auch andere Leute lernte ich im Dorf näher kennen. Unter anderem einen uralten Mann, der als komischer Kauz gilt. Ist dir mal aufgefallen, dass in Thio einige ne hellere Hautfarbe haben?"
Ich schüttelte mit dem Kopf und meinte: „Das werden Mischlinge mit Polynesiern sein."
„Ne andere Art von Helligkeit. Und der alte Mann gehört dazu. Ich weiß jetzt auch, woher das kommt. Unterhielt mich mit ihm oft in seiner Muttersprache, Französisch kann er nur wenig. Er fragte mich über Deutschland aus. Überraschend, wie viel er darüber wusste. Er erzählte, in seiner Jugend habe er auf Plantagen in Samoa gearbeitet bei den Deutschen, habe dort gutes Geld verdient. Einmal kratzte er sich ausgiebig in den Haaren, raunte dann, er wolle

mir seine Schätze zeigen. In seiner Hütte öffnete er eine Basttruhe, kramte drin und zeigte mir eine leere Bierflasche aus Deutschland mit einem alten Etikett und eine ungeöffnete Sauerkrautdose mit eingestanztem Datum: 1912, hergestellt in Hamburg. Dann hielt er mir etwas Sensationelles unter die Nase: zehn etwa heftseitengroße Rindenstücke, in altertümlichem Französisch beschrieben. Er hat mir erlaubt, den Text abzuschreiben. Ich werde später versuchen, sie ihm abzukaufen. Einige Stellen waren ziemlich unleserlich. Ich hab es einigermaßen übersetzen können, war mühselig. Bring dir mal ne Abschrift mit. Behalt es aber für dich und posaune es nicht heraus."

Ich blickte ihn misstrauisch an. Wollte er mich auf den Arm nehmen?

„Nu sag bloß, das is n Schatzplan."

„Ob du es glaubst oder nicht, so was Ähnliches ist es tatsächlich."

Er wechselte das Thema:

„Wollte dir eigentlich erzählen, was es mit dem Restaurant auf sich hat. Ich sprach mit Naboua und Fiame viel über Politik. Da waren sie immer unterschiedlicher Meinung. Du weißt ja, Fiame hat in Fidschi, Naboua in Neuseeland studiert. Fiame hatte viel mit Indern zu tun, hatte einen Freundeskreis, in dem er akzeptiert war und ist ausgeglichen zurückgekommen. Naboua litt in Neuseeland unter Rassendiskriminierung, kam bei Demonstrationen mit der Polizei in Berührung und vertiefte sich in marxistische Theorien. Im Grunde kann er die Weißen nicht leiden, sie sind für ihn Kolonialisten."

„Bei dir scheint er ne Ausnahme zu machen."

Lachend erwiderte er: „In der Tat. Aber dich kann er auch gut leiden, hat er mir mal gesagt."

„Kann ich mich ja geehrt fühlen. Beurteile so was aber skeptisch. Situationen, in denen sich Hass, besonders Rassenhass, aufgestaut hat, wie zum Beispiel in Südafrika, haben eigene Gesetze. Wenns drauf ankommt, wenn gekämpft wird, ist nicht mehr deine Meinung wichtig, sondern nur deine Haut. Im Kampf fragt dich keiner, ob du in Ordnung bist, da heißt es: diese Farbe ist mein Feind. Hab mir oft vorgestellt, wie ich als Weißer in Südafrika leben würde. Gibt ja da einige unter den Weißen, die sich für die Schwarzen einsetzen und für Gleichberechtigung sind. Glaub mir, käme es zum Kampf, wär man schlicht weiß und würde massakriert. Und müssten hier die Melanesier kämpfen, um die Weißen aus dem Land zu jagen, wären wir beide auch nur Weiße."

„Du redest Blödsinn. Menschen sind keine Tiere, die auf Geruch oder so was töten. Wozu denken wir?"

„Ja, wozu?"

Was hatte mich da gestochen? War das meine Meinung? Otto sagte ärgerlich:

„Komm, hör auf. Wenns so wär, könnten wir den Weltladen gleich zumachen. Ich erzähl weiter. Naboua hat vor einiger Zeit mit Gleichgesinnten eine Partei gegründet."

„Ich weiß. Die LS, Les Sauveurs."

„Ja genau. Wir sprachen über Vegetarismus, die beiden verulkten mich manchmal damit. Plötzlich hatten wir eine merkwürdige Idee, die wir erst gar nicht ernst nahmen. So aus Gedankenspielerei bauten wir sie aus und erfanden immer mehr Details, wodurch die Idee uns realistischer vorkam. Langer Rede kurzer Sinn: das Ergebnis ist dieses Restaurant, und bald wird ne Kampagne folgen."

Er schwieg, während ich ihn mit offenem Munde anstarrte.

„Mein Gott, wer soll das verstehn. Les Sauveurs, Politik, Vegetarismus, Restaurant, Schatzsuche, da blickt keen Schwanz mehr durch."

„Das volle Leben. Ibn Battuta. Pass auf. Also Schatzsuche ist ne andere Geschichte, das kommt später. Erst mal die Hohe Politik und das Restaurant."

Er nahm Anlauf, trank einen Schluck. Mich aber riss es vom Hocker. Dieser Typ vor mir und sein Wein machten mich in Gemeinschaftsarbeit langsam wirr. Ich sprang auf, breitete die Arme aus und brüllte ins Mikrofon:

„Da sitzt er, blonde Locken streicheln zärtlich die von erhabenen Ideen erhitzte Stirn. Der männliche Bart unterstreicht, dass Durchsetzungsvermögen den Ideen die Kraft zu Taten verleiht. Das Gewand schmeichelt in weichen Falten um die hehre Gestalt. Der Atem der Geschichte weht uns an!"

Bereits erschöpft, schloss ich in lang gezogenem Singsang mit:

„Aaaaaameeeen!", und setzte mich wieder.

Feierlich lächelnd hatte er die Huldigung entgegengenommen.

„Das Restaurant gehört Naboua. Ich bin sein Geschäftsführer, großzügig an eventuellen Gewinnen beteiligt. Ab sofort wird der Parteivorstand der LS immer hier im Restaurant tagen. Dabei werden die Vorstandsmitglieder vegetarisch essen. Es wird im ganzen Land eine Propagandakampagne geführt, um die Leute dazu zu bringen, vegetarisch zu essen, so oft jeder es aushält. Besonders Rindfleisch soll ab sofort gemieden werden. Was sagst du dazu?"

Triumphierend sah er mich an. Entgeistert schwieg ich. Feuer und Flamme erklärte er mir den politischen Sinn der Angelegenheit:

„Die Zinnminen werfen keinen Gewinn mehr ab. Rinderzucht ist zur hauptsächlichen Einnahmequelle der Weißen geworden, denn die großen Farmen sind alle in ihrer Hand. Bis auf wenige Ausnahmen geht es um Fleischrinder. Wenig Fleisch wird exportiert, die Konkurrenz aus Neuseeland und besonders Australien ist in der Region zu stark. Schränkt man den Verzehr von Rindfleisch im Lande selbst ein, hat man die Weißen an empfindlicher Stelle getroffen. Vielleicht würden viele das Land verkaufen, die Melanesier könnten es billig erwerben. Aus politischen Gründen, besonders wegen der Außenpolitik, will die LS aber nicht einfach einen Boykott einheimischen Rindfleischs aussprechen, sondern den Vegetarismus für ihre Zwecke einspannen, der für europäische und asiatische Länder sowie für die USA einen ehrwürdigen, friedlichen, wenn auch etwas spinnerten Eindruck macht."

Monsieur Mignon würde ein weiteres Problem haben. Sofort sah ich Nadine mit schwindelerregender Deutlichkeit vor mir. Brrr.

„Du bist durchgeknallt, Otto. Die benutzen dich bloß. Wohin führt das? Was hat denn Ratu dazu gesagt?"

Fröhlich lachend erwiderte er:

„Rührend, wie du dich um mich sorgst, aber unnötig. Wir feiern heute bis in die Puppen. Ich hol noch ne Flasche. Übrigens, Ratu weiß noch gar nichts."

„Ich muss pissen, wo ist der jewisse Ort?"

Er nickte in eine bestimmte Richtung. In der Ecke eine kleine Tür, die ich übersehen hatte, weil sie wie die Wände mit Tapa bekleidet war. Kein Zeichen deutete an, dass sich dahinter eine Toilette befand. Sie war sauber und gut eingerichtet, wenn auch klein. Vollkommen gekachelt und mit einer Spülung versehen, das Becken aus himmelblauem Porzellan, die Brille aus braun lackiertem Holz. Gewöhnt an den rustikalen Donnerbalken, genoss ich den Luxus und entschloss mich, vollends loszulegen. Nachdem die Geschäfte erledigt waren, blieb ich noch eine Weile sitzen. Ein Ort des Friedens, schade, dass ich nichts zu lesen hatte. Wusch mir schließlich über dem Waschbecken Hände und Gesicht. Welch ein Luxus: fließendes Wasser. Starrte in den kleinen Spiegel und streckte die Zunge heraus.

„Bäh!"

Intensiv schaute ich dem platten Doppelgänger in die Augen, diesem nichtssagend flachen Wesen, das Tiefe, Körperlichkeit nur vortäuschte. Genau wie ..., ja: wie Wörter. Plattes Gerede so oft, angeblich von Bedeutung. Weit riss ich die Augen auf. Sah plötzlich das Gesicht eines bärtigen, etwa 60-jährigen Mannes, der spottete:

„Klein, was glotzt du so dämlich."

Ich zog eine Augenbraue hoch und fragte: „Nanu, wer bist denn du?"

„Das ist ein Spiegel, also bin ich du selbst, ist ja wohl klar."

„Kann jeder behaupten. Ein solches Konterfei hatte ich noch nie."

„Komm in meine Jahre."

„Und was willst du von mir?"

„Wollte mal sehn, wie es dir geht, wie es mir mal ging."

„Musst du doch wissen, wenn du ich bist."

„Hatte es vergessen. Du glaubst gar nicht, wie vergesslich man in meinem Alter ist."

„Ziemlich obszön, sich selbst auf der Toilette zu beobachten."

„Das ging nicht anders, ich brauchte einen Spiegel."

„Wie wird es mir denn ergehn in all den Jahren bis zu dir, erzähl mir etwas aus unserm Leben."

Der Alte zog die Stirn kraus und sagte grinsend:

„Vergiss es, dazu bin ich heute nicht befugt, später. Machs gut, muss selbst noch über die Runden kommen."

Weg war er. Es kam mir vor, als wäre der Spiegel einen kurzen Moment leer, bevor mein eigenes Gesicht wieder erschien. Hastig machte ich mich davon.

Es erwartete mich eine Überraschung. Ralph Otto war nicht allein. Mir den Rücken zugewandt, saß jemand bei ihm am Tisch. Das passte mir nicht. Setzte mich und sagte mürrisch:
„Also, nu haben wir Besuch. Schönen guten Abend."
„Genau, guten Abend", grüßte der Andere.
Er hatte bereits ein Weinglas vor sich, aus dem er einen Schluck nahm, als würde er damit seine Stellung verteidigen. Gelang mir, gute Miene zum bösen Spiel zu machen, da der Eindringling sympathisch wirkte.
„Mein Freund Wolf Klein. - Ohm Litzmann, Käferforscher aus Hamburg", stellte Otto vor.
Der Neue erinnerte mich an meinen Chemielehrer, der mit 45 wie ein kleiner Junge gewirkt hatte. Rötliche Haare, Sommersprossen, auf der Nase ein leichter Sonnenbrand. Schmächtige Gestalt. Wahrscheinlich etwa 25 Jahre alt, war schwer einzuschätzen. Die tiefe Stimme passte nicht, wirkte, als würde er sie vortäuschen. Gewöhnte mich bald daran. Sehr oft lächelte er ein wenig ohne ersichtlichen Grund. Jetzt sagte er mit leichtem Hamburger Dialekt:
„Merke natürlich, dass ich störe. Aber nun bin ich mal hier. Die Arbeit an der Schreibmaschine ging mir heute auf den Keks. Mir fiel ein, dass Ralph hier ein Restaurant eröffnet. Da bin ich."
Sie mussten sich also bereits kennen.
„Offizielle Eröffnung ist erst morgen", sagte Otto.
Danach unterhielten sich die beiden über das Restaurant, so dass ich mich zurücklehnte, am Glas nippte und die Gelegenheit nutzte, Ohm Sitzmann oder Litzmann oder Flitzmann ein wenig zu beobachten. Irgendjemand hatte ihm einen Topfschnitt verpasst, das sah putzig aus. Die tiefe Stimme verlieh jedoch allem, was er sagte, überraschende Autorität. Der Chemielehrer, jawohl. Mir fiel noch jemand ein, dem er ähnelte. In einem Film gab es einen englischen Offizier, der mit unerschütterlicher Einfalt durch gräulichstes Kriegsgetümmel geschwebt war und am Ende mit vielen Orden an der Brust seine getreue Mary in die Arme schließen konnte. Ich entdeckte, dass ein Auge des Ohm Soundso einen leichten Tic hatte. In unregelmäßigen Abständen zwinkerte er. Auf welche verborgenen Abgründe ließ das schließen, hä? Ein Satz schreckte mich auf.
„Die deutsche Ethnologie wie auch die angelsächsische Kulturanthropologie sind von Anfang an im Dienste imperialer Interessen gewesen, wie mehr oder weniger wissenschaftlich die einzelnen Forscher und Entdecker sich auch gebärdeten."
Beim besten Willen konnte ich nicht sagen, wer den Satz gesprochen hatte, beide sahen harmlos lächelnd in die Gegend.
„Genau", krähte ich dazwischen, „die Wissenschaft war schon immer n heißes Eisen. Bohrt in Lügen herum, bis es glüht und die Wahrheit zu nem schwarzen, tiefen Labyrinth verbrannt ist, in dem sich alle verirren. Oder so: Stroh und Heu haben ne Menge miteinander gemein, Stroh dreschen und Heureka! rufen. Meine Herren, was zum Finden der Wahrheit wirklich Not tut, ist Wein, denn in ihm schwimmt sie herum!"

Ich schlug mit der Faust auf den Tisch, dass die Glühbirne unter der Decke zu schaukeln anfing. Bevor die Herrschaften zur Besinnung gekommen waren, setzte ich hinzu:

„Da wir jetzt drei sind, schlage ich vor, diese Kneipe zu dritt gebührend in Anspruch zu nehmen."

Ralph Otto erhob sich grinsend und ging in die Küche. Vergnügt beobachtete ich, dass er ein wenig schwankte. Flitzmann, Litzmann, Zitzmann, Sitzmann sah skeptisch drein. Das störte mich.

„Du musst schneller trinken als wir, damit du uns einholst."

Kindlich ernst nickte er, worüber ich unbändig lachen musste.

„Bist in Örning. Käferforscher sind meistens in Örning. Sag mir noch mal deinen Nachnamen, irgendwas mit Mann."

„Litzmann."

„Und wieso ‚Ohm'? Heißt doch Onkel. Merkwürdiger Vorname. Haben die das in Deutschland überhaupt erlaubt?"

„Wie du siehst."

„Haben deine Eltern dich nach dem Physiker benannt oder nach dem Maß, das so heißt? Wollten sie dich vielleicht dem Widerstand weihen, wogegen auch immer?"

Otto gesellte sich mit einer vollen Flasche wieder zu uns. Ohm Litzmann erklärte ernst, doch mit verschmitztem Glitzern in den Augen:

„Wisst ihr, ich hatte einen verschrobenen Onkel, der war der Lieblingsbruder meiner Mutter. An ihn selbst erinnere ich mich kaum noch, er ist früh gestorben. Aber seinen Garten seh ich vor mir. Die reinste Wildnis, nur Durcheinander. Hab als Kind oft darin gespielt, kleine Tiere beobachtet und geträumt. Meine Mutter hat mir später erzählt, dass mein Onkel diese Wildnis bewusst angelegt hatte als Protest gegen die saubere, sterile Hamburger Welt um ihn herum. Da habt ihr also Widerstand. Und tatsächlich wollte meine Mutter mich nach diesem Onkel benennen. Der hieß aber gar nicht Ohm, sondern verrückterweise Judas. Um das zu erklären, muss ich noch ne Generation zurück. Die Eltern meiner Mutter galten als Musterehepaar. In Liebe und immer Hand in Hand. Was aber niemals publik geworden ist: in den ersten Jahren der Ehe hat sich meine Großmutter dazu hinreißen lassen, mit nem anderen Mann ins Bett zu steigen. Der war ein Jugendfreund meines Großvaters, also ihres Mannes, im Kolonialdienst hier in der Nähe, auf Samoa, beschäftigt. Auf Urlaub in Deutschland hat er meine Großeltern besucht und die junge Frau wohl mit seiner Aura von Abenteuer rumgekriegt. Mein Großvater hat das irgendwie herausgefunden und war außer sich. Die Ehe hat danach ein Leben lang gehalten, bis zu seinem Tod, meine Oma lebt noch. Mit dem Jugendfreund hat er allerdings den Verkehr abgebrochen. Und er hat sich damit durchgesetzt, zur Warnung und als Aufforderung zur Treue an seine Frau, ein Zeichen zu setzen: der erste Junge würde Judas genannt werden, das erste Mädchen Emma, nach der ungetreuen Ehefrau in Flauberts Roman. So hieß also der ältere Bruder meiner Mutter Judas, sie selbst Emma. Als sie mich nach dem geliebten Bruder ebenfalls Judas nennen wollte, stellte sich mein Vater glücklicherweise quer. Sie einigten sich nach endlosem Streit auf Ohm, weil ich auf diese Art auch nach ihrem Bruder benannt war, der ja mein Onkel, also mein Oheim war. Hab mich an den Namen gewöhnt, klingt gut und prägnant. Und falls ich mal Nichten und Neffen von meiner Schwester haben sollte, stimmt für die mein Name haarscharf. Jedenfalls ist der wilde Garten meines Onkel Judas mein Schicksal geworden. Bin dadurch Käferforscher. Siehste woll, hervorragend. Und wenn man bedenkt, dass ich jetzt in der Südsee gelandet bin, wo der Jugendfreund meines Großvaters gearbeitet hat, kommt man ganz schön ins Schleudern. Was das bedeuten mag?"

Er schwieg endlich. Mir war von seinen Familienverhältnissen ein wenig wirr im Kopf.

„Hummel Hummel, verstehe. Weil du eigentlich Judas heißen solltest, nannte man dich Ohm. Sonnenklar!"

Otto sagte lachend, die Gläser voll gießend:

„Von wegen Schall und Rauch, Namen geben was her. Ohm ist auch noch n altes Flüssigkeitsmaß aus dem Weinbau, ungefähr 150 Liter. Sic! Soviel hab ich natürlich nicht vorrätig, würden wir sowieso kaum schaffen. Nehmen wir, was wir haben: Hoch die Becher!"

Ich geriet langsam aus den Fugen, sprang mit Begeisterung auf und erhob das Glas:

„Jeder gibt sein Bestes als Trinkspruch kund und zu wissen. Ich mach den Anfang."

Nach kurzem Überlegen plusterte mich eine sentimentale philosophische Regung dermaßen auf, dass ich ausrief:

„Auf die realen Erfüllungen der unerfüllbaren Sehnsüchte Wahrheit und Liebe: pragmatische Ungenauigkeit und verlässliche Solidarität bis zum Tod!"

Setzte mich und weidete mich an der Verblüffung der beiden. Gelle, da seid ihr platt. Otto fasste sich als Erster. Er wollte sich nicht lumpen lassen, sprang auf, ein wenig Wein verschüttend, und rief:

„Auf die Unendlichkeit der Liebe und das Wahre Leben nach dem Tode!"

Typisch weißes Nachthemd. Was wollte der, Prophet gegen Philosoph, äh? Aber dann, lieber Mann, wie passte das, hatte irgendwer die Trinksprüche vertauscht? Seit wann war ich der Pragmatiker und Otto der Romantiker, da stimmte was nicht.

Jetzt meldete sich der offizielle Oberamtmann Ohm zu Wort und verkündete die Kanzlei-Verlautbarung des staatlichen Vereins zur Förderung des Ansehens der Wissenschaft im Volksbewusstsein:

„Auf den schönen Götterfunken Freude in Forschung und Lehre!"

„Donnerwetter", rief ich, „ wie in der Aula oder im Audimax."

Mir wurde bereits leicht übel. Selbstverständlich ignorierte ich das. Wann kam schon mal dermaßen j. w. d. eine solch illustre Gesellschaft zusammen. Es half kein Zittern und kein Zagen. Wir tranken weiter an diesem Abend, kamen Schwindel erregend in Fahrt, ungeheuerliche Wahrheiten redend.

Konnte mich am nächsten Tag leider kaum an etwas erinnern. Erwachte vormittags unter einem Tisch des Restaurants liegend, kostete den grässlichen

Geschmack im Munde und rappelte mich auf. Litzmann und Otto lagen unter anderen Tischen und schliefen noch. Als wolle er das letzte Wort behalten, schnarchte mein Kumpel gottserbärmlich. Ich verließ den Ort der nächtlichen Vergnügungen fluchtartig. In meiner Hütte wurde mir schlagartig wohler. Ein deutliches Zeichen, dass sie mir eine kleine Heimat geworden war, von der auszuschwärmen gewisse Risiken barg. Legte mich auf die Pritsche. Mit in die Hütte gewehtem Staub streichelte mich die heiße Luft überm Feld der Kümmernisse. Traumloser Schlaf erquickte mich mehr als alles, was die Welt sonst zu bieten hatte.

8

Sogar ich in meiner Abgeschiedenheit spürte, dass sich die Atmosphäre zwischen den Menschen im Sunny Islands State änderte. Erst unmerklich, vage, dann deutlicher braute sich ein Unwetter zusammen. Vorerst schien es an mir vorbeizuziehen. Ich döste vor mich hin oder suchte, die verschlungenen Sätze Kants zu verstehen. Zwischendurch gaukelten mir Phantasien die nackte Nadine vor, so dass ich mich durch Onanieren retten musste. Mitunter schrieb ich, in brütender Sonne vor der Hütte schwitzend, Gedichte von Kälte und Eis

WINTERSMÜDIGKEIT

Die Welt hinter dem Fenster
Von Eisblumen verklärt.
Sie wollen mich umgarnen,
als könnten sie mich wärmen.

Die kalte Nacht schleicht näher,
ins Herz will sie hinein.
Nur dort kann sie den Menschen
für immer unterwerfen.

Ein plötzliches Erschrecken
drückt mir die Lider zu.
Das war es wohl gewesen,
hier soll die Reise enden.

Erfrierende Gedanken
durchflattern mein Gehirn.
Sie wollen weiter denken,
sind nicht bereit zu sterben.

Mit ihren letzten Kräften
besiegen sie den Schlaf.
Ich öffne meine Augen,
der Tag fängt an zu grauen.

Noch immer lastet bleiern
ich weiß nicht was auf mir.
Doch schüchtern und mit Bangen
beginne ich zu lächeln.

Ich schüttle mich erschauernd
und bringe mich in Gang.
Knie mich am Fenster nieder
und hauche auf die Scheibe.

Der warme Atem zaubert
ein Loch ins Blumeneis.
Die rote Morgensonne
erhebt sich mir zum Lohne.

Mit neuer Kraft gesegnet
beschließ ich einen Schwur.
Will niemals mehr verzagen,
werd tragen alle Lasten.

Nur kurz ist unser Leben,
und eins nur zugeteilt.
Ich wird meins still genießen
und redlich es erfüllen.

Es war mir eine Lehre,
wie schnell es gehen kann.
In schwachen Augenblicken
verlockt der Frost mit Blumen.

In wirbelnder Staubwolke näherte sich ein Auto, hielt genau vor mir. Als der Staub sich verzogen hatte, stiegen zwei Männer aus, ein Weißer und ein Melanesier. Sie trugen Polizeiuniform. Der Melanesier riss mir das Blatt Papier mit dem gerade fertig gestellten Gedicht aus der Hand und übergab es mit triumphierender Miene dem Anderen, als hätte er eine Fahne erbeutet. Bevor ich mich von meiner Verblüffung erholt hatte, forderte der Weiße mich barsch auf:

„Los, einsteigen, Kommissar Duque will Sie verhören!"

Ich stand verblüfft auf und fragte mit leicht bebender Stimme:

„Was soll denn das. Haben Sie eine Vorladung? Und geben Sie mir das Gedicht zurück!"

Ich streckte fordernd den Arm aus, doch er sagte:

„Das nehmen wir als Beweismaterial mit."

Ich musste lachen, worauf er mir einen ziemlich derben Stoß vor die Brust gab. Darauf nicht gefasst, verlor ich das Gleichgewicht und saß verdutzt auf der Erde. Mit finsterer Miene sah er zu mir herunter.

„Ein Polizist lässt sich nicht auslachen. Das müssen Sie lernen." Er setzte hinzu: „Was Beweismaterial ist, bestimmt immer die Polizei. Wohin kämen wir sonst. Sie glauben gar nicht, was wir alles wissen wollen."

Der Melanesier neben ihm lachte fröhlich und sagte verbindlich:

„Wenn Sie jetzt friedlich aufstehen, in unser Auto steigen und mitkommen, können wir bestimmt einig werden."

Auf dem Boden sitzend, blickte ich vom freundlichen Gesicht des Einen zum drohenden des Anderen und schwankte. Was war zu tun? Widerstand leisten? Wohin würde das führen? Ich stand auf und folgte wortlos zum Auto, fühlte mich miserabel dabei. Klein beigegeben, der Klein.

Auf der Fahrt blitzten Szenen aus Büchern und Filmen durch meinen Kopf. Finstere Gesellen in Ledermänteln stießen mich in eine Limousine, brachten mich in einen Keller, polierten mir die Fresse. Gib zu, du Schwein, du gehörst zu ihnen. Wer sind die Anderen, wo ist das Versteck. Ich zerquetsch dir die Eier, willst du so jung sterben, sei vernünftig. Schnell entließ ich mich wieder in den Sunny Islands State, in welchem es hoffentlich sanfter zuging.

Wir waren angelangt. Der melanesische Polizist forderte mich freundlich lächelnd auf auszusteigen. Ich drehte den Kopf, um aus dem Rückfenster zu sehen. Ein junger Bursche fuhr auf einem quietschenden Fahrrad die Gasse entlang. In der Luft schwebten vom Auto aufgewirbelte Staubkörner. Unbestimmte Spannung lastete. Déjà vu.

Wir betraten ein weißes, einstöckiges Steinhaus, durchquerten einen langen Flur, an vielen Türen vorbei, um das Gebäude an dessen Ende wieder zu verlassen. Standen in einem winzigen Garten. Ein Stück vertrockneten Rasens bot gerade Platz für einen viereckigen Tisch und einige Stühle. Eingerahmt wurde das stille Plätzchen rundum lückenlos durch hohe, blühende Hibiskusbüsche. Die sattgrünen Blätter und die tiefroten Blüten bewegten sich leise, als hätten sie die Aufgabe, die heiße Luft durch Fächeln zu kühlen. Überrascht erblickte ich Ratu. Sein massiger Körper schien den zierlichen Stuhl, auf dem er saß, in die Erde drücken zu können. Der lange, graue Rock verbarg die Beine und ließ nur die nackten, braunen Füße in Sandalen sehen. Auf dem roten, kurzärmligen Hemd schwammen lustige blaue und gelbe Segelboote in den Falten wie auf Wellen. In einer Hand hielt er eine Flasche Coca Cola. Ratu pflegte, trafen wir zusammen, ein Späßchen zu machen, zu lachen, mich zu umarmen und sich nach meinem Wohlbefinden zu erkundigen. Jetzt aber lächelte er mich nur freundlich an. Es hatte den Anschein, als wäre er seiner jovialen Selbstsicherheit ein wenig beraubt. Was machte er hier? Ging es um meine Aufenthaltsgenehmigung?

Der andere Mann am Tisch saß nah vor mir, kehrte mir allerdings den Rücken zu. So blieb er auch, als er jetzt sagte:

„Monsieur Klein, seien Sie willkommen und setzen Sie sich zu uns. Ich danke Ihnen, dass Sie erschienen sind."

Klang bei der Art der Vorladung wie Hohn. Merkwürdigerweise ähnelte die knarrende Stimme derjenigen von Ratus Kollegen Jean Peau. Auch die lange, dürre Gestalt war die gleiche. Nachdem ich zum Stuhl getreten war und mich gesetzt hatte, konnte ich dem Mann ins Gesicht sehen. Tatsächlich das Gesicht Jean Peau's. Oder nicht? Er streckte mir seine knochige Hand über den Tisch entgegen und sagte:

„Ich bin Kommissar Duque von der Sûreté."

Immerhin ein Unterschied. Monsieur Peau hatte mir noch nie die Hand gegeben. Der Kommissar wirkte außerdem entschieden selbstbewusster als sein Doppelgänger. Er sah mich aufmerksam an, als wolle er mich abschätzen.

„Erst einmal möchte ich Sie von Ihrer Neugierde befreien, damit wir uns unbeschwert unterhalten können. Monsieur Peau aus dem Visabüro ist mein Cousin und mir durch eine Laune der Natur sehr ähnlich."

„Jawohl."

Meine knappe Reaktion verärgerte ihn sichtlich. Von dem Coup hatte er sich mehr versprochen. Er schickte die beiden Polizisten weg, dem einen befehlend, mehr Coca Cola zu bringen. Bis dieser zurückgekehrt war, vergingen zwei Minuten, in denen kein Wort gesprochen wurde. Ich sollte offensichtlich im eigenen Saft schmoren. Auf dem Tisch entdeckte ich mein Gedicht. Ich stellte keine Fragen. Nicht gleichmütig oder ruhig, trotzig war ich. Wat gloobste, wer de bist, Herr Kriminalrat. Bei mir nich. Trotz ist ein entfernter Gevatter der Angst. Mit ihm stilisierte ich mich ein wenig großspurig zum standhaften Opfer.

„Es ist einige Wochen her. Monsieur Mignon hat damals keine Anzeige erstattet, so dass wir uns nicht damit befasst haben. Bedauerlicherweise ist Monsieur Mignon der Polizei nicht sonderlich wohl gesonnen, wie sich manchmal gezeigt hat."

Der Kommissar lächelte versunken, als hätte er eine bestimmte Erinnerung.

„Aber es gab nun einige ähnliche Brände. So bleibt uns nichts Anderes übrig, als intensiv alle Fälle zu untersuchen."

Aha, das wars. Ratu war ebenfalls auf dem Fest gewesen.

„Sie stammen beide aus Berlin, ich nehme an Westberlin. Und jetzt sind Sie hier?"

„Ich vermute, mit ‚beide' meinen Sie mich und meinen Freund Ralph Otto. Wir sind beide aus Westberlin, und jetzt sind wir hier."

Mit scharfem Tonfall sagte er:

„Ich frage selbstredend danach, warum Sie hier sind!"

„Ich reise gern. Als junger Mensch will ich die Welt kennen lernen. Sie glauben nicht, was die Südsee in Europa bedeutet. Sie steht für Träume. Aber vielleicht wissen Sie das, vermutlich haben Sie in Europa gelebt."

Oder war er Algerien-Franzose? Ich hatte gehört, dass ein großer Teil der Beamten auf der Insel geflüchtete Algerien-Franzosen waren. Wir sahen uns direkt in die Augen. Fast unmerklich lächelte er. Dachte er an seine Jugend, an seine Träume oder fand er mich albern? Er sagte nichts. Lahm setzte ich hinzu:

„Es ist schön hier."

Er starrte auf die umgebenden Hibiskussträucher, als nehme er an, ich hätte den Satz darauf bezogen. Plötzlich richtete er einen durchdringenden Blick auf mich und sagte scharf:

„Und weil es hier so schön ist, setzen Sie sich monatelang in eine Bretterhütte auf dem hässlichsten Fleck der Insel unter verstaubtes Dorngesträuch. Ist das nicht äußerst merkwürdig! Was steckt dahinter?"

Ich zuckte mit den Schultern: „Die Hütte ist billig, da bin ich eingezogen."

Er blickte Ratu an und schüttelte den Kopf. „Soso, billig. Monsieur Ratu ist nicht bekannt dafür, dass er billig vermietet. Na, das ist ihre Sache. Ich bin geneigt, Ihnen alles zu glauben, denn Monsieur Ratu hält Sie für einen Philosophen. Das waren schon immer merkwürdige Käuze. Gut, Sie sitzen genügsam in einer Hütte wie auf einer Säule und denken nach. Fangen Sie aber nicht an, der Bevölkerung hier zu predigen. Das wäre gefährlich für alle Beteiligten. Für solche Dinge könnte die Polizei zuständig sein. Die mag keine Heiligen."

„Aber Monsieur Kommissar! Dass ich ein Philosoph bin, ist ein Scherz Ratus. Und ein Heiliger bin ich schon gar nicht. Ich bin vollkommen harmlos. Zugegeben grüble ich zuviel, aber das ist höchstens für mich selbst gefährlich oder unangenehm."

Als hätte er nicht hingehört, sagte er finster:

„Das hier ist eine eigene kleine Welt. Sollte jemand kommen, sie zu stören, können wir ungehalten werden."

Er könnte jederzeit meine Aufenthaltsgenehmigung widerrufen. Es war besser, ihm freundlich recht zu geben. Doch während ich noch überlegte, sagte ich altklug:

„Es gibt letztenendes nur eine Welt. In ihr hängt Alles mit Allem zusammen."

Das Gesicht ironisch verziehend, sagte er lachend:

„Sie wollen also doch ein kleiner Philosoph sein, der predigt."

Vollkommen unerwartet schrie er mich an, so dass ich zurückschreckte:

„Es gibt nur ein Wasser! Trotzdem ist es im Wasserglas ruhig, während es auf dem Ozean tobt und die Wellen sich meterhoch türmen! Wer einen Sturm im Wasserglas erzeugen will, indem er aufwieglerische Wörter hineinspeit, wird mich kennen lernen!"

Von der Anstrengung war er rot angelaufen. Bevor ich mich von dem Ausbruch erholt hatte, sah er wieder normal aus und sagte ruhig und friedlich:

„Also gut, Sie sind harmloser, in sich versunkener Freizeit-Philosoph, der sich hier zur Sommerfrische aufhält. Mag das so sein. Sie haben jedoch einen Freund. Und der könnte ein gefährlicher Heiliger sein, ein von seiner Lehre überzeugter Fanatiker."

Der Wechsel der Tonart zwischen wütend und ruhig schien Verhörstaktik zu sein. Bei mir war er an der falschen Adresse. Ich wusste nichts, und Otto sollte er gefälligst selbst fragen. Schweigend wartete ich ab. Hatte bei diesen Überlegungen ein wenig gelächelt, so dass Kommissar Duque ärgerlich, jedoch als wolle er einlenken, sagte:

„Die Sache ist ernster, als Sie annehmen. Kannten Sie Ihren Freund schon in Berlin?"

Ich sprach langsam, um weniger Fehler im Französischen zu machen:

„Non, Berlin ist eine große Stadt. Aber Monsieur Kommissar, ich verstehe nicht ganz. Mein Freund und ich, wir tun keiner Fliege etwas zuleide. Glauben Sie, dass wir Brände legen? Warum sollten wir?"

Abschätzend sah er mich an, hielt mir dann einen kleinen Vortrag über die politische Lage im Sunny Islands State, erzählte mir ungefähr das, was ich schon wusste. Zum Schluss fasste er zusammen:

„Sie sehen, Monsieur Klein, wohin die Motivsuche führt. Die Besitzer der brennenden Rinderfarmen sind Weiße. Die L.S. will die Weißen zum Teufel jagen. Immer mehr Mitglieder und Sympathisanten der L. S. werden Vegetarier oder wollen zumindest kein Rindfleisch mehr essen. Einer der Führer der L. S. aber, Monsieur Ratus Sohn Naboua, eröffnet mit einem Monsieur Otto ein vegetarisches Restaurant. Bevor dieser hier erschienen ist, hat man von Vegetarismus noch nie gehört. Von dem merkwürdigen Menschen führt die Spur zu seinem Freund, zu Ihnen. Und Sie beide waren dabei, als die erste Farm brannte. Philosoph und Heiliger sind eine brisante Mischung, für einen Polizisten immer verdächtig." Mit schärferem Tonfall: „Ist das eine Kette von Zufällen, Monsieur, glauben Sie das wirklich?"

„Ja, natürlich."

Er pflanzte sich mit in die Hüfte gestemmten Armen vor mir auf, als wolle er die lange, dürre Gestalt zur Schau stellen und empörte sich:

„Monsieur Klein, s'il vous plaît! !"

Sich wieder setzend, befragte er mich über die Ereignisse beim Brand der Mignon-Farm. Ich erfuhr, dass ihm sogar die eher scherzhaft gemeinte Bemerkung Monsieur Mignons, Otto könne den Brand gelegt haben, zu Ohren gekommen war. Wie war das möglich, hatte dort jemand gelauscht? Bevor er Ratu und mich entließ, verlangte er von uns, ihm zu berichten, sollten wir etwas über die Brände erfahren. Ratu sagte, das sei selbstverständlich, ich nickte nur. Der Kommissar schickte mir noch auf den Weg:

„Weise ist man, wenn man sich keines Unrechts schuldig macht. Und als Ausländer hat man sich besonders korrekt zu verhalten, junger Mann."

Auf der Straße verabschiedete sich Ratu sofort, ohne mir irgendwelche Fragen zu ermöglichen. Umarmte mich zerstreut und verschwand um die nächste Ecke. Auf dem Heimweg änderte ich die Richtung, um mich zum Restaurant ‚Berlin' zu begeben. Ich hatte einen Mordshunger. Es war geschlossen und Ralph Otto nicht da. Ahnungen ausschwitzend, wanderte ich durch menschenleere, in der Hitze brütende Straßen zur Hütte, legte mich auf die Pritsche und grübelte. Was hatte das alles zu bedeuten? Die Welt bestand aus Böhmischen Dörfern, in denen Menschen mit sieben Siegeln lebten. Allmählich wurden die Gedanken unscharf und bauschten sich auf zu dämmender Watte. Schweißgebadet unterm heißen Blechdach machte ich mich auf den Weg zur Koch'schen Insel ...

9

Der Kommandant unseres Raumgleiters, Hochwohlgeboren H. von Koch, hatte uns einen idiotischen Auftrag verpasst. Wieder einmal. Das hatte mit seinem Spleen zu tun. Er war verrückt danach, ideale Formen in der wirklichen Welt zu finden.

Kurz nachdem ich als Offizier einer Patrouillenstaffel auf diesen Raumgleiter versetzt worden war, hatte ich ein Gespräch mit ihm geführt.

„Stell dir vor, Wolf, du findest ein Objekt, meinetwegen eine Frucht, einen Mineralbrocken, einen Himmelskörper oder sonst was. Du misst es aus mit den feinsten Methoden, die wir zur Verfügung haben und stellst fest, dass es eine genaue Kugel ist oder ein Würfel; vielleicht auch nur, dass eine seiner Flächen ein genaues Quadrat oder ein Kreis oder sonst eine elementare geometrische Figur ist. Also ohne die allergeringste Abweichung."

Mit geneigtem Kopf hatte er dagestanden, als lausche er einer Sphärenmusik, die kohlschwarzen Augen weit aufgerissen, bis er ausstieß:

„Das würde mein Leben verändern!"

Weil ich wie gesagt neu war, machte ich in diesem Moment einen Fehler, indem ich fragte:

„Warum?"

Etwa eine Stunde musste ich seinen Ergüssen standhalten. Er war mein Kommandant, ich konnte ihn nicht einfach stehen lassen. Über das Absolute und sein Ausströmen in die Welt, über Schönheit und Schöpferkraft, über Beziehung zwischen Zahl und Ding, Körper und Geist, Theorie und Wirklichkeit hatte er gefaselt, während ich wie auf Kohlen vor ihm stand, mörderischen Hunger hatte und nicht weg konnte. Zu guter Letzt noch Geschimpfe auf den pragmatischen Ungeist der Welt:

„Die heutigen Wissenschaftler glauben nicht an das Absolute, also suchen sie nicht danach. Elende Diener der Wahrscheinlichkeit sind sie, verraten den Geist! Vor vielen Jahrtausenden fing das an mit diesem Skeptizismus. Und später der fürchterliche Kant, dessen Denkmäler man überall sieht. Als Philister, der er war, versuchte er uns weiszumachen, dass wir das Absolute zu erkennen nicht in der Lage sind, das ‚Ding an sich' immerdar verborgen bleibt."

Verächtliches Ausspucken, haarscharf neben meinen Schuh. Höhnisch:

„Alles ist relativ! Alles ist ungenau! Pfui Teufel, was für ein kleinmütiges Zeug. Es gibt das Absolute, und wir können es messen! Ich, H. von Koch, weiß es!"

Endlich erschöpft. Ich übrigens auch. Vielleicht musste er aufs Töpfchen.

Ich gestehe, dass es mir damals nach diesem Gespräch angst und bange war. Dieser Trottel in einer solchen Position. Er musste bombensichere Verbindungen bis ins Herrscherhaus unseres Planquadrates haben. Mein Gott, meines Vaters Sohn wollte vorwärts kommen im Leben und war nun von einem solchen Manne abhängig.

Im Laufe der Zeit stellte sich heraus, dass er gar nicht übel war. Sein fachliches Wissen ließ nichts zu wünschen übrig, und er war gutmütig. Man durfte nur nicht den Fehler machen, an bestimmten Stellen ‚warum' zu fragen.

Kommandant Koch verbrachte jede freie Minute damit, die Welt mit unserem Bordcomputerteleskop, dem Cop, abzusuchen. Von Zeit zu Zeit schickte er eine Patrouille zur Überprüfung irgendeines Objektes los.

An diesem Tag also, dem Definitionstag 8 der dritten Steigung der 244. Schwingung unseres Planquadrates, hatte ich während meiner Bereitschaft seine Stimme gehört. Sie vibrierte irgendwie mehr als sonst, als er sagte, dass ich mir einen guten Mann nehmen solle, um etwas zu untersuchen, dass er mit Cop entdeckt habe. Die Daten wären bereits in die Patrouillenfähre übertragen. Ich bin nicht ganz unsensibel. Das Vibrieren seiner Stimme ließ meine Alarmglocken schrillen. Er musste etwas wirklich Ungewöhnliches entdeckt haben. Endlich ein ideales Objekt? Ich wünschte es ihm von ganzem Herzen, da er es doch so gerne wollte. Rief Ralph zu mir, mit dem ich mich angefreundet hatte, und wir beide schipperten mit unserem Flitzer los. Ralph ist von anderem Kaliber als ich. In gewisser Weise ein ähnlicher Spinner wie der Kommandant, nur eben auf meinem Niveau der Stufenleiter. Während ich nicht einmal im Computer der Fähre nachgesehen hatte, wohin wir eigentlich flogen, informierte er sich sofort über die Einzelheiten.

Nach einer Weile pfiff er durch die Zähne. Es stellte sich heraus, dass wir unterwegs zu einem Kleinplaneten waren, auf dessen Oberfläche es inmitten eines Schwefelsäuremeeres eine Insel gab in Pyramidenform. Die Seitenflächen waren ohne die geringste Abweichung gleichseitige Dreiecke. Auch mit der größtmöglichen Auflösung von Cop waren keine Abweichungen zu entdecken. Vergleichbares hatten wir noch nie gesehen. Verblüffend. Ich blieb gelassen, Ralph aber war fasziniert. Mit hochrotem Kopf saß er vor dem Computer, wurde mit steigender Annäherung an den Planeten immer aufgeregter.

„Keine Abweichung! Das gibts doch nicht, kann nicht sein", stammelte er.

Ich muss zugeben, dass auch ich langsam unruhig wurde. So cool wie möglich warf ich hin:

„Wer weiß, was uns Koch als Belohnung zukommen lässt, hätten wir endlich sein ideales Objekt."

„Banaler Idiot", schimpfte Ralph, und ich grinste.

Es kam, wie es kommen musste, lehre einer Vaters Sohn die Welt kennen. Als wir schon ziemlich dicht dran waren, fluchte Ralph:

„Verdammt."

Der Computer hatte die ersten Abweichungen ausgespuckt.

Eine merkwürdige Besonderheit blieb jedoch. Die Abweichungen bestanden darin, dass auf dem mittleren Drittel einer jeden Dreiecksseite ein kleineres Dreieck aufsaß. Und beim Näherkommen stellte sich heraus, dass es mit diesen kleinen Dreiecken genauso war: auf dem mittleren Drittel ihrer Seiten saß ein noch kleineres Dreieck auf. So ging das munter weiter, hörte scheinbar nie auf, obwohl wir uns dem Planeten so weit näherten, wie es ging. Endlich mussten wir umkehren, weil wir sonst nicht mehr weggekommen wären. Auf dem Rückflug rechnete Ralph mit dem Computer herum. Endlich sagte er:

„Ich schätze, Koch wird bald zurücktreten. Er wird die Hoffnung aufgeben. Ich habe ausgerechnet, dass die Seitenflächen der stachligen Pyramide zwar einen endlichen Inhalt haben, ihre Kantenlängen aber unendlich sind, sollte die Stachelbildung nie aufhören. Das würde heißen, dass Genauigkeit erst im Unendlichen erreicht wäre. Dort würden unendliche Seiten einen endlichen Flächeninhalt umgeben. Ein solches Ding wär nicht von unserer Welt, denn die Seite hätte die gebrochene Dimension 1,2618. Jede Betrachtung aber wäre von willkürlicher Ungenauigkeit. Das ist Öl aufs Feuer der von Koch gehassten Pragmatisten. Es wird ihn fertig machen. Er hat nur zwei Möglichkeiten. Lass uns hoffen, dass er für die erste nicht verrückt genug ist, sonst könnten wir unser Testament machen: Uns auf Patrouille ins Unendliche schicken. Die zweite: Er wird zurücktreten."

Eigentlich hatte ich nur verstanden, dass Koch uns kaum eine Belohnung geben würde für ein solches Ergebnis. Nichts war mit Sonderurlaub auf die Erde.

„Mist, nüscht is mit Belohnung."

Ralph schüttelte den Kopf und giftete: „Das passt zu dir." Wir verstanden uns blendend.

Von Koch trat bald darauf zurück. Wir bekamen einen Kommandanten von altem Schrot und Korn, den derlei Spielchen nicht interessierten. Der Dienst wurde bedeutend langweiliger, was mir in den Kram passte. Die von Koch entdeckte Insel, diese Pyramide mit stachligen Seiten inmitten Schwefelsäure auf einem abgelegenen Kleinplaneten, wurde offiziell als Koch`sche Insel registriert. Woher das Ungetüm stammt, weiß niemand. Es geriet in Vergessenheit. Unsinnige Fragen gibt es genug. Und unsinnige Antworten noch viel mehr. Die Koch`sche Insel ...

Ein Lachen. Auf der anderen Pritsche saß Ralph Otto.

„Sitze hier geraume Zeit. Du warst abwesend und hast im Schlaf gesabbert. Beim Aufwachen hast du eine Koch`sche Insel erwähnt. Kennst du die?"

Setzte mich missmutig auf und fing an, mir die Kopfhaut zu massieren.

„Hab Kopfschmerzen. Koch`sche Insel? Kenn ich nicht."

Lachend belehrte er mich:

„Vielleicht hast du mal davon gelesen, aber alles vergessen. Jedenfalls gibt es eine Koch`sche Insel. Ein mathematisches Objekt aus der fraktalen Geometrie. Da gibts noch den Menger-Schwamm und den Sierpinski-Teppich. Sind alles Objekte mit gebrochenen Dimensionen. Hab mal ein populärwissenschaftliches Buch drüber gelesen, kaum was verstanden und das meiste vergessen. War aber faszinierend wie Nachrichten aus einer anderen Welt. Eignet sich durchaus als Stoff für Träume. Hättest du dich zum Beispiel auf der Koch`schen Insel im Menger-Schwamm verirrt, das ist n unendlich durchlöcherter Würfel mit Volumen Null, und würdest mit einer seiner Außenflächen, nämlich dem Sierpinski-Teppich mit Fläche Null aber Umfang unendlich, wieder in unsere Welt zurückfliegen, wär das Traumerlebnistouristik vom Feinsten."

Die Schmerzen hörten auf. Der Kopf hatte genug mit ehrfürchtigem Staunen zu tun. Die Massage mag das Ihrige beigetragen haben. Auf meinen Oberschenkeln lag eine große Anzahl Schuppen wie Sternschnuppen.

„Du meine Güte", sagte ich.

Er bezog das auf seine Verrücktheiten:

„Ja, siehst du, es gibt unendlich viele Dinge, die gar keine sind. Ist das nicht herrlich?"

Doch als ich ihn genauer ansah, schien er mir im Gegensatz zu seinen Worten ratlos, fast scheu. Hatte sich erhoben, stand ein wenig gebeugt in der Mitte des Raumes, ließ die Arme baumeln. Das sonst makellos weiße Nachthemd war schmuddlig. Ungläubig starrte ich auf eine Vielzahl fettiger Flecken. Was war los mit meinem Kumpel? Das übliche Gefühlsgemisch aus leichter Bewunderung und Trotz verschwand und machte freundlicher Besorgtheit Platz.

„Sag mal, mit dir stimmt was nicht. Haste dich übernommen? Politiker, Vegetarier, Geschäftsmann, vielleicht Schatzsucher, zwischendurch Liebhaber," - an dieser Stelle lächelte er - „bedenkt man, dass de außerdem Heiliger aufm Weg ausm Ashram ins Nirvana bist, Wissender in mehreren Welten! Meinst du nicht, für ne Berliner Pflanze ist das n bisschen ville? Hoffentlich kommst du nicht irgendwann in Teufels Küche."

„Ach, mag eben das volle Leben, bin nur abgespannt. Rührend deine Besorgtheit. Ich hab dir Einiges zu erzählen. Vorher will ich wissen, was Kommissar Duque von dir wollte."

„Ach, du weißt schon, dass ich bei dem war."

„Von Naboua, und der weiß es von seinem Vater. Pass mal auf, wir genehmigen uns n schönes Bierchen und machen es uns gemütlich. Ich kann ein bisschen Entspannung gebrauchen. Nichts lockert so auf wie n gepflegtes Gespräch mit seiner Wirtin."

„Hab aber kein Bier."

„Aber ich. Hab jetzt an meinem Fahrrad n kleinen Anhänger, weil ich oft was fürs Restaurant transportieren muss. Sehr praktisch."

Er ging raus und kam mit einem Kasten Bier zurück.

„Donnerwetter, der ist ja n Vermögen wert. Man merkt gleich den erfolgreichen Geschäftsmann."

Er stellte den Kasten zwischen den Pritschen auf den Boden und setzte sich. Ich griff zwei Flaschen heraus, öffnete sie mit dem Taschenmesser, stöhnte wohlig nach einem tiefen Schluck und wischte mit dem Handrücken den Schaum vom Mund.

„Sogar Deutsches Bier. Und kalt isses auch, muss direkt ausm Kühlschrank kommen. Man soll den Tag nicht vor dem Abend tadeln. Vormittags fast im Knast und jetzt jemütliches Beisammensein mit ner zünftigen Pfütze. Kann man nicht meckern. Da kann die Lage nicht aussichtslos sein. Legen wir los, getreu dem Spruch: Wird es immer schlimmer hier, hilft dir kühles deutsches Bier. Ist die eine Flasche leer, hilft die nächste noch viel mehr."

Ernst sagte er: „Das ist Hohe Kunst. Bin offensichtlich beim zuständigen Amt."

Nachdem ich das Verhör bei Kommissar Duque geschildert hatte, wirkte er erleichtert.

„Also Routine. Mit den Bränden tappen die im Dunkeln. Kannst beruhigt sein, bin in nichts Verbotenes verwickelt. Mit Politik hab ich gar nichts zu tun. Naboua ist zwar Vorsitzender der L. S., aber das geht mich nichts an. Er ist einfach Geldgeber für das Restaurant, mein Chef und Partner. Außerdem mein Freund. Dass die L. S. was mit den Bränden zu tun hat, ist unwahrscheinlich. Zumindest Naboua nicht. Allerdings gibt es eine Fraktion in seiner Partei, die gegen ihn opponiert. Er hat mir mal erzählt, dass die seine Taktik mit dem Fleischboykott falsch finden. Vegetarismus sei fremder Quatsch aus der Ideologie der Weißen. Diese Gruppe misstraut mir und meidet neuerdings die Vorstandssitzungen in meinem Restaurant. Zum Henker mit Politik, geht mich nichts an."

Er legte sich gemütlich auf den Rücken, schob ein Kissen unter den Kopf und schwieg. Die langen, blonden Haare lagen malerisch ausgebreitet wie eine Aura. Es gluckerte, als er einen Schluck aus der Pulle nahm. Danach war es eine Weile mucksmäuschenstill.

Ich war keineswegs beruhigt.

„O. k., so weit so gut. Aber solche Dinge entwickeln Eigendynamik. Eh du es dich versiehst, steckst du voll in der Scheiße."

„Igittigitt. Was soll mir passieren? Mir macht das alles Spaß. Das pralle Leben. Was du machst, ist auch nicht das Gelbe vom Ei. Liegst hier herum und liest diese unverdauliche Kantsülze. Auf so was muss man erst mal kommen. Als könne man Durst mit Heu stillen."

„Ach, hast keine Ahnung, wovon du redest. Ich sag dir, kein trocknes Heu, sondern saftiges Gras. Natürlich, wer macht sich heutzutage die Mühe, sich in so was zu verbeißen. Hat keiner Zeit für."

„Bist ja richtig begeistert."

„Pass auf, ich les dir n paar Sätze vor."

Stand auf und griff mir das ramponierte Reclambüchlein, legte mich wieder hin und blätterte darin.

„Hier, damit du siehst, worum es geht:

‚Alles Interesse meiner Vernunft (das spekulative sowohl als das praktische) vereinigt sich in drei Fragen: 1. Was kann ich wissen? 2. Was soll ich tun? 3. Was darf ich hoffen?'

Oder hier:

‚Die gegenwärtige Welt eröffnet uns einen so unermesslichen Schauplatz von Mannigfaltigkeit, Ordnung, Zweckmäßigkeit und Schönheit, man mag diese nun in der Unendlichkeit des Raumes, oder in der unbegrenzten Teilung desselben verfolgen, dass selbst nach den Kenntnissen, welche unser schwacher Verstand davon hat erwerben können, alle Sprache, über so viele und unabsehlich große Wunder, ihren Nachdruck, alle Zahlen ihre Kraft zu messen und selbst unsere Gedanken alle Begrenzung vermissen, so, dass sich unser Urteil vom Ganzen in ein sprachloses, aber desto beredteres Erstaunen auflösen muss.'

Otto, ist klar, dass die damals Vernunft wie n Ersatzgott betont haben, als käme sie von außerhalb. Aber selbst, wenn man begreift, dass sie nur Gehirnfunktion, n natürliches Werkzeug ist, das uns hilft zu leben, muss man aus Enttäuschung nicht gleich Mystiker werden. Hör mal:

‚Die leichte Taube, indem sie im freien Fluge die Luft teilt, könnte die Vorstellung fassen, dass es ihr im luftleeren Raum noch viel besser gelingen werde.'

Und Kant musste sich sogar gegen die preußische Zensur wehren:

‚Zu dieser Freiheit gehört denn auch die, seine Gedanken, seine Zweifel, die man sich nicht selbst auflösen kann, öffentlich zur Beurteilung auszustellen, ohne darüber für einen unruhigen und gefährlichen Bürger verschrien zu werden.'

Na ja, wills genug sein lassen. Weißt du, was ich nicht verstehen kann? Dass Romantiker und Aufklärer sich damals spinnefeind waren. Meine Güte, wie weit kommt man mit einem Auto, das eines von beiden nicht hat: Motor oder Lenkung. Gefühl oder Verstand."

Milde Begeisterung damals. Ich dachte, ich fühlte, und mitunter wurde alles von Staunen untermalt. Naiv hoffnungsfroh nahm ich mir in solchen Momenten vor, niemals im Leben dieses Staunen zu verlieren, so alt und grau ich werden würde. Das sollte mich davor bewahren, mich vor der Welt zu verriegeln, auf welchem verlorenen Posten ich auch immer stehen würde. Autark könnte man dadurch nicht werden, das war mir klar. Wohl eher verletzbar. Doch niemals waidwund.

Lange schwiegen wir. Lagen da und nuckelten an der Bierflasche, während Gedanken wie auf einem Fließband durch die Hirne zogen. Bis Ralph Otto sagte:

„Jedenfalls bin ich kein Mystiker, falls du das meinst. Stehe fester im Leben als du."

„Warum rennst du im Nachthemd rum?"

Er antwortete nicht. Langsam löste sich der Zauber auf. Wir erhoben uns seufzend und gingen im Gleichschritt vor die Tür, getrieben vom ungeheuren Druck der Blase. Ließen es ausgiebig plätschern, während es auf dem Feld der Kümmernisse langsam dunkel wurde. Wieder ein Tag um, wie viele werden wir noch erleben, bis der Tod uns um die Ecke bringt. Ich musste über Otto lachen. Sein Gewand mit beiden Händen wie einen Rock hochhebend, mit auf den Knien hängender Unterhose, stand er breitbeinig da und ließ den letzten Rest heraustropfen.

„Frau Baronin machen das sehr graziös."

Er zog die Unterhose hoch und ließ das Nachthemd fallen.

In der Hütte schmierten wir ein paar Stullen. Mit denen und neuen Bierflaschen setzten wir uns hin und kauten. Es tat gut.

„Sag mal, Otto, hast du Nadine in letzter Zeit gesehn?"
„Ja."
„Liebst du sie?"
Lächelnd fragte er zurück:
„Liebst du sie?"
Ich kratzte in den Haaren herum und wich aus:
„Erzähl mir endlich, was es mit deiner geheimnisvollen Schatzkarte auf sich hat."
„Ja, genau, ich sag dir, hochinteressant. Hab ja erzählt, dass ich bei dem alten Mann in der Truhe Rinden mit altertümlichem Französisch gefunden habe. In der Bibliothek in Touro hab ich Bücher gewälzt, um etwas über den Hintergrund herauszubekommen. Ich sag dir, es ist sensationell. Mit Naboua hab ich schon darüber gesprochen, irgendwie geht es ja um die Vergangenheit seiner Heimat. Es besteht tatsächlich ne vage Hoffnung, was Wertvolles zu finden. Er wird mich unterstützen mit Taucherausrüstung und Sonstigem. Ich werd mit ihm zusammen suchen. Aber wenn er mal nicht kann, könntest du mitmachen."
„Will aber angemessen an den Millionen beteiligt werden, Käpt'n."
„Vielleicht sind es ja nur Dokumente. Auch die könnten allerdings von unschätzbarem Wert sein. Hast du jemals etwas vom französischen Seefahrer La Pérouse gehört, Jean Francois Comte de La Pérouse?"
Ich schüttelte den Kopf. Er legte eine Kunstpause ein, als wolle er sich an meiner Neugierde weiden. Während wir mit Bierflasche in der Hand auf den Pritschen lagen und an die Decke starrten, spülte die Stimme Ralph Ottos uns in fern zurückliegende Zeit.
„Dieser Mann unternahm gegen Ende des 18. Jahrhunderts im Auftrag des französischen Königs Ludwig XVI. eine Weltreise. Mit zwei Fregatten sollte er asiatische und nordamerikanische Küsten des Stillen Ozeans vermessen, dazu einige Inselgruppen, so die Salomonen und Neu-Holland, genau lokalisieren. Er sollte außerdem klimatische Bedingungen feststellen, Pflanzen und Tiere bestimmen und sammeln, prüfen, ob sie industriell oder als Nahrung zu verwerten wären. Über die angetroffenen Menschen sollte er genau berichten. Offensichtlich ein Programm im Vorfeld der Kolonialisierung.
An Bord der Fregatten ‚Boussole' und ‚Astrolabe' waren außer den Schiffsmannschaften Zeichner, Mineralogen, Botaniker, Zoologen, Astronomen, Naturphilosophen und natürlich katholische Priester. Im August 1785 verließen die Schiffe den Hafen von Brest. Auf Kamtschatka erreichten La Pérouse Briefe aus Frankreich, die seinen Auftrag erweiterten. Er sollte die britische Niederlassung an der Südostküste Australiens erkunden, quasi ausspionieren.
Auf der Reise ereigneten sich zwei große Unglücksfälle. An der nordamerikanischen Küste waren auf Erkundungsfahrten zwei Boote gesunken, 6 Offiziere und 15 Matrosen kamen um. Auf einer polynesischen Insel der Samoa Gruppe wurden beim Wasserholen von den Inselbewohnern 12 Mann getötet sowie 20 verwundet. Du siehst, hartes Brot damals solche Reisen."

Nach einem ausgiebigen Schluck erzählte er weiter:

„Es sollte noch viel schlimmer kommen. Als hätte er schlechte Ahnungen gehabt, übergab La Pérouse in Australien Briefe, Aufzeichnungen und sogar das Logbuch an britische Kolonialbeamte mit der Bitte um Weiterleitung nach Frankreich. Hätte er das nicht getan, würde man heute von der ganzen Expedition fast nichts wissen. Denn nach dem Auslaufen aus der Botany Bay in Australien tauchten die Schiffe nie wieder auf. Sie blieben verschollen bis heute."

Er jagte mir einen gehörigen Schrecken ein, als er plötzlich aufsprang und brüllte:

„Ein Bier für ein Königreich!"

Die leere Flasche hielt er wie ein Fanal hoch. Das hatte viel Kraft gekostet, er setzte sich wieder hin und sah mich düstern Blicks an. Schnell nahm ich ihm die leere Flasche aus der Hand und drückte eine volle hinein. Nach ausgiebigem Schluck verkündete er in dumpfem Tonfall:

„Am Vorabend seiner Hinrichtung fragte Ludwig der XVI.: ‚Hat man Nachrichten von La Pérouse?' "

Es war finster geworden in der Hütte. Ich holte die Petroleumlampe und zündete sie an. Um uns herum erwachte alles zu unbestimmtem, flackerndem Leben. Wir brauchten Aufmunterung. Ich ging in den anderen Raum und brühte eine Kanne Kaffee auf. Als Otto mich damit kommen sah, trank er schnell die Bierflasche aus und rülpste.

„Nanu, passt nicht zu einem so feinen Herrn wie dir."

Wir schlürften bedächtig Kaffee. Ein Gift nach dem anderen.

„Verstehst du, Wolf, dass man seinen König umbringen kann, sich dermaßen besudeln kann?"

„Blödsinn. Was soll das sein: n König? Genau so ein Apparat wie wir alle. Und muss eben sterben wie wir. Letzten Endes egal, wie man stirbt. Der Tod lauert überall."

„Passt zu dir. Neunmalklug suchst du dir immer den banalsten Standpunkt heraus."

„Der Herr Ästhet. Aber was ist nun los. Was haben deine gefundnen Rinden mit La Pérouse zu tun?"

Wir saßen uns in fast der gleichen Haltung gegenüber. Die Ellbogen auf die Oberschenkel gestützt, mit den Händen die heiße Tasse umfassend. Durch die Nähe der Gesichter wurden seine Worte besonders eindringlich, fast verschwörerisch, während die feinen Dampffahnen aus den Tassen sich mit ihnen vermischten.

„Dreißig Jahre später fand ein irischer Kaufmann auf den Santa Cruz Inseln nördlich der Neuen Hebriden das verrostete Stichblatt eines Degens mit den eingravierten Initialen J. F. G. P., also Jean Francois Galaup de La Pérouse. Er wird seinen Degen wohl kaum beim Spazierengehen verloren haben. Dazu fand man eine Schiffsglocke und mehrere Messingkanonen. Später grub man 60 Schädel von Europäern aus. 1828 erreichte der französische Seefahrer Dumont d'Urville die Santa Cruz Inseln und erfuhr von den Eingeborenen, dass die beiden Schiffe des La Pérouse in einem Sturm vor der dortigen Insel Vanikoro gesunken waren. Die meisten Überlebenden waren von den Einwohnern getötet und wahrscheinlich verspeist worden. Doch eben nur die meisten! Und da tritt ein gewisser Ralph Otto in diese Geschichte ein."

Er stand auf und verließ ohne ein Wort die Hütte. Konnte mich nicht beherrschen und rief hinterher:

„Was denn nun, erzähl weiter, machs nicht so spannend!"

Schon war er zurück und übergab mir einen Schnellhefter, den er vom Fahrrad geholt hatte.

„Hier, lies das. Sind nur ein paar Seiten. Die deutsche Übersetzung des Rindentextes. Kannst du behalten, hab mehrere Exemplare."

Mit seiner Inszenierung zufrieden, legte er sich genussvoll aufstöhnend hin, schloss die Augen und sagte kein Wort, während ich las.

Text aus der Basttruhe des alten Mannes in Thio:

Es ist wirklich ein Wunder geschehen. Allerdings fast zu spät, denn nur noch drei von uns sind am Leben. Aber ich will der Reihe nach kurz das Wichtigste berichten. Es ist beschwerlich, mit einem Holzspan und Fischblut auf Rinde zu schreiben. Auch kann mich meine Kraft jeden Moment verlassen. In der Nacht zum 29. Juni 1788 sind die Astrolabe und die Boussole in einen schrecklichen Sturm geraten. Beide wurden auf die Klippen einer Insel getrieben und zerschellten. Bei uns auf der Astrolabe gelang es unter unsäglichen Mühen, eine Schaluppe zu Wasser zu bringen. Die Offiziere de Monti und Bellegarde, 8 Matrosen sowie ich, Pater Receveur, schafften es hinein. Wir konnten uns vom auseinander brechenden Schiff lösen. Hin und her geworfen, hatten wir das Glück, auf einem zwischen den Felsklippen des Ufers versteckten winzigen Sandstrand zu landen. Fürs erste waren wir gerettet. Wir zogen die Schaluppe so gut es ging auf den Sand und kauerten uns schaudernd hinein, den Morgen abzuwarten. Nichts anderes konnten wir in Sturm und Dunkelheit tun. Als es hell wurde, erschien der herrlichste blaue Himmel über uns. Wir waren von Brandung und hohen Uferklippen umgeben wie in einer Falle. Nach kurzer Beratung entschieden die Herren de Monti und Bellegarde, mit zwei Matrosen das steile Ufer zu erklimmen, um einen Blick auf das Land dahinter zu werfen. Wir Anderen sahen ihnen zu, bis sie oben waren. Wie erschraken wir, als die vier sich dort schnell duckten, um sich augenscheinlich vor etwas zu verbergen. So blieben sie eine Weile und spähten auf etwas hin. Als sie heruntergeklettert kamen, sahen wir ihren kreidebleichen Gesichtern an, dass sie etwas Schreckliches gesehen hatten. Entsetzt erzählten sie. Einer Gruppe unserer Kameraden musste es gelungen sein, sich an Land zu retten. So weit zu erkennen, waren es etwa 50 Leute von der Boussole. Sie lagen in Stücke gehackt am Boden, um sie herum tanzte eine große Menge Wilder. Herr de Monti versicherte uns mit Tränen in den Augen, dass er den vom Rumpf getrennten Kopf unseres geliebten Kapitäns Herrn La Pérouse erkannt habe. Der daneben liegende Körper noch mit dem Degen in der Hand. Bevor der Schrecken uns handlungsunfähig machen konnte, befahlen die Offiziere, die Schaluppe ins Wasser zu ziehen, dessen Wogen sich einigermaßen beruhigt hatten. Wir wollten die Küste entlang rudern, um vielleicht einen weniger gefährlichen Ort ausfindig zu machen. Weitere Überlebende entdeckten wir nicht, konnten aber aus herum schwimmenden Trümmern einige nützliche Dinge ins Boot holen. Nach ein paar Stunden entdeckten wir eine kleine Bucht. Menschen waren nicht zu sehen. Vorsichtig gingen wir an Land, sammelten am Boden liegende Kokosnüsse und Früchte von Sträuchern und Bäumen, die wir in die Schaluppe brachten. Nach einigen Stunden wurden wir jedoch von einer Gruppe Wilder überfallen, die mit Stöcken und Steinen bewaffnet waren. Mit knapper Not konnten wir uns ins Boot retten. Ein Matrose, der zu weit entfernt gewesen war, wurde von einem Stein am Kopf getroffen und fiel hin, bevor er das Boot erreicht hatte. Unter wüstem Gejohle wurde er umgebracht. Hilflos mussten wir es mit ansehen. Wir konnten aufs Meer entkommen. In sicherer Entfernung berieten wir, was zu tun wäre, während die Wilden am Ufer herumtanzten und johlten. Wir kehrten zum Ort des Schiffbruches zurück und suchten dort intensiv nach nützlichen Dingen. Da wir zerrissenes Segeltuch und Taureste fanden, konnten wir auf der Schaluppe ein Behelfssegel errichten. Auch zwei herum schwimmende volle Trinkwasserfässer fanden wir zu unserer großen Erleichterung. Die Kokosnüsse hätten nicht lange gereicht. Aus aufgelesenem Treibholz entfernten wir Nägel, bastelten Angelhaken. Unter meiner Anleitung sandten wir ein inbrünstiges Gebet zu unserem Herrn hinauf und nahmen so hoffnungsvoll, wie die Umstände es zuließen, Kurs aufs offene Meer. Ehrenvoller und chancenreicher schien uns, dem Willen Gottes dort zu vertrauen, als von Wilden zerhackt zu werden. Viele Wochen sind seitdem vergangen. Nur noch Herr Bellegarde, der Matrose Roch Lanthier und ich, Schreiber dieser Zeilen, sind am Leben, wenn auch mehr tot als lebendig. Jetzt, da auch wir drei uns dem Ende nahe wähnten, hat die Schaluppe ruhig, als wäre nichts dabei, an einem felsigen Ufer angelegt. Durch den Stoß bin ich aus dem toten-ähnlichen Zustand, in dem sich meine beiden Kameraden noch befinden, erwacht. Nach diesen Zeilen werde ich sie wecken. Vorher werde ich diese Rinden in die Schiffskassette der Astrolabe zu den anderen wertvollen Dingen legen. Der selige Herr de Monti hatte sie beim Schiffbruch gerettet. Ich werde sie verschließen und am Ufer verstecken. Ein paar Schritte von hier scheint mir eine kleine Felshöhle zu sein, deren Zugang fast vollständig unter Wasser liegt. Sollten wir jemals von hier gerettet werden, kann ich sie holen und meinem König im geliebten Frankreich übergeben. Ich hoffe, meine Kräfte reichen, das Vorhaben auszuführen, denn mir schwinden fast die Sinne. Unser flackerndes Leben ist in Gottes Hand. August im Jahr des Herrn 1788 an unbekanntem Ort Pater Receveur

„Da hast du dir ne dolle Geschichte ausgedacht, aber ich fall nicht drauf rein."

„Mann, hör auf. Mir kam es anfangs genauso unwahrscheinlich vor. Hab dann im Dorf herumgefragt und Anhaltspunkte gefunden, dass alles wirklich passiert ist."

Triumphierend unterbrach ich ihn: „Du hast n blöden Fehler gemacht, der klar zeigt, dass alles nicht stimmt. Wieso ist die Rinde in der Truhe des alten Mannes in Thio gewesen, obwohl der Pater schreibt, sie in die Kassette legen zu wollen?"

„Ja ja, ist mir doch genauso aufgefallen. Dafür hab ich zwei Theorien. Erstens könnten die Einwohner die Kassette irgendwann gefunden haben oder die Schiffbrüchigen selbst sie später aus irgendeinem Grund aus dem Versteck geholt haben. Dann wäre es sinnlos, sie zu suchen, der Inhalt wäre wohl in alle Winde zerstreut. Zweitens aber könnte dem Pater ein Missgeschick passiert sein. Wenn man bedenkt, in welchem Zustand der war, ist das nicht unwahrscheinlich. Und ich sag dir, ich hab das sichere Gefühl, dass es folgendermaßen war: Nach dem Schreiben vergaß der Pater in seiner Schwäche, die Rinde in die Kassette zu legen. Er versteckte diese in der Höhle, das Geschriebene blieb im Boot und wurde von ihm mitgenommen, als sie an Land gingen."

„Ach so, dein untrügliches Prophetengefühl."

„Gespür, Intuition, nenn es wie du willst."

Ich zuckte die Achseln, verzog die Mundwinkel: „Wer glauben will, der glaubt."

„Pass auf, was ich noch erfahren habe. Ich hab den alten Mann ausgequetscht wie ne Zitrone. Ihm ist einiges eingefallen, das über die Generationen den Kindern der Familie wie Märchen weitererzählt wurde. Das Meiste klang wie hinzuspintisiert. Der wahrscheinliche Kern ist, dass die drei Schiffbrüchigen von den Eingeborenen gefunden und aufgepäppelt worden sind. Sie wurden auf Familien verteilt und ins Leben integriert. Wie das im Einzelnen vor sich ging, kann man natürlich nicht mehr feststellen. Der Alte ist der Einzige, der überhaupt noch was weiß. Weitere Aufzeichnungen vom Pater, die er vielleicht später gemacht hat, gibt es nicht, jedenfalls hab ich nichts gefunden. Die Anderen im Dorf nehmen das Gerede des Alten nicht ernst. Auch Naboua wollte anfangs nicht glauben, was ich erzählte. Mindestens Einer der Drei hat offensichtlich Nachkommen gezeugt. Deshalb gibt es einige hellere Typen im Dorf. Weil in den nächsten Jahren kein europäisches Schiff angelegt hat, sind die Drei eben hier irgendwann gestorben. Noch was. Im Botanischen Garten in Touro hab ich die Rinde untersuchen lassen. Sie ist ca. 200 Jahre alt und die Tinte ist Fischblut."

Er schwieg, doch die Stimme geisterte noch im Verein mit dem flackernden Licht der Petroleumlampe durch die Hütte.

„Verdammter Pfeffer. Wenn das alles stimmen würde. Allein für das Logbuch seit Australien würden die Franzosen ne Menge Geld springen lassen. Vielleicht ist es da drin, und wer weiß, was noch alles."

Verträumt, doch listig lächelnd sagte er:

„Die Schiffskasse, zum Beispiel, und auf der Expedition erworbene oder gefundene Kostbarkeiten. Im Dorf ist nichts zu finden, Naboua und Fiame haben mitgesucht. Keine Spur vom Logbuch, von altem Geld oder Schmuck. Ich sag dir, die Kassette liegt irgendwo an der felsigen Nordostküste in einer Höhle."
Er schlug mit der Faust aufs Knie und stieß aus:
„Ich werde sie finden, verdammt, ich habs im Gefühl!"
„Willst du die ganze Küste absuchen? Dabei wirste alt und grau."
„Das ist nicht nötig. Ich hab mich in der Bibliothek sachkundig gemacht. Da das Boot von den Santa-Cruz-Inseln genau nördlich von uns kam, unsere Insel aber von Nordwest nach Südost im Meer liegt, kann es nur an die Ostküste getrieben worden sein. Und da der Pater schreibt, die Küste sei sehr felsig mit Höhlen, kann es auch nur im Norden der Ostküste sein. Die haben Glück gehabt, sind genau am nordöstlichsten Inselzipfel angetrieben worden. Ein bisschen mehr westlich und sie wären vorbei getrieben, dann wärs aus gewesen. Auch mit den häufigsten Windrichtungen könnte das hinhauen. Ein Problem ist, dass der Wasserspiegel hier in den 200 Jahren gestiegen ist. Der Pater schreibt, dass der Eingang zur Höhle halb unter Wasser liegt. Inzwischen dürfte er also längst ganz unter Wasser sein. Das heißt, man kommt nur mit Tauchen weiter."
„Davon hab ich null Ahnung, bin also ungeeignet. Du brauchst mich ja sowieso nicht, hast ja Naboua."
Er stand auf, sah an mir vorbei oder durch mich hindurch. Als wäre das in ihm vorgehende Gemengsel aus Wünschen, Absichten und Phantasien realer, zumindest wichtiger als die Vorgänge um ihn herum, sagte er zerstreut, fast tonlos:
„Der Kasten Bier ist alle."
Wieder auftauchend an die Oberfläche fuhr er fort:
„Naboua hilft mir. Er wird aber nicht immer Zeit haben, dann meld ich mich bei dir. Tauchen musst du nicht können. Einer muss im Boot bleiben. Sollte jemals was bei raus springen, bekommst du einen Anteil. Jetzt machs gut."
Unsicheren Schrittes verschwand er durch die Türöffnung ins Dunkel. Eine Weile hörte ich das Quietschen des Fahrrades. Quälte mich hoch und ging hinaus. In der vagen Hoffnung, durch die funkelnden Sterne Freude in mir zu erzeugen, die massiv aufgekeimte schlechte Laune damit zu besiegen, sah ich nach oben. Es funktionierte nicht. Sie duckten mich, pressten mich zusammen.
„Ihr verdammten Idioten", brüllte ich hinauf, stapfte wieder hinein und legte mich hin. Ein dumpfes Pochen wie ein Schmerz war die Welt. Ich stand auf und löschte die Petroleumlampe. So, jetzt. Behutsam legte ich mich auf die Pritsche und wartete auf den Schlaf.
... tastete mein Gesicht ab, fand aber die Falten nicht, die mein Spiegelbild hatte. Nanu, schon wieder der Alte, und dieses mal ganz ohne Spiegel. Wie

machte der das? Ich lächelte unsicher. Sein Lächeln war anders, wohlwollend und überlegen. Er redete mich an:

„Was machst du für Sperenzchen. Wann bekommst du diese ständigen Seufzerchen in den Griff und freust dich deines Lebens."

„Ich komm zurecht, misch dich nicht ein, ist mein Leben."

Sanft widersprach er: „Unser Leben. Lass uns ein wenig plaudern."

„Gut, n Gespräch sollte man nie ablehnen, aber grins nicht so besserwisserisch. Du scheinst irgendwie ne arrivierte Person zu sein. Haste vielleicht gar ne Familie?"

Er nickte und sagte stolz: „Frau und zwei Kinder. Die sind schon erwachsen."

„Richtig bürgerlich. Dann hast du bestimmt Möbel, igittigitt, mir wird angst und bange."

„Wenn es dich beruhigt: die sind fast alle vom Sperrmüll."

Ach du lieber Gott, das passte mir nun auch wieder nicht, eine Zukunft mit Sperrmüllmöbeln. Ich schloss die Augen. Vielleicht verschwand er auf diese Weise, irgendwie musste ihm beizukommen sein. Als ich sie wieder öffnete, war er unverändert da. Er hatte das Manöver durchschaut und forderte mich herablassend väterlich auf:

„Erzähl mir, was dir am Leben so missfällt."

„Das musst du doch wissen."

„Ich hab es vergessen, es ist so lange her."

Es sprudelte aus mir hervor: „Immer nur Wörter, Wörter, Giftsud in der Birne, und stachlig sind sie und sie schillern, wo sind die Bedeutungen abgeblieben? Hör dir das an, dieses Sammelsurium: Erkenntnis Bedeutung Gefühl Gedanke Ich Wissen Zeit Raum Anfang Ende Gut Böse Sinn Liebe Freiheit Materie Eins Energie Leben Recht Nation Sein Existenz Norm Naturgesetz Atom Ding Eigenschaft Stuhl Käse Zeichen Entwicklung Berufung Kunst Aufgabe Blah Blah Blah ...", und fast schreiend: „Willst du noch mehr von dem Mist hören?"

Ruhig erwiderte er: „Du könntest sie alle anführen, ich weiß. Sind sie nicht herrlich wunderlich?"

Feine Tröpfchen meiner Spucke sprühten auf sein Gesicht, als ich aufgeregt schrie:

„Ein Werk des Teufels sind sie!"

Er lachte herzlich und spottete: „Das musste ja kommen, die haben in deiner Raupensammlung gefehlt: Gott und der Teufel."

Wut und Trotz verflogen mir. Traurig fragte ich leise:

„Sag mir eins. Hast du je die Blaue Blume gefunden, von der sie früher gefaselt haben?"

„Gefunden? Du musst sie säen. Immer wieder neu säen, ständig welkt sie oder wird ausgerupft. Höre mal diese interessante Nachricht:

‚Der Biosatellit II hat mit einem Sortiment von Kleinorganismen an Bord erfolgreich die Erde umkreist. Man wollte etwas über Vermehrung und Wachstum unter schwerelosen Bedingungen erfahren. Die Fahrgastliste enthielt unter anderem 10000 Moskitos, 1000 Mehlkäfer, 560 Wespen, 13000 Bakterien, 875 Amöben, 120 Froscheier, 78 Weizenkeimlinge, 9 Pfefferpflanzen, 1 Million Sporen des Gelben Brotschimmelpilzes und 64 Blaue Wildblumen.' "

Wir schwiegen lange Zeit, sahen uns intensiv in die Augen, versuchten zu ergründen, wie es wäre, mit denen des Anderen zu sehen. Was er jetzt sagte, klang wie ein Zitat:

„Auf schlüpfriger, schwankender Pflanzendecke über dem Moor musst du tanzen ..."

„Wie kann das funktionieren?"

„Du wirst es lernen. Und Eine Blaue Blume wirst du bald finden, es wird dir jedoch nichts nützen. Erinnerst du dich an die Cocker-Brüder? Ich kämpfe noch immer gegen diese Schufte."

Er lachte fröhlich.

10

In den nächsten Tagen sah ich Menschen nur, wenn ich zum Einkaufen auf den Markt in Touro fuhr. Bei mir ließ sich niemand blicken. Das war angenehm. Beobachter der Welt, von ihren Zwangsläufigkeiten wenig berührt, haha. Manchmal packten mich unruhige Gedanken, die das eigenbrötlerische Leben auf dem Felde der Kümmernisse als ereignisarm und langweilig beschimpften, gar mit neidischem Verweis auf die Vita activa des Ralph Otto. Empört steuerte ich gegen. Was der tat, würde mich zu Tode langweilen. Restaurants eröffnen, Taucheranzüge organisieren, alte Männer ausfragen. Wohin führte das? Zu unerquicklichem Ärger mit misstrauischen Polizeikommissaren. Da lobte ich mir konzentrierte Versenkung in die ‚Kritik der reinen Vernunft'. Überließ mich den verschlungenen Sätzen, als gäbe es keinen Zweifel am Wort, jawollja. Die größte Anfechtung meiner Gelassenheit war die tägliche Morgenlatte. Ich streichelte sie zärtlich. Ja, die Liebe und ihr Pförtner Sex. Die Technik, die ich zur Abwehr dieser Beunruhigung anwendete, war banal, ordinär, nicht romantisch verkleidet, jedoch von zufriedenstellender Wirkung. Ich stellte mir den schönen, prallen Körper Nadines vor, hörte ihr wollüstiges Stammeln, trieb meine Phantasie zur Vereinigung mit ihr und onanierte. Nach einer kleinen Erholungspause ging ich vor die Tür und urinierte ausgiebig. Frühstückte behaglich, lächelte den herumsummenden Fliegen zu. Endlich trat das vom Kaffee ausgelöste Grollen in den Eingeweiden ein. Voller Vorfreude ging ich nackt zum Donnerbalken. Die Morgensonne kitzelte den vibrierenden Körper. Zufrieden mit der Welt kraulte ich die Schamhaare. Nachdem die notwendigen Geschäfte erledigt waren, hatte ich mein Tiermenschentum ins Gleichgewicht gebracht und konnte das beschauliche Tageswerk in Angriff nehmen. Eine überraschende Einladung von Ohm Litzmann lockte mich in die Welt.

Nach gemächlicher Fahrt auf dem Fahrrad war ich bei der angegebenen Adresse in der Peripherie Touros angelangt. Durch einen verwilderten Garten ging ich zwischen blühenden Büschen zum versteckten Bungalow. Dessen Tür stand offen. Trat in einen kleinen Flur, sah von dort durch eine Glastür in ein großes Zimmer mit Terrasse zum hinteren Teil des Gartens. Der Raum enthielt keine Möbel. An den Wänden saßen auf am Boden liegenden Matratzen und Kissen mehrere Leute. Meine Aufmerksamkeit war sofort von einem roten Fleck gefesselt. Nadine. Ich hatte nicht erwartet, sie hier zu treffen. Mit klopfendem Herzen starrte ich hin. Merkwürdigerweise bemerkte sie mich als Einzige der im Zimmer Anwesenden sofort. Eine Ewigkeit sahen wir uns durch die geschlossene Glastür in die Augen. Was muss mein Gesicht nicht alles ausgedrückt haben. Überraschung, gar Bestürzung, Sehnsucht und Liebe, törichte Unbeholfenheit, vielleicht Angst. Und was bedeutete ihr Lächeln? Die Glastür öffnete sich. Ohm Litzmann hatte mich entdeckt, war aufgestanden, um mich zu begrüßen.

„Komm rein, sonst wächst du hier im Flur an, und ich muss dann immer um dich herum gehn."

Ich sagte bloß: „Ja."

Er zog mich am Arm ins Zimmer, verkündete den Anderen:

„Der weltreisende Philosoph ist eingetrudelt. Ich glaube, Aggy wird nicht mehr kommen, sie hat nur sehr vage zugesagt. Also fangen wir endlich an zu trinken."

Er hatte wohl meine Verwirrtheit bemerkt, zog mich wieder aus dem Zimmer heraus, um mir Zeit zu geben, mich zu fassen, und flüsterte:

„Hilf mir beim Bedienen."

Folgsam trottete ich hinterdrein in die kleine Küche. Er drückte mir ein Tablett mit Wassergläsern in die Hand, nahm zwei Sektflaschen aus dem Kühlschrank und schubste mich an:

„Los, auf gehts."

Zwischen den anderen Gästen auf einer Matratze sitzend, den Kopf an die Wand gelehnt, hörte ich zu, wie Ohm Litzmann stehend auf Französisch sagte:

„Heiße euch alle in meinem neuen Domizil willkommen. Herrn Konsul Hutte nochmals Dank für die Vermittlung des Hauses. Ich fühle mich hier pudelwohl. Außerdem gratuliere ich mir zum Geburtstag. Das habe ich in den Einladungen nicht erwähnt, weil ich nicht mit Geschenken überschüttet werden wollte. Ich danke euch, dass ihr gekommen seid. Also prost!"

Er rieb sich die Nase, auf der sich die Haut pellte. Wir erhoben uns und stießen an. Gebührend wurde ihm gratuliert. Während der Prozedur hatte ich meine Fassung zurück gewonnen. Als erster setzte ich mich wieder, um jene Gäste zu betrachten, die ich noch nicht kannte.

Außer Nadine, Ralph Otto und mir waren zwei ältere Herren da. Beide passten nicht recht in das karg eingerichtete Zimmer und unter uns Jüngere. Es war ihnen bestimmt unbequem, auf Matratzen am Boden zu sitzen. Der Eine war der von Ohm Litzmann bereits erwähnte Konsul Hutte. Er schien etwa 60 Jahre alt zu sein. Für eine solche Statur gabs nichts von der Stange, so steckte der kurze, stämmige Körper in einem dunkelblauen, maßgeschneiderten Anzug. Über dem runden Gesicht, dessen rötliche Farbe auf ein paar Gläschen Wein täglich hinwies, prangte eine Glatze, betont vom schmalen Kranz weißer Haare. Die kleinen, auffallend blauen Augen blickten aufmerksam, ja pfiffig, in die Welt. Nachdem er später erwähnt hatte, dass er Witwer sei und seine Frau sehr geliebt habe, entdeckte ich in ihnen durch distanzierte Einsicht gemilderte Melancholie. Das Auffallendste an Konsul Hutte war zweifellos die sperrig abstehende, halb rot, halb golden gefärbte Fliege, die wie ein Schlagbaum wirkte, der den Zugang zu seinem Inneren versperren sollte. Nur durch eigene Worte schien er sich offenbaren zu wollen, und so sprach er gern und viel, lachte dazu oft in etwas meckernder Weise. Während wir alle, einschließlich des anderen älteren Gastes, Sandalen trugen, waren die Füße des Konsuls in blank gewichste, schwarze Halbschuhe gezwängt. Dieser andere mir unbekannte Herr, ebenfalls etwa 60 Jahre alt, kontrastierte in vielerlei Hinsicht mit Konsul Hutte. Professor Ganda Singh war an Namen und Aussehen unschwer als jemand indischer Abstammung zu erkennen. Wie ich nach und nach erfuhr, waren seine Vorfahren aus Nordindien nach Fidschi eingewandert. In dessen Hauptstadt Suva geboren, hatte er bis vor wenigen Jahren als Professor für Zoologie an der University of the South Pacific in Fidschi gelebt. Der mit kariertem Hemd und khakifarbener Hose bekleidete Professor war groß gewachsen, wirkte stark und austrainiert. Selbstsicher, manchmal spöttisch, sah er aus dunklen, großen Augen im braunen Gesicht den Gesprächspartner an. Es überraschte mich, dass er glatt rasiert war und weder Turban noch Armreif trug, obwohl der Name Singh ihn als Sikh auswies.

Alle hatten sich gesetzt und nippten an den Gläsern. Ich saß an Nadines Seite. Unsere Schenkel berührten sich. Ein verführerischer Geruch stieg in meine Nase, gemischt aus Sekt, Parfüm und einer Prise ihres Schweißes. Sie sah mich lächelnd an, und wir wechselten belanglose Worte. Hätte mich auf sie werfen mögen. Unauffällig versuchte ich, in den Ausschnitt ihrer Bluse zu lugen und merkte, dass Ralph Otto mich dabei erwischt hatte. Er saß an ihrer anderen Seite, sah mich grinsend an, wie fast immer in sein weißes Gewand gekleidet. Die Haare sah ich erstmals in einen langen Zopf geflochten. Das konnte er unmöglich allein geschafft haben. Tapfer kämpfte ich gegen das Gefühl an, in schäbiger kurzer Hose und abgewetztem blauen Hemd nicht in den illustren Kreis zu passen. Sogar Ohm Litzmann in Khakihose und -hemd wirkte sehr respektabel. Dachte man sich einen Tropenhelm hinzu, wurde er zum Expeditionsteilnehmer. Endlich fiel mir der zur Stärkung antrainierte Satz ein: Wir kochen alle nur mit Wasser.

Eine Zeit lang wollte kein rechtes Gespräch entstehen. Von Verlegenheit entkräftete Wörter plumpsten aus Mündern, wurden kaum gehört. Ein unerquicklicher, langweiliger und somit wohl kurzer Geburtstagsabend hätte es werden können ohne Konsul Huttes entschlossenes Eingreifen. Angefangen hatte auch er mit Sätzen wie: ‚Ich hoffe, Herr Litzmann, dass Sie ihre Studien hier erfolgreich abschließen werden', den Ohm Litzmann, nachdem er sich von der Wand abgestoßen hatte, um im Sitzen eine merkwürdige, angedeutete Verbeugung des Oberkörpers leisten zu können, beantwortet hatte mit: ‚Herr Konsul, ich bin Ihnen äußerst dankbar, dass Sie mir dieses Haus vermittelt haben. In einer solchen Umgebung arbeitet es sich leicht.'

Doch allmählich waren die Sätze des Konsuls weniger förmlich geworden und hatten die Kraft gewonnen, eine kleine Diskussion in Gang zu bringen. Der Sektgenuss tat das Übrige.

„Meine Frau hat immer gesagt, junge Leute sollten Erfolg haben, und sie hat recht gehabt. Sie war ein Prachtmensch. Junge Leute sollten begreifen, dass die Welt recht einfach strukturiert ist, dann haben sie weniger Angst vor ihr. Letzten Endes kann man beobachten, dass selbst die größten Dummköpfe leidlich zurechtkommen und imstande sind, ein langes Leben zu führen. Aber was ich da sage, ist missverständlich ausgedrückt. Einfach strukturiert klingt wie klar oder exakt. Ich meine gerade das Gegenteil. Alles in der Welt ist ungenau und fehlerhaft. Und gerade deshalb muss niemand sein Licht unter den Scheffel stellen, sondern kann beruhigt ..."

Er wurde von einem ironischen ‚hört hört' Ohm Litzmanns unterbrochen, der lange starr in seiner Verbeugung mit vorgeneigtem Oberkörper verharrt hatte, sich jetzt abrupt wieder an die Wand zurücklehnte. Durch irgendeine Spannung des Hemdes sprang ein Knopf mit zwar nicht sehr lautem aber durchdringendem ‚Pling' ab. Trotz der vom Konsul geäußerten Weisheit löste das einfache Geräusch allgemeines Gelächter aus. Huttes meckerndes Lachen ging in eine Fortsetzung seiner Worte über:

„Ja, aber vielleicht könnt ihr, mit Ausnahme von Monsieur Singh, das gar nicht begreifen. Eure Welt ist anders, weil ihr anders seid. Ihr sucht Exaktheit, Ungenauigkeit quält euch wie ein Stachel im Fleische. Da die Welt aber chaotisch ungenau ist, seid ihr ständig beunruhigt. Das Woher und Wohin und Wie und Was und besonders das Wieviel will kein Ende nehmen. Fragen über Fragen, und sie sind nicht zu beantworten. Da ist es mir ein Labsal, einen jungen Menschen wie Monsieur Litzmann zu sehen, der sich solche Sorgen nicht macht, sondern weiß was er will, hierher kommt und Punkt Komma Strich seine Doktorarbeit fertig macht, ohne sich verwirren zu lassen."

Litzmann fragte, anscheinend etwas pikiert:

„Woher wissen Sie denn das?"

Hutte steckte irritiert zwei Finger zwischen Hals und Kragen, ruckelte mit ihnen ein wenig hin und her, um die Fliege zu lockern. Dabei hob er das Kinn, richtete den Blick zur Decke, als könne er hindurch sehen, hindurch, hindurch ... Schweiß perlte auf der Stirn, und er sagte leise:

„Ich sage euch, es ist alles nur Biologie. Die Fragen erledigen sich nicht, weil man sie beantwortet, sondern weil man sie irgendwann vergisst. Oder man verliert die Lust, dauernd dieselben zu stellen." Zögernd setzte er hinzu: „Dann ... wird alles ... einfacher und leichter. Wenn man endlich tot ist, fragt man überhaupt nicht mehr."

Er hatte den Faden verloren und sich in dieses melancholische Ende gerettet. In die Stille hinein, als wolle er sich entschuldigen:

„Bin eben Witwer, so ist das."

Litzmann stand auf und besorgte Nachschub aus der Küche. Als neu eingegossen war, hatte sich der Konsul erholt und ließ fröhlich verlauten:

„Kinder, es ist mir eine Freude, mit jungem Gemüse zusammen zu sitzen. Trinken wir auf das Wohl der schönen jungen Dame, die jedes dunkle Gemach zu erleuchten vermag. Mademoiselle Mignon!"

Nadine wurde rot wie bei Ratus Kompliment auf dem Brandfest. Wieder voll erwischt von einem alten Schwerenöter. Professor Singh befreite sie mild lächelnd kavaliersmäßig aus der Verlegenheit:

„Sie sind zu streng mit den jungen Leuten. Und diese Strenge steht in gewissem Widerspruch zum Inhalt ihrer Worte. Denn wenn man alles nur ungenau weiß, ist man ohne jede Basis für entschiedene Beurteilung, sollte also milde Toleranz walten lassen. Ich glaube durchaus zu verstehen, was gemeint ist, würde es jedoch ein wenig anders ausdrücken. Wir beide sind fast gleichaltrig. In des Lebens Auf und Ab haben wir eine bestimmte Art von Mut gelernt. Mut zur Entscheidung, zur Tat, auch wenn viele Fragen offen bleiben, da hat der Herr Konsul Recht. Doch Exaktheit spielt eine durchaus wichtige Rolle dabei. Als Wissenschaftler hat sie mich stets geleitet. Will man irgendetwas von der Welt in Wörter oder Zahlen fassen, muss man danach streben, es so genau wie möglich zu tun. Es sei denn ..." - lächelnd blickte er Ralph Otto an, als hätte er über dieses Thema bereits mit ihm gesprochen - „... man schreibt Gedichte oder mystische Texte, die davon leben, dass man nicht genau auszudrücken vermag, was man meint. Das Problem ist, dass Wörter und Zahlen wie alle Symbole nur bis zu einem gewissen Grade hilfreich sind, sich jedoch eitel nicht mit dieser Rolle begnügen wollen, hochstaplerisch behaupten, ihre Welt der Genauigkeit wäre die wirkliche Welt. Als sage mein Spiegelbild: Ich bin wirklich Du. Junge Menschen, die vor nicht langer Zeit enthusiastisch sprechen, lesen, zählen, rechnen gelernt haben, merken irgendwann enttäuscht, dass ihre Probleme damit allein nie zu lösen sind. Sie werden ratlos, mancher verzweifelt. Je nach Charakter rennen sie jemandem hinterher, der behauptet, genau zu wissen, wo es lang geht, oder sie werden stumpf und gleichgültig. Ich glaube, der Herr Konsul meint, dass wir Alten Hasen ebenfalls durch dieses Fegefeuer mussten und erlebt haben, dass danach nicht die Hölle, sondern das pulsierende, interessante aber anstrengende Leben wartet. Ein Leben, in dem exakte Voraussage nicht möglich ist, man sich jedoch trotzdem zu Taten entscheiden muss. Das bedeutet, dass man oft falsch entscheiden wird. Also braucht es gewissen Mut zum Handeln."

Professor Singh brach ab. Vielleicht hatte er bemerkt, dass ein ausufernder Monolog nicht zu einer Geburtstagsfeier passe. Der Konsul fasste mit den Fingerspitzen die Enden seiner Fliege, zog daran, streckte sie. Wir ‚jungen Leute' mussten dem aus Ehrfurcht und Unbehagen gemischten Gefühl entkommen, das sich einstellt, wenn Ältere die Weisheiten ihrer Lebenserfahrung zum besten geben. Ohm Litzmann unterbrach die Stille. In seiner Stimme schwang leichte Empörung mit:

„Vielleicht bin ich ein bisschen simpel. Jedenfalls enttäuschen mich die Möglichkeiten der Erkenntnis keineswegs. Von Kindheit an bewundere ich, wie der Mensch die komplizierte Welt im Großen und Ganzen effektiv mit Wort und Zahl beschreibt. Wenn ich auch nur Käfer untersuche, beschreibe und einordne, so macht mir das doch einen Heidenspaß. Das, was man Geist nennt, scheint damit in mir auf befriedigende Weise angeregt. Denken ist mir köstliches Vergnügen, basta. Dafür brauche ich keine Rechtfertigung. Irgendwie existentielle oder religiöse Verzweiflung kenne ich nicht."

Die Haut seiner Nase pellte sich energisch, um die Worte zu unterstreichen.

Ich warf ein: „Du hast es aber gut."

Im allgemeinen Gelächter fragte ich: „Sag mal, Ohm, gibts auch was zu essen, ich hab einen Mordskohldampf."

Prompt sagte Otto: „Das passt zu dir. Der Herr Philosoph denkt an den Bauch zuerst."

Nadine rief aus: „Aber er hat recht, ich hab auch ziemlichen Hunger."

Litzmann stand auf.

„Recht so, auf gehts. Hab mich von Ralph überreden lassen, sein Angebot anzunehmen, uns mit Essen aus seinem Restaurant zu versorgen. Ich hoffe, es stört niemanden, dass es vegetarisch ist, liegt ja sozusagen politisch im Trend. Jedenfalls sieht es wirklich lecker aus. Also ab in den Garten. Wolf und Ralph helfen mir beim Raustragen. Ist alles noch in der Küche, um es warm zu halten."

Zwischen blühenden Büschen waren ein langer Tisch und Stühle aufgestellt. Der Herr Restaurantbetreiber hatte sich nicht lumpen lassen. Als alles auf dem Tisch stand, verbreitete sich appetitanregender Duft. Kräftig wurde zugelangt, während des Essens nicht viel gesprochen. Danach waren wir in angeregter Stimmung. Litzmann hatte ständig Sekt nachgegossen. Er musste ein Vermögen ausgegeben haben.

Ich stand auf und wanderte durch den Garten. An einer verschwiegenen Stelle inmitten der verwilderten Bepflanzung entdeckte ich eine Bank und setzte mich. Schwüle Hitze und ziemlich windstill. Konzentriert blickte ich auf lange Grashalme und ins Sträuchergewirr. Irgendwo krächzte ein Papagei. Geradezu unheimlich. Die bunten, leuchtenden Blüten schienen vor unbestimmter Bedrohung zu warnen. Blödsinn, Folge mangelhafter Verdauung, hä. Hatte ich langsam genug vom Sunny Islands State, sollte ich davonfliegen vom Feld der Kümmernisse? Konnte mich nicht entschließen aufzustehen, rülpste und streichelte meinen Bauch. Folgenlos verschwand das Geräusch, ohne mich vom Druck zu befreien.

„Sie haben sich einen schönen Flecken ausgesucht zum Träumen. Ist es gestattet, Ihnen auf der Bank Gesellschaft zu leisten?"

Ohne Zweifel von den Göttern zu meiner Rettung gesandt, stand Professor Singh vor mir. Einige Zweige und Blätter hatte er in Bewegung versetzt.

„Aber natürlich. Mir ist schon unheimlich geworden, es ist merkwürdig still hier. Sie kommen gerade recht, meine Lebensgeister aufzufrischen."

Er lachte, während seine Augen mich prüften. Ich rückte ans eine Ende der Bank, er setzte sich ans andere. Wir wendeten den Körper ein wenig seitwärts, um einander zugewandt zu sprechen. Peinliches Schweigen konnte ich nicht brauchen, eröffnete also sofort die Unterhaltung.

„Monsieur Singh, vorhin kam es mir einmal so vor, als würden Sie meinen Freund Ralph Otto bereits näher kennen. Stimmt das?"

Mit sanfter Intensität antwortete er: „Richtig. Ich habe ihren Freund vor ein paar Tagen kennen gelernt, als ich in seinem Restaurant gegessen habe. Wir sind ins Gespräch gekommen. Er ist ein ungewöhnlicher junger Mann. Wir haben unter anderem über Poesie und mystische Erfahrung gesprochen, deshalb unser Blickkontakt vorhin. Sie sind ein scharfer Beobachter. Übrigens hat er auch Sie erwähnt. Sie treiben philosophische Studien, lesen Kant, den ich nur vom Namen her kenne. Meine Anerkennung."

Ich lachte. Wie schnell man einen Ruf weg hatte.

„Damit hat es nicht viel auf sich. Bin ein streunender junger Hund auf der Suche nach Knochen, mehr nicht."

Eine Weile unbestimmtes Schweigen zwischen uns, von dem man nicht wusste, ob es trennte oder verband. Dann sah er mich überraschend ernst an und sagte leise:

„Und ich bin ein alter Köter, der dasselbe tut."

Mir wurde unbehaglich zumute. Ich gab dem Gespräch eine Wende:

„Monsieur Singh, an Ihrem Namen merke ich, dass Sie ein Sikh sind, aber ich dachte, die tragen immer einen Turban und einen Bart, schneiden sich auch nie die Kopfhaare."

„Mein Großvater ist aus dem Punjab nach Fidschi eingewandert. Damals wurden von den Engländern Arbeitskräfte für die Zuckerrohrplantagen gesucht. Er und auch mein dann in Fidschi geborener Vater haben den Turban getragen. Ich lebe zwar noch in vielen Traditionen der Sikhgemeinschaft, bin aber kein im eigentlichen Sinne religiöser Mensch. Sie müssen wissen, dass einer unserer 10 einander folgenden Gurus 1699 innerhalb der Sikhreligion einen besonderen Orden gegründet hat, eine Bruderschaft, genannt Khalsa. Ein orthodoxer Sikh lässt sich in einer Zeremonie in diesen Orden aufnehmen. Nur dessen Mitglieder dürfen den Turban tragen und sind an bestimmte Regeln streng gebunden. Ich selbst konnte mich nie entschließen, Mitglied des Khalsa zu werden. Ein Sikh bin ich trotzdem." Versonnen lächelnd setzte er hinzu: „Wäre ich im Khalsa, dürfte ich zum Beispiel keinen Sekt mit Ihnen trinken."

„Wieso sind Sie in den Sunny Islands State gekommen?"

Lachend antwortete er:

„Junger Mann, das ist ja ein Verhör. Aber Sie haben recht, fragen Sie die Menschen aus, um sie kennen zu lernen. Wissen Sie, meine Frau ist tot, die Kinder sind in alle Winde zerstreut. Eine Tochter lebt in England, eine andere in Australien, ein Sohn in den USA, der andere in Kanada. In Fidschi lebt nur noch eine Tochter als einziges meiner Kinder, und die ist gut verheiratet, hat ihre eigene Familie. Wie Sie vielleicht wissen, war ich Zoologie-Professor an der University of South Pacific. Vor einigen Jahren fühlte ich mich dort nicht mehr wohl. Die politische Situation in Fidschi verschlechtert sich. Die Beziehungen zwischen den indischstämmigen und den melanesischen sowie polynesischen Einwohnern sind gründlich gestört. Irgendwann hatte ich das alles satt und suchte eine neue Herausforderung persönlicher Art. Ich verkaufte meinen Besitz und erwarb einen abgelegenen Streifen Küstenland hier, etwa 50 Kilometer entfernt von Touro. Dass man hier Französisch spricht und nicht englisch wie in Fidschi ist kein Problem, da ich einige Jahre in Frankreich studiert habe und deshalb die Sprache beherrsche. Vor vielen Jahren auf einer Frankreichreise hatte ich Austernbänke gesehen. Die Austernzüchter leben nicht schlecht von ihrer Arbeit. Die Franzosen lieben es, Austern zu essen. Hier im Sunny Islands State gibt es viele Franzosen. Also dachte ich, mit meinem Wissen als Zoologe sowie einigermaßen Geld und Fleiß könnte ich ein Geschäft aufziehen. Ich kaufte Austernlaich in Japan und legte ihn fachgerecht in leeren Schalen in meiner Bucht aus."

Er unterbrach sich und hing seinen Gedanken nach. Das wehmütige Lächeln ließ mich ein unangenehmes Ende seiner Geschichte vermuten.

„Ich arbeitete hart. Die Austern gediehen prächtig. Ich hoffte, sie schon nach zwei, spätestens drei Jahren ernten zu können. Doch in einem Jahr gab es eine Hitzeperiode. Die Temperaturen im flachen Wasser der Bucht stiegen an, alle Austern starben nach und nach.

Ich versuchte es noch einmal, brachte die Austern jetzt in tieferes Wasser, wo die Temperatur niemals so ansteigen würde. Was nun geschah, hätte ich als Zoologe voraussehen können. Mein Wunsch, ein Geschäft zu machen, muss mich geblendet haben. Es stellte sich heraus, dass Austern eine Menge Feinde haben, die sogar ihre dicke Schale überwinden, um eine leckere Mahlzeit zu haben. Sie knacken oder durchbohren die Schalen, sollte es auch Tage dauern. Da gibt es Krabben und Seesterne, Raubschnecken und große Rochen. Drahtkäfige, die ich zum Schutz der Austern anfertigte, waren kein dauerndes Hindernis, wurden zerbissen."

Im Alltag zerfledderte Hoffnungen.

„Ist aber schade, dass es schief gelaufen ist. Was wollen Sie denn jetzt tun?"

Fröhlich erwiderte er:

„Freue mich über Ihre Anteilnahme. Aber lassen Sie sich keine grauen Haare wachsen. Es gibt immer Auswege. Ich habe noch einiges Geld übrig. Damit werde ich nach Kanada gehen. Mein Sohn in Toronto wird mich hocherfreut willkommen heißen. Dort wird mir was Neues einfallen. Die Welt ist groß, rund und bunt. Freude ist immer mit Anstrengung und Arbeit verbunden."

Er stand auf und streckte sich, um die Glieder zu lockern. „Ich werde jetzt mal sehen, was die Anderen machen. Kommen Sie mit?"

Ich schüttelte den Kopf: „Ich bleib noch ein wenig hier sitzen."

„Nun gut, dann bis gleich. Wissen Sie, Monsieur Klein, ich wollte eigentlich Sie ausfragen, bin stets neugierig, wie die Jugend auf dieser Erde mit dem komplizierten Leben fertig wird. Stattdessen haben Sie mich zum Erzählen gebracht. Es hat mir gut getan. Besuchen Sie mich in meiner Hütte. Es ist einsam und schön dort. Und dann werden Sie erzählen."

Er verschwand zwischen den Büschen.

Herausforderungen, Niederlagen und Siege. Professor Singh und Konsul Hutte hatten sich einigermaßen im Griff. Wie würde es mir ergehen? Na was schon, Sperrmüllmöbel würden mir blühen, wenn der Alte recht hatte. Angenehme Müdigkeit umfing mich. Das Kinn sackte auf die Brust. Ich war zu faul, daran etwas zu ändern und schloss die Augen.

Wurde Geweckt durch helles Lachen. Das Wort ‚Nadine' entstand sofort im Kopf, mich elektrisierend. Das empörte mich wie eine Abhängigkeit. Ich sah sie fast böse an. Gleichzeitig schmerzte atembeklemmende Sehnsucht. Wie schön du bist, wie frisch und unbekümmert du lachst. Streichle mich einfach, liebkose mich, sei zart und einfühlsam mit mir und dann wild, nackt und fordernd. Das Wort ‚nackt' zusammen mit dem Anblick der noch immer vor mir lachenden Nadine verband sich zur Phantasie ihrer schaukelnden Brüste. Es brachen alle Dämme. Ich stürzte vor und presste mein Gesicht zwischen ihre Schenkel, als wolle ich mich durch die Jeans beißen. Dabei umfasste ich sie und klammerte mich an ihr Hinterteil, um sie nicht entkommen zu lassen. Ihr Lachen hörte auf. Mit einem Ruck entzog sie sich. Schwer atmend kniete ich in lächerlicher Pose auf der Erde, die Arme noch ausgestreckt. Sie stand einen Schritt entfernt. Wie ein zurechtgewiesener Hund stand ich auf und setzte mich auf die Bank.

„Wenn du versprichst, vernünftig zu bleiben, setze ich mich ein Weilchen zu dir."

„War es unvernünftig, bei deinem Anblick liebestoll zu werden?"

„Toll werden ist immer unvernünftig. Ich will jetzt und hier nicht. Wir können uns friedlich etwas unterhalten. Eigentlich bin ich ausgeschickt worden, dich zu holen. Jemand hatte die Idee, dass jeder eine kleine Episode aus seinem Leben erzählt. Professor Singh hat mir gesagt, wo du bist."

Sie setzte sich eng neben mich. Den Kopf an meine Schulter gelehnt, nahm sie eine meiner Hände und spielte mit den Fingern.

„Weißt du, warum ich so gelacht habe, als ich kam? Du sahst ein wenig verblödet aus. Zusammengesunken, der Kopf nach unten gefallen. Aus einem Mundwinkel hast du gesabbert."

Ich wischte mir über den Mund.

„Ich seh nicht nur so aus, das ginge ja noch an, ich bin blöd. Von Frauen zum Beispiel versteh ich nicht die Bohne."

Sie lachte und tippte mit einem Finger auf meine Nasenspitze.

„Ich nehme an, nicht die Bohne bedeutet: Gar nichts. Ja, natürlich. Um zu verstehen, was l'amour ist, bist du einfach zu ernst und zu wortverliebt. Weißt du, Wörter sind eigentlich ziemlich dumm. Ich mag dich nicht deswegen, weil du manchmal hochtrabende Worte machst, sondern ich mag das kleine, sehnsüchtige Kind in dir und den fordernden, ergreifenden Mann. Diese Mischung gefällt mir. Nicht dein mehr oder weniger intelligentes, mir fällt das deutsche Wort nicht ein, et patati et patata."

„Versteh schon, Papperlapapp, mein ewiges Geplapper."

„Nun ja, nicht ganz so krass, manchmal ist es amüsant. Weißt du, ich liebe dich anders, als du gerne möchtest."

„Wenn Intelligenz nicht mal der Frau imponiert, die man liebt, wozu ist sie überhaupt gut", sagte ich mürrisch.

„Vielleicht, um gerade das zu ertragen. Jedenfalls musst du es selbst wissen. Und wenn du es nicht weißt, musst du es herausfinden."

„Du hast recht. Dumm bist du nicht. Und Wörter benutzt du übrigens auch. Wie alles ne Gradfrage."

Ihr Kopf lehnte noch an meiner Schulter. Schnell beugte ich mich herab und küsste die Mulde zwischen den Brüsten.

„Nein, Wolf, du machst es uns beiden schwer, hier nicht", flüsterte sie.

Brav setzte ich mich aufrecht.

„Weißt du, Wölfchen, wenn du Lust hast, können wir mal einen Ausflug machen. Ich werde dir meine Lieblingsbucht zeigen. Sie ist ganz klein, mit einem Sandstrand. Man kann dort baden."

„Ob ich Lust habe? Es wird das Paradies sein."

„Wünsch dir das lieber nicht."

„Warum nicht?"

„Weil man aus dem schnell vertrieben wird."

„Was für ne schlaue Person du bist."

Wir standen auf und schlenderten dem Hause zu.

„Nadine ... liebst du eigentlich Otto?"

„Wer weiß, vielleicht."

„Man sagt, bei Frauen heißt nein vielleicht und vielleicht ja."

Lächelnd erwiderte sie:

„Da hast du es, sogar kleine Wörter sind kaum zu verstehen. Auf dem Ausflug werde ich dir vielleicht eine Episode aus meinem Leben erzählen, die ich bisher nur meinem Vater erzählt habe. Vor ihm habe ich so gut wie keine Geheimnisse, seit meine Mutter uns damals verlassen hat."

Ganz gleichgültig konnte ich ihr jedenfalls nicht sein, wenn sie mir Geheimnisse anvertrauen wollte. Ich lief hinter ihr und sah seufzend auf die lockende Rundung. Mein Gott, war ich spitz. Heute Abend würde ich auf dem Feld der Kümmernisse wieder ran müssen. Selbst ist der Mann. Ich freute mich idiotischerweise darauf.

Im Haus war bereits das Licht eingeschaltet, denn es dämmerte draußen. Alle saßen auf den Matratzen und Kissen an der Wand und sahen uns an. Mit leichter Genugtuung bemerkte ich den prüfenden Blick Ralph Ottos. Litzmann grinste unverschämt. Er machte einen ziemlich betrunkenen Eindruck. Den Kopf schüttelnd, bemerkte er süffisant:

„Eijeijei, verschollen und wieder aufgetaucht. Geburtstagsgäste auf Abwegen."

Professor Singh half uns sofort aus der Verlegenheit:

„Na, wunderbar, nun sind wir alle beisammen. Der Herr Konsul können also beginnen."

Für uns beide setzte er erklärend hinzu:

„Wir haben eine bestimmte Reihenfolge ausgelost. Der Konsul muss mit einer Geschichte anfangen."

Nadine hatte sich an Ottos Seite gesetzt und sah ihn lächelnd an. Er flüsterte etwas in ihr Ohr, worauf sie das Gleiche bei ihm tat. Es störte mich nicht, die Vorfreude über den Ausflug hatte mich in angenehme Stimmung versetzt. Ich saß zwischen einem Wandvorsprung und Ohm Litzmann, lehnte mich zurück an die Wand und harrte ruhig in dieser zurückgezogenen Position der Dinge, die da kommen mochten. Die Gläser waren frisch gefüllt. Dem Argument ‚ich hab nur einmal im Jahr Geburtstag' hatte sich niemand verschlossen. Ich drehte das Sektglas zwischen den Händen und hörte, wie Litzmann neben mir mit Müh und Not einen Rülpser verschluckte.

Konsul Hutte leitete seine Erzählung ein, indem er meckernd lachte, sich in den Kissen zurechtsetzte, die Fliege gerade zupfte und sagte:

„Also gut, mich hats getroffen, ich muss anfangen. Wie euch nicht überraschen wird, werd ich was über meine Frau erzählen." Wieder ertönte sein Lachen. „Nämlich über ihren Tod. Über den erzähl ich zu gern. Als sie starb, hatte ich eine kleine Vision, die mich stützte. Ja, so war das und nicht anders." Mit schief gestelltem Kopf sah er vor sich hin. „Blödsinn. In meinem ganzen Leben hatte ich keine Vision, was ich, häh häh, zutiefst bedaure. Es war einfach so, dass ich tieftraurig war und verzweifelt heulte. Tränen, jawohl, Tränen. Die Welt schien mir nichts mehr wert, ich wollte zusammenbrechen. Meine Martha, dachte ich, diese Seele von Mensch, 40 Jahre haben wir Freud und Leid geteilt, drei Kinder aufgezogen in kameradschaftlicher Solidarität. Ist was Banales, ich weiß, aber andererseits ist es Liebe. Ja, es war Liebe, kann man sagen. Und nun war es vorbei. Tot lag sie da, mucksmäuschenstill, vor meinen Augen gestorben, ihre Hand in meiner. Ist das Leben nicht verrückt und paradox an allen Ecken und Enden, ja bis zum Ende. Gerade jetzt brauchte ich doch ihren Trost, der mir über diesen Verlust hinweghelfen könnte. Nun gut."

Meine Güte, solch traurige Geschichte hatte uns gefehlt zum Geburtstag. Das konnte ja heiter werden.

„Einige Zeit vorher war Krebs festgestellt worden. Als es rapide bergab ging, flog ich mit ihr nach New York zu einem Spezialisten. Welch ein Flug, verdammt, wir waren hin und her gerissen, aufwallende Hoffnung, hilflose Ergebenheit ins Unvermeidliche, na ja, so pflegt es zu sein in derartigen Situationen.

Es war alles umsonst. Und so saß ich eines Tages an ihrem Bett, hielt ihre Hand und sah ihr in die Augen. Voller Morphium war sie, hielt aber die Augen krampfhaft offen, als wolle sie nicht das Geringste verpassen in der kurz bemessenen Zeit. Ein paar Tage vorher hatte sie gesagt: ‚Du musst viel reisen, wie wir es wollten. Sei so glücklich wie es geht.' Jetzt flüsterte sie: ‚Wir werden ...' Sie starrte mich an, aber sie war tot. Tot war sie, meine Martha, mitten im Satz. Ich heulte los und hatte keine Lust weiterzumachen. Plötzlich sah ich durch die Tränen hindurch deutlich eine Szene aus meiner Kindheit. Sie lief ab, als säße ich im Kino. An der Hand meiner Mutter ging ich auf dem Weg zu einer Impfung die Straße entlang. ‚Mama, wohin wird man denn gepiekt?' ‚In den rechten Arm.' ‚Wenn man aber keinen hat?' ‚Dann in den linken.' ‚Wenn man den aber auch nicht hat?' ‚Dann ins rechte Bein, und wenn man das auch nicht hat, ins linke. Bist du jetzt zufrieden?' ‚Mama, wenn man aber keine Arme und keine Beine hat, wohin wird man dann gepiekt?' ‚Mein Gott, kannst du einen löchern. Dann eben in den Hintern, und den hat jeder.' Entrüstet: ‚Das soll der Onkel Doktor mal versuchen, da kack ich ihm auf den Pieker!' "

Niemand lachte, wir waren zu verblüfft.

„Seht ihr, so ging es mir auch. Ich war geradezu erschüttert davon, am Totenbett meiner Martha eine solche Erinnerung zu haben. Ich schämte mich.

Indem ich darüber nachdachte, flossen die Tränen spärlicher. Als hätte ein kluger Lebensgeist in mir die Erinnerung inszeniert, damit das Nachdenken mich ins Leben zurückholte. Zu dieser Erklärung gelangte ich: Hat ein Erlebnis eine zerstörerische Spitze, musst du sie auf irgendeine Art entschärfen. Jetzt versteht ihr vielleicht, was ich mit dem Feldzug gegen die Genauigkeit meinte. Hinter dem Gedanken, dass scharfe, spitze Analyse im Leben oft zerstörerisch wirkt, steht diese Erfahrung mit dem Tod meiner Frau. Mir war klar geworden, dass ihr Tod zwar traurig, seine Bedeutung für mich und für die ganze Welt aber völlig ungewiss und nicht ausdrückbar war. Das tröstete mich. Ich küsste Martha, drückte ihre Augen zu und verließ das Zimmer wie in Trance. Als Resümee fiel mir ein Satz ein, den ich irgendwann gelesen habe: ‚Ich sah aus dem Fenster in eine leere Welt hinein, fühlte aber sogleich eine kleine wohlige Freude, die diese Leere mit bizarren Feldlinien erfüllte, sagte mir: Es ist angenehm zu leben.' Auf ungenaue Art und Weise lebe ich weiter mit meiner Martha."

Ein Lächeln verzog die Mundwinkel des Konsuls, als hätte es sich gewohnheitsmäßig eingenistet.

Eine lange Weile wagte niemand, etwas zu sagen. Die Mienen Ottos und Professor Singhs ähnelten sich. Fast profihafte Freundlichkeit und Anteilnahme schien auszudrücken, dass der oder das Höchste zu spüren sei. Offensichtlich hingerissen war Nadine von der romantischen Mischung aus Tod, Liebe und Tiefsinnigkeit. Vielleicht hatte sie sich als Einzige mit Haut und Haar in die Situation des Konsuls versetzen können, um ein paar Minuten mit pochendem Herzen in seiner Gefühlswelt zu leben. Litzmann stand unbeholfen und lärmend auf. Ihm passte offensichtlich die ganze Richtung nicht.

„Nö, nö", sagte er kopfschüttelnd, verschwand in der Küche und kam mit einer weiteren Flasche Sekt zurück.

„Das ist die letzte, die genießen wir besonders."

Keiner seiner Gäste wollte noch mittrinken. Er goss sein Glas voll und platzte los, als wolle er entschlossen einen Bann brechen:

„Nö, nö, erkenne ich nicht an, geht mir gegen den Strich. Ich mag nur Käferzähler sein, aber bittschön, eine Art Naturwissenschaftler ist man da auch. Und als solcher muss ich meinen Senf dazugeben. Fünfe kann jeder gerade sein lassen, wenn es ihm Spaß macht oder ihm hilft, sich wieder aufzurappeln. Aber Fünfe ist nicht gerade!"

Den letzten Satz hatte er fast geschrieen. Mit leiser, eindringlicher Stimme fuhr er fort:

„Und es ist genau fünf, keinen Deut mehr oder weniger. Genauigkeit ist Vorbedingung von Klarheit. Wollen wir denn dauernd rumrennen und Gedichte deklamieren, Zahlen als mystische Heilsbringer verwenden? Heidewitzka, wozu gabs denn jahrtausendelang Philosophen und Wissenschaftler, wenn nicht zum Entwickeln von Sprache und Mathematik als Feininstrumente zum Verstehen der Welt, um die verdammte Metaphendrescherei zu überwinden? Und die Spitzen dieser Instrumente, mühsam zurechtgefeilt, sollte man abbrechen oder, um in ihrem Bild zu bleiben, Herr Konsul, zukacken? Ist nicht gerade die Spitze der Impfspritze nötig, um das schützende Serum in den Menschen hinein zu bringen! Also Genauigkeit brauchen wir, um uns durchzusetzen. Scharlatane, Schwadronieren, Rumlabern gibts alles genug."

Der sonst friedlich zurückhaltende Litzmann hatte einen regelrechten Überfall begangen. Konsul Hutte sah ihn überrumpelt an, fingerte wie hilfesuchend zwischen Fliege und Hemdkragen herum.

Ralph Otto griff beschwichtigend ein: „Alle Wetter, Ohm, das war ne Überzeugungstat. Für einen Hamburger ungewöhnlich temperamentvoll. Paradoxerweise war die Verteidigung des exakten Verstandes sehr gefühlsbetont. Aber schließlich hast du heute Geburtstag."

Die Spannung entlud sich in erleichtertem Lachen.

„Ich glaube", fuhr Otto fort, „es gibt da keinen Gegensatz, nur eine Kehrseite. Wie bei einer Münze. Auf einer Seite eine genaue Zahl, auf der anderen ein gefühlsbeladenes Bild oder Symbol. Und Wert hat die Münze nur mit beiden Seiten. Wir strengen uns an, denken messerscharf, sind ob der Ergebnisse hocherfreut, und merken in einsamen Stunden, dass wir nicht ausgedrückt haben, was wir wollten. Da sitzen wir und seufzen. So sind Menschen eben, das sieht uns ähnlich. Es macht das Leben interessant. Was bliebe uns, hätten wir die ultimative Spitze entdeckt? Langeweile! Gibt genug Weisheiten, die das ausdrücken. ‚Sehnsucht ist ihre Erfüllung' etwa. Oder: ‚Der Weg ist das Ziel'. Übrigens habe ich davon mal eine überbietende Variante gehört: ‚Die Suche ist der Weg'."

Er stand auf, hielt Litzmann sein Glas entgegen und sagte:

„Komm, Ohm, jetzt nehmen wir doch noch alle einen Schluck, um anstoßen zu können aufs Lebensglück!"

Wir rappelten uns gehorsam hoch. Litzmann schenkte ein. Wie eine verschworene Gemeinschaft stießen wir auf das Glück an. Bestimmt hätten wir uns nicht einigen können, was das eigentlich sei. Doch als inspirierter Hilfspriester hatte es Otto geschafft, die Glocken zum Klingen zu bringen. Sie übertönten die Gegensätze.

Professor Singh war als Nächster ausgelost worden und begann seine Erzählung.

„Wie ihr wisst, bin ich Zoologe. Also ein Verwandter im Geiste des Käferzählers, wie sich Monsieur Litzmann bescheiden nennt. Ich habe gelernt, die Natur in der Art der Wissenschaft zu betrachten. Grob gesagt zerstückelnd, genau analysierend, möglichst mit Zahlen beschreibend. Das hat seinen Wert. Vielleicht ist es mein indisches Erbe, das mich trotzdem anders gewichten lässt, als die meisten westlichen Menschen. Zum Beispiel hat mich erstaunt, worüber nach der Geschichte des Konsuls geredet wurde. Über Exaktheit und Ungenauigkeit. Er selbst hat sein Erlebnis sogar als Illustration für dieses Problem erzählt. Niemand hat sich entschließen können, einfach mit den Gefühlen Liebe und Trauer mitzuschwingen, die ausgedrückt wurden."

Mit einer gewissen Begeisterung unterbrach Nadine ihn:

„Das ist mir auch aufgefallen. Ich fand das Gespräch irgendwie fehl am Platze. Aber ich glaube, das hat nichts mit Ost und West zu tun."

Professor Singh stimmte lachend zu:

„Mag sein. Da kann man sehen, was Worte wert sind. Kaum sage ich etwas, schon stellt es sich als einseitig heraus. Nun könnte ich eine zweifelhafte Unterscheidung mit einer zweiten ergänzen. Sie ahnen bestimmt, dass damit der Unterschied zwischen Frau und Mann gemeint ist. Ich will es nicht tun und die Frage auf sich beruhen lassen. Wir wollten ja nicht miteinander diskutieren, sondern uns etwas erzählen. Meine Geschichte soll als Beispiel dafür gelten, wie wichtig und schwierig es ist, dass man lernt, mit seinen Gefühlen umzugehen. Es geht um zwei junge Männer, die ich einmal getroffen habe. Vielleicht habe ich mich jetzt an sie erinnert, weil sie auch aus Berlin waren wie Monsieur Klein und Monsieur Otto.

Ich reise manchmal nach Indien, wo noch zahlreiche Mitglieder unserer Familie leben. Meist halte ich mich im Punjab auf, dort befindet sich in Amritsar der Goldene Tempel der Sikhgemeinschaft. Mitunter reise ich anderswohin, um dies und das zu erledigen, zu besichtigen oder jemanden zu besuchen. In einer Stadt etwa 250 Kilometer südlich Neu Delhis namens Gwalior passierte mir ein Missgeschick: Ich verlor meinen Pass. Auf dem Polizeirevier, wo ich es melden wollte, wurde ich sofort verhaftet. Der indisch-pakistanische Krieg war erst einige Wochen vorher beendet worden, und es herrschte Fremden gegenüber Misstrauen. Man hielt es für möglich, dass ich pakistanischer Spion wäre. Mir wurden Fesseln angelegt, und man fuhr mich mit anderen Gefangenen unter strenger Bewachung auf einem offenen Lastwagen zum Gefängnis. Übrigens ging die Fahrt mitten durch die Stadt und die Passanten johlten und pfiffen, als wir vorbeifuhren. Zum Gefängnis gehörte eine lang gestreckte Steinbaracke, die abgelegen von den anderen Gebäuden lag, von einem eigenen grasbewachsenen Hof und einer hohen Mauer umgeben. Ich erfuhr, diese Baracke wäre das Frauengefängnis. Da keine Frauen gefangen seien, benutze man es als Gebäude für verhaftete Ausländer.

Zwei andere Insassen gab es darin, eben die beiden jungen Deutschen aus Berlin. Auch sie waren erst einmal für pakistanische Spione gehalten worden, als man sie beim Verkauf einiger eingeschmuggelter Armbanduhren verhaftet hatte und sie keine Pässe vorzeigen konnten. Diese hatten sie im Hotel gelassen. Einige Wochen saßen sie schon ein, warteten auf die Gerichtsverhandlung wegen des Uhrenschmuggels.

Man stellt sich unter einem Gefängnis ein Haus mit Zellen vor. Dieses Gebäude jedoch war ein großer, langer Raum ohne Unterteilung. Entlang der Längswände gab es dicht nebeneinander einige zig aus Lehm errichtete Erhöhungen, die als Schlafplätze dienten. Irgendwelche Decken hatte man nicht. Wir drei suchten uns am Abend einfach eines dieser harten Lehmbetten aus, um darauf zu schlafen. Das Haus war nicht abgeschlossen, die Tür stand ständig weit auf. Wir hielten uns am Tage auf dem Hof auf. Kurioserweise wurden die Gitter vor den Fenstern trotzdem jeden Abend von Soldaten überprüft. Als ich nach dem Grund fragte, sagte man mir, man müsse diese

Gewohnheit unbedingt beibehalten für die Zeit, in der die Tür der Baracke mal wieder hinter Häftlingen verschlossen werde. Sonst könnte man es dann vergessen, weil man es sich abgewöhnt hätte.

Mir fällt eine Merkwürdigkeit über die Stadt Gwalior ein. Es gab früher in Europa dreirädrige Autos. Die sind wohl dort völlig verschwunden. Eine der Fabriken, in denen sie hergestellt wurden, hatte man komplett nach Gwalior verkauft. Und so kommt es, dass es in der Stadt von dreirädrigen Autos und Kleinlastwagen wimmelt. Alte Modelle einer ich glaube deutschen Marke, Trumpf oder ähnlich ist der Name. Nun gut. Auf uns drei wurde mustergültig aufgepasst. Es kamen regelmäßig Gefangene aus dem normalen Gefängnis herüber, die das Gras auf unserem Hof kurz halten mussten mit großen Haumessern. Man erklärte uns, man wolle sicher gehen, dass sich keine giftigen Schlangen verstecken könnten. Diese Häftlinge säuberten auch unsere Toilette, eine kleine Bude in einer Ecke des Hofes. Es waren Lebenslängliche. Um ihre Hüfte und die Fußgelenke hatte man Stahlbänder geschmiedet, diese mit Stangen verbunden. Außerdem schleiften sie an einer Kette eine schwere Stahlkugel hinter sich her. Trotzdem waren es fröhliche Menschen, die bei ihrer Arbeit unablässig schwatzten und lachten.

Mir hatte die Polizei mein Bargeld gelassen. Damit erreichte ich, dass diese Gefangenen uns manchmal gekochte Kartoffeln hineinschmuggelten. Denn das Essen war katastrophal. Einmal am Tag ein kleiner Napf Reis mit undefinierbarem zerkochtem Gemüse. Das war alles, tagaus, tagein. Dazu gab es einen großen Eimer Wasser, der für uns drei zum Trinken und Waschen ausreichen musste, denn fließendes Wasser hatten wir nicht. Zum Zeitpunkt meiner Einlieferung waren die beiden Deutschen wie gesagt schon ein paar Wochen dort. Sie waren in kläglichem Zustand, sehr abgemagert. In indischen Gefängnissen erwartet man, dass die Angehörigen den Gefangenen Nahrung dazukaufen oder ihnen Geld zum Bestechen der Wärter geben. Den Beiden hatte man bei ihrer Verhaftung alles weggenommen. Einmal war ein Paket der Deutschen Botschaft aus Neu Delhi eingetroffen mit Zeitschriften und einigen Konserven. Sie erzählten mir, wie akribisch sie die Konserven aufgeteilt hatten. Eine Büchse Schwedische Fleischbällchen in Dillsoße und eine Büchse Würstchen. Sogar das salzige Wasser, in dem die Würstchen schwammen, hatten sie genau geteilt und getrunken. Das war vor dem großen Streit."

Er unterbrach sich und lächelte still vor sich hin.

„Die jungen Männer waren mit einem alten VW von Deutschland nach Indien gefahren. In ihm hatten sie 150 Armbanduhren versteckt, direkt in der Schweiz bei einer Fabrik gekauft. Das Unternehmen geschah in den Sommerferien, denn sie waren Studenten in Berlin. Erstaunlicherweise war es ihnen an einem winzigen, abgelegenen Grenzübergang gelungen, einige Tage nach dem Krieg über die eigentlich noch geschlossene Grenze von Pakistan nach Indien zu gelangen. Alles war gut gegangen, unentdeckt waren die Uhren in Indien angekommen. Die Beiden fuhren nach Neu Delhi und verkauften dort einige. Sie mussten sehr vorsichtig sein, weil es ja illegal war. Als sie merkten, dass die

Preise für die Uhren, obwohl diese gemäß indischem Geschmack goldfarbig und Swiss made waren, nicht ihren Erwartungen entsprachen, beschlossen sie, es in der Provinz zu versuchen. Sie stellten das Auto auf dem Gelände der Deutschen Botschaft ab, die das, natürlich ohne von dem Uhrenschmuggel zu wissen, freundlicherweise erlaubte. Mit dem Zug fuhren sie nach Gwalior. Dort konnten sie einige Uhren günstig verkaufen. Als sie auf dem Markt einen Uhrenladen sahen, kamen sie auf die Idee, alles auf einen Schwung dort zu verkaufen. Das brächte zwar weniger ein, wäre aber nicht so zeitraubend und mühsam. Jeder hatte unter den Hemdsärmeln 8 Uhren angelegt. Die vielen anderen waren im Bahnhofshotel geblieben, auch die Reisepässe.

Sie saßen also im Uhrenladen gemütlich auf Stühlen, tranken vom Besitzer freundlich angebotenen Tee und schwitzten vor sich hin. Es gab zu dieser Zeit eine extreme Hitzewelle in Nordindien. Der Uhrmacher war mit einer Musteruhr im Hinterzimmer verschwunden, um sie, wie er sagte, genau zu untersuchen. Es dauerte lange. Sie wurden misstrauisch, waren jedoch zu träge, sich zu einer Nachfrage aufzuraffen. Prompt stürmte nach einiger Zeit die Polizei mit angelegten Gewehren in den Laden und nahm sie fest. Da sie keinen Pass bei sich hatten, hielt man sie für Spione, danach für Großschmuggler.

Sie waren Freunde und miteinander durch Dick und Dünn gegangen, in dieser Situation extrem darauf angewiesen, sich zu vertragen, sich zu stützen, denn sie hatten nur den jeweils Anderen. Doch als ich dazukam, waren sie erbitterte Feinde und hatten schon seit Tagen kein Wort mehr gewechselt, fühlten sich dadurch natürlich noch elender als nötig. Ich habe ja die Geschichte als Beispiel dafür angekündigt, wie wichtig es ist, mit zwischenmenschlichen Gefühlen, mit Gefühlen überhaupt, auf einigermaßen ruhige, kontrollierte Weise umzugehen. Eigentlich glaube ich, dass der Herr Konsul mit seinem Erlebnis dasselbe ausdrücken wollte. Es tut gut, von starken Gefühlen übermannt, ein Lächeln einzuschieben, das eine kleine Besinnungspause verschafft. Danach kann man handeln.

Wir drei saßen jeden Tag auf dem Hof zusammen, beide waren an Kontakt mit mir interessiert. Miteinander sprachen sie kein Wort. Konnten sie nicht umhin sich anzusehen, sprühten ihre Augen vor Abneigung. Mein Gott, dachte ich, zwischen ihnen musste etwas Schreckliches vorgefallen sein. Nach einigen Tagen hatte ich herausgefunden, was es war. Und ich konnte es kaum fassen."

Hier legte er wieder eine Kunstpause ein, in der Ohm Litzmann den letzten Rest Sekt in die Gläser füllte, für jeden einige Tropfen.

„Folgendes hatte sich zugetragen. Sie sitzen neben dem Wassereimer im Schatten der Hauswand auf dem Hof, benetzen ab und zu die Beine mit ein paar Tropfen, um sich in der Hitze zu erfrischen. Das lockt regelmäßig eine große Anzahl Fliegen an. Aus Langeweile schlagen sie nach ihnen, töten einige. Sie bekommen die Idee, einen Wettbewerb zu veranstalten. Wer die meisten Fliegen tötet, hat gewonnen. Es stellt sich bald heraus, dass einer von ihnen weit überlegen ist und mit Abstand gewinnt. Das wurmt den Anderen.

Er sagt etwas wie: ‚Kein Wunder, dass du gewonnen hast, zu dir kommen viel mehr Fliegen, weil du stinkst.' Durch diese alberne Bemerkung entsteht ein fürchterlicher Streit darüber, wer am meisten stinkt. Ein Wort gibt das andere, alle Charaktereigenschaften werden erwähnt, bis sie sich regelrecht hassen.

Wie gesagt, als ich dazukam, lag dieser lächerliche Streit schon fast eine Woche zurück, aber ich glaube, ohne mich wären sie nie zur Vernunft gekommen. Ich musste alle meine Geschicklichkeit aufwenden, geduldig tagelang Bemerkungen einfließen lassen, denn direkt wollten sie überhaupt nicht darüber sprechen. Zum Beispiel sagte ich Sätze wie: ‚Das schönste am Leben ist die Freude an ihm, und die kann man bis zu einem gewissen Grade selbst hervorrufen.' Oder auch: ‚Es gibt zwei Zustände, die zum Denken anregen, Ruhe und Unruhe, hier im Gefängnis kann man in Ruhe nachdenken.' Wie dem auch sei, sie durchschauten meine Absicht, wünschten mir offensichtlich inbrünstig mit einem Teil ihrer selbst Erfolg. So wurde ich langsam direkter, sprach vom Menschen als Gefäß ab- und anschwellender Hormone, dadurch erregter Gefühle; wie ich froh darüber wäre, dass wir zusätzlich einen Denkapparat in uns hätten mit der Funktion, diese Gefühle zu kontrollieren, um einen harmonischen Zustand zu erreichen. Kurzum, es gelang mir, die Beiden auszusöhnen. Am Tag, als sie sich feierlich wieder vertrugen, besorgte ich einige Gläser Tee, so dass wir das Ereignis gebührend feiern konnten.

Wenige Tage danach war meine Angelegenheit geklärt. Ich wurde mit einer Entschuldigung aus dem Gefängnis entlassen. Die beiden Deutschen warteten weiter auf ihren Prozess. Gemeinsam arbeiteten sie in Englisch ihre Verteidigung vor Gericht aus, obwohl sie bestimmt einen Pflichtverteidiger hatten. Das Zentrum ihrer Strategie waren die Sätze: We pray for mercy. We are only poor students. Ich weiß nicht, was aus ihnen geworden ist."

„Was meinst du, Wolf, waren wir das", fragte Ralph Otto.

„Ja, was meinst du", gab ich zurück.

Nadine mischte sich lachend ein: „Natürlich, warum denn nicht, dumm genug seid ihr dafür, aus Berlin seid ihr auch, vielleicht seid ihr es überhaupt gewesen, Professor Singh will das nur nicht verraten."

Das meckernde Lachen des Konsuls beendete das Geplänkel. Er hatte etwas entdeckt, das sogleich unsere Geburtstagsrunde auflösen sollte.

„Unser Gastgeber wäre jetzt mit einer Geschichte an der Reihe. Aber ich glaube, daraus wird nichts. Ist wohl besser, wir verabschieden uns."

Ohm Litzmann war eingeschlafen. Der Kopf war auf die Brust gesunken. Ich wackelte an einem seiner Beine herum und sagte dabei:

„Äihh, Ohm, was ist los, so gehts nicht."

Er brummte vor sich hin, machte mit den Armen eine abwehrende Schwimmbewegung und schlief weiter.

„Nichts zu machen", sagte ich.

Professor Singh stand auf und meinte lächelnd:

„Ach, lassen Sie nur. Glauben Sie mir, das Beste ist wirklich, wir gehen jetzt. Der junge Mann hat zuviel Sekt getrunken."

Fast gleichzeitig brachen er, Konsul Hutte und auch Ralph Otto mit Nadine auf.

„Ich bleib hier und bring Ohm ins Bett."

Beim Abschied drückte Nadine mir einen flüchtigen Kuss auf die Stirn und flüsterte: „Die Bucht wird dir gefallen."

Traurigen Hundeblicks sah ich ihnen hinterher. Starrte noch durch die Türöffnung, als ich plötzlich Ohms klare, überhaupt nicht irgendwie versoffene Stimme hörte:

„Mach dir nichts draus. Was nicht tötet, macht hart und biegsam. Sind endlich alle weg?"

Er saß hellwach da und grinste mich an.

„Das nennt man Auferstehung. Warum spielst du Theater?"

Er sah mich mit schief gehaltenem Kopf nachdenklich an, als frage er sich, ob ich würdig sei, in seine Motive eingeweiht zu werden. Schließlich mit harmlosem Jungenlächeln:

„War jedenfalls rührend, dass du dich angeboten hast, mich ins Bett zu bringen. Was hältst du davon, wenn wir uns noch ein bisschen unterhalten. Ich setz ein schönes Käffchen auf, das uns auf Vordermann bringt, und wir lassen meinen Geburtstag gemütlich ausklingen. Wenn du willst, kannst du hier schlafen."

Er stand auf, reckte sich, klopfte mir auf die Schulter und verschwand in der Küche. Mensch und Maske, innig miteinander verbunden. Hätte nie vermutet, dass Litzmann imstande war, eine solche Show abzuziehen. Meine Gedanken waren hinterhergeflogen und hatten sich ihm geflüstert, er steckte den Kopf durch die Türöffnung und sagte grinsend:

„Lass dir keine grauen Haare wachsen. So kompliziert die Welt auch ist, sie ist immer einfacher, als man denkt."

„Ohm, so einfach die Welt auch ist, sie ist immer komplizierter, als man denkt", schlug ich ihn grinsend in die Flucht.

Während er in der Küche hantierte, räumte ich ein paar der Matratzen und Kissen zusammen, um Platz zu haben. Ging dann grübelnd auf und ab, auf und ab. Nach einer Weile erschien er, um mich auf die Terrasse zu holen. „Ich hab uns draußen ein flauschiges Plätzchen zum Plauschen gebastelt. Wir sollten es nutzen, in der Südsee zu sein. Die Nacht ist herrlich."

Das war nicht übertrieben. Überwältigend, unter diesem blitzenden Sternenhimmel zu sitzen. Zusammen mit den Gerüchen des Gartens saugte man den Anblick der Welt ein, als wäre sie ohne Zeit und Ausdehnung. Betäubend wie jede Illusion. Denken und Fühlen vereinigten sich zu wort- und empfindungslosem Staunen, das die eigene Person in schimmerndes Nichts auflöste. Ich klammerte mich an der heißen Kaffeetasse fest, um nicht zu entschwinden. Minutenlang saßen wir stumm verzaubert da ... bis Litzmanns Worte wie das Geräusch des Schlüssels im Zellenschloss nach einem Freigang uns in die Haut zurücksperrten:

„Es hängt mit den beiden Herrschaften zusammen, warum ich mit einem Mal genug hatte. Konsul wie Professor sind angenehm. Bin ihnen auch Dank schuldig, sie haben mir viel geholfen. Du weißt ja, dass ich an meiner Doktorarbeit sitze. Hab dafür ein Stipendium der Volkswagenstiftung. Wie du dir denken kannst, gibts ne ganze Menge Kram zu erledigen mit den Behörden hier und in Deutschland. Dabei hat mir Hutte als Konsul geholfen. Jetzt hat er mir auch noch dieses Haus verschafft, wodurch ich Platz und Ruhe habe. Professor Singh hat als Zoologe ne Menge für mich wichtiger Bücher, die er mir leiht. Ich bin oft bei ihm zu Besuch in seiner einsamen Bucht. Er gibt mir nützliche Tipps für meine Arbeit. Aber ich sag dir eins, manchmal gehen sie mir auf die Nerven, das kommt einfach über mich, ohne Grund, die können nichts dafür. Heute auch noch beide auf einem Haufen!"

Der sonore Klang der Stimme schien nicht von Litzmann zu kommen, sondern von einem Chronisten vergangener Geschichte durch die Dunkelheit der Nacht zu dringen. Ich lauschte. Doch: „Und weißt du was, das hängt mit meinem Alten zusammen", wurde derart mit Gefühlen überladen ausgestoßen, dass ich angestrengt Ohms Konturen anstarrte. Der nächste Satz drang wie ein Pfeil in mich und erzwang Aufmerksamkeit:

„Verstehst du dich mit deinem Vater?"

Mit einem Seufzer kehrte ich vollends in unsere Welt zurück und antwortete:

„Komisch, dass du mich das fragst. Hab nämlich in letzter Zeit oft drüber nachgedacht, wie stark es mich geprägt haben mag, dass ich keinen Vater hatte."

„Der Krieg?"

„Ja, genau. Einige Monate vor meiner Geburt hat er ins Gras gebissen. N paar Jahre noch, dann bin ich so alt, wie er geworden ist. Später gab es n Stiefvater. Aber ich hab mal irgendwo gelesen, dass gerade die ersten 6 oder 8 Kindheitsjahre wichtig sind. Und weißt du was, ich glaube, dass ich immer noch nach nem Vater suche. Hatte zum Beispiel zu den Lehrern in der Schule n sehr enges Verhältnis. Freunde himmle ich geradezu an. Ich bewundere zu leicht. Warum sitze ich hier auf der Insel und lese Kant? Ich glaub, ich such nen Vater sogar in Büchern. Ach, vielleicht alles Quatsch."

„Nö nö, ist es nicht. Pass mal auf, was hältst du davon, wenn wir das mit dem Kaffee sein lassen. N anständiges Bier ist angemessener. Und weißt du was, ich hab noch ne Schachtel Zigaretten da für feinste Gelegenheiten. Wenn schon, denn schon, jetzt vergiften wir uns richtig."

Er lachte, rieb sich die Hände, stand auf und hielt eine Handfläche hoch. Ich klatschte dagegen.

„Also gut, Ohm, ziehn wir über unsre Alten her. Du über deinen, den du hast, ich über meinen, den ich nicht hab."

Mit Bier und Zigaretten zurückkommend, fing er zu reden an, bevor er am Tisch angelangt war.

„Also ich sag dir, mein Alter ist ganz in Ordnung. Trotzdem verstehen wir uns nicht. Er ist stinkreich. Hat sich alles erarbeitet. Prominentenarzt in Hamburg. Das mit den Hamburger Pfeffersäcken, da ist was dran. Er hat mal gesagt zu mir: ‚Geld ist wie Luft zum Atmen.' Kannst dir vorstellen, wie einem Jugendlichen so was auf den Sack geht. Komm, jetzt zünden wir uns eine an, davon wird mir immer so schön schlecht."

Wir tranken ein paar Schluck und rauchten. Ich spürte die Wirkung der Zigarette sofort. Ein seltsames Kribbeln auf der Haut, dazu leichtes Schwindelgefühl und zartes Brennen im Magen. Ihm ging es genauso, denn er sagte:

„Meine Güte, geht durch Mark und Bein. Wie als Kind, als wir heimlich Kastanienblätter geraucht haben. Also, er wollte, dass ich auch Arzt werde. Als ich anfing, Zoologie zu studieren, war ich für ihn ein Versager. Damit kannst du nichts anfangen, meinte er. Medizin, da hilft man der Menschheit und wird gut bezahlt dafür. Willst du im Zoo arbeiten oder Schmetterlinge aufspießen? Mit Wissenschaft durfte ich ihm nicht kommen. Ohne banalen Zweck sei sie Puppentheater. Wolf, das Schlimmste ist, dass solche Sätze mich beeinflusst haben. Bei meiner Doktorarbeit zum Beispiel gehts um Schädlingsbekämpfung, ein banaler Zweck also. Vielleicht hab ich mal die Gelegenheit, dir mehr drüber zu erzählen, jetzt hab ich keine Lust."

„Ist ja alles gut und schön. Du hast wenigstens einen gehabt, der mit dir über solche Dinge gesprochen hat. Als du klein warst, hat er dich an der Hand genommen und dir alles Mögliche erklärt."

Er schrie fast und schüttelte den Kopf:

„Ja denkste, Pustekuchen! Der hat immer nur gearbeitet, ich hab ihn kaum gesehen. Und später hat er mich bloß belehrt, blah blah. Deswegen bin ich allergisch gegen ältere Männer, die ihre Erfahrungen herauskehren. Da fängt es in mir an zu kochen. Dieses: kommt mal in mein Alter, ihr werdet schon sehn. Dann tu ich so, als wär ich eingeschlafen. Und manchmal schlaf ich wirklich ein."

„Verstehe. Ich hab zwei Methoden, wenn ich irgendwo nicht mitquatschen will. Entweder geh ich in die Küche und wasche ab. Ne Tätigkeit, bei der du sehr schön deinen Gedanken nachhängen kannst. Und die Leute sind dir sogar dankbar dafür, weil kaum jemand diesen Job gerne macht. Oder ich greif mir ein Buch und geh auf die Toilette, wo ich ewig sitze, bis mir die Beine eingeschlafen sind."

Begeistert rief er: „Die Klomethode wende ich auch manchmal an. Prost!"

Wir schlugen die Flaschen aneinander. In der eintretenden Stille wurde mir plötzlich klar, dass Ohm Litzmann und ich niemals Freunde werden könnten. Ich war verblüfft. Wieso denn nicht, was fehlte? Mich verließ die Lust, weiter mit ihm zu reden. Vielleicht war ich lediglich müde. Er sprach weiter:

„Weißt du, mein Vater hat immer mit erhobenem Zeigefinger gesagt: ‚Voltaire, nicht Rousseau!' Das bezog sich auf zwei Zitate, die ich auswendig lernen musste, als ich noch ziemlich klein war. Ich werd sie nie vergessen. Von Rousseau: ‚Es gibt nichts Schöneres als das, was nicht existiert.' Und von Voltaire: ‚ ...gute Häuschen, gute Kleidung, gutes Essen zusammen mit guten Gesetzen und Freiheit sind mehr wert als Hungersnot, Anarchie und Sklaverei.' Schwärmte ich von irgendeinem Wolkenkuckucksheim, kam sein Zeigefinger: ‚Voltaire, nicht Rousseau!' Ich rannte manchmal heulend weg. Warum lachst du so blöd, ich war tieftraurig."

„Mir ist was Ähnliches eingefallen mit meiner Mutter. Ist es nicht merkwürdig, dass wir unsere Mütter noch gar nicht erwähnt haben, was meinst du?"

Er schwieg.

„Wir hatten in der Schule ‚Faust' durchgenommen und ich war ganz begeistert. Zu Hause las ich meiner Mutter daraus vor und sah sie erwartungsvoll an. Sie sagte: ‚Schiller sagt zu Goethe, mein Arsch is keene Flöte.' Siehst du, da bin ich heulend weggerannt."

Ich spürte deutlich, dass auch er keine Lust mehr hatte, das Gespräch fortzusetzen. Warum diese Stimmung entstanden war, konnte ich mir nicht erklären

„Ohm, ich fahr nach Hause, bin todmüde. Wir werden beide die Zähne zusammenbeißen und clever durchs Leben pilgern."

Er streckte mir zerstreut lächelnd die Hand entgegen.

„In Ordnung. Machs gut, bis zum nächsten Mal."

So schnell ich konnte, radelte ich nach Hause. In die Hütte tretend, drehte ich mich noch einmal um und sagte zu den vielen Sternen, die auf mich herabsahen:

„Ihr Ungeheuerlichen, ich bette mich zum Schlafe."

Einer leuchtete auf und fiel herunter. Aha, das heißt: ‚Ist uns schnuppe.' Auf der Pritsche war mein letzter Gedanke: Schau an, wieder ein Tag vorbei. Mir fielen die Äuglein zu, als hätten sie fürs Erste genug gesehen.

11

Nadine meldete sich in den nächsten Tagen nicht. Traurig kam ich zur Einsicht, dass die Einladung zum Ausflug nicht ernst gemeint war. Es hielt mich nicht mehr in meiner Hütte und ich beschloss, Ratu zu besuchen. Schließlich hatte er mich freundlich dazu eingeladen.

Schwang mich aufs Fahrrad und fuhr zum Nebengebäude des Parlaments, in welchem sein Büro war. Nach dem Anklopfen öffnete ich die Tür und war erleichtert, ihn allein anzutreffen. Er saß am Schreibtisch und blätterte in irgendwelchen Papieren. Mich erblickend, sprang er sofort auf, was die vom bunten Hemd bedeckten Brüste in Schwingungen versetzte. Strahlend umarmte er mich, sorgfältig achtnehmend, mich nicht zu erdrücken.

„Der junge Wolf, der Erkenntnis und Glück jagt, um sie zu verspeisen. Was für eine Ehre. Gerade wollte ich saure Pflichten erledigen. Du errettest mich aus ihren Klauen. Was führt dich zu mir?"

„Erkenntnis und Glück jagen heißt, sie vor sich her treiben. Ich will ihnen aber friedlich begegnen, da muss ich wohl anders vorgehen, nicht so verbissen. Du zum Beispiel scheinst mir viel glücklicher und wissender als ich."

„Vergleiche dich nicht mit Personen wie mir. Du bist ein entwurzeltes, in der Welt herumirrendes Pflänzchen, musst erst den Boden finden, auf dem du gedeihst. Ich lebe in meinem Reiche, inmitten Wesen meiner Art. Und ich genieße es, ein Big Man zu sein. Da ist es leicht, sich wohl zu fühlen."

Lachend sah ich ihn von oben bis unten an und fragte: „Was meinst du mit Big Man?"

Er lachte fröhlich mit, fasste mit beiden Händen sein vom langen Rock bedecktes imposantes Hinterteil und sagte, zu würdevollem Tonfall wechselnd:

„Nicht das meine ich, obwohl es ein Ausdruck meines Wohlergehens ist. Big Man hat bestimmte Fachbedeutung in der Südsee, ein Ausdruck der Völkerkundler, die uns wie Insektenvölker erforschen. Ich will es dir erklären. Aber erst setzen wir uns."

Er schob mir einen Stuhl zu.

„Nein, lassen wir das mit dem Big Man, du bist gewiss aus einem bestimmten Grund gekommen. Kann ich dir irgendwie helfen?"

„Du hast mich manchmal in dein Dorf eingeladen. Ich wollte fragen, ob es in Ordnung ist, wenn ich an diesem Wochenende komme. Ich will ein bisschen ausschwärmen."

Er sah mich überraschend eindringlich an, als wolle er etwas in mir entdecken.

„Ob Deutschland, England, Frankreich, Amerika oder sonst wo in Ländern der Weißen, Australien, Neuseeland. Ich habe viele von dort kennen gelernt. Ich bin einer der wenigen meiner Generation hier, die eure Schulen besucht haben. Auch nach der Unabhängigkeit gehen viele unserer Kinder nur wenige Jahre oder sogar überhaupt nicht zur Schule. Viele Gründe hat das, oh ja. Ich war ein wissbegieriges Kind, ehrgeizig und interessiert an euren

Weisheiten. Aber ich bin von hier, habe immer im Kreise meines Familienverbandes gelebt. Und ich habe schnell begriffen, warum ihr alle so unglücklich seid. Ihr sucht das Glück, indem ihr zerstört. Ihr meint, ihr könntet Wahrheiten finden, indem ihr zerstört. Denn analysieren ist zerlegen. Ach, ich halte dir einen Vortrag. Das kommt davon, dass ich meinen Söhnen ständig welche halte." Traurig setzte er hinzu: „Sie sind fast wie Weiße. Die Universität hat sie dazu gemacht."

Geistesabwesend sah er aus dem Fenster. Ich blieb still, fühlte mich fremd, fehl am Platze. Er beendete das Schweigen mit fröhlichem Lachen und stand auf.

„Ich glaube, das Büro tut mir heute nicht gut, ich werde ihm besser entfliehen. Es ist Mittwoch. Am Freitag werde ich dich nachmittags mit meinem Auto abholen. Du bleibst dann das Wochenende in Thio. Ich hoffe, meine Söhne werden auch da sein. In letzter Zeit sehe ich sie selten. Sie sind mit Politik beschäftigt, besonders Naboua. Übrigens ist er mit deinem deutschen Freund viel zusammen. Der fängt an, eine gewisse Rolle hier zu spielen. Wer hätte das gedacht."

Ich stand auf, und wir gaben uns die Hand.

„Denk dran: das Glück kann man nicht ergrübeln. Es ist eine Begleiterscheinung des Lebens. Genau wie das Unglück. Sie stellen sich ungefragt ein. Du bist ein Philosoph, du wirst das begreifen."

Wir verließen gemeinsam das Büro. Bevor ich irgendetwas zum Abschied sagen konnte, war er auf dem dunklen Flur verschwunden.

Benommen stand ich im gleißenden Sonnenlicht. Also gut, da hatte ich eine Einladung zum Wochenende. Raus aus dem eigenen Dunstkreis. Ließ das Fahrrad stehen und ging zur Avenue de la Victoire, um Ralph Otto in seinem Restaurant aufzustöbern. Es war geschlossen, niemand da. Auf der anderen Seite der Straße an der Pier stand zu meiner Verblüffung eine neue, knallrote Holzbank mit Messingschild: Gespendet vom Restaurant Berlin. Grinsend setzte ich mich. Otto spendiert eine Bank, damit ich nicht wieder Tagträumen ausgeliefert auf einer Kiste zusammenbrechen muss. Der Geruch des Wassers stieg faulig in die Nase. Möwen flogen kreischend herum. Einige kamen mir so nahe, dass ich in ihre kalten, drohenden Augen sehen konnte. Pfui Deibel, Mörderbande, denen möcht ich als Fisch nicht im Mondschein begegnen. Inmitten schwimmenden Drecks blickte mich das blinde Auge eines großen, halb verwesten Fisches an. Igittigitt. Was für Gefilde. Caramba, Baby, so gehts nicht. Entschlossen erhob ich mich, lief zielstrebig zum Fahrrad zurück und nahm Kurs auf die Mignonfarm. Stemmte mich gewaltig in die Pedalen und war nach einer halben Stunde am Ziel.

Als würde sie mich erwarten, stand Nadine vor der Terrasse des Hauses, ihr Reitpferd am Zügel haltend. Sie hatte es gestriegelt, hielt die Bürste noch in der Hand. Lächelnd sah sie mir entgegen. Der Mut verließ mich. Die Gutsherrin mit ihrem Edelross, und ich auf quietschendem Drahtesel. Wie kann man da Haltung bewahren. Sie war in Jeans und ärmelloses T-shirt gekleidet. Mon dieux. Hilfesuchend sah ich auf ihre nackten Füße herunter.

Die großen Zehen rot lackiert. Wieso fiel unsereiner nicht einfach liebestoll in den Staub, wie es sich gehörte? Ruhig Blut! Mit trockener Kehle sagte ich:
„Nadine, ich wollte dich fragen, ob du nicht ein bisschen mit mir spazieren gehen willst." Zögernd setzte ich hinzu: „Und ob wir den Ausflug zu deiner Lieblingsbucht bald machen könnten."
Sie lachte und sagte salbungsvoll:
„Oh, die Wege mit dir sind dornenreich."
Ich sah züchtig auf meine Sandalen herunter, faltete die Hände und erwiderte:
„Aber voll gesegneter Liebe."
Das Fahrrad entglitt mir. Im Bestreben, es zu halten, griff ich daneben, verlor das Gleichgewicht und fiel mit dem getreuen Gefährt zusammen in den Staub. Sah verdutzt aus dieser heldenhaften Position auf die in Gelächter explodierende Angebetete. Sie musste das Pferd beruhigen, das aufgeregt tänzelte. Stechender Schmerz durchzuckte meine Hüfte. Das eine Ende des Lenkers hatte mich getroffen. Ach, vielleicht auf dem Mond mochte es für mich irgendeine Verwendung geben. Nadine reichte mir, noch prustend, eine Hand. Ich ergriff sie und rappelte mich auf. Ihr Gesicht war von der Anstrengung des Lachens rot angelaufen. Ich spürte, dass meines aus anderem Grunde die gleiche Färbung aufwies. In gespielt mütterlicher Besorgtheit umfasste sie mit beiden Händen mein Gesicht und küsste die Wange.
„Armes kleines Wölfchen kämpft mit einem bösen Fahrrad." Sie musste wieder lachen. „Entschuldige, aber es sah so allerliebst aus, so gewaltig komisch. Wie in einem Film. Und du bist wie in Zeitlupe gefallen, wie Monsieur Hulot."
Ich rieb mir die Hüfte und sagte kein Wort. Sie nahm mich an der Hand und spielte mit meinen Fingern.
„Wolf, ich kann nicht mit dir spazieren gehen. Ich bin in Touro mit einer Freundin verabredet. Aber wir können uns am Wochenende sehen."
Mist, dachte ich.
„Nein, schade, am Freitag holt mich Ratu ab, er hat mich fürs Wochenende zu seiner Familie nach Thio eingeladen."
„Wie wärs denn mit morgen, da hab ich Zeit. Wir könnten den Ausflug in meine Bucht machen, ein kleines, romantisches Picknick."
Lächelnd spielte sie weiter mit meinen Fingern. Ich streichelte ihre Wange und drückte einen zarten Kuss aufs Haar.
„Nadine, ich liebe dich."
„Glaubst du?"
„Ich weiß es."
„So etwas kann man nicht wissen. Kannst du eigentlich reiten? Die Bucht ist ziemlich weit weg. Es wäre schön, dorthin zu reiten."
Peinlich, ein anerkannter Kämpfer gegen die Cocker-Brüder musste gestehen, ein schlechter Reiter zu sein. In der Tat war ich in meinem Leben erst eine Stunde in einer Gruppe im Kreis herum geritten.
„Nicht gut, aber es wird schon klappen."

„Ich werd dir ein friedliches Pferd geben, das nicht so störrisch wie dein Fahrrad ist. Komm morgen bei Sonnenaufgang her. Du brauchst nichts mitzubringen, ich sorge für das Picknick. Wir werden uns einen schönen Tag machen. Und da ich dich kenne, sage ich dir noch: Grüble nicht darüber nach, versuch dich einfach auf morgen zu freuen. Jetzt muss ich gehen."

Sie streifte flüchtig mit den Lippen meine Stirn, wandte sich um und war, haste nich jesehn, entschwunden. Dem Pferd hatte sie nur kurz zuschnalzen müssen, damit es ihr brav folgte.

Seufzend griff ich den Drahtesel, drehte den Lenker wieder gerade und machte mich davon, hin- und hergerissen zwischen Sehnsucht und Vorfreude. Kühlender Fahrtwind fächelte mich in gute Laune. War ich nicht ein schmucker, kluger, junger Mann, Hans im Glück und Guckindieluft? Kaum schwärme ich aus vom dämlichen Feld der Kümmernisse, schon hab ich zwei Einladungen im Sack. Ein gefragter Kerl, der Ritter von der traurigen Gestalt. Warum beschimpfte ich mich immer als Grübler? Denken war das, nicht grübeln. Legitimes Denken. Und wenn man schon denken musste, sollte man es gelassen und ruhig genießen, äh. Sah mein Denken als kompakten Wagen, der sich bedächtig eine unbefestigte Landstraße entlang bewegte, gezogen von zwei gewaltigen Ochsen. Unaufhaltsam, unbeirrt schien das Gespann zielstrebig seinen Weg zu nehmen. Und doch, als ich genauer hinsah, war es ein Weg nicht voraussagbaren Zickzacks, denn unablässig wurden die Räder in Bahnen gezwängt durch tiefe Wagenspuren, die bei Regen und Sturm in die einst nasse Pampe gekerbt worden waren. Stolz saß ich auf dem Kutschbock und glaubte, den Wagen zu lenken.

Horrido, weiter quietschte das treue Fahrrad gen Touro. Nadine! Mann, Cowboy, merkst du nicht, auch hier nur ewig gleiche Bahnen. Rammeln willst du wie ein Karnickel. Nadine, geliebtes Wesen, ich liebe dich so inniglich. Ach geh. Herrliche Titten wogen unter der Bluse, ein Hinterteil reizt, ja nu, kein Halten mehr, möchtest vögeln und sabbern, stammeln und stoßen. So läuft das, Bruder. Ich brüllte heraus:

„Nein, ich liebe sie!" ... und hörte verblüfft das Lachen einer Kinderschar, die mein Geständnis am Rande Touros beim Spielen unterbrochen hatte. Sie grölten mir mit fröhlicher Begeisterung hinterher.

Schon aus einiger Entfernung sah ich, dass Ralph Otto wie ein Patron vor der offenen Tür des Restaurants stand. Sinnigerweise trug er eine geblümte Küchenschürze über seinem Nachthemd. Ich stellte das Fahrrad sorgsam ab. Wir umarmten uns kameradschaftlich.

„Ist aber schön, dass du dich wieder mal blicken lässt, ich weiß die Ehre zu schätzen."

„Ja, hab mich entschlossen, n bisschen auszuschwärmen. Mit reichlich Nachdenken fiel mir auf, dass Einsamkeit gefährlich ist. Man wird heiß und verdampft plötzlich. Und niemand weiß, wo man abgeblieben ist. Keine schöne Sache."

„Verstehe, hast dich gerade noch gerettet. Freut mich. Jetzt haste bestimmt mörderischen Hunger und willst bei mir essen. Komm rein."

Spürte tatsächlich starken Hunger, den ich vorher nicht bemerkt hatte, da meine werte Person anderswie beschäftigt war.

„Frau Köchin sehen allerliebst aus in dero Schürzlein", flötete ich.

„Das passt zu dir. Genau die Bemerkung, die ich erwartet habe."

Das Restaurant war leer.

„Hab gerade erst geöffnet. Setz dich hin. Ist alles schon vorbereitet, muss nur ein Weilchen gedünstet werden, dauert nicht lange."

Er verschwand in der Küche. Ich setzte mich an einen Ecktisch und wartete. Er erschien kurz, um mir eine gekühlte Flasche Bier und ein Glas hinzustellen, sagte grinsend:

„Gegen die Einsamkeit."

In der Küche brutzelte es. Verführerische Düfte regten meinen Appetit an. Ein paar Schluck Bier versetzten mich in wohltuend träge Stimmung. Widerstandslos ließ ich die Phantasie schweifen. Meine Mutter mit Schürze. Gerade war ich aus der Schule gekommen, warf wutentbrannt die Mappe in die Ecke und rief: ‚Schon wieder Kohlrüben, nö, ess ich nich, kannste behalten.' ‚Ja, der Herr Graf is wat Bessret jewöhnt, weeßte Wölfchen, hättst da eben andre Eltern aussuchen jemusst, nich kleene Krauter sondern Hochwohljeborne.' ‚Dabei hab ich solchen Hunger. Aber immer Kohlrüben, mein Gott, das gibts nich.'

„Na siehst du, wusste ich doch, mit nem Bierchen fühlst du dich nicht so einsam, da haste sogar Jemanden, mit dem du sprichst. Wen oder was gibts nicht?"

Otto stellte Teller und Schüsseln dampfender Gerichte auf den Tisch.

„Hast gelauscht, das ist unanständig. Den Oberboss droben, dieses weltweit verbreitete Führerjespenst, überall und nirjends, immer und ewich. Den mein ich, den gibts nicht. Da kann man Werbung für ihn machen bis zum Jehtnichmehr, er bleibt Pustekuchen. Egal. Was du hier auftischst ist real und gewaltig. Riecht herrlich. Haben wir ein Glück, dass Futtern schmeckt und außerdem noch gesund ist. Lass uns angreifen!"

Heißhungrig legten wir los. Schmeckte vorzüglich und roch wunderbar nach Knoblauch. Behutsam tunkte ich frisches Baguettebrot in verschiedenste Soßen und trank mit Behagen Bier dazu. Ich stopfte den Mund voll und kaute eifrig mit dicken Backen vor mich hin. Otto nahm stets nur wenig auf einmal, kaute ausgiebig und sorgfältig, zelebrierte die Zeremonie des Essens.

„Du isst wie auf ner Beerdigung", sagte ich und schob mir ein riesiges Stück Tomate in den Mund. Beim Kauen lief Saft aus den Mundwinkeln, den ich mit dem Handrücken abwischte. Nachsichtig lächelnd belehrte er mich:

„Nun, ich habe versucht, mir beizubringen, dass essen genau wie atmen in gewisser Weise erhabene Handlungen sind. Durch beide sind wir als Individuen so mit der gesamten Welt verbunden, dass wir unseren hochgradig unwahrscheinlichen Zustand aufrechterhalten können. Durch beide bist du mit der Steckdose verbunden, aus der du den Weltenergiekreislauf anzapfst. Dadurch kannst du sein. Ziehst du dir das zu Gemüte, kannst vielleicht sogar du mit deiner unbekümmerten Art verstehen, warum ich versuche, beide

Handlungen mit Ehrfurcht zu vollziehen, obwohl du es natürlich anders machst, nämlich so ..."

„... wie es zu mir passt", ergänzte ich mit vollem Mund und setzte herausfordernd hinzu: „Wir sitzen zwar beim Essen, aber trotzdem: Scheißen und pissen gehören genauso zum hehren Energiekreislauf. Zelebrierst du die auch?"

„Musste ja kommen, du bleibst dir treu. Hast aber ausnahmsweise völlig recht. Dass uns das schwerer fällt, ist nur Konvention."

„Ich jedenfalls feiere das Scheißen nicht, sondern genieße es, genau wie das Essen."

Er verzog das Gesicht: „Nun gut. Genieße dein Festes, wie es fällt. Übrigens nehme ich an, du bist aus ganz bestimmtem Grund gekommen."

Ich nahm einen großen Schluck aus der Flasche. Nicht immer war ein Glas angemessen.

„Ja, hast richtig vermutet. Hab dir ja gesagt, dass ich ne Weile ausschwärmen will. Ständiges Denken strengt an. Man lebt nur einmal."

„Das ist deine Hypothese."

„Papperlapapp. War heute schon bei Ratu. Der hat mich zum Wochenende nach Thio eingeladen. Und gerade komm ich von Nadine. Die nimmt mich morgen zum Picknick mit."

„Wollt ihr in die kleine Bucht reiten? Kann ich dir empfehlen, ist herrlich da."

Ich rang mir ein Lächeln ab.

„Außerdem kam mir die Idee, dass du mich vielleicht ein bisschen bei deiner Schatzsuche brauchen könntest. Wann hat man im Leben schon so eine Gelegenheit."

Er kratzte sich verlegen am Kopf.

„Hab dir ja erzählt, dass Naboua mitmacht. Er hat Taucherausrüstung besorgt. Ein kleines Boot werd ich immer mieten, wenn wir losziehn. Am Sonntag wollen wir anfangen, ein Stück Küste zu untersuchen. Du bist an dem Tag sowieso in Thio bei Ratu, hast du erzählt. Ich kann dir nichts weiter sagen als damals. Wenn Naboua nicht kann, hole ich dich. Weißt du, für den ist das im Moment wie Suche nach der Geschichte seiner Heimat. Dazu macht er sich wahrscheinlich übertriebene Hoffnungen, ein Vermögen für seine Partei zu finden. Aber ich hab so eine Ahnung, dass die Suche lange dauern wird. Ist dann bald schweinelangweilig. Er wird die Lust verlieren. Dann kannst du im Boot sitzen und denken. Tauchen willst du ja nicht."

„Hab Angst unter Wasser. Sehr nett von dir, dass du mich rufen willst, wenn es schweinelangweilig geworden ist."

„Wer weiß, was drin ist in der Kassette. Aber ich werd sie finden!" Er schlug mit der Faust auf den Tisch.

Wir schwiegen eine Weile.

„Hast du von Kant genug? Langweilst du dich in deiner Hütte?"

„Langeweile ist nicht das richtige Wort. Schwer zu erklären."

Ich rieb die Nase zwischen Daumen und Zeigefinger und sah ihn nachdenklich an.

„Vielleicht hab ich nur n Anfall von Tatendrang, verbunden mit Sehnsucht nach Verbindung zur Menschheit, usw. usw."

„Nadine?"

Ich ging nicht darauf ein. Er bleckte ein wenig die Zähne und strich sich ruhig den Bart, als schwanke er zwischen Lachen und Ernst.

„Hast du in der letzten Zeit mal die Zeitung von hier gelesen, die ‚Jour Insulaire'?"

„Ziemlich lange nicht mehr. Sollte ich vielleicht, könnte mein Französisch damit verbessern."

„Ich hol uns noch Bier aus der Küche und erzähl dir dann was."

Er griff, was er zu fassen bekam an leeren Schüsseln wie Tellern, und verschwand. Ich nutzte die Gelegenheit, um auf der Toilette den Druck der Blase loszuwerden.

Als wir wieder am Tisch saßen, die Beine bequem von uns gestreckt, begann er mit einer Frage.

„Weißt du eigentlich, dass es auf unserer schönen Insel hier langsam aber sicher unruhiger wird?"

„Nö. Ändert sich das Wetter?"

„Bist n harter Brocken."

„Dann stell nicht so blöde Fragen. Ich bin nicht blind und nicht dämlich."

„Schon gut. Naboua ist jedenfalls mitten drin. Seine Partei hat immer mehr Zulauf. Er wird langsam zur Fahne, hinter der sich die meisten scharen, Hoffnung bringender Führer. Ginge es nur um Wahlen, wärs ja nicht schlimm. Da ist aber ne Art Untergrund entstanden, der immer aggressiver wird. Glücklicherweise gab es noch keine Toten. Vor ein paar Tagen war Kommissar Duque wieder mal bei mir. Der ist stinksauer, weil er mit den Ermittlungen zu den Bränden nicht weiter kommt. Er hat mir durch die Blume zu verstehen gegeben, dass mir ein bisschen spionieren in Nabouas Kreis was bringen würde. ‚Wir sind Weiße, wir sollten zusammenhalten. Egal, was wir sonst sind, Monsieur, Vegetarier, Kommunist, Affenfreund.' So eine Ratte."

„Er könnte recht haben, Polizisten sind manchmal gleichzeitig unsympathisch und weise. Vielleicht sind wir im entscheidenden Moment wirklich nur weiß oder schwarz."

„Blödsinn, den Quatsch hast du mir schon mal erzählt"

„Nanu, der Guru ist doch nicht etwa ärgerlich. Kennst du den Irrenwitz mit Katze und Maus?"

„Nee, kenne ich nicht", sagte er mürrisch.

„Pass auf, ist nur kurz. Ein Irrer denkt immer, er sei ne Maus, hat ständig Heidenangst vor Mensch und Tier. Nach Jahren in Doktor Psychos Klinik wird er als geheilt entlassen. Der Doktor schüttelt ihm die Hand und wünscht ihm Glück und Zufriedenheit. Er verlässt frohen Mutes die Klinik. Nach ein paar Minuten kommt er wie ne besengte Sau zurückgerast und versteckt sich beim Doktor im Büro. 'Was ist los', fragt der, 'Sie haben doch begriffen, dass Sie keine Maus sind.' ' Ja natürlich, aber ich hab ne Katze getroffen, die das noch nicht wusste.'

Otto wischte mit der Hand durch die Luft: „Wir wissen, dass wir alle Menschen sind."

„Das glaubst du. Was hatte Mignon für einen Ruf bei den Melanesiern seit der Sache mit dem Staatsnamen. Auf Händen haben sie ihn getragen. Sie kauften sogar mit Vorliebe sein Fleisch. Und bei ihm fangen sie an herumzufackeln. Er ist weiß. Quod erat demonstrandum."

Er hatte sich gefangen, war wieder ausgeglichener Guru, dessen Gesicht Friede ausstrahlt. Eine Frage der Technik. Ruhig sagte er:

„Wolf, das waren wahrscheinlich ganz andere Leute. Weißt du, ich komme gut aus mit den verschiedenartigsten Menschen. Mit dir zum Beispiel. Man mag sich, obwohl man unterschiedlich ist. Und da glaube ich nicht, dass Naboua mir je den Schädel zu Brei schlagen würde. Wäre schlimm, teilten sich alle primitiv nur in Schwarz-Weiß-Kategorien ein. Wir sind keine Programm-Automaten. Naboua ist mein Freund. Du bist mein Freund. Und ich habe viele andere Freunde."

Konnte mir die Bemerkung nicht verkneifen: „Du strahlst Nathanische Würde aus."

Gleichzeitig war ich gerührt. So weich hatte ich ihn noch nicht erlebt. Kein Guru, sondern normales menschliches Mäuschen. Hatte ich das je bezweifelt? Und wie hatte er mich genannt? Seinen Freund! Puttputtputt das Hühnchen. Hektisch griff ich zur Bierflasche. Die abrupte Bewegung registrierte Otto und sah mir lächelnd in die Augen.

„Übrigens, Otto, wenn man durch die Dörfer an der Ostküste kommt, sieht man, dass die Leute alle ihre schwarzen Schweinchen und Hühner haben. Von wegen Vegetarier. Die Kampagne läuft wohl nicht gut?"

„Du hast keine Zeitung gelesen, sonst wüsstest du, dass Naboua ne Menge erreicht hat. Was er sagt, hat Gewicht, auch durch seinen Vater. Ratu ist ja ein ‚Big Man'."

„Was bedeutet das eigentlich? Ratu hat den Ausdruck schon mal benutzt, kam aber nicht dazu, ihn zu erklären."

„Eine bestimmte soziale Position. Kein formaler Rang wie Häuptling oder Ähnliches. Hat jemand durch angesehene Familie plus Landbesitz plus Verbindungen und Freundschaften plus eigene Fähigkeiten hohes Ansehen, dann kann er viel erreichen, die Anderen hören auf ihn. So einen nennen die Ethnologen ‚Big Man'.

Von wegen die Kampagne kein Erfolg! Die Rinderzüchter werden unruhig, weil die Fleischpreise langsam aber stetig sinken. Der Umsatz ist um fast 20 Prozent zurückgegangen. In einem Zeitungsartikel wurde dafür als Grund genannt '... diese unsinnige vegetarische Kampagne der L. S., die geeignet ist, der Wirtschaft unseres Staates in den Rücken zu fallen und wohl auch so gemeint ist.' "

„Ist das möglich? Da kommt n Ersatz-Jesus im Nachthemd anstolziert, der glaubt, dass Menschen Pflanzenfresser sind und schon kaut n ganzes Volk nur noch Gras, wat die Weide hergibt, na ja, zum Glück haben sie noch ihre Jamswurzeln. Und das Ganze läuft als Volksbefreiung über die Bühne. Das kann nicht funktionieren."

Mit dem Kopf wackelnd zog er eine Grimasse, stützte die Ellbogen auf den Tisch, verschränkte die Hände und legte das Kinn darauf. Mit einem Seufzer erklärte er:

„Also pass auf, das Ganze ist auf meinen Ratschlag etwas verändert worden. Vegetarismus leuchtete den Leuten nicht genug ein, sie haben - mehr oder weniger heimlich, damit Naboua und seine Getreuen nichts merken - weiter Fleisch gegessen. Wohl oder übel ist die Kampagne verändert worden. Jetzt wird offen empfohlen, aus politischen Gründen nur den Verzehr von Rindfleisch zu boykottieren. Das fällt den Leuten leichter. Sie essen keine Steaks mehr, kein Corned beef usw., das Fleisch ihrer schwarzen Schweine und ihrer Hühner aber weiterhin. Die Konservenfabrik wird irgendwann dichtmachen oder sich nur noch mit Gemüse befassen. Die Rinderfarmer verdienen nichts mehr und wandern aus, nach Frankreich oder wohin auch immer. Und langsam wird es weniger Weiße im Sunny Islands State geben. Die Melanesier werden das Land, das ihnen vor 200 Jahren geklaut worden ist, billig zurückkaufen."

„Hast mir das schon mal erklärt und scheinst dran zu glauben."

„Aber du siehst doch, es funktioniert, der Rindfleischkonsum geht zurück."

Ich faltete die Hände und sagte:

„Amen. Und fromm werden sie nach gewonnener Freiheit ihre Jams- und Gemüsegärten bestellen, begeistert den feiern, der die größte Knolle erntet. Sie werden ihre Ahnen anbeten. Sie werden die spirituelle Kraft der Vergangenheit wiederfinden, sinnend bei Sonnenuntergang das Meer belauschen und Friede, Freude, Eierkuchen genießen. Die Gaben der Pandora aus dem Westen werden sie stolz zurückweisen und sofort vergessen. Ein Volk ist auferstanden! Vielleicht gar: Aus Ruinen! Und du, Großer Freund des Volkes, hast ihnen dazu verholfen, kraft deines Wesens, in dem die ganze Welt Platz hat. Glücklich das Volk, das solche Füh..."

„Halt die Luft an, du verausgabst dich. Ich bin die falsche Adresse. Bin Betreiber eines kleinen Restaurants, hab mit Politik nichts zu tun. Wie du nur Gast hier. Mein Freund Naboua hatte ne Idee und setzt die in Politik um. Es ist seine Heimat. Willst du wissen, wie er sich das vorstellt, frag ihn selbst."

Wir waren erschöpft. Draußen wurde es schnell finster. Da das Licht nicht eingeschaltet war, saßen wir uns in schummrigem Dunkel gegenüber, hingen eine Weile Gedanken nach. Nach dem letzten, schon lauwarmen Schluck Bier erhob ich mich, um zu gehen.

„Sag mal, wir haben lange hier gesessen. Gäste sind keine gekommen. Biste vielleicht doch bald Pleite? Wo sind denn die Scharen Überzeugungsvegetarier, welche die Politik dir beschert hat, oder die Touristen aus der großen, weiten Welt?"

„Hör auf, so gehässig zu sein. Hier isst man nicht den ganzen Tag. Man macht sich nen vergnügten Abend im Restaurant. Werden bald genug eintrudeln. Nachmittags hab ich oft zu, je nach Lust und Laune. Bin nicht an Ladenschlusszeiten gebunden. Außerdem ist kein Kreuzfahrtschiff im Hafen, von dem Touristen einfallen könnten. Danach richte ich mich auch. Also ich geb dir Bescheid, wenn ich dich bei der Schatzsuche brauche. Viel Vergnügen morgen mit Nadine und am Wochenende in Thio. Erfreulich, dass du ein bisschen unter die Leute gehst, du verbitterst sonst."

„So ist es recht, immer einen weisen Ratschlag auf den Lippen. Das passt zu dir. Ein Besuch bei dir ist wertvoll, man lernt stets dazu. Könnt dich knuddeln."

Die Tür schloss sich hinter mir, ich stand im trüben Licht einer Straßenlaterne. Auf der anderen Seite sah ich undeutlich die von Otto gespendete Bank. Dahinter lag die Bucht dunkel wie ein Weltenabgrund, an ihren Rändern blinkten hier und da ein paar Lichter. Über mir wie üblich schweigendes Gefunkel. Und so weiter. Gemächlich fuhr ich aus der Stadt hinaus zur Hütte.

Lag auf der Pritsche. Unbrauchbarer Erinnerungsschrott rumpelte im Kopf herum wie Wackersteine im Magen des Wolfes. Bis Nadines lächelndes Gesicht erschien. Ich versuchte, mich zu wehren. Morgen würde ich sie den ganzen Tag sehen und alles brauchen, was ich auf dem Kasten hatte. Es half nichts, ich musste ran, konnte nicht umhin, sie zu entkleiden. Oh Mann, fast leibhaftig, meine Phantasie funktionierte vorschriftsmäßig und trieb mich voran. Doch es hatte keinen richtigen Spaß gemacht, fühlte mich danach wie ein begossener Pudel. Ächzend stand ich auf und wusch das Zeug weg. Im Sinne der Evolutionstheorie muss Selbstbefriedigung völliger Quatsch sein. Man spritzt Samen sinnlos in der Gegend herum. Nun ja, es hatte den Vorteil, dass ich ein wenig erschöpft war und leichter einschlafen konnte. Das war doch was.

12

Wachte sehr früh auf, spritzte ein bisschen kaltes Wasser ins Gesicht und braute einen Kaffee. Genüsslich schlürfte ich. Danach wusch ich mich gründlich, schließlich wollte ich zu meiner Schönen.

Kam an, als die Sonne gerade hinter den Gipfeln des die Insel in der Längsrichtung durchziehenden Gebirges hervorlugte. Nadine stand bereits mitten auf dem Hof, zwei Pferde am Zügel haltend. Anne stopfte noch etwas in die Satteltaschen und nickte mir mürrisch zu. Alte Ziege, kannst mich nicht leiden. Bin nur ein verdammter boche. So etwas war mir in Frankreich ab und zu begegnet. Vielen Leuten steckte der Krieg noch in den Knochen.

Nadine begrüßte mich mit einem zärtlichen Kuss mitten auf den Mund. Im linken Ohrläppchen glänzte ein großer, silberner Ring. Ich stieg vom Fahrrad ohne umzufallen. Mit missbilligender Miene sah Anne der Begrüßung zu. Der Kuss hatte ihr den Rest gegeben. Ich hätte ihr am liebsten triumphierend die Zunge herausgestreckt. Endlich verschwand sie im Haus.

„Allons", sagte Nadine und schwang sich elegant aufs Pferd.

Von oben sah sie mir erwartungsvoll, herausfordernd, neugierig zu. Ich ging zur Scheune hinüber, die anstelle der abgebrannten aufgebaut worden war, und lehnte das Fahrrad dagegen. Wiegenden Schrittes, yeah, kam ich zurück. Sie warf mir die Zügel meines Pferdes zu, das stoisch gewartet hatte, während das andere unter Nadine nervös tänzelte, als wäre ihm die ganze Prozedur mit dem elenden Drahteselfahrer zu viel. Todesmutig schwang ich mich hinauf. Es gelang: ich saß auf dem Pferderücken. Mein stürmisch klopfendes Herz beruhigte sich allmählich, Verkrampfung und Anspannung lösten sich.

Langsam ritten wir vom Hof. Auf freiem Gelände erhöhte Nadine das Tempo. Mein Pferd schloss sich automatisch an. Die Mähre war gewohnt zu folgen, Gott sei Dank. Es begann, Spaß zu machen. Wir ritten etwa 3 Stunden über Grasland, bogen dann etliche Kilometer vor dem Südende der Insel nach Osten ab und überquerten die letzten, niedrigen Ausläufer des Gebirges. Dabei benutzten wir ein langes Tal, so dass wir nicht oft hoch und runter reiten mussten. Vermutlich hatte Nadine den einfachsten Weg gewählt, um mich nicht in Schwierigkeiten zu bringen. Je weiter im Tal wir nach Osten kamen, um so üppiger wurde die Vegetation. Dichte Gehölze folgten in immer kürzeren Abständen, während der für die Gegend typische Niaouli-Baum spärlicher wurde, dessen auffällig weiße Rinde sich in dünnen Schichten vom Stamm kringelt. Aus ihm wird Öl für medizinische Zwecke hergestellt.

Der Weg schlängelte sich neben einem träge fließenden Bach mit fels- und geröllumsäumten Ufern. Schließlich kamen wir durch einen hoch aufragenden Wald, der ungefähr der Vorstellung entsprach, die ich mir von einem Tropischen Regenwald machte. An einer Stelle trat das Gewirr mit Lianen und anderen Pflanzen bewachsener Bäume und dichtem Unterholz zurück, und wir ritten auf eine halbkreisförmige Lichtung, in deren Mitte ein riesiger Banyanbaum stand, mit Luftwurzeln, die aus der gewaltigen Krone nach unten wuchsen, um sich in die Erde zu senken. Nadine hielt an, drehte sich zu mir herum und sagte:

„Was hältst du davon, Wolf, hier zu rasten. Den Ort habe ich sehr gern."

Dieses Wolf klang überraschend liebevoll, als hätte sie gerade über mich nachgedacht und wäre zu einem guten Ergebnis gelangt.

„Würde ich nein sagen, müssten wir natürlich weiter reiten?"

Lachend stieg sie ab. Vorsichtig verließ auch ich den Pferderücken, nicht sicher, ob die Beine mich tragen mochten. Seufzend lockerte ich die Glieder und reckte mich. Interessiert sah sie zu. Noch steifbeinig, ging ich zu ihr und nahm ihr Gesicht zwischen die Hände. Eine Locke hatte sich auf ihrer verschwitzten Stirn festgeklebt.

„Was ist, Wolf?"

Ich flüsterte ihr ins Ohr: „Mit dir hier zu sein, ist ein Märchen."

Ungestüm presste ich sie an mich. Zärtlich aber bestimmt wand sie sich nach einem flüchtigen Kuss aus meinen Händen.

„Nein, nicht hier. Wir werden uns heute lieben, am Strand. Aber nicht hier. Weißt du, diesen Baum dort, den kenne ich schon viele Jahre. Als mein Vater ihn mir gezeigt hat, sagte ich zu ihm, der Baum sähe aus wie ein Großvater. Und das fühle ich immer noch. Vor einem Großvater können wir uns einen Kuss geben, aber uns nicht lieben mit allem Drauf und Dran. Es wäre unangenehm für ihn."

„Drum und Dran."

Lachend streichelte sie meine Wange und sagte spöttisch:

„Du kannst aber gut Deutsch. Ich finde, drauf und dran passt in diesem Falle auch."

Was für ein Luder.

Plötzlich hörten wir in dieser menschenleeren Gegend jemanden die Marseillaise pfeifen. Hinter einer Kurve des schmalen Pfades, auf dem wir geritten waren, kam ein Fußgänger zum Vorschein. Wir erkannten zu unserer nicht geringen Verblüffung Ohm Litzmann. Gedankenverloren pfiff er vor sich hin. Die Augen zu Boden gerichtet, hatte er uns noch nicht bemerkt, wäre vielleicht vorbei gewandert, denn wir standen im Schatten des Banyanbaumes. Ich rief:

„Hallo Ohm, was machst denn du hier!"

Er schrak zusammen, kam dann zu uns herüber.

„Donnerwetter, kaum pfeift man die Marseillaise, steht Marianne vor einem. Mademoiselle Mignon. Herr Klein."

Er verbeugte sich leicht.

„Hans Dampf in allen Gassen. Wir rasten gerade. Bist eingeladen zu ner kleinen Erfrischung."

„Ja Ohm, du bist herzlich eingeladen", setzte Nadine hinzu.

Litzmann war eine Karikatur. Aus einer weißen, kurzen Hose ragten staksige Beine, bleich, aber mit einem Flaum rötlicher Haare bedeckt. Über dem khakifarbenen, kurzärmligen Hemd, vom Schweiß dunkel gefleckt, trug er auf dem Rücken einen kleinen Rucksack. Das Gesicht war von einem großen

Tropenhelm beschattet. In einer Hand ein Schmetterlingsnetz, in der anderen eine lederne Botanisiertrommel. Mir fiel ein, dass ich bei unserem ersten Zusammentreffen in Ottos Restaurant gedacht hatte, ein Tropenhelm würde gut zu ihm passen. Er legte seine Utensilien beiseite und setzte den Rucksack ab. Nadine breitete eine Decke aus und holte allerlei aus den Satteltaschen. Malerisch gelagert, oho, taten wir uns gütlich an Brot, Käse, Wurst und Früchten, tranken Rotwein dazu.

„Naturforscher von altem Schrot und Korn; einer, der Forschen in der Natur von der Pieke auf gelernt hat", eröffnete ich grinsend die Konversation.

Freundlich lächelnd ging er auf die Frotzelei ein:

„Es ist ein Privileg, mich so zu sehen. Den Helm und das Netz nehme ich nur, wenn zu erwarten ist, dass ich niemanden treffe. Doch ich bin verpflichtet, sie manchmal zu benutzen, denn sie sind Geschenke. Als meine Oma erfuhr, dass ich für die Doktorarbeit in die Wildnis auf der anderen Seite der Erde zu dampfen hätte, suchte sie diese beiden Dinger auf dem Boden heraus. Alte Erbstücke aus der Familie, in Ehren aufbewahrt, endlich wurden sie gebraucht. Ich nahm alles feierlich entgegen. Mag meine Oma sehr. Hab ihr eine Photographie geschickt: Ich in voller Kluft im Urwald. Sie war bestimmt stolz auf ihren Enkel."

„Das ist aber lieb von dir und deiner grand-maman", sagte Nadine gerührt.

Er sah mich ernst an. Das Ticken des gestörten Augenlides wurde etwas schneller. Nadine fragte:

„Was für eine Doktorarbeit ist das eigentlich?"

„Ach, geht nur um einen Käfer. Er ist vor etwa 10 Jahren auf der Ile de Jean, einer kleinen Insel 20 Kilometer von hier entfernt von einem Amerikaner entdeckt worden. Es gibt ihn nur dort."

Wir schwiegen eine Weile, aßen und tranken.

„Leuchtet mir nicht ein. Was für ne Doktorarbeit kann man denn schreiben über einen Käfer auf ner winzigen Insel, der längst entdeckt worden ist von jemand anderem? Gibt doch nüscht her."

Er sah mich lächelnd an.

„Genau, kann man fragen. Aber es gibt da einen Aspekt. Ist bestimmt nicht so interessant für euch."

Fast entrüstet widersprach Nadine:

„Natürlich interessiert mich das. Wenn man jemanden herschickt, so etwas zu untersuchen, kann es bestimmt nicht uninteressant sein."

„Meinst du", fragte er lachend. „Also gut. Hergeschickt hat mich niemand. Ich bin auf der Suche nach einem Thema für die Doktorarbeit einfach darauf gestoßen, habe es ein bisschen ausgearbeitet und dann einen Antrag auf Finanzierung bei einer Stiftung gestellt. Ich war völlig perplex, als es angenommen wurde. Und so bin ich hier. Werd euch kurz erzählen, worum es geht."

Der Imbiss war eigentlich beendet. Ich wäre am liebsten weiter geritten, um mit Nadine endlich in die kleine Bucht zu kommen usw. Wir werden uns heute lieben am Strand, hatte sie gesagt, Heiliger Strohsack. Da saß man hier und redete über Mistkäfer. Ich bin ein Fan der Wissenschaft, aber alles zu seiner Zeit.

„Nadine, wir müssen weiter, die Zeit verrinnt."

„Non, non, wir haben genug Zeit. Das ist spannend mit dem Käfer, findest du nicht?"

Zu allem Überfluss schien mir, Litzmann wüsste genau, worum es ging. Sein Tic war wieder schneller geworden und ich entdeckte leichten Spott in seinen Augen. Geht es um Liebe, sieht man Gespenster. Erkennbar ungehalten seufzte ich:

„Also gut, leg los. Was hats auf sich mit deinem Käfer?"

Er richtete seine Worte fast ausschließlich an Nadine, mich sah er nur einige Male flüchtig an. Störte mich nicht weiter, konnte man ihm nicht übel nehmen. Welcher Mann kann sich dem Einfluss einer schönen Maid entziehen?

„Ihr wisst, dass ich Entomologe bin. Als kleiner Junge habe ich das Wort mal aufgeschnappt und mir sofort vorgenommen, so etwas zu werden. Allerdings nahm ich an, es ginge um die Erforschung von Enten. Pö, dachte ich, als mein Vater mich aufgeklärt hatte, dann eben keine Enten, Insekten sind sowieso besser, die fliegen nicht weg, sondern krabbeln nur. Denn ich hielt sie für eine Art Käfer, die nach dem Stand meines Kinderwissens nicht fliegen konnten. Herangewachsen, studierte ich Zoologie, spezialisierte mich zum Entomologen, weiter zum Käferforscher. Was will man mehr, der Kindertraum ist zielstrebig verwirklicht.

Stellt euch vor, dass es geschätzt dreihunderttausend Käferarten gibt. Als ich immer mehr davon in Form von Wörtern in meinen Kopf gepumpt hatte, war ich irgendwann erschöpft. Mein Gott, dachte ich, was mache ich denn hier.

Ich bin aus Hamburg und der Sohn meines Vaters, wohl deshalb kam mir der Gedanke, das ewige Käferregistrieren müsse etwas einbringen. Nicht unbedingt Geld, obwohl auch dagegen nichts einzuwenden wäre. Aber irgendetwas Praktisches, mit dem wirklichen Leben Verbundenes. So beschloss ich, mich mit biologischer Schädlingsbekämpfung zu befassen. Die Idee bekam ich bei der Lektüre eines Buches, in dem das Einsetzen von Marienkäfern gegen Blattläuse geschildert wurde. 1910 hatte jemand Unmassen in den angrenzenden Bergen überwinternde Marienkäfer in die kalifornischen Obstplantagen an der Küste gebracht, die unter einer Blattlausplage litten. Es wurde ein großer Erfolg. Später bevorzugte man lange Zeit Insektizide. Aus verschiedenen Gründen, unter anderem aus Mangel an diesen, griff man im Zweiten Weltkrieg wieder zu Marienkäfern. Es gab eine Firma, die Käfer künstlich in Säcken überwintern ließ und sie dann pro Liter an die Farmer verkaufte. Es entstanden Marienkäferfabriken, in denen man Käfer mit gezüchteten oder sogar tiefgekühlten Blattläusen fütterte, bis man sie verkaufte. Solche Fabriken gab es nicht nur in Amerika, sondern auch in Spanien. Als die Zitrusplantagen in Kalifornien und an der Cote d'azur von einer australischen Schildlaus befallen wurden, führte man einen australischen Marienkäfer ein, den man nicht züchten musste, weil er sich selbst ausreichend vermehrte. In kurzer Zeit war die Plage beendet.

Ihr merkt, was ich sagen will. Man beginnt einzusehen, dass chemische Bekämpfung verheerende Wirkung auf andere Tiere und Pflanzen hat. Deshalb versucht man natürliche Strategien zu entwickeln. Höchst kompliziert. Man weiß nie, wie sich fremde Tiere, die man in eine andere Gegend einführt, benehmen werden sozusagen. Also gilt es, ihr natürliches Verhalten genauestens zu beobachten. Nicht nur im Labor, man muss hinaus."

Litzmann unterbrach sich. Eine gewisse Begeisterung hatte sein Gesicht zartrötlich getönt. Er sah geistesabwesend in die Ferne, als hätte er uns vergessen. Ich spürte leichten Neid. Der wusste, weshalb es ihn gab, hatte eine komfortable Nische gefunden. Lächelnd sah er uns an.

„So, seht ihr. Dann bin ich auf den Artikel einer amerikanischen Fachzeitschrift gestoßen über diesen Käfer, den es nur auf der Ile de Jean gibt. Er ist merkwürdig. Eines seiner Mundwerkzeuge ist zu einem kompakten Bohrer entwickelt. Gleichzeitig ist es ein feines Sinnesorgan. Damit spürt er Insektenlarven unter der Rinde von Nadelbäumen auf und bohrt ein Loch bis zu ihnen. Dann dreht er sich um und führt ein spitzes, langes Legeorgan in das Loch, mit dem er befruchtete Eier in die Larve legt. Die Eier entwickeln sich zu den Larven des Käfers, und diese fressen die andere Larve von innen allmählich auf; die lebenswichtigen Organe zum Schluss, um sie möglichst lange am Leben, also frisch zu lassen. Dem Baum schaden der Käfer und seine Larve nicht, die getöteten aber sind Larven eines Käfers, der sich von den jungen Trieben des Baumes ernährt. Als ich das las, dachte ich sofort an den Fichtenrüsselkäfer bei uns. Er frisst die Rinde ganz junger Bäume. Seine Larve lebt unter der Rinde abgestorbener Bäume. Könnte man nicht den Käfer von der Ile de Jean bei uns ansiedeln, um gegen diesen Fichtenrüsselkäfer zu kämpfen? Die Idee hab ich ausgearbeitet für einen Antrag bei der Stiftung des Deutschen Waldes, und die haben mir tatsächlich die Reise und den Aufenthalt als Forschungsstipendium bewilligt. Ein Teil des Geldes kommt von der Volkswagenstiftung.

Hier auf der Hauptinsel hab ich in den Bergen einen mit dem auf der Ile de Jean lebenden verwandten Käfer entdeckt. Meines Wissens ist der noch nirgends beschrieben. Dadurch wird die Doktorarbeit umfangreicher, denn dessen Lebensgewohnheiten will ich auch erforschen. Ich muss länger hier bleiben, also sparsam leben.

Jetzt wisst ihr, warum ich als Rumpelstilzchen herumziehe. Übrigens fange ich nebenbei Schmetterlinge. Deshalb das Netz. Das erinnert mich an Wallace, Alfred Russel Wallace, nicht Edgar. Ist in Südamerika und Asien als Forscher herumgereist. Er hat zur gleichen Zeit wie Darwin die Evolutionstheorie aufgestellt. Zur Finanzierung seiner Reisen hat er seltene Vögel und Insekten gefangen und nach England verkauft. Aber das ist eine andere Geschichte."

Endlich schwieg er. Ja, die Wissenschaft. Eine Sammlung von Märchen? Geschichten aus Tausend und einer Nacht. Wäre ich nicht so unruhig gewesen, hätte ich es genießen können. Nadine war beeindruckt. Das Kinn in eine Hand gelegt, den Ellbogen auf ein Knie gestützt, sah sie träumend vor sich hin. Ich stand auf und drängte:

„Da behaupten die Ahnungslosen, Wissenschaft sei trocken. Ich wünsch dir jedenfalls viel Glück, Ohm. Jetzt müssen wir los."

„Das war eine interessante Geschichte", gurrte Nadine mit weicher Stimme wie ein Täubchen.

Litzmann sah sie mit großen Augen an. Sein Tic spielte verrückt. Endlich erhob sich Nadine. Auch er stand auf und sagte zerstreut:

„Ich will noch dort auf diesen Berg heute. Das könnte ein interessantes Terrain sein."

Mit unbestimmter Geste deutete er hinter sich und machte sich endlich davon. Im sich die Hügel hinaufziehenden Wald war er schnell verschwunden. Wir verstauten alles in den Satteltaschen. Bald würde ich flüstern und kuscheln.

Auf dem Pferderücken merkte ich, wie empfindlich mein Hinterteil durch das Reiten geworden war. Verdammt, das musste ignoriert werden, es passte nicht in die Situation. Caramba, Cowboy, reiß dich zusammen, ein harter Mann hat keinen zarten Arsch. Lässig ritt ich hinterher. Mein Pferd an Nadines Seite zu lenken, um ein bisschen mit ihr zu plaudern, hatte ich längst aufgegeben. Der Gaul war abgerichtet, hinter anderen herzuzuckeln und konnte durch keinerlei Schenkelbewegungen, kein energisches Herumwackeln des Oberkörpers, kein Anziehen oder Nachlassen des Zügels, nicht mit zärtlichem Flüstern, wütendem Zischen und Fluchen, also überhaupt nicht umgestimmt werden. Ich war für ihn nicht vorhanden, musste mich machtlos unterordnen. Nadine hatte von meinen vergeblichen Bemühungen nichts mitbekommen, - hoffte ich jedenfalls. Sollte sie denken, dass ich würdevoll reitend die Landschaft genoss.

Nach einiger Zeit verengte sich das Tal. Der Wald machte auf beiden Seiten fast nacktem Felsgestein Platz, das einige Meter hoch aufragte. Wir ritten durch einen Hohlweg. Als dieser sich zu einem Halbrund erweiterte, das von einem Wäldchen locker zusammenstehender Kokospalmen bewachsen war, sah ich zwischen den Stämmen das Blau der See schimmern. Nach wenigen Minuten waren wir hindurch und Nadine zügelte ihr Pferd.

Wir standen auf dem Sandstrand einer etwa 50 Meter breiten Bucht, begrenzt auf beiden Seiten von sich bis einige Meter ins Wasser ziehenden, übermannshohen Felsen. Vom Rande des Palmenwäldchens, an dem wir standen, bis zu den kleinen Wellen, die den Strand träge netzten, waren es 20 Meter feiner, weißer Sand. Was für ein Fleckchen Erde! Nadine schwang sich elegant vom Pferd und sah mich an. Als wolle sie mich aus meiner Ergriffenheit befreien, juchzte sie lachend und zog mich an einem Bein vom Pferd, so dass ich überrascht mit schmerzendem Hinterteil im Sand saß. Sie warf sich auf mich, gab mir einen schmatzenden Kuss auf ein Auge, stand sofort wieder auf und rannte auf das Wasser zu. Dabei riss sie sich die Kleidung vom Leib und stürzte dann nackt in das Blau hinein. Ich lag noch im Sand, als sie schon weit draußen herumschwamm.

So, du europäische Hauswanze, hier hast du deine Südsee. Palmen, weißer Sand, blaues Meer; in einsamer Bucht allein mit einem schönen, geilen Mädchen. Kühnste Träume sind erfüllt. Vergiss die Scheißphilosophie, beklopptes Wissen, dämliches Grübeln und grämliches Nörgeln. Vergiss Felder der Kümmernisse, du griesgrämiges, nördliches Geschöpf, genieße das Einfache, Sinnliche, das possierlich Aufreizende, die schönen Schmetterlinge der Lust. Wolf Klein, die schimmernde Welt liegt dir zu Füßen. Seufzend rieb ich den schmerzenden Arsch und flüsterte:

„Wenn das nur gut geht, schimmernde Seifenblasen sind zum Platzen bestimmt."

Zog langsam die Kleider vom Leibe. Stand nackt da. Fühlte mich entlarvt, bar jeder Kraft, kläglich. Männiken, wirst dich schon berappen. Ich trottete zum Wasser. Die steifen Glieder lockerten sich allmählich, während der Pimmel unbeteiligt hin- und herschlenkerte. Im kühlen Wasser kehrten meine Lebensgeister zurück, gemessen schwamm ich Nadine entgegen.

Irgendwann lagen wir eng umschlungen auf einer Decke, warteten in stiller Beschwörung auf das Anbranden unbekümmerter Geilheit, um uns miteinander zu vergnügen. Von mir ausgehend, hatte sich eine Wolke der Fremdheit gebildet, hüllte uns schwammig ein. Endlich zitterte ein warmes Gefühl in mir wie aus Tiefen herauf. Zärtlich streichelte ich Nadines Gesicht und sagte:

„Meine kleine Hecke."

Wie erwacht, setzte sie sich auf und fragte lächelnd:

„Kleine Hecke, warum? Hecke ist doch ein Gebüsch oder ein Busch, warum nennst du mich so?"

„In Berlin ist das ein Ausdruck für eine Freundin: meine kleine Hecke. Weiß nicht, warum. Vielleicht wegen des kleinen Busches hier."

Ich drückte eine Hand sanft zwischen ihre Schenkel. Sofort wuchs mein Penis, als hätte er auf ein Signal gewartet. Sie lachte, sprang auf und stellte sich herausfordernd breitbeinig vor mir auf, nahm ihre Brüste in die Hände.

„Ach Wolf, du tust mir leid. Du hast mir erzählt, dass du eine Blaue Blume suchst. Und was findest du bei mir? Mal Dornen, mal eine kleine Hecke mit zwei Milchdrüsen. Armer Kerl."

Ich schnellte hoch, um sie zu packen. Sie war schneller als ich, rannte in Richtung der Palmen und stieß einen Pfiff aus. Sofort kamen die Pferde hervor, die vom kurzen, unter den Bäumen wachsenden Gras gefressen hatten. Nackt wie sie war, schwang sie sich hinauf und rief mir zu:

„Ich kenne in der Nähe eine Quelle und werde die Pferde dort tränken. In einer halben Stunde bin ich zurück."

Schnell ritt sie davon, gefolgt von meinem Gaul. Verblüfft stand ich da und kam mir mit der erwartungsvoll aufstrebenden Latte ziemlich dämlich vor. Reitet wie eine Hexe nackt durch die Gegend. Vielleicht verwandelte sich der Gaul in einen Besen. Käme sie gar nicht mehr zurück, wie lange würde ich warten? Legte mich auf die Decke und beruhigte mich langsam. Am Abend werden wir den Sonnenuntergang beobachten, eng umschlungen. Kleine Wellen werden die Füße kitzeln. Wir werden Ehrfurcht empfinden wie in einer Kirche. Ja, wie in einer Kirche, in der die Leute eingeschüchtert von Weihrauch, Kreuzen, Bildern, Statuen und bunten Fenstern nur flüstern. Wir werden eng umschlungen am Südseestrand im roten Licht des Sonnenuntergangs staunen, meine Güte, dagegen war alles andere Kram. Meine Hand spielte mit dem Pimmel. Sollte ich? Quatsch, das wäre idiotisch.

Kleiner Junge von sieben Jahren. Mutti und ‚Onkel' Willi haben geheiratet. Er zieht als mein Papi zu uns in die Einzimmerwohnung. In dem Zimmer steht ein großes, geheimnisvolles Ehebett. Ich selbst schlafe in der Küche auf einer Holzkiste, in der Kohlen aufbewahrt werden. Abends wird auf dem Deckel mit Matratze und Decken ein Kinderbett errichtet. Mein neuer Papi muss immer sehr früh zur Arbeit. Kommen meine Eltern zum Frühstücken in die Küche, ist es für mich das Signal, blitzschnell von der Kiste zu hopsen, ins Zimmer zu eilen und dort unter der noch wundervoll warmen, von Körperdüften erfüllten Bettdecke mit klopfendem Herzen zu warten. Endlich klappt die Wohnungstür. Papi ist weg. Die Mutter kommt, zieht den Morgenmantel aus und legt sich ins Bett um weiterzuschlafen. Eng an sie geschmiegt, den Kopf an die großen, weichen Brüste gelegt, schlafe ich mit dem Gefühl ewig währender Geborgenheit ein. Erst der Wecker reißt uns auseinander. Die Schule ruft.

Ich spüre erstaunt die milde Luft. Nadine liegt eng an mich gekuschelt neben mir. Eine Decke ist über uns gebreitet. Es ist längst dunkel. Warmer, träger Wind fächelt unsere Gesichter. Der Sonnenuntergang mit meiner Schönen war verpasst. Der Blick zum glitzernden Sternenhimmel musste entschädigen. Staunend glotzte ich hinauf. Eine meiner Hände lag auf der zarten Haut von Nadines Hinterteil, so dass ich die Rundung spüren konnte; die andere auf der Innenseite meines eigenen Oberschenkels. Ihre Brüste drückten sich sanft an meinen Körper.

Ein Moment, den ich unbedingt dem Zeitenstrom entziehen musste, um ihn für immer in mir konserviert genießen zu können. Vergangenheit und Zukunft mit ihren Auflösungskräften, von zermürbenden Worten gelenkt, würden ihm nichts anhaben, die Nebel des Zweifels ihn nicht verbergen können. Als eines der funkelnden Lichter dort oben sollte er für unermessliche Zeiten glänzen, verführerisch, unzerstörbar ... Eine winzige Ewigkeit glaubte ich, so etwas wäre möglich. Doch schon drangen die zurückgehaltenen, angestauten Wörter ein und faselten mich voll. Im Nu ward ich gefüllt, die merkwürdige Maschine im Kopf ratterte und schleuderte nach Regeln geordnete Sätze aus. Nadine schlug die Augen auf und lächelte mich im Dämmerlicht geheimnisvoll an. Ich fing an zu sprechen:

„Fast wäre mir das Herz stehen geblieben, weil es hier ..."

Sie legte eine Hand auf meinen Mund. Es war soweit. Von den folgenden Minuten ist mir hitziger Schweiß in Erinnerung. Erst zärtlich gurrend, dann zunehmend wilder stöhnend und schreiend, ließen wir unsere Körper sich austoben, bis sie erschöpft waren. Voller Inbrunst kamen mir die Tränen. Am Schluss mussten wir beide unbändig lachen. Endlich lagen wir still aneinander geklammert da.

„Nadine, wollen wir heiraten?"

Sie lachte fröhlich, als hätte ich einen Witz gerissen.

„Ja, wen denn? Wolf, du bist köstlich. Formidable, heiraten. Ich werde nie heiraten. Sonst muss ich eine Küchenschürze umhaben, in einem Arm ein Baby an der Hüfte tragen, mit der anderen Hand einen hölzernen Kochlöffel schwingen, um Brei umzurühren. Bist du verrückt. Ich bin nicht meine grand-maman, non."

„Ich bin auch kein grand-papa. So muss es nicht ablaufen. Wofür bist du geschaffen, willst du keine Kinder haben?"

Sie sah mich mit schief gehaltenem Kopf an.

„Kinder? Aaach, Kinder. Nein, ich will keine Kinder. Es gibt genug davon auf der Welt. Es ist leichter, das Leben fröhlich zu genießen, wenn man keine Kinder hat. Und weißt du, Wölfi, solange es Männer wie dich gibt, haben die Frauen doch genug mit Kindern zu tun."

Sie streichelte mich, als wäre ich ihr Baby.

„Stell dir vor, Nadine, wir wären zwei Tiere, irgendwelche Mäuse, Ratten oder Elefanten. Werden von den Eltern aufgezogen, bis wir erwachsen sind. Wir fressen und verdauen, wie sichs gehört. Und wegen irgendwelcher Vorgänge in uns fühlen wir uns zueinander hingezogen als Männlein und Weiblein. Wir liebkosen uns und rammeln. Es ist klar, dass der ganze Apparat in uns, deine Gebärmutter, Eierstock usw., meine Samenproduktionsanlage, nur dafür da ist, Junge zu bekommen. So sicher wie das Amen in der Kirche würden wir Junge kriegen. Und siehst du, wir sind tatsächlich Tiere. Wie können wir je ne Art ausgeglichenen, harmonischen Zustand erreichen, wenn wir diese Biologie ignorieren, wenn wir davon absehen, wer und was wir sind? Tiere eben. Also ran und Junge produziert. Der Kreislauf des Lebens geht weiter."

Nadine zupfte sanft in meinen Haaren herum. Ihr spöttisches Lächeln stimmte mich ernst und traurig. Nadine, schönes Mädchen, warum bist du so?

„Wölfi, du bist herzallerliebst, aber was du sagst, ist zu abstrakt. Du denkst das alles nur. Mon Dieux, mir macht Sex Spaß. Für Kinder verantwortlich zu sein, mir ständig ihr Geplapper anzuhören, Windeln zu wechseln, ja schon die Schwangerschaft, zu all dem hab ich keine Lust. Wir sind nicht nur Tiere, sondern auch Menschen. Deshalb können wir Sex und Kinderkriegen trennen. Warum soll ich es nicht tun? Da magst du denken, was du willst. Übrigens bist du ein merkwürdiger Mann. Meist ist es umgekehrt, die Frauen wollen heiraten und Kinder haben. Warum bist du so komisch?" Sie lachte.

„So denke nicht nur ich. Ich freue mich auf Kinder. Als kleiner Stippi schon hielt ich Kinderkriegen für außerhalb jeder Frage, für so normal, dass ich mir nicht vorstellen konnte, man könne es durch eigenen Willen beeinflussen. Bei uns in der Straße gab es Familie Lass. Die waren unheimlich arm, hatten aber sieben Kinder. Einer meiner Spielkameraden sagte einmal - wir waren etwa sieben Jahre alt - dass Frau Lass und ihr Mann wohl ständig fickten, sonst hätten sie nicht so viele Kinder. Allgemeines Gelächter, obwohl wir nur vage wussten, was Ficken war. Ich war entrüstet und sagte, Kinder hätten gar nichts damit zu tun, sie kämen aus Zufall. Oder wenns Gott gäbe, wär der verantwortlich. Mein klares Argument lautete: Wenn durch Ficken Kinder entstehen, hätten Lassens längst damit aufgehört, weil sie so arm sind. So doof ist niemand, immer mehr Kinder zu machen, wenn er sie nicht ernähren kann. Sie entstehen einfach so, von Natur aus."

„Na also, dann ist alles in Ordnung. Du hattest immer dieses Gefühl und ich ein anderes. Schon als kleines Mädchen war ich davon durchdrungen, niemals Kinder haben zu wollen. Auch ich hatte ein gutes Argument. Wenn ich frech zu meinen Eltern war - und ich war ein ziemlich freches Ding - taten sie mir irgendwie leid und ich sagte mir: So wie ihnen wird es mir nie gehen, bin ich groß, werde ich mir einfach keine Kinder anschaffen."

„Und so bist du geblieben? Wie ist das möglich? Ich verstehe nicht die Bohne."

„Sehr gut, darin bist du ein Mann. Wie kann ich mich erfrechen, anders zu sein. Damit musst du dich abfinden."

Ich seufzte. „Ist ja gut. Hast vielleicht recht. Irgendwo hab ich mal folgenden Dialog gelesen. Die Frau sagt, mir ist kalt. Der Mann erwidert, hier ist es aber nicht kalt."

„Genau, das gefällt mir."

Wir lagen still da, eng umschlungen uns wärmend, waren einander nah und fremd, starrten in den Himmel. Leise plätscherten die Wellen am Strand. Tausende, Millionen Jahre geht das so weiter, immer weiter, immer weiter ...

Nadine schmiegte sich an mich, als wolle sie sich in mich hineinkuscheln. Sie hob den Kopf und sah mir in die Augen. Auf den ihren funkelten Lichtreflexe. Sie nahm meinen Kopf fest zwischen die Hände, als wolle sie Verständnis erzwingen.

„Ich will dir etwas erzählen. Hab dir das schon einmal angekündigt."

Sie sprach in die Dunkelheit hinein, als hätte sie mich vergessen. Ab und zu streichelte ich ihr Haar. Durch den Druck ihres Kopfes auf meiner Brust wurde mir das Atmen bewusst, das Hoch und nieder, Hoch und nieder. Die Schwingungen des Sprechens schienen sich nicht nur in meine Ohren mitzuteilen, sondern über den Brustkorb in den gesamten Körper.

„16 Jahre war ich alt und ging in Touro zur Schule. Ich war eigentlich ein hübsches Mädchen, hatte aber zu der Zeit ziemlich viele Pickel im Gesicht. Dadurch war ich verunsichert, obwohl die Jungen hinter mir her waren, weil ich schon früh große Brüste hatte."

An dieser Stelle nahm sie eine meiner Hände und legte sie auf ihre Brust. Ich drückte und streichelte diese zwar, blieb jedoch ruhig.

„In unserer Klasse gab es einen Jungen, der sehr still war. Ich hatte bemerkt, dass er mich ständig aus der Entfernung mit den Augen verschlang. Das nutzte ich aus, indem ich durch Blicke mit ihm kokettierte. Weiter war nichts. Er war zu schüchtern, um etwas zu unternehmen, ich aber hatte kein

Interesse an ihm. In der Klasse hatte er einen gewissen Ruf, weil er in einigen Fächern sehr gut war. Er war Mischling. Sein Vater, ein angesehener Melanesier, war schon tot. Seine Mutter ist Aggy Green. Ich glaube nicht, dass sie etwas weiß über uns. Die Kinder Aggy Greens haben ein merkwürdiges Leben. Sie sind irgendwie dazwischen. Ihre Eltern haben aneinander vorbei gelebt, jedenfalls hat mein Vater mir das erzählt. Sie ist Amerikanerin geblieben, ihr Mann Melanesier. Das Hotel hat sie fast allein geführt, obwohl er es finanziert hat. Er hat mehr in seinem Dorf gelebt als dort. Sie hatten sich geeinigt, ihren Kindern abwechselnd melanesische und amerikanische Namen zu geben. Der in meiner Klasse hieß Aleki."

Sie stieß hervor: „Aleki ist tot!"

Nach langer Pause fuhr sie fort:

„Er musste zu Hause in dem Hotel mit seinen Geschwistern für Touristen Tänze aufführen und singen, du kennst das ja. Er hatte wunderschöne Augen, groß und sanft. Sein Leben gefiel ihm nicht, er war sehr traurig. Nur selten sprachen wir miteinander.

An einem Tag fuhr mein Vater zu Aggy und nahm mich mit. Er verkaufte regelmäßig Fleisch an das Hotel. Während die beiden im Büro verhandelten, ging ich am Strand spazieren. Dort traf ich Aleki. Wir waren sehr verlegen und sprachen belanglose Sachen. Unvermittelt, als hätte er sich einen Ruck gegeben, sagte er, dass er mich unermesslich liebe. Da er natürlich als Mischling keine Chance habe, verachte er sich. Doch wolle er es mir sagen und sei nun erleichtert. Er wünsche mir ein glückliches Leben. Dann drehte er sich abrupt um und wollte weggehen. Ich hielt ihn zurück. Einerseits war ich geschmeichelt, andererseits entrüstet. Ich fauchte ihn an, warum er sich einbilde, ich mochte jemanden nicht, nur weil er Mischling sei. Das wäre eine Beleidigung. Warum er sich überhaupt ‚metis' nenne, das sei Quatsch.

Er glaubte mir kein Wort, so überzeugt war er von seiner Minderwertigkeit. Und da machte ich ihm ein verrücktes Angebot. Ich könne ihm beweisen, dass ich mich nicht vor seiner Hautfarbe ekle. Wenn er wolle, würde ich mit ihm schlafen, ohne ihn zu lieben, das wäre Beweis genug."

Sie schwieg und streichelte meine Hand, die immer noch auf ihrer Brust lag. Ich blieb still und wartete.

„Wir standen erschrocken da und sahen uns an. Er war verlegen und wollte am liebsten wegrennen. In mir brodelte es durcheinander. Bis der deutliche Satz sich bildete: Nun musst du es auch tun! Und trotzig dachte ich: bin alt genug. Es war, als hätte ich mich selbst dazu verurteilt.

Ich überredete ihn zu einem Treffen für den nächsten Tag an einem einsamen Strandstück. Dort ist es kurz vor Sonnenuntergang passiert, ich bin entjungfert worden. Du findest Wörter ja interessant. Merkwürdig in Französisch: deflorer, de-floration. Als würde eine Blüte von mir abgepflückt und ich wäre danach weniger wert. Oder als hätte jemand mich gepflückt, und ich armes Blümchen müsse nun verwelken. In Wirklichkeit blüht man danach auf und wächst und gedeiht. Die Benennung ist bestimmt von einem Mann erfunden worden. Aleki und ich waren sehr verlegen dabei, verlegen und aufgeregt. Wir hatten keine Erfahrung in diesen Dingen. Wir drucksten herum und sprachen belangloses Zeug. Ich habe mich dann einfach ausgezogen und mich nackt vor ihn hingestellt. Ihm blieb nichts anderes übrig, als dasselbe zu tun. Bei ihm passierte erst nichts in seiner Angst. Mein Anblick wirkte dann doch. Als ich das sah, legte ich mich brav auf den Rücken. Er legte sich auf mich und drang mit einigen Schwierigkeiten in mich ein. Es tat weh und machte keinen Spaß. Danach lagen wir eine Weile schweigend nebeneinander. Dann gingen wir baden, um sauber zu werden. Wir machten es noch einmal, es gefiel mir schon besser. Ein paar Tage später trafen wir uns an der gleichen Stelle. Das war es dann. Ich liebte ihn nicht und er wusste es ja. Wir hörten auf. Niemand sonst hatte etwas gemerkt.

Ein Jahr später brachte Aleki sich um, er stürzte sich von einer Klippe. Ohne Abschiedsbrief. Ich fühlte mich schuldig und erzählte das Ganze meinem Vater. Er hörte es sich ruhig an, lächelte immerzu und streichelte mich, als wäre ich ein kleines Mädchen. Am Schluss meinte er: ‚Er war nicht für das Leben geschaffen. Unglückliche Liebe gehört ins Leben wie Salz in die Suppe. Er hat sich umgebracht, weil er sich nicht mochte. Dass du mit ihm geschlafen hast, war schon in Ordnung. Dein Motiv war aller Ehren wert, das ist nicht immer so beim Sex.' Irgendwann hörte ich auf zu heulen."

„Nadine, mich liebst du auch nicht Was willst du mir beweisen?"

Sie stützte sich auf die Arme und sah lächelnd herab.

„Gar nichts. Dich liebe ich anders nicht."

Behutsam legte sie sich auf mich. Der Penis drang ein, als wüsste er, wohin er gehört. Lauschend lagen wir aufeinander gepresst. Nach einer Ewigkeit stöhnten wir beide auf, fast ohne uns bewegt zu haben.

Am Morgen wachte ich verwirrt auf. Es dämmerte. Ich lag auf dem Rücken. Nadine hatte sich neben mir auf einen Ellbogen gestützt und streichelte mit der anderen Hand mein Gesicht.

„Da bist du endlich, Wölfchen. Du hast geträumt. Hast laut geschrieen."

„Was denn?"

„Ja, ja, ja! Nichts weiter. Vorher hast du dich hin und her gewälzt."

„Mir fällt nichts ein von dem Traum."

Plötzlich lachte sie: „Sieh mal!"

Mein Penis stand steif in die Höhe.

Sie flüsterte in mein Ohr: „Das sieht schön aus."

Sie kletterte auf mich, nahm ihn in die Hand und führte ihn ein. Als sie auf mir lag, drückte ich auf ihre Backen. Wir küssten uns gierig. Doch dann blieb ich passiv, während sie sich langsam mit geschlossenen Augen bewegte, auf die gestreckten Arme gestützt. Die Brüste schaukelten hin und her. Ab und zu hob ich den Kopf und saugte daran, fast pflichtbewusst. Eine merkwürdige Erfahrung. Der Körper machte halbwegs mit, ich selbst war nicht bei der Sache. Als Nadine schließlich stöhnte und ein paar Schreie ausstieß, hatte ich zwar einen Samenerguss, krümmte mich ein wenig, atmete schwer, empfand jedoch nur mäßiges Vergnügen. Und plötzlich fiel mir in aller Deutlichkeit der

Traum ein. Sie wälzte sich herunter, spielte mit den Fingern in meinen Haaren und fragte leise:

„Was ist mit dir?"

„Mir ist der Traum eingefallen."

„Erzähl ihn mir."

Ich stopfte die neben uns liegende Decke unter den Kopf, um die aus dem Meer steigende Sonne besser sehen zu können. Feuriges Rot wie ein Fanal.

„Ich weiß nicht, wie ich in dieses Städtchen gekommen bin. Jedenfalls las ich im Traum eine große, bunte Neonleuchtschrift: Eine Stadt des mittleren Westens.

Ich befand mich schon lange dort und pflegte am frühen Morgen, wenn die Stadt noch kaum erwacht war, einen Spaziergang in die Umgebung zu machen. An diesem Tag passierte etwas. Ich war zurück aus den sich weit hinziehenden Weizenfeldern, hatte die ersten Häuser erreicht, als aus einer verwahrlosten Hütte, die mir nie aufgefallen war, wüstes Geschimpfe drang. Plötzlich sprang die Tür auf, und eine Frau rannte durch den Vorgarten an zwei verrosteten Autowracks und verrottenden landwirtschaftlichen Geräten vorbei zum schief in den Angeln hängenden Tor. Ein bärtiger, vierschrötiger Mann mit einer Gerte in der Hand verfolgte sie. Beide waren splitternackt. Der jungen Frau gelang es vorerst zu entwischen. Bebend klammerte sie sich an mich, den einsamen Spaziergänger, und flehte mich an: 'Helfen Sie mir!'

Schon hatte uns der tobende Mann erreicht, holte aus, um zuzuschlagen, als gäbe es mich nicht. Ich bin nicht gewalttätig, war hier aber gefordert. Jedes Wort war offensichtlich überflüssig. Alle Kraft hineinlegend, schlug ich den Mann mit einem einzigen Schlag zu Boden. Er blieb liegen. Ich kümmerte mich nicht weiter um ihn, hatte mit der Frau genug zu tun. Sie war eine schöne Frau, allerdings mit tiefen Ringen unter den Augen, die mich vermuten ließen, sie habe eine schwere Zeit hinter sich. Das Auffallendste an ihr aber war der wie ein Ballon vorstehende Bauch, auf dem große, feste, geschwollen wirkende Brüste lagen. Die Frau war hochgradig schwanger. Sie klammerte sich noch immer an mich und rief beschwörend: 'Bringen Sie mich ins Krankenhaus, es geht los!' Sie begann zu stöhnen und stieß spitze Schreie aus.

'Aber wie, ich bin zu Fuß?'

Sie zeigte auf ein altes, verbeultes Auto auf der Straße und sagte bebend: 'Der Schlüssel steckt immer.'

Mir blieb keine Wahl. Ich brachte sie behutsam zum Wagen. Sie legte sich auf die Rückbank und ich deckte sie mit einer dort liegenden Decke zu. Ab ging die Post, als wäre das Auto vom Stöhnen und Wimmern angetrieben. Im Hospital legte man sie auf eine Bahre. Ich blieb unschlüssig zurück.

'Sind Sie der Ehemann?'

Bevor ich antworten konnte, zog mich eine Schwester ungeduldig am Ärmel: 'Nun kommen Sie schon.'

Folgsam trottete ich mit und fand mich im Kreißsaal in einem grünen Kittel wieder, die schwitzenden Hände der Frau drückend, die vor mir lag. Wie in Trance sah ich staunend zwischen den weit geöffneten Schenkeln das Kind erscheinen. Erst verklebte Haare auf dem winzigen Kopf, der endlich ganz aus der sich weitenden Öffnung schlüpfte, so dass ich ein schrumpliges, rotblau angelaufenes Gesichtchen sehen konnte. Das übrige Körperchen rutschte hinterher.

Das schreiende Bündel Mensch wurde gewaschen und sonst wie behandelt und man legte es der erschöpften Mutter in die Arme. Gemeinsam mit ihr weinte ich. Einen solchen Gefühlsaufruhr hatte ich noch nie erlebt. Man drückte mir die Hand und beglückwünschte mich. Eine Woche lang besuchte ich die Frau im Krankenhaus. Ich war ihr einziger Besucher. Nach und nach erzählte sie ihre Geschichte. Ihr Liebhaber hatte sie während der Schwangerschaft ständig geschlagen und versucht, sie zu einer Abtreibung zu zwingen.

Monate später stand ich vor einem Beamten, der fragte, ob ich die neben mir Stehende zur Frau nehmen wolle. Sie hatte ein Baby im Arm. Ich sagte laut: ‚Ja, ja, ja.'"

Nadine sah mich nachdenklich an.

„Das war es also gewesen. Klingt aber gar nicht wie ein Traum."

„Ja, ja, ja" sagte ich lachend, „Ich habe einige Lücken ausgefüllt."

„Und du hoffst tatsächlich, mich mit solchen Geschichten rumzukriegen?"

Ich sah sie ungläubig an: „Das traust du mir zu?"

„Was soll die Geschichte sonst?"

„Meine Güte, ich hab das geträumt."

Sie glaubte mir nicht.

„Wir könnten vielleicht frühstücken", schlug ich vor.

„Erst will ich baden."

Mit erhobenen Armen reckte sie sich und rannte zum Wasser. Ich folgte langsam. Wir schwammen eine Weile herum. Als wir Hand in Hand auf dem schon warmen Sand zurückliefen, blieb ich auf halbem Wege stehen, und sagte, mit ausholender Armbewegung die ganze Szenerie, Meer, Himmel, Mädchen, umfassend:

„Ich werde alles hier für immer im Gedächtnis behalten, werde in traurigen Momenten davon zehren."

Sie lachte spöttisch. Ich ließ mich nicht beirren, nahm ihr Gesicht zärtlich zwischen die Hände und berührte die Stirn mit den Lippen. Nieder kniend drückte ich einen Kuss auf ihre Schamhaare, als verabschiedete ich mich von einem Symbol. Wieder stehend, las ich in ihren Augen: das wars.

In Kleidung verpackt, saßen wir auf der Decke und frühstückten. Ich hatte eine der herumliegenden Kokosnüsse mit Anstrengung geöffnet. Voller Behagen schlürften wir das köstlich frische Wasser.

„Wolf, wie lange willst du noch hier bleiben?"

„Ich dachte, wir brechen nach dem Frühstück auf. Ratu will mich doch heute abend abholen."

Sie lachte und verschluckte sich dabei. Nach einigem Hüsteln konnte sie wieder reden.

„Nein, ich meine, wie lange du noch auf der Insel bleiben willst. Und was danach, weiter herumreisen oder nach Deutschland zurück?"

Ratlos sah ich sie an und zuckte die Achseln.

„Irgendwie ahne ich, dass ich nicht mehr lange hier bleibe. Nach dem Brand bei euch passieren immer mehr Sachen. Die Polizei wird aufgeregt. Ich bin schon vernommen worden. Hab auch nur noch wenig Geld. Was meint denn dein Vater? Und was willst du eigentlich machen? Ewig hier bei ihm leben und ..."

„... und auf schmucke, junge Touristen warten", ergänzte sie lachend. „Weißt du, Wolf, ich spiele schon lange mit dem Gedanken, nach Europa zu ziehen. Wollte nur Vater nicht allein lassen. Ich möchte in Frankreich studieren, weiß nicht was. Was ich jetzt sage, behalte für dich, es ist noch nicht sicher. Er hat die Absicht, die Farm zu verkaufen und sich im Elsass niederzulassen. Hier wird es bald gefährlich. Er hat einen Drohbrief erhalten: ‚Verzieh dich von unserem Boden, Weiße sind unerwünscht'. Er will verkaufen, solange man für Farmen noch etwas bekommt. Mon pauvre papa, das ganze Leben zwischen den Sesseln. Dabei ist er so ein lieber Mensch."

„Zwischen den Stühlen."

Sie streckte mir die Zunge heraus.

„Vielleicht werden wir uns in Europa mal wieder sehn, Nadine."

„Ja, vielleicht."

„Wirst du dich mit Otto zusammentun, liebst du ihn?"

„Vielleicht."

Mir schoss das Blut in den Kopf. Dieser Teufelskerl. Und im weißen Nachthemd, raffiniert. Madame bewundert ihn und fickt mit mir. Unbegreiflich. Ich werde sie an den schönen, kastanienbraunen Haaren wutentbrannt und brüllend durch den Sand schleifen. Das könnte die richtige Methode sein, Gringo. Wolf Klein, du bist ein dummes Huhn, kläglich und gerupft.

„Ich wünsch euch viel Glück."

„Du bist ein lieber Kerl."

Grinsend sagte ich: „Ja, das stimmt."

Wortkarg packten wir die Sieben Sachen und schwangen uns auf die Pferde. Es gelang mir überraschend gut. Nachdem wir das Palmenwäldchen durchquert hatten, bog Nadine vom Weg ab. Es ging einige Minuten zwischen niedrigem Buschwerk auf Felsgestein einen Hügel hinan. Oben angekommen, sah ich den Grund für den Umweg. An einem tiefen Wasserloch von einem Meter Durchmesser stoppten wir, stiegen von den Pferden und sahen schweigend zu, wie sie soffen. Auf dem Boden des Wasserlochs blitzte und glitzerte es. Als nach dem Saufen die Oberfläche ruhig war, sah ich unten diverse Münzen, dazwischen einen silbern blinkenden Ring. Ich sah Nadine an. Es war ihr Ohrring. Ich deutete auf das Wasser.

„Warum hast du das gemacht?"

„Es bringt Glück in der Liebe."

Versonnen sah sie ins spiegelnde Wasser, als wolle sie lesen, ob es sein Wort halte. Hast du nicht schon genug Glück darin, dachte ich. Mein Gott, Allah ist groß. Wir ritten schnurstracks nach Hause, verabschiedeten uns zerstreut auf dem Mignon-Hof.

Schwang mich aufs Fahrrad. In der Hütte wartete ich auf Ratu und schlief auf der Pritsche ein. Wartete vergeblich. Ratu hatte die Einladung wohl vergessen. Ein Big Man hat viel zu tun. Wir waren nicht in Deutschland, wo die Busse nach Fahrplan fahren.

Nach Sonnenuntergang wachte ich auf und blieb eine Weile träge liegen, um in die Welt zurück zu finden. Es ließ mich gleichgültig, dass Ratu nicht gekommen war, ich war sogar erleichtert. Ohne Vorwarnung entstand das Bild Nadines wie eine leuchtende Erscheinung. Hilflos starrte ich in die Dunkelheit. Liebeskummer. Ein trauriges Wort.

13

Einen Monat lang lebte ich im Dunst dieses Kummers auf dem Feld der Kümmernisse. Ralph Otto besuchte mich mehrmals. Nie kam ein rechtes Gespräch zustande, da ich zu einsilbig war. Er versuchte, den Grund für meinen Zustand zu erfahren. Auf diverse Anzüglichkeiten, von Heimweh über Liebeskummer bis philosophische Krise, reagierte ich mit nichtssagenden Redewendungen, bis er wieder verschwand.

Heldenhaft, wie es sich für einen Cowboy gehört, besiegte ich jeden Tag den Impuls, Nadine zu besuchen. Es blieb mir das typische Quartett der Lebensgestaltung unglücklicher, sozusagen im Leben verunglückter Menschen: Vergnügungen wie Fressen, Scheißen, Saufen und gelegentliches Onanieren. Allerdings gelang es mir hin und wieder erstaunlicherweise, mit dem zerfledderten Reclambüchlein von Kant den Moloch Kummer in eine abgelegene Zelle zu sperren. Das Vorhaben, regelmäßig Zeitung zu lesen, setzte ich nicht in die Tat um. Herrgott, was ging mich die Welt an.

Doch diese ließ nicht locker. Eines Abends bereitete ich im flackernden, leicht rötlichen Licht einer dicken Kerze gerade Tee zu, als sich die unaufhörlich bewegten Schatten durch einen Luftzug besonders schnell veränderten. Ich sah zur Türöffnung. Dort stand, wie ein Phantom aus dem Dunkel aufgetaucht, Ralph Otto. Ihm war anzusehen, dass etwas Außergewöhnliches passiert war. Stand da, ohne ein Wort zu sagen. Auf der Stirn prangte ein blutunterlaufenes Mal. Das Nachthemd war mit dunklen Flecken übersät. Trotz dieses Aufzugs spielte ein spöttisches Lächeln um seine Mundwinkel, als wolle er mir lässig Zeit einräumen, den Eindruck zu verarbeiten. Doch es wirkte aufgesetzt. Dem Herrn war nicht besonders wohl zumute.

Wortlos goss ich eine zweite Tasse Tee ein. Er stellte den Rucksack auf den Boden und setzte sich auf seine Pritsche. Die Tasse zwischen den Händen haltend, nahm er einen Schluck und sah mich ruhig an, jetzt ohne aufreizendes Lächeln. Ich war höchst neugierig, wollte aber nicht nachgeben. Es ist mehr los, als du zeigst, großer Guru. Steig herunter. Hatte mich ihm gegenüber gesetzt, ebenfalls die Teetasse umklammernd. Das Schweigen wogte hin und her. Er stellte die Tasse auf den Boden und griff sich das neben ihm liegende Buch, in das ich noch vor wenigen Minuten vertieft gewesen war.

„Kritik der reinen Vernunft. Du liest es immer noch."

„Dauert ne Weile. Ist kein Krimi."

„Hör mal, du Landratte. Es wird mulmig auf unserer Insel. Ich hoffe, Frau Wirtin gibt mir mein altes Zimmer wieder, denn ich bin sozusagen ausgebombt. Hatte gerade zugemacht und saß allein bei einem Fläschchen Bier, als mir nichts dir nichts ne große Klamotte durchs splitternde Fenster flog und mich an der Stirn traf. Ich krachte vor Schreck wie gefällt zu Boden. Als ich mich aufrappelte, kam n Molotow Cocktail hinterher. Im Nu stand alles in Flammen. Ich konnte gerade noch in meinem Wohnraum den Rucksack mit dem Nötigsten greifen und auf die Straße fliehen. Mit ein paar Leuten versuchte ich zu löschen, aber es war aussichtslos. Das Restaurant gibts nicht mehr. Wäre also schön, wenn ich bei dir unterkommen könnte."

„Paradies Südsee. Natürlich wohnst du wieder hier. Bist bereits eingezogen. Aber was soll das alles? Wieso greifen Nabouas Leute dich an? Ist doch sinnlos."

„Das war nicht Naboua. Vielleicht seine Widersacher in der Partei. Für die ist Vegetarismus Westlicher Einfluss. Oder irgendwelche traditionellen Streitigkeiten zwischen Familien und Clans. Ich blick da nicht durch. Wahrscheinlich eher militante Weiße. Für die bin ich vegetarischer Spinner, der den Melanesiern zu ner ideologischen Waffe verholfen hat und dazu noch boche. In diese Richtung wird Kommissar Duque nicht ermitteln. Kann mir vorstellen, dass er die eher deckt."

Er strich vorsichtig über die Beule auf der Stirn: „Puckert wie verrückt."

Als wolle ich seine Schwäche ausnutzen, fragte ich unvermittelt: „Liebst du Nadine?"

Er lachte verblüfft: „Du bist gut. Nein, ich liebe niemanden. Ich liebe alles."

„Quatsch mit Soße. Wir sind nicht in der Kirche."

Sanften Tonfalls sagte er: „Das ist meine Antwort. Du verstehst sie nicht. Das ist normal und passt zu dir."

„Natürlich, der Herr ist erleuchtet, wir andern sind geblendet oder verblendet. Da wir schon mal dabei sind, noch ne Frage: Sind wir beide Freunde? Du hast mal ne ähnliche Andeutung gemacht."

Er schüttelte belustigt den Kopf und strich zart über die Beule.

„Was für Fragen. Ich bin knapp dem Feuer entronnen. Es bringt außerdem kaum was, darüber zu sprechen, weil du für dergleichen Dinge kein Gespür hast. Es ist dir zu esoterisch. Aber gut, wenn du unbedingt willst. Auf ner bestimmten Ebene bin ich ein Punkt, bist du mein Freund, liebe ich Nadine. Doch ich will die ganze Ebene sein. So versuche ich Gefühle wie Freud und Leid, die mich zum Punkt konzentrieren, auf Sparflamme zu leben, mit nachsichtigem Lächeln sozusagen. Liebe, Hass, Freundschaft, Schmerz, Ekel und so weiter hab ich mir abgewöhnt, mit Angst wie in der jetzigen Situation versuche ich das Gleiche. Zwei Jahre im Ashram würden auch dir gut tun. Vielleicht könntest sogar du das lernen: In geschäftigem Einklang mit der Welt leben, aufmerksam und fröhlich, jedoch im Tiefsten unbeteiligt. Der Weg dorthin führt dich nach innen. Was du jetzt machst, Kant, unablässiges Hinundher-Geschiebe von Worthülsen, kannst du dir sparen. Das bringt keine Harmonie. Doch ob ich dir das sage oder nicht. Du verstehst Bahnhof, wie es zu dir passt. Zum Glück kann ich dich gut leiden."

Während des Sermons hatte ich die Mundwinkel verzogen und die Augenbrauen gehoben, als kämpfte ich gegen intensive Zahnschmerzen an. Bei mir biss er in der Tat auf Granit. Nach meiner Einschulung hatte ich in den zwei Stunden wöchentlichen Bibelunterrichts in einem evangelischen Gemeindehaus andächtig den salbungsvoll vorgetragenen wunderbaren Geschichten gelauscht, von denen die Phantasie magisch angeregt wurde. Bis mir zu dämmern begann, dass man glauben sollte, das alles sei wirklich passiert. Entrüstet war ich nicht mehr hingegangen.

„Womit du aufhörst, fang ich an: Ich kann dich ganz gut leiden. Daran zu denken, was wir zusammen in den Kämpfen gegen die Cocker-Brüder erlebt haben, wie bedingungslos wir uns aufeinander verlassen konnten, treibt mir Tränen der Rührung in die Lichter. Gleichzeitig gehst du mir mitunter auf den Sack. Schon dein Outfit ist ne ziemliche Zumutung für nüchterne Bürger wie mich. Der Herr sind was Besonderes und möchten gebührend gewürdigt werden. Du meine Güte. Wir sind durch die Bank herumirrende Mäuschen, die in ihrem bisskchen Leben versuchen, im schwankenden Morast ne halbwegs tragende Fläche für ein paar Spielchen zu finden, bevor das letzten Endes siegende Moor uns schmatzend verschlingt. Lieber tippelnder Möchtegernphilosoph aufm Feld der Kümmernisse, als in der Pose des Weltweisen schwadronieren und herausposaunen, übers Menschlich-Allzumenschliche hinweg zu sein, das Banale nicht nötig zu haben. Unredlich ist das.

Worthülsen nennst du das Denken!! Ich komme halbwegs über die Runden damit. Und was hast du? Andre Worthülsen. Nirwana oder Harmonie oder weiß der Kuckuck was. Nu biste froh und glücklich. Angeblich mischst du in allem mit, bleibst aber unbeteiligt. Na Donnerwetter! Jedenfalls tropft aus meinen Wörtern Blut, wenn man reinpiekt, aus deinen entweicht heißer Dampf. Im Übrigen: Ick bin ick, du bist du, Müllers Kuh."

Otto nickte lachend mit dem Kopf: „Der letzte Satz hat mich überzeugt."

Ich goss Tee ein und fragte:

„Was meinst du, wie es hier weitergeht? Sollten wir uns langsam verdünnisieren, bevor uns jemand abmurkst?"

„Ach, so schlimm wird es nicht werden. Ich will noch das Kästchen finden, wär zu schön. Den größten Teil der in Frage kommenden Küste hab ich mit Naboua abgesucht. Nichts, nichts. Für morgen war ich mit ihm verabredet. Vorhin nach dem Brand hab ich ihn kurz gesehen. Er sagte, dass er keine Zeit mehr für so was habe, in seiner Partei zu sehr eingespannt sei. Ich schätze, er glaubt nicht mehr, dass man was finden kann. Übrigens hat er sich sehr verändert, ist unduldsam geworden. Er ist überzeugt, in nicht allzu langer Zeit die Macht zu übernehmen. Wie er das schaffen will, ist mir schleierhaft. Mit Wahlen nicht. Die Weißen stimmen immer geschlossen gegen Nabouas L. S., die Melanesier hat er auch längst nicht alle hinter sich. Die Rivalitäten zwischen den Clans und ihren Big Men sind übermächtig. Wenn ich ihn frage, ob er ne Revolution veranstalten will, lächelt er und sagt nichts. Er traut mir nicht, Freundschaft hin oder her. Nun ja, egal. Hast du Lust, den Rest der Suche mit mir zu machen? Wir würden etwa eine Woche brauchen für das letzte in Frage kommende Küstenstück."

„Wär ne willkommene Abwechslung für mich."

„Genau. Morgen früh geh ich das Auto holen mit dem Tauchgerät und dem Boot."

„Und dann schlagen wir zu und finden n dollen Schatz, werden reich bis in die Knochen."

„Warum nicht. Phantasie und Hoffnung treiben die Welt an."
„Und wie unterscheidet man die von Betrug und Irrtum?"
Er zog eine Augenbraue neckisch hoch: „Überhaupt nicht."
„Soso, die arme Nadine."
„Du lässt nicht locker. Also gut, ich verrat dir n Geheimnis. Wir werden zusammen eine Weile in Indien bleiben, dann in Deutschland oder Frankreich leben."
„Dein voller Ernst?"
Er nickte. Na also, ich hatte es geahnt. Mein Herz klopfte ungestüm, doch die Enttäuschung traf nicht zu hart. Längst war mir klar, dass ich auch ohne Otto keine Chance bei Nadine hatte.
„Und ihr Vater, was wird mit dem?"
„Er hat die Farm verkauft. Sie müssen bald runter. Ich glaube, er ist froh, dass sie in die Welt zieht, alt genug ist sie ja. Er selbst will in das Elsass zurück."
„Was soll das denn werden mit dir und Nadine, sie als Punkt und du als Ebene?"
„Sie versteht mich, ist ein schönes, kluges Mädchen."
„Mit andern Worten, gerade richtig zum inspirierten Bumsen."
„Einer der vielen Unterschiede zwischen dir und mir ist der: Du bist zu direkt. Aber du hast völlig recht, ich bumse inspiriert, das könnte dir nicht passieren."
Ich wurde traurig wie ein kleines Kind. Mami, ich möchte immer mit Nadine Doktor spielen und wenn wir groß sind, heirate ich sie. Warum will sie denn nicht. Warum will sie lieber mit dem ollen Otto spielen, der will bloß gemein zu ihr sein.
Begab mich nach draußen und ließ es wehmütig plätschern. Gott ist groß, häh, er wird wissen, was er tut. Als ich in die Hütte zurückkam, lag Otto zugedeckt auf der Pritsche. Ich legte mich hin. Trotz des Tees schlief ich schnell ein, getröstet durch den altklugen Gedanken: Schlaf gibt Wunden Zeit zu vernarben.
Am Morgen weckte mich lautes Hupen. Ralph Otto kam herein und tätschelte meine Wangen, als wolle er mich zum Leben erwecken.
„Auf, auf, die Pflicht ruft!"
Während ich mich gähnend zu orientieren versuchte, bastelte er in der Küchenabteilung ein Frühstück zusammen. Aufreizender Kaffeeduft zog durch die Hütte. Ich setzte mich ächzend auf und kratzte in den Haaren herum.
„Na gut, hast mich überzeugt."
Ich zog mich an. Welch ein Anblick, als ich vor die Tür trat. Die frühmorgendlichen Sonnenstrahlen hatten den Dunst bis zum Horizont getrieben, von wo er sich beleidigt verabschiedete. Wohlige Wärme war ein milder Vorgeschmack auf die Hitze des Tages, die folgen würde. Auf dem Tisch hatte die Haushälterin ein herzallerliebstes Frühstück gerichtet, mit frischem Baguette, Honig, gekochten Eiern und Camembert. Sie kam mit einer damp-

fenden Kaffeekanne heraus. Über dem untadelig weißen Nachthemd prangte eine geblümte Küchenschürze.

„Ach, Madame, wenn ich Sie nicht hätte. Und wo sie nur wieder das frische Kleid her hat", schmeichelte ich.

Der Druck im Innern war unmissverständlich. Sogar vor dem Genuss des Kaffees musste ich aufs Töpfchen. Noch etwas anderes wollte heraus. Ich nahm Papier und Stift mit, das doppelte Geschäft zu verrichten.

„Dichte nicht zu lange, der Kaffee wird kalt", rief Otto hinterher.

Während sich der Körper drückenden Ballastes entledigte, schrieb ich folgendes Gedicht:

SONNENAUFGANG
Mooresdämpfe, Todeskämpfe.
Großartige Zuckungen langbeiniger Spinnenkörper.
Violette Schachtelhalme inmitten ernster Maßnahmen.
Schwülstige Windfahnen.
Und die Farben des Regenbogens, äh?

Langsam,
Behutsam,
Eine alte Dame in sorgfältigem Rocke,
Zieht sie nach anfänglichem Zögern den Schleier vom Angesicht.
Milde,
Huldvoll,
Lächelt sie den Kleinigkeiten tantenhaft zu:
Die Sonne.

Nun wird sie Freund und Feind
Vereint
unter ihren Pausbacken beherbergen,
Ohne Urteil,
Ohne Schelte.
Denn das Gestirn ist nicht von unsrer Welt.

Kicherte befriedigt. Am liebsten hätte ich gespült, aber das war nicht möglich. Versuchte mimisch die doppelte Entrückung, die ich erlebt hatte, auszudrücken, als ich schweigend an Ralph Otto vorbei in die Hütte ging, um Gedicht und Stift zu verstauen. Genüsslich den ersten Schluck Kaffee schlürfend, harrte ich der spöttischen Worte, die da kommen mochten. Endlich breitete er die Arme aus und sagte mit schmelzender Stimme:

„Ein Dichter! Vergönnt war mir zu erleben, wie er ein ohne Zweifel herrliches Morgengedicht verfasste, die Wirkung der Sonne meisterhaft in Verse gießend, musikalisch untermalt von auftrumpfenden Entladungen."

Ich musste lachen, verschluckte mich und hustete. Sein Scharfsinn war bewundernswert. Nachdem ich wieder sprechen konnte, gab ich zurück:

„Madame hat die Schürze abgelegt, schade. Mit Schürze gefällt sie mir besser. Nur das weiße Gewand, da wirkt sie überlegen, abgehoben und weise, man wird kleinlaut."

Das Gespräch über Kunst während des Frühstücks habe ich vergessen. Es endete mit der Einsicht, über Lyrik reden heiße, mit Wörtern über Wörter reden. Ein vielversprechender Ansatz. Wir konnten ihn nicht vertiefen, denn Otto rief:

„Der Schatz ruft!"

Wir fuhren los. Das Auto war ein verbeulter Ford Pick up. Auf der Ladefläche lag ein kleines, rotes Boot in Form einer halben Nussschale. Ich sah außerdem einen Taucheranzug, Druckflaschen, Taucherbrille und Schwimmflossen. Holpernd über das Feld der Kümmernisse, waren wir sofort in eine Staubwolke gehüllt. Aus den Augenwinkeln beobachtete ich verstohlen, wie die Jesusfigur neben mir diese Gurke von Auto chauffierte. Malerisch floss sein Gewand über einen Teil des verdreckten Innenraumes. Das Getriebe krachte beim Schalten furchterregend. Otto deponierte den Kaugummi in der einen Backe, als er das Heulen des Motors und das Klappern aller übrigen Teile überschrie, um mir mitzuteilen, wir führen ins Gebirge, um die Kammstraße zu nehmen; er glaube nämlich, die kenne ich noch nicht. Sie sei interessant, nur stellenweise asphaltiert und schmal wie n Ziegenpfad. Ich nickte lässig und stopfte ebenfalls einen Kaugummi in den Mund. Ich kannte die sich auf den Höhen des Gebirges fast über seine gesamte Länge erstreckende Kammstraße tatsächlich noch nicht.

Hatten endlich die asphaltierte Straße erreicht, im Rückspiegel sah ich, wie sich der von uns aufgewirbelte Staub langsam auf dem Feld der Kümmernisse legte. Das vor uns aufragende Gebirge kam näher. Bald waren die Farmweiden des westlichen Flachlandes durchquert und die kurviger werdende Straße stieg zwischen den mit trockenen Büschen bedeckten ersten Hügeln an. Ziemlich abrupt löste Mischwald das Buschwerk ab. Je höher wir kamen, umso größer wurden die Bäume. Bald waren es nur noch Nadelbäume, fast ausschließlich die hoch aufragenden, endemischen Araukarien.

Auf dem Grat angekommen, fuhren wir auf den kleinen Parkplatz an der Einmündung zur ‚La Route', wie man die Passstraße auf der Insel kurz nannte. Auf einem Schild konnte man lesen, dass das erste Stück Straße nur in einer Richtung zu benutzen war, die alle zwei Stunden wechselte, denn sich begegnende Autos wären nicht aneinander vorbeigekommen. Glücklicherweise lagen wir zeitlich richtig und mussten nicht warten. Vielleicht hatte Otto das geplant.

„Sieh dir das an, man könnte fuchsteufelswild werden, wenn man die zerstörten Hänge dort sieht. Nach dem Nickeltagebau wurde nichts wieder aufgeforstet. Die Erde wird in der Gegend herumgewirbelt, fließt bei Regen die Hänge herunter. Man kann Leute wie Naboua verstehen, die alle Weißen zum Teufel wünschen. Solche Hänge werden uns die ganze Zeit begleiten", erklärte er.

Wir bogen in ‚La Route' ein. Otto wurde ein anderer Mensch, wie von einer Art Instinkt, verwandt dem Jagdfieber, gepackt. Er fuhr atemberaubend schnell, obwohl die Straße meist nur einen Meter breiter war als das Auto. Links eine Felswand neben uns, rechts steil fallender Abgrund. Wir brausten um spitze Kurven, als wollten wir uns herunterstürzen, in einer Klapperkiste, der man nur begrenzt vertrauen konnte. Ich fiel von einem Schrecken in den nächsten, versuchte gelassen zu wirken.

„Verdammter Mist."

Er meinte den Peugeot, der nach einer Kurve vor uns auftauchte. Fast hätten wir ihn gerammt, so langsam fuhr er. Es blieb nichts anderes übrig, als hinterher zu zuckeln. Mein Puls beruhigte sich langsam. Amüsiert beobachtete ich, wie Ottos Finger nervös aufs Lenkrad trommelten, seine Gesichtszüge Ungeduld, sogar Wut ausdrückten.

„Hey, keep cool, man."

Grinsend legte ich sanft eine Hand auf seinen Unterarm.

„Aach, der geht mir auf den Geist. So was von langsam. Ist doch idiotisch."

„Passt nich zu Ihnen, monsieur Ottò. Im Verkehr funktionieren Sie wohl anders als sonst."

Ich hatte Endlich Muße, die Gegend zu betrachten. Immer wieder wurden die waldigen Hänge unter uns von ausgedehnten Stücken blanker, roter Erde unterbrochen, die wie Wunden der Oberfläche aussahen. Man konnte sich vorstellen, wie das im Laufe der Jahre verkarsten würde. Mir kam die Erinnerung, wie Naboua mit flammenden Blicken gesagt hatte: ‚Die Weißen hier wollen Profit. Bergwerke, Viehfarmen, Hotels: Profit, Profit. Für uns ist es die Heimat. Wir wollen nicht irgendwann nach Frankreich zurück, wir könnten gar nicht, uns würde niemand aufnehmen, wir sind Kanaken. Hier werden wir leben und sterben.' Sein Bruder Fiame hatte lächelnd zugehört.

Plötzliche Beschleunigung drückte mich in den Sitz. Die Straße hatte sich zu einer kleinen, staubigen Lichtung erweitert. Mit aufheulendem Motor setzten wir zum Überholen an, etwas schlingernd, denn der Untergrund war nicht asphaltiert. Als wir genau neben dem Peugeot waren, tauchte im Staub der Piste ein abgerissener Auspufftopf vor uns auf. Ausweichen oder Bremsen war nicht möglich. Wir krachten genau auf dieses Ding. Sofort gerieten wir ins Schleudern. Ich klammerte mich instinktiv mit beiden Händen an die Konsole vor mir. Später erzählte Otto, dass ich in tierischem Schrei gebrüllt hätte: `Idiooot!` Glücklicherweise bremste der andere Fahrer sofort, was bei seinem geringen Tempo gefahrlos möglich war. Relativ ruhig versuchte mein Kumpel, das schleudernde Auto in die Gewalt zu bekommen. Sowie er bremste, brach es aus, so dass er nachgeben musste. Allmählich nahm die Geschwindigkeit ab. Wir schlingerten über die kleine Lichtung auf den Abgrund zu. Ich versuchte, die Tür zu öffnen, um herauszuspringen, bevor der Wagen abstürzte. In meiner Aufregung schaffte ich es nicht.

Das Auto stand. Vor ihm sah ich nur den Abgrund. Die Vorderräder schwebten darüber … Wir sahen uns an. Gelassen sagte er:

„Maßarbeit."

Sein kreidebleiches Gesicht sprach jedoch Bände. Ich fühlte gar nichts. Ein Satz geisterte wie von schadhafter Schallplatte durch meinen Kopf: Wir sind am Leben, sind am Leben, sind am Leben.

Stiegen aus und begutachteten das Auto. Es war nichts passiert, sogar die Ladung war trotz der Schleuderei intakt. Hinter uns hielt der Peugeot. Ein kleiner, weißer Mann stieg aus und fragte verdattert, ob er helfen könne.

„Nein, alles in Ordnung", sagte Otto.

Schon sprang er hastig in den Wagen, dessen Motor noch lief, und fuhr ihn ein Stück zurück, was wegen der halb über dem Abgrund schwebenden Vorderräder erst beim dritten Anlauf gelang. Ungeduldig winkte er mir zu. Gehorsam setzte ich mich auf meinen Platz und er fuhr sofort los.

„Wir müssen schnell machen, sonst haben wir den Trottel wieder vor uns. Haben ihn endlich überholt."

Er fuhr im gleichen Stil weiter wie vor der Unterbrechung. Ich brütete vor mich hin. Beide sagten wir kein Wort. Verdammt, ein bisschen schuldig musste er sich doch fühlen, obwohl er die Situation souverän gemeistert hatte. Der Guru als Rennfahrer. Was für ein Typ. Ich grübelte mich in den Schlaf, erschöpft wie ein Baby.

Otto rüttelte mich wach. Ich bekam einen Heidenschreck, weil ich in einen Abgrund sah. Direkt vor dem Auto ging es steil bergab bis zum blauen, silbern glitzernden Meer. Am Horizont blendete das Schillern so, dass man den Übergang zwischen Himmel und Wasser nur vermuten konnte. Das Geräusch der leichten Brandung drang herauf.

„Wenn du aussteigst, pass auf, wo du hintrittst", sagte er grinsend.

Ich war sicher, er hatte das Auto so dicht herangefahren, um mich zu erschrecken. Ich stieg aus und dehnte die Glieder, atmete tief durch. Eine leichte Brise wehte. Es war heiß.

„Verdammt schön hier."

Nickend stimmte er mir zu, forderte dann: „Und jetzt ran an die Arbeit."

Wir hoben das Boot von der Ladefläche. Vorsichtig mussten die Schritte gesetzt werden, als wir es auf einem schmalen Steilpfad zum Wasser hinunter trugen.

Standen auf dem Sand einer winzigen Bucht. Mehr als 5 Leute hätten auf die Fläche nicht gepasst. Um die Felsvorsprünge und Gesteinstrümmer schwatzte und klatschte das Wasser. Kleine, bunte Krabben rannten geschäftig oder von uns aufgeschreckt herum. Rot, blau, grün, gelb schillernd, wirkten sie wegen der seitlichen Fortbewegung sehr witzig.

„Niedliche Viecher. Sind Felsenkrabben. Gehören zur Gattung Grapsus. Haben übrigens zehn Beine. Siehst ja, wie die damit rennen."

Der Herr wusste Bescheid. Wir legten das Boot ins Wasser. Er zog das Nachthemd aus. Darunter hatte er eine verwaschene, blaue Dreiecksbadehose an. Er zwängte sich in den Taucheranzug und setzte sich auf das Heckbrett des Bootes.

„So, Käpt'n, leg ab. Erst n Stück raus und dann rechts die Küste entlang bis ich halt sage."

Ich legte die Riemen in die Dollen, setzte mich auf die schmale Bank, stieß ab und ruderte los. Nach etwa 50 Metern gab er mir einen Wink. Ich änderte die Richtung und gemächlich schaukelte das Boot parallel zur Küste weiter. Nach einigen Minuten hörte ich ‚Stop' und hielt still.

„Pass auf. Bis hierher bin ich mit Naboua gewesen. Ich werde jetzt ins Wasser gehen. Du wirst dich darüber wundern, dass ich so weit weg von der Küste tauche. Aber ich hab dir ja erzählt, das Meer ist hier in den letzten 200 Jahren ein paar Meter gestiegen, bzw. das Land gesunken oder beides, die Experten sind sich nicht einig. Die Höhle mit dem Kästchen kann ziemlich weit im Meer liegen. Hab ausgerechnet, wie weit ungefähr. Deshalb gehe ich hier ins Wasser, das sind 50 Meter bis zum Ufer. Was du zu tun hast, ist einfach. Du ruderst pro Stunde etwa 200 Meter weiter. Dann werde ich wieder auftauchen und mir ne neue Flasche holen. Du siehst, n einfacher Job für dich. Hast viel Zeit, über dein verpfuschtes Leben nachzudenken. Ne bessere Chance zum Meditieren bekommst du nie wieder."

Er schnallte sich mit meiner Hilfe die Druckflasche auf, nahm das Mundstück und glitt ins Wasser. Das Letzte, was ich von ihm sah, waren die Schwimmflossen. Da saß ich nun. Allein in einer Nussschale auf dem Wasser. Ich prägte mir die Felsformationen der Küste ein, um nach einer Stunde an der richtigen Stelle sein zu können. Professionell kam mir das Ganze nicht vor. Sehr über den Daumen gepeilt. Aber ich hatte sowieso keine Ahnung.

Meditieren. Wie macht man das? Denken ist es gerade nicht. Fühlen auch nicht. Mit tiefer Stimme sang ich Ooouuummm vor mich hin, sah aufs schimmernde Meer; wartete auf den Zustand ‚Meditieren'. Verdammt, Hattatatt, der Mensch muss denken, was das Zeug hält. Mochten Taucher ins Unergründliche pseudo-meditieren bis alles schwarz wurde vor ihren Augen, ich nicht, ich nicht. Mir gefällt denken, es macht Spaß. Ich versuchte es, doch es fiel mir nichts ein. Scrabblehafter Wortsalat, Comicausrufe: ‚Au! Oh! Äätsch! Wumm!' In solchen Momenten muss man aktiv werden! Wild entschlossen ruderte ich zwanzig Meter weit.

„Ach, scheiß drauf."

Stützte seufzend das Kinn in die Hände. Wie sollte ich ohne Uhr wissen, wann eine Stunde vorbei wäre? Wenn es nun darauf ankäme? Otto eingeklemmt unter Wasser, die Luft wird weniger und weniger, er kommt nicht frei, ich aber sitze da und hab keine Ahnung, wie spät es ist. Und dann ist er tot. Blödsinn. Plötzlich tauchte er ziemlich weit entfernt wie ein Haubentaucher auf und rief:

„Häij, schlaf nicht ein."

Das sollte eine Stunde gewesen sein. Dienstbeflissen ruderte ich hin. Er kletterte ins Boot, legte schnaufend die Flasche auf den Boden, streifte seine Armbanduhr ab und reichte sie mir, mich spöttisch musternd.

„Brauch das Ding nicht. Merke an der Luft, wann die Zeit um ist."

Er ruhte sich eine Weile aus und sagte dann:

„Hab übrigens die Taschenlampe im Boot vergessen. Zum Glück gabs nur ne kleine Höhle, die ich abtasten konnte. Das Übrige war von oben genügend erleuchtet."

Wir schnallten ihm eine volle Flasche auf, und er nahm die Lampe.

„Bis dann."

Weg war er. Ich döste wieder vor mich hin. So hatte ich mir Schatzsuche nicht vorgestellt.

Als die vier Flaschen leer waren, ruderten wir missmutig zur Bucht, schafften die Sachen ins Auto und fuhren einsilbig zurück. Nahmen die Straße durchs Flachland parallel der Küste, um schnell nach Hause zu kommen. Otto setzte mich an der Hütte ab.

„Ich bring den Krempel weg. Bin in einer Stunde mit was zu futtern wieder da, mach du n schönes Käffchen fertig."

In einer Staubwolke verschwand der Pick up. Ich wusch ab, bereitete den Kaffee, pfiff dabei ein Liedchen, um die verdrießliche Stimmung zu vertreiben. Schatzsuche, na Donnerwetter. Hätt ich nicht solche Angst vorm Tauchen, könnte ich mit Otto abwechseln, vielleicht war es unter Wasser aufregender. Man würde wenigstens bunte Fische sehen und wer weiß was noch, alte Stiefel, häh.

Er war zurück. Wir aßen gemütlich, saßen danach bei ein paar Flaschen Bier, die er mitgebracht hatte.

„Otto, soll ich erzählen, warum ich unter Wasser Angst habe?"

„Ein Geschichtchen?"

„Das hätte ich auf Ohms Geburtstag erzählt. Bin ja nicht mehr rangekommen."

Ich legte los.

DIE FLUCHT

Noch ein paar Monate bis zum Geburtstag. Kein sehnsüchtiges Verschlingen der Bilder im Schaukasten mehr. Prima Filme, aber man kam nicht rein. Unter 18 nicht zugelassen. Die verlangten den Ausweis. Mann, musste das irre sein, wenn man 18 war, endlich erwachsen.

Das Abi war geschafft. Dass ich die Zulassung zur Humboldt-Uni in der Tasche hatte, war unheimlich. Außer mir durfte von der ganzen Schule nur ein Mädchen direkt studieren, ne ziemliche Streberin, die immer im FDJ-Blauhemd rumlief. Alle anderen mussten erst in die Produktion oder zur Armee. Ich zeigte das Zeugnis herum, um zu beweisen, dass ich kein Streber war. Nur mit ‚Gut bestanden. Betragen: 3, Fleiß: 3, Ordnung: 3. Mitarbeit: 2. Kein Streber, oder? Die Fächer? Nun gut, Deutsch, Mathe, Staatsbürgerkunde: 1, bin eben nicht blöd. Aber Russisch: 3, Latein: 3, Musik: 3, Unterrichtstag in der sozialistischen Produktion: 3, Einführung in die sozialistische Produktion: 3. Der Rest Zweien. Nee, Streber is nich.

Das Schärfste ist die Beurteilung, zum Heulen und Lachen ob der Dämlichkeit zwischen und in den Zeilen:

Wolf besitzt eine schnelle Auffassungsgabe und ist geistig sehr leistungsstark. Er gehört zu den im Unterricht aktivsten Schülern der Klasse. Seine Leistungsergebnisse sind nicht in allen Fächern dementsprechend, eine Folge nicht immer ernst genommener Arbeit. Im Unterrichtstag in der Produktion war sein Bemühen meist zu erkennen, während die Ergebnisse befriedigend blieben.
An Kollektivgeist mangelt es ihm nicht.
Seine besondere Neigung gilt der Mathematik und dem Fußballsport.
Obwohl Wolf sehr kritisch ist und gern diskutiert, stehen seine Taten noch nicht im gleichen Verhältnis dazu; er besitzt auch einige Unklarheiten. Wolf gehört der FDJ seit 1958 als Mitglied an. Seine Haltung gegenüber dem Sozialismus ist positiv. Wolfs Berufsziel ist die Laufbahn des Diplom-Mathematikers.

Damit direkt zur Uni? Das konnte man kaum hoffen. Und doch war es so. Nun ja, schon seit der Grundschule galt ich bei den zuständigen Organen als Arbeiterkind. Weiß der Teufel warum. Mein im Krieg gefallener Vater war kaufmännischer Angestellter, mein Stiefvater Angestellter bei der Wohnungsverwaltung. Also warum Arbeiterkind? Glück gehabt. Das brauchte man wie überall auf der Welt auch im Arbeiter- und Bauern-Staat. Ich konnte studieren, darauf kam es an.

Waren also Sommerferien. Ich wohnte in der Wohnung der Eltern j.w.d. in Rahnsdorf, war aber auf der Suche nach einer eigenen Bude irgendwo in Mitte nicht weit von der Uni. Ich wollte unbedingt raus von zu Hause, dort hatte ich nicht mal ein eignes Zimmer. Der Streit mit meinem Stiefvater hörte nie auf. Wenigstens Prügel gab es keine mehr, seit ich einmal zurückgeschlagen hatte ... Und die Blödheit der lieben Frau Mama ging mir gehörig auf den Keks.

In den Ferien jetzt war es allerdings herrlich. Die Eltern wohnten den Sommer über im Betriebserholungsgartenhäuschen (Sahnewörtchen das) in Neu-Venedig an der Spree. Also sturmfreie Bude für mich. Man hatte mir Geld zum Leben dagelassen. Ab und zu schaute Muttern mal herein, ob alles in Ordnung war. Vorgeschmack aufs freie Studentenleben, dachte ich.

Doch eines schönen Tages krachte die Nachricht in meine Lebenserwartungen, dass nachts die Grenze zwischen beiden Deutschland, also auch inmitten Berlins, geschlossen worden war. Ich hörte auf einem Ostsender, dass die Volksarmee dabei war, einen antifaschistischen Schutzwall zu errichten. Prost Mahlzeit. Rannte zu Jimmy herüber. Der war zu Hause.

Wir eilten zur S-Bahn und fuhren nach Mitte. Man musste sehn, was da los war. Richtig ran an das Ding, das später nach emsigem Ausbau ‚Mauer' heißen sollte, kamen wir nicht. Alles abgesperrt. Wir gingen in ein Haus, einige Stockwerke hoch, und schauten aus dem Flurfenster, um einen Überblick zu bekommen. Bevor wir Piep sagen konnten, standen zwei Soldaten mit angelegter Knarre hinter uns. Der Eine fragte in Sächsisch, warum wir da herumlungerten, ob wir in dem Haus wohnten. Jimmi erzählte später, ihm sei dabei der Vers eingefallen: Was wolltest du mit dem Dolche, sprich ...

„Nö, wir sind hier nur zufällig und wollen mal sehn, wie der Bau des antifaschistischen Schutzwalls vorankommt."

Es half kein Honig: „Mitkommen!"

Wurden auf einen Lastwagen verfrachtet, der fast voll mit anderen Festgenommenen war. Nach einigen Minuten Fahrt fanden wir uns mit zehn anderen Personen in einem leeren Raum wieder. Alle mussten an der Wand stehen, das Gesicht ihr zugewandt. Die Beine hatten weit gespreizt zu sein, die Arme waren hochzuhalten. Man durfte nicht miteinander sprechen.

Nach einiger Zeit taten Arme und der Ansatz der Beine höllisch weh. Ich versuchte verstohlen, die Beine ein wenig zusammenzurücken. Der an der Tür stehende Wachtposten sah das, kam heran, schlug mir mit seinen stiefelbewehrten Füßen die Beine auseinander und schrie:

„Hier wird gestanden, wie wir es für richtig halten!"

Wir wurden in einem Büro von jemandem vernommen, drückten auf die Tränendrüse. Sind Abiturienten und wollen die Zeitgeschichte miterleben als aufrechte FDJ-ler und ähnlicher Quark.

Die Nacht verbrachten wir in einer Zelle, saßen am nächsten Vormittag dem gleichen Oberst Soundso gegenüber. Unsere Angaben waren nachgeprüft worden. Er warnte eindringlich davor, dem antifaschistischen Schutzwalle noch einmal nahe zu kommen, weil man uns sonst für Verräter an der gemeinschaftlichen Sache des Sozialismus halten würde. Er richtete sich an mich:

„Das gilt besonders für dich, da unser Arbeiter- und Bauern-Staat dir die Ehre erweist, dich an der Universität zu einem sozialistisch allseits gebildeten Menschen zu erziehen. Dieser Ehre musst du dich durch sozialistisches Verhalten würdig erweisen."

Das Amen brannte auf der Zunge. Wir durften abziehen. In der S-Bahn waren wir einsilbig. Jeder versuchte, Schlüsse zu ziehen. Für mich wurde die Sache nach einigen Tagen Herumwälzens klar: Weg von hier, abhauen. Kommunismus mochte eine rundweg gute Sache sein. Wir sollten uns alle nichts tun, uns gegenseitig helfen. Im Staat war es zwar noch anders, viel ging daneben. Aber das waren Anfangsschwierigkeiten. Man konnte die Welt nicht mir nichts dir nichts verändern, das dauerte. Doch einsperren lass ick ma nich! So nich, nich mit mir.

Ich ging von einem anti eingestellten Kumpel zum andern. Manche liebten den Westen heiß und inniglich, waren oft drüben im Kino oder bei Verwandten gewesen. Einer war sogar drüben zur Schule gegangen, jeden Tag dafür nach Westberlin gefahren. Damit war es ja nun aus.

Unglaublich: Niemand wollte mitkommen. Einem tat die Oma leid, wenn er wegginge, einem anderen gefiel es plötzlich im Osten. Die meisten aber

Hand. Wieder auftauchend, wollte ich brüllen: Nicht schießen, ich ergeb mich, nicht schießen. Aber ich war stumm vor Schreck, brachte kein Wort heraus. Der Posten drehte sich um und setzte seinen Weg fort. Ich starrte ihm lange hinterher.

Kroch nach einer Ewigkeit an Land. Der Westen. Geschafft! Zitternd stand ich im Regen. Der Beutel um den Hals schwankte hin und her wie der Perpendikel einer Uhr. Im gleichen Takt hämmerte sich der Satz ein: Ich hab es geschafft! Ich hab es geschafft! Er schwoll an und brach durch, riss wie eine Flut andere Wörter mit. Ich brüllte und tanzte, hopste und schrie, rannte hin und her.

„Ich hab es geschafft! Ihr Idioten, ihr Penner, ihr verdammten Misthunde, mich habt ihr nicht erwischt, hurra, ich hab es geschafft!"

Das Wasser der Spree schillerte in der Finsternis von all den fernen Lichtern, die irgendwo blinkten, der Regen prasselte weiter während meines Geschreis.

Über drei Industriezäune hatte ich noch zu klettern, wobei ich ein bisschen ins Bluten kam. Stand dann auf dem Bürgersteig der Schlesischen Straße. Niemand war zu sehn. Ich wusste, dass ein paar Häuser weiter ein Polizeirevier war, ging dorthin und lehnte mich an die Klingel. Dem öffnenden Polizist fiel ich in die Arme. Er wusste, woher der Vogel geflogen kam, der Fisch geschwommen.

Die Kindheit war beendet.

Einige Jahre später wurde im Osthafen Hänschen Räwel beim Fluchtversuch erschossen. Er war der Bäckerssohn aus dem Haus in Rahnsdorf, in dem ich gelebt hatte, - einer meiner Spielkameraden.

Am nächsten Tag konnten wir die Schatzsuche nicht fortsetzen. Waren gerade aufgestanden und saßen beim Frühstück, als eine Staubwolke sich in ziemlichem Tempo näherte. Durch abruptes Bremsen ein wenig schleudernd, hielt neben uns ein Auto. Wir hielten Mund und Augen zu, da dichter Staub uns im Nu bedeckte. Nachdem er sich gelegt hatte, erkannte ich den Wagen sofort. War mit ihm schon einmal abgeholt worden. Dieselben beiden Polizisten wie damals stiegen aus und traten zu uns. Sie grinsten. Der Weiße sagte:

„Schön haben Sie es hier, nur ein bisschen staubig, für mich wär das nichts."

Er wechselte blitzschnell Gesichtsausdruck und Tonfall:
„Mitkommen!"

Ich stand auf, Otto jedoch blieb sitzen und sagte freundlich:
„Wir können ja wohl zu Ende frühstücken. Wollen Sie ne Tasse Kaffee haben?"

Mir schwante nichts Gutes.
„Sie leisten Widerstand?"
Mein Kumpel antwortete lächelnd:
„Ja, natürlich."

Er hatte kaum ausgesprochen, da saß er auf der Erde. Der Weiße hatte ihm einfach ins Gesicht geschlagen. Der Melanesier stand grinsend daneben und erläuterte:

„So ist das, wenn jemand Widerstand leistet. Wir sind nicht zur Sommerfrische hier."

Er benutzte das Wort ‚villegiature', das ich gar nicht verstand. Später schlug ich nach, was es bedeutete.

Keine weitere Verzögerung. Nach halsbrecherischer Fahrt landeten wir in demselben kleinen Garten hinter dem Polizeigebäude, in dem ich früher vernommen worden war. Wieder saß Kommissar Duque mit dem Rücken zur Tür, eingerahmt vom blühenden Hibiskusstrauch. Erst nachdem die Polizisten sich zurückgezogen hatten, drehte er sich herum, beugte sich vor und sah Ralph Otto ins Gesicht.

„Soso, Widerstand gegen die Staatsgewalt", stellte er mit einer gewissen Befriedigung fest, als hätte er sich das vorher gedacht.

Ich blickte Otto an. Er hatte nicht nur die Beule auf der Stirn von dem Anschlag, sondern auch eine Schwellung unter einem Auge, betont durch getrocknetes Blut auf abgeschabter Haut.

„Ich protestiere gegen diese Behandlung."

Der Kommissar zog die Stirn in Falten und winkte mit dem Arm ab.

„Et patati et patata. Meine Leute sind sanfte Lämmer. Man sollte sie nur nicht provozieren, dann werden sie wilde Stiere. Gute Polizisten, auf die man sich verlassen kann. Sie wissen, warum Sie hier sind?"

Wie auf Kommando sagten wir beide:

„Nein"

„Als ich Sie damals getrennt verhört habe wegen der Farmbrände, habe ich Sie gewarnt. Sie scheinen sich nicht daran gehalten zu haben. Was sagen Sie dazu?"

Nichts sagten wir. Was sollte man auf so eine blödsinnige Frage antworten. Der Kommissar spielte nachdenklich mit einem Bleistift an seinen Lippen herum. Ralph Otto strich mit der Hand über die Schwellung unter dem Auge, als wäre es eine verabredete Geste, und sagte ruhig:

„Merkwürdig, dass Sie mich in dieser Weise verhören. Schließlich ist mein Restaurant abgebrannt, ich wäre fast umgekommen."

Kommissar Duque sprang vom Stuhl hoch und schrie mit aufgerissenen Augen:

„Was wissen denn Sie von Polizeiarbeit. Vielleicht haben Sie den Brand in Auftrag gegeben. Das Restaurant gehört Ihnen nicht, sondern ist von Ratus Sohn finanziert worden. Und der ist Extremist mit Hilfe ihrer dämlichen vegetarischen Küche. Vielleicht haben Sie sich mit ihm verkracht, und Ihr Freund Klein hat Ihnen geholfen. Jedenfalls stecken Sie beide mitten drin, also spielen Sie nicht die Unschuld vom Lande. Sie sind Extremisten, Hippies, Kommunisten übelster Art, getarnt als Philosophen, Vegetarier und Wahrheitssucher. Wer hat Sie beide geschickt, was steckt dahinter? Wir werden Sie des Landes verweisen müssen, meine Herren. Sollten wir Ihnen allerdings Straftaten nachweisen können, wird man Sie hart bestrafen."

Er beruhigte sich schlagartig und setzte sich würdevoll. Freundlich sprach er weiter:

„Das Restaurant war nicht versichert, Betrug scheidet aus. Aber Sie könnten Streit mit Naboua gehabt haben. Zum Beispiel sind Sie oft zum Tauchen mit ihm gewesen, und just seit dem Brand nehmen Sie sich Monsieur Klein stattdessen zum Begleiter."

Ließ der uns beschatten? Wir hatten nichts gemerkt. Unsere Überraschung schmeichelte ihm. Befriedigt setzte er hinzu:

„Wir wissen eine ganze Menge über Sie. Sie beide haben in Westberlin zur gleichen Zeit studiert wie der Kommunist Rudi Dutschke. Das kann Zufall sein, aber ebenso etwas bedeuten. Sind Sie Kommunisten?"

Wir mussten grinsen. Otto strich zärtlich über seine kleine Wunde. Es wurde verrückt. Was sollte dieser Scheiß, es war lachhaft. Übertrieben beflissen sagte ich:

„Das stimmt, Rudi hab ich gekannt. Ich hab sogar mit ihm Fußball gespielt, er war ein guter Stürmer. Leider hatte er nicht oft Zeit, er studierte zuviel. Man sah ihn stets mit einem Packen Bücher unter dem Arm. Wie schlimm er war, hab ich erst später erfahren. Wer weiß, was für Bücher das waren. Aber Herr Kommissar, Sie wissen doch auch, dass ich aus dem kommunistischen Teil Deutschlands geflohen bin. Da werd ich kein Kommunist sein. Ich bin ein Wicht, Sie nehmen mich zu wichtig."

Er sah mich an, als überlege er, ob ich ihn zum Besten halte, wandte sich dann streng an Ralph Otto:

„Warum tauchen Sie dauernd an der Küste herum?"

Den Grund schien er Gott sei dank nicht zu kennen. Schatzsuche hätte bestimmt übel gewirkt.

„Sie wissen doch, Ihre Insel hat eines der größten Korallenriffe der Welt. Das ist eine Attraktion. Ich beschäftige mich schon lange mit Fischen."

Ich verkniff mir ein Grinsen. Kumpel, du hast es faustdick hinter den Ohren.

„Aber Sie tauchen nicht im Riff, sondern dicht an der Felsküste. Würde Sie das Riff interessieren, müssten Sie weiter raus fahren."

„Gut beobachtet, Herr Kommissar. Wissen Sie, im Moment interessieren mich ein paar Fischarten, die direkt an der Küste leben. Es gibt sie nur im Sunny Islands State."

Er zählte ein paar lateinische Namen auf.

„Schreiben Sie das hier auf", forderte der Kommissar triumphierend und schob ihm ein Blatt Papier und den Bleistift, mit dem er sich an den Lippen herumgespielt hatte, herüber. Otto schrieb seelenruhig vier lateinische Doppelnamen auf. Der Kommissar rief einen Polizisten herein und schickte ihn mit dem Zettel los, flüsternd Anweisungen gebend.

„Monsieur Kommissar, ich vermute, Sie wissen nicht, wer das Restaurant angesteckt hat. Spricht nicht eigentlich alles dafür, dass es Leute der ML waren?"

Der Kommissar blickte Otto finster an und erwiderte:

„Ein Täter ist selten der, den man vermutet. Ich bin hier der Polizist, und ich tue meine Arbeit."

Er drehte sich mit dem Stuhl um, als wolle er eine Weile den Hibiskus bewundern. Wir standen unschlüssig da. Hieß das, wir sollten verschwinden? Schließlich fragte ich:

„Können wir gehen?"

„Nein."

Der Polizist, den er mit dem Zettel losgeschickt hatte, kam herein. Kommissar Duque stand auf und flüsterte mit ihm. Im Stehen ähnelte er Jean Peau fast perfekt.

„So, jetzt können Sie gehen. Ich warne Sie noch einmal, irgendwie unangenehm aufzufallen."

Wir machten uns davon. Auf der Straße sagte ich:

„Du warst Klasse. Das mit den Fischen scheint zu stimmen."

„Solche Dinge weiß ich, wenn ich eine Zeit lang in einem fremden Land bin. Übrigens wollte der uns nur verunsichern. Er hat aber einen Fehler gemacht. Er hätte uns getrennt verhören müssen. Was hättest du über das Tauchen gesagt? Du hättest dich verplappert."

„Bin ein Idiot, Leute zu loben, die immer recht haben und noch dazu so widerlich grinsen wie du."

Er warf mir eine Kusshand zu und verließ mich mit der Bemerkung, er müsse auf der Post ein Ferngespräch mit einem Freund führen. Missmutig trottete ich nach Hause.

Versuchte dort trotzig, in der ‚Kritik der reinen Vernunft' zu lesen. Das vermaledeite Stück musste doch endlich zu schaffen sein. Pustekuchen! Ohne völlige Konzentration war ihm nicht beizukommen. Mir schwirrte zu vieles im Kopf herum, nicht einen Satz schaffte ich, hatte allerdings einen harten Brocken erwischt, der eine halbe Seite lang war. Lag da und döste. Die Zeit verging.

An den nächsten beiden Tagen setzten wir die Schatzsuche fort. Längst hatte ich bereut, mich darauf eingelassen zu haben. Saß stundenlang in dem kleinen Boot, allerdings besser ausgerüstet als am ersten Tag. Ich hatte Lesestoff und Trinkvorrat mitgenommen und für zwei der wichtigsten Körperteile gesorgt. Der Kopf wurde vor der brennenden Sonne durch einen Strohhut, das Hinterteil vor der harten Bank durch ein Kissen geschützt. War ich des Lesens überdrüssig, träumte ich für mich hin oder führte Selbstgespräche. Deklamierte begeistert, sprang mit ausgebreiteten Armen auf, die Welt in ihrer Unermesslichkeit umfassend, - setzte mich schleunigst wieder, weil das Boot bedrohlich zu schaukeln begann. Doch es geschah ...,

Hintergrund wie überall auf der Welt. Bald sollte ich merken, dass es bei einem Sturm im Wasserglas um Leben und Tod gehen kann.

Otto sah ich nicht häufig, obwohl die Hütte sein Wohnort war. Mitunter war er tagelang abwesend. Fragen beantwortete er ausweichend, ungenau, gar orakelhaft. Er erforsche die Insel, wandere von Dorf zu Dorf, erkunde Mensch, Tier und Landschaft. Meist schlafe er unter freiem Himmel, bade im Licht der Sterne, was ihn erquicke. Monströs behauptete er mit feinem Grinsen, er fliege umher, die Zukunft zu überblicken. Carlos Castaneda lässt grüßen. Er ging mir auf die Nerven. Andererseits war Einsamkeit nicht das Gelbe vom Ei, langsam hatte ich das Einsiedlerleben satt.

Ein Sonntag. Ich mochte Sonntage nicht, die Welt schien gelähmt. Auf der Insel ist an diesem Tag des Herrn jedermann verpflichtet, die Aktivitäten einzuschränken, kontemplativ tiefen, stärkenden Austausch der Seele mit dem mysteriösen Monsieur dort oben zu pflegen. Allenfalls feierlich singen zu seinem Lobe in ihm errichteten Häusern ist erlaubt. Kaufgeschäfte sind sonntags verpönt. Der größte Teil der melanesischen Bevölkerung im Sunny Islands State hält sich tatsächlich daran. Schlendert man an einem Sonntag durch Touro, sieht man kaum eine Menschenseele. Die Geschäfte geschlossen, der Markt verödet, niemand bietet etwas feil. In den melanesischen Dörfern an der Ostküste schallen aus den Kirchen inbrünstige Gesänge der vollständig versammelten Gemeinden in die Welt hinaus. Donnerwetter, was für eine Südsee.

Mit ein wenig halbherzigem Lesen, Herumlungern auf der Pritsche, lustlosem Essen und Trinken war endlich der Abend erreicht. Heiße Stille drang durch die offene Tür in die Hütte. Die Gedanken verloren sich, ihren Sinn und Verstand, ließen Unruhe zurück. Millionär hin oder her, könnte ich mich je wohlfühlen? War nicht sowieso alles egal? Plötzlich leises Gemurmel. Als es deutlicher wurde, erkannte ich die Stimme meines Kumpels, vernahm eine andere, angenehm sonore Männerstimme, dazu weibliches Kichern. Ich setzte mich auf. Erleichtert, der unerquicklichen Stimmung entrissen zu werden, erwartete ich die Besucher. Das folgende Gespräch wurde in Englisch geführt, denn Ottos Begleiter sprachen weder Deutsch noch Französisch.

Otto trat als erster ein. Ihm genügte ein prüfender Blick, meine Laune zu erkennen.

„Wir sind willkommen, der einsame Wolf freut sich auf Besucher, die ihn aufmuntern. Das sind meine langjährigen Freunde Alan und Jane."

Mit weit ausholender Geste zeigte er auf die Eintretenden, als präsentiere er sie im Zirkusrund. Die Stimmen, die ich vorher undeutlich vernommen hatte, passten nicht zu den Personen, die ich jetzt sah. Das erinnerte mich an Ohm Litzmann, bei dem es genau so war.

Alan hatte zwar einen formidablen Wikingerkopf, den eine dichte, rötlichblonde Haarmähne umrahmte, ein gepflegter Vollbart schmückte das markante, sonnengebräunte Gesicht, dem eine kompakte Nase jeden Weg zu bahnen entschlossen schien, den die auffallend blauen Augen klarsichtig sich erkoren hatten, jedoch saß der Kopf auf einem schmalen, ja schmächtigen und auch kurzen Körper, der von spinnrigen Beinen durch die Gegend getragen wurde. Nur diesen Kopf vor Augen, hätte ich die tiefe, Sicherheit behauptende Stimme geradezu genießen können. Da sie den Körper ebenfalls zu vertreten hatte, schien ihre Kraft ironisiert.

Ins Unwirkliche gesteigert wurde Alans Erscheinung durch seine Gefährtin, die hinter ihm kichernd in die Hütte trat. Wie ich bald merkte, war das Kichern ihr Markenzeichen. Was sie sagte, war nicht dumm oder undurchdacht. Nur war es schwer, sich auf den Inhalt ihrer Worte zu konzentrieren, wurden diese doch von einer piepsigen Stimme vorgetragen, dazu oft durch dieses alberne Kichern unterbrochen. Ihr Gesicht war wohlgestaltet, mit einer kleinen Nase und aufmerksamen grauen Augen darüber. Die braunen, lockigen Haare waren zu einem langen Pferdeschwanz gebunden, - kuriorserweise, denn die Frisur passte nicht zum Körper. Dieser nahm gebieterisch die Aufmerksamkeit in Beschlag. Jane war etwa einen Kopf größer als Alan und unmäßig dick. Das Fett schien jedoch nicht so sehr auf dem Bauch konzentriert, sondern hatte sich auf die anderen Teile des Leibes verteilt. So thronten ein paar kolossale Brüste, vom blauen T-shirt notdürftig verhüllt. Bei allen Bewegungen Janes veränderten sie ihre Lage, unweigerlich die Blicke auf sich ziehend. Die Oberschenkel quollen aus rosa Shorts heraus, die das immense Hinterteil bedeckten. Merkwürdigerweise hatte diese junge Frau fast zierliche, sich unablässig bewegende Hände.

Mit einem Schlage war ich von meiner unangenehmen Laune erlöst. Konnte ein solches Pärchen offensichtlich unbekümmert durchs Leben steuern, ja zum Henker, was sollte das ständige Gejaule, Geplärre und misslaunige Räsonieren, mit denen ich herumzuckelte. Scheiß drauf und fröhlich gelebt. Ich sah Otto ins Gesicht und lachte. Er hatte in mir gelesen, wusste wohl auch aus Erfahrung, welche Wirkung seine beiden Freunde auszulösen pflegten in empfänglichen Gemütern. Lächelnd sagte er:

„Wir haben etwas mitgebracht."

Alan ergänzte: „Ja, eine Notwendigkeit."

Jane kicherte, wobei alles an ihr freundlich wackelte: „Ralph hat jedenfalls drauf bestanden."

Die beiden Männer gingen raus und brachten einen Kasten deutsches Bier herein.

„Wunderprächtig. Hab ich mir sehnsüchtig gewünscht. Damit liegt ihr richtig." Ich meinte, was ich sagte.

Es folgte eine kleine Sauferei. Dafür ließen wir uns vor der Hütte nieder, um erstens die Sterne als Zeugen unserer harmlosen Plaudereien zu haben, zweitens die Hitze durch den draußen wahrnehmbaren, wenn auch schwachen Windhauch abzumildern. Das Bier war leidlich kalt. Ich genoss das unverhoffte Labsal. Echofrei verloren sich Worte, Lachen und Kichern. Ab und zu ein kommentierender Rülpser in die Weite.

Ich erfuhr Näheres über die Freundschaft Ottos mit Alan und Jane. Die beiden Männer hatten sich in einem indischen Ashram kennen gelernt. Unter

Anleitung eines Guru konnte man dort die Attitüde der sanften Gelassenheit erlernen, mit der die Welt ihre fesselnde Unbedingtheit verlor. Ob man dort weise wurde oder dies lediglich zu imitieren lernte, beurteilte ich nach Laune. Alan strahlte jedenfalls wie Otto überzeugende, abgerundete Autorität aus, als wären die ruhige, tiefe Stimme und der imposante Kopf zutreffender Ausdruck seiner inneren Befindlichkeit, der schwache, kleine Körper nichtssagendes Zufallsprodukt. Jane war eine Jugendfreundin Alans. Nach einem Besuch bei ihm in Indien hatte sie sich in einem Ashram in der Nähe einquartiert. Sie musste ebenfalls davon profitiert haben, denn trotz ihrer Fettleibigkeit strotzte sie vor Selbstbewusstsein.

Nach einigen Bier wurde ich einsilbig. Grinsend hatte mich Gnom Zweif wie so oft in Grübelei gezwungen. Grübeln! Kam vielleicht von graben. Ich grub und grub, stöberte herum. Grub nichtsnutzigen Dreck aus, wurde dreckig. Durch das Englisch angeregt, fiel mir ein: to grub graben, grubby schmutzig, dreckig. Da kann man mal sehen. Lehnte mich zurück und fühlte mich als Sieger im Kampf mit Wörtern. Als Otto mich am Arm packte und fragte, ob ich überhaupt zuhöre, grinste ich und nickte:

„Klar!"

Während das Pärchen sich gerade ausgiebig küsste, erzählte er mir, dass sie seit damals unzertrennlich wären, freiheitlich verbunden. Alan wäre durch eine Erbschaft zu Geld gekommen, hätte einen Fischkutter gekauft und aufgemotzt. Sie seien in Kalifornien in See gestochen. Schon zwei Jahre unterwegs, fühlten sie sich prächtig. Das könne ich sehen. Er lenkte meinen Blick zu ihnen hinüber. Sie waren noch mit dem Kuss beschäftigt, hatten ihn ein wenig ausgebaut. Alans rötlich behaarte Pranke - wie Jane überraschend zierliche, hatte er große, knochige Hände - lag unübersehbar auf einer ihrer Brüste, verschwand jetzt im Ausschnitt des T-shirts und knetete herum, während sie sich in seinem Bart verkrallte. Liebe.

„Ich bin mit den beiden über Poste restante ständig in Verbindung geblieben, und wir haben vereinbart, uns hier zu treffen. Übrigens richte ich mein Domizil jetzt auf ihrer Yacht ein, bin bei dir also wieder mal ausgezogen. Wohnort Hafen Touro, das hat was."

Die Gespräche über Gott und die Welt tröpfelten langsam dahin. Als der Kasten Bier geschafft war, brachen die Besucher auf. Otto kramte seine sieben Sachen zusammen und stopfte sie in den Rucksack. Mit der entwaffnenden Zutraulichkeit von Amerikanern umarmten mich Jane und Alan. Sie drückte mich an sich, als wolle sie ihre Brüste an mir reiben, Alan versicherte, begeistert zu sein, Ralphs Freund endlich kennen gelernt zu haben.

„Ralphs Freunde sind auch unsere Freunde."

Otto winkte mir lässig zu. Ich warnte ihn:

„Sei vorsichtig, die Cocker-Brüder lungern herum. Die suchen vielleicht unsern Schatz."

„Die sind längst erledigt. Da du den Schatz erwähnst. Keine Sorge, ich entscheide bald, was geschehen wird."

Weg war er. Ich reckte mich und gähnte. Es war kühler geworden, der Lufthauch hatte sich zu einem Windchen gemausert. In der Hütte zog ich mich aus, löschte die Kerze und legte mich nackt auf die Pritsche, spielte an den Genitalien herum. Sollte ich? Vielleicht. Nadine? Nein, lieber nicht, zu aufwühlend, weckt schlafende Hunde. Also Jane? Ich lachte, zog sie probehalber aus und stellte sie in ihrer Pracht vor mir auf. Nein, nichts für mich, zu fett. Also lassen wirs. Bin eh zu faul und müde. Der Sonntag war vorbei. Tag des Herrn. Der Tag, an dem ich Ralph Otto das letzte Mal gesehen habe. Aber das konnte ich nicht wissen.

Erwachte früh mit starkem Druck auf der Blase. Das Bier! Es dämmerte draußen. Missmutig lag ich auf dem Rücken, konnte mich nicht entschließen aufzustehen. Der Druck wurde größer, fabrizierte eine aufreizende Morgenlatte. Also gut. Sie schaukelte hin und her, als ich rausging. Nachdem ich es ein paar Meter entfernt von der Hütte hatte plätschern lassen, machte das Zeichen meiner Männlichkeit sofort schlapp.

Der Tag war begonnen. Frühstücken würde ich nach der Fahrt zum Markt. Zog Shorts und T-shirt an, schlüpfte in die Sandalen, befestigte den Korb auf dem Gepäckständer und schwang mich aufs Fahrrad. Es wieherte freudig, quietschte intensiv, rollte aufgeregt dahin. Anblick und Geruch des Feldes der Kümmernisse sog ich bewusster ein als üblich, ein Zeichen beginnender Abschiedsstimmung. Vor der ersten Bude stellte ich das Fahrrad an einen Baum und schlenderte mit dem Korb in das Gewühl hinein. Hinter all den Ständen bedienten stämmige Melanesierinnen, hier und da von ihren Töchtern unterstützt. Während sie mir die bescheidenen Mengen Früchte, Gemüse, Brot, Käse und Wurst in den Korb legten und ich bezahlte, priesen sie weiter laut ihre Waren in einem Gemisch aus Französisch und melanesischen Sprachen an. Manche begrüßten mich mit herzlichem Lächeln:

„Bon jour, Monsieur moine."

Sie wussten, wo und wie ich lebte, hatten mich nicht wie Ratu zum Philosophen, sondern zum Mönch ernannt. Darunter konnten sie sich eher etwas vorstellen.

Zum Fahrrad zurückgekehrt, erwartete mich eine unangenehme Überraschung. Jemand hatte aus beiden Reifen die Luft herausgelassen. Das war noch nie passiert. Ich sah mich um. In einiger Entfernung spielte auf freiem Gelände eine Gruppe melanesischer Kinder. Als ich zur Luftpumpe griff, johlten sie und riefen Unverständliches herüber. Ein französisches Wort hörte ich heraus: caldoche. Entrüstet schrie ich:

„Blödsinn, bin nicht mal n zozo, je suis allemand, un bon allemand."

Sie grölten noch lauter und fingen an, mit kleinen Steinen nach mir zu werfen. Ein Knie wurde getroffen, ich brüllte wütend auf Deutsch:

„Seid ihr bekloppt, was wollt ihr von mir."

Eine der Marktfrauen hatte den Vorfall beobachtet, kam gerannt und rief den Kindern etwas zu. Diese stoben auseinander und blieben in großer Ent-

15

„Otto", rief ich, Hände trichterförmig vorm Mund. Nichts rührte sich. Vor mir schaukelte träge die Yacht. Ratlos blickte ich auf eine verbeulte, rostige Konservendose, die zwischen Bordwand und Mole im schwappenden Wasser tänzelte, in regelmäßigem Takt anschlug.

Yacht war geprahlt. Plump und dicklich der mit Segeln aufgemotzte Pott. War vor nicht langer Zeit rundüberholt worden, der Bootskörper des gemütlichen Meeresbezwingers glänzte in frischer weißer Farbe, das Deck in hellbraunem Lack, der die Sonnenstrahlen reflektierte. Die Kajüte war mit bunten, geometrischen Mustern bemalt, inmitten derer in verschlungenen Buchstaben das Wort ‚Jane' prangte. Boot und Seefrau sahen sich nicht nur ähnlich, sie hatten den gleichen Namen. Unschlüssig stand ich da. Niemand daheim. Kletterte schließlich über die Reling aufs Deck. Was für mein laienhaftes Verständnis zur Ausrüstung des Schiffes gehörte, Takelage, Masten, die gerefften Segel, wirkte neu und tiptop in Ordnung. Trotzdem herrschte heilloses Durcheinander an Deck. Kleidungsstücke lagen herum, Küchenutensilien, Bücher, eine Zahnbürste, eine Mundharmonika, Handtücher. All dies und viel mehr war weiträumig verteilt um drei Liegestühle als Mittelpunkt. Ächzend ließ ich mich im mittelsten nieder. Erstaunlich, dass diese Stühle die Benutzung durch Jane überstanden hatten. Ich ergriff wahllos eines der in Reichweite herumliegenden Bücher. Ein dickleibiges Horoskop in Englisch. Auf dem Einband versprach der Autor, jedermann helfen zu können mit den Erkenntnissen über exakt berechnete Einflüsse von Sternen und Planeten auf das menschliche Leben. Ich schleuderte das Buch aufs Deck.

Heiß. Da die kurze Hose meine Beine nicht schützte, brannten sie in den Sonnenstrahlen. Ich genoss es, streichelte die mit golden glänzenden Härchen bewachsene Haut der Oberschenkel. Längst braungebrannt, brauchte ich einen Sonnenbrand nicht zu befürchten.

Otto würde ich zwingen, endlich die Schatzkiste zu öffnen. Schläfrig schloss ich die Augen, öffnete sie einen winzigen Spalt wieder. Wie alles glitzerte und glänzte, Sternchen und bunte Kugeln, die ganze Welt ein Schatz. Trotz aller Unbilden im wetterwendischen Leben eine Lust, da zu sein. Der Teufel hole Probleme und schlage sich mit ihnen herum. Lautes Plätschergeräusch schreckte mich auf. Bevor ich begriff, was los war, hörte ich Janes Stimme:

„Wundervoll, dass du uns besuchst. Wie gefällt dir unser schwimmendes Heim?"

Ihr von Wasser triefender Kopf war in einer Lücke der Reling zwischen dem gebogenen Geländer einer ins Wasser ragenden Bordleiter, auf der sie stand, aufgetaucht. Sie hatte die Arme verschränkt aufs Deck gelegt und das Kinn darauf gestützt. Ich kannte sie mit lockigen Haaren, hinten zu einem Pferdeschwanz gebunden. Jetzt lagen sie klatschnass wild um den Kopf herum, einige Strähnen klebten im Gesicht. Fröhlich lächelnd sah sie mich an. Ich war noch nicht ganz in der wirklichen Welt.

Kichernd fragte sie mit ihrer piepsigen Stimme: „Darf ich herauskommen?"

Etwas verwundert sagte ich: „Ja, natürlich."

Im gleichen Moment wurde mir klar, was mich erwartete. Richtig. Der erste Schritt höher auf der Leiter führte dazu, dass sich ihre Brüste für einen kurzen Moment aufs Deck legten. Die Brustwarzen sahen mich an wie Augen. Doch überraschend schnell und behände war Jane vollends aufs Deck geklettert und kam in Pracht und Herrlichkeit auf mich zu. Ich stellte überrascht fest, dass sie nackt nicht ganz so dick wirkte. Der Körper schien trotz des Fetts nicht schwabbelig, sondern ziemlich straff und fest zu sein. Der Bauch stand nicht übermäßig vor, wurde wahrscheinlich von antrainierten Bauchmuskeln im Zaum gehalten. Auf den Brüsten und um die Schamgegend zeigte die hellere Haut an, dass Jane manchmal einen Bikini trug.

Ziemlich lange hatten meine Blicke sie abgetastet. Als ich ihr in die Augen sah, schien ihr spöttischer Blick zu sagen: Na, fertig, so was haste noch nie gesehen, nehme ich an. Ohne sich abzuwenden, trocknete sie sich mit einem der herumliegenden Handtücher ab, fuhr sich ungeniert zwischen die Schenkel, fuhrwerkte mit den Brüsten herum, als wären wir altvertraute Freunde. Es war, als wohnte ich einem Naturereignis bei.

Ich konnte nicht verhindern, dass sich unter meiner Hose etwas regte. Unruhig rutschte ich im Liegestuhl hin und her, um eine Lage zu finden, bei der es nicht auffiel. Durch die Bewegung fiel das wacklige Sitzgerät mit mir um. Jane unterbrach das Abtrocknen und lachte herzlich und schallend. Trotz meiner Bedrängnis fiel mir auf, wie angenehm dieses offene Lachen wirkte. Es hatte keine Ähnlichkeit mit ihrem sonstigen Kichern. Rappelte mich auf, stand bedeppert vor ihr. Jetzt kicherte sie, den Blick auf meine Hose gerichtet, sie hatte den Braten gerochen. Ich wurde puterrot im Gesicht, spürte es brennen. Jane machte zwei Schritte auf mich zu und stand unmittelbar vor mir. Die Brüste berührten mich wie eine ungeheure Herausforderung, wollten in mich hineinwachsen. Sie lächelte mich zärtlich an und strich über mein Haar.

„Du warst köstlich. Ein slapstick."

Noch flammend rot, wendete ich mich von ihr ab, bekam kein Wort heraus, wusste nicht, wohin mit mir.

„Willst du nicht auch ins Wasser, es ist herrlich kühl."

Das war der Ausweg. In Windeseile zog ich mich aus, sorgfältig darauf bedacht, ihr nur das Hinterteil zuzuwenden, sprang durch die Lücke der Reling vom Deck ins Wasser und war vorerst entronnen. Schnell war ich abgekühlt und in normalem Zustand. Nach einigen Minuten nahm ich an, Jane wäre in der Kajüte verschwunden. Mit möglichst wenig Geräusch kletterte ich die Leiter herauf. Als mein Kopf über die Deckskante ragte, sah ich sie im Liegestuhl. Ich konnte nicht entfliehen, sie hatte mich erblickt. Eine merkwürdige Stimmung ergriff mich. Ich sah voraus, was unweigerlich passieren würde. Es rief erwartungsvollen Schrecken in mir hervor. Die beste Lösung war, sich ins Schicksal zu ergeben. Hey, Cowboy, sei tapfer, das ist Natur, nichts weiter.

Ich stieg aufs Deck und benahm mich cool und gleichmütig. Das Corpus Delicti spielte mit und schlenkerte harmlos unbeteiligt herum. Lächelnd sah ich Jane in die grauen Augen und sagte:

„Das war eine gute Idee, ich fühle mich wie neugeboren."

Sie blieb stumm, lächelte nur unergründlich. Der Liegestuhl war unter ihr kaum zu sehen. Sie hatte ihn halb hochgeklappt, so dass sie fast saß. Die Brüste lagen majestätisch auf ihr, wendeten sich mit den Warzen aufwärts, was sie erwartungsvoll und keck erscheinen ließ. Leichter Ekel erfasste mich. Sie lag in aufreizender Stellung, die Schenkel leicht geöffnet, das wilde, dunkle Dreieck der Schamhaare präsentierend. Wie einen Beschwörungsbann murmelte ich in mich hinein: Sie ist fett, sie ist fett, sie ist fett.

Legte mich ruhig in einen Liegestuhl neben ihr. Ich frohlockte. Es war geschafft, der Kelch vorübergegangen.

„Ich bin gekommen, um was mit Otto zu besprechen."

„Er ist mit Alan im Botanischen Museum in Touro." Unvermittelt setzte sie hinzu: „Ich wollte eigentlich jetzt meditieren."

„Dann ist es besser, ich gehe sofort."

Sie legte ihre hübsche kleine Hand auf meinen Unterarm und sagte ernst:

„Ich habe meine Absicht geändert."

„Ich will dich nicht stören."

„Dein Sternbild ist Jungfrau?"

„Ja, das stimmt. Wie kommst du darauf?"

„Es ist alles klar. Ich werde heute nicht meditieren, weil du erschienen bist. Wir beide werden uns jetzt lieben. Alle Umstände sprechen dafür. Es wird wunderschön werden, wir werden mit dem Kosmos verbunden sein, ich freue mich darauf."

Bevor ich mich von der Verblüffung erholen konnte, hatte sie sich zur Seite gedreht und mich auf die Stirn geküsst. Ihre nächste Brust war auf meinen Oberkörper geklatscht und blieb mit weichem Druck liegen. Jane legte eine Hand zwischen meine Beine und spielte mit zarten Fingern in den Schamhaaren und am schlaffen Pimmel herum. Feierlich ernst sah sie mir in die Augen.

Willenlos war ich geworden. Der Pimmel hatte seine Gleichgültigkeit aufgegeben und stand bereit. Janes Finger spielten mit ihm und dem Sack herum, ich ergriff die auf mir liegende Brust und führte den Nippel an den Mund. Hastig und begierig führte ich eine Hand zwischen ihre Schenkel und streichelte die Schamhaare. Als ich mit einem Finger vorsichtig eindrang, stöhnte sie leise. Sie küsste mich, als wolle sie sich festsaugen, löste sich dann und stand auf. Mich an den Händen hochziehend, umfasste sie mich und flüsterte, als würde sie ein priesterliches Ritual vollziehen:

„Die Liebe ist das Fundament der Welt, lass uns hinuntergehen."

Ich folgte in die Kajüte. Der aufragende Pimmel stieß an das Hinterteil vor mir. Liebevoll tätschelte ich dieses. Wir landeten in einem quadratischen Raum, in den Bullaugen Licht hereinließen. Er schien speziell für Liebesopfer eingerichtet zu sein. Ein großes, randloses Bett. In einer Ecke eine Art Altar, ein Schränkchen mit indischen Heiligen und diversen Kerzen, die Jane sofort anzündete. Angenehmer Geruch breitete sich aus. Wir waren nunmehr in einem Tempel. Über dem Bett war an der Decke ein riesiger Spiegel angebracht.

Ungehemmt fühlte ich mich jetzt. Während Jane die Kerzen angezündet hatte, war ich auf die Knie gefallen, um ihr Hinterteil zu küssen, es zu streicheln und zu kneten. Sie drehte sich um und strich mir über den Kopf. Ich blieb auf den Knien, küsste ihre Scham, drang leicht mit der Zunge ein, streichelte die Innenseite der Schenkel. Stand auf und presste sie an mich. Der Penis legte sich an ihren Bauch. Unaufhörlich pochte das Blut in ihm. Ich wühlte mit den Händen in Janes Haar und riss unvermittelt ihren Kopf daran ein wenig zurück, um sie zu küssen. Sie zog mich an der Hand zum Bett und flüsterte:

„Leg dich auf den Rücken."

Als ich lag, stellte sie sich breitbeinig hin und setzte sich dann auf mich. Sie schrie irgendwelche Worte, von denen ich nur verstand:

„Oh God, fuck me!"

Sie packte den Penis und brachte ihn in die richtige Lage. Nach einem ziemlichen Widerstand war ich drin, und sie stöhnte laut auf. Minutenlang bewegten wir uns hin und her, schreiend und stöhnend. Ich verkrallte die Hände in den über mir wackelnden Brüsten und brüllte auf Deutsch:

„Verdammt, was du für Titten hast, ich will hinein beißen."

Mit gemäßigter Kraft biss ich hinein, schlug die Brüste herum, griff in die wundervollen Arschbacken, schrie:

„Deine Arschbacken sind gigantisch!"

Sie kratzte auf meinem Körper herum, bis es überall brannte. Unablässig stöhnten wir oder brüllten in unseren Muttersprachen. Schweiß lief in Strömen herab. Endlich schrie ich:

„Jetzt spritz ich dich voll, ich mach dich fertig!"

Wir zuckten konvulsivisch, stöhnten, röchelten fast, ich lud die Ladung ab. Wir hechelten leiser werdend, streichelten uns zärtlich. Sie stieg ab und legte sich neben mich. Ich schleckte an ihrem Körper herum, wobei sie wohlig grunzte. Zärtlich flüsterte ich in ihr Ohr:

„Es war wundervoll, nie habe ich so etwas erlebt."

Sie kicherte, was meinen Enthusiasmus abkühlte. Schon fast schlafend, sagte sie:

„Es musste gut werden, du bist Jungfrau, das war heute das Beste für mich."

Sie schlief ein und schnarchte leise. Ernüchtert blickte ich auf Jane und sah einen Hügel Fleisch. Drückte zum Abschied einen Kuss auf eine der Brüste, schlug leicht gegen ihr Hinterteil, so dass es wackelte. Ich stand auf, ging aufs Deck und zog mich an. Leichter Wind war aufgekommen und fächelte meinen erhitzten Körper, kühlte die Stirn.

Ich stieg von der Yacht, verließ die Mole, den Hafen, Touro und schlenderte ausgelaugt und in Gedanken versunken über das Feld der Kümmernisse schmolzen. In Wellen traf uns Hitze, bis wir uns stöhnend herumzuwälzen begannen, fest aneinandergekrallt. Die Gefühle entluden sich in einem wütenden Orgasmus, wir schrieen, als wären wir fürchterlichen Qualen ausgesetzt. Danach schlief ich sofort ein, als flüchte ich ...

... saß bei ungemütlichem Wetter auf einer Parkbank. Den Kragen der schäbigen Jacke hatte ich hochgeklappt, was nicht half gegen die Kälte. Ich zitterte. Hunger ließ meinen Magen knurren, als wäre er ein vernachlässigter Gefährte. Sollte ich mich umbringen? Ach, ist auch nicht besser. Also was tun?

Plötzlich saß ein würdiger Mann neben mir auf der Bank, ein Araber, in einen weißen Burnus gekleidet. Missgelaunt sagte er:

„Verdammt, warum muss gerade ich hierher in diese ungemütliche Gegend. Wir wollen es kurz machen. Ich bin Bote des Philosophen der Sandwüste. Er lässt schön grüßen und entschuldigt sich für die letzte unerquickliche Begegnung mit dir. Er hatte damals nicht seinen besten Tag. Du sollst vor dem Herrn der Schwarzen Steinwüste keine Angst haben, den wirst du erst viel später treffen. Mein Herr schenkt dir als kleines Zeichen seiner Anerkennung ein Schatzkästchen. Hier ist es."

Er schnippte mit den Fingern und hatte plötzlich ein wunderschön bemaltes Kästchen in der Hand, das er mir überreichte.

„Jetzt hör gut zu. Dies ist der Schrein der Wüstenkraft. Darin ist ein Amulett. Es hilft aus allen Lagen, jedoch nur einmal, und auch das nur, wenn du ihm durch tatkräftig überwundenes Leid und ertragene Mühen unüberwindliche Stärke verliehen hast. Es ist also sinnlos, es gleich zu öffnen, weil du gerade in der Scheiße steckst. Reiß dich zusammen. Solltest du später in geradezu tödlichen Schwierigkeiten sein, wird es dir helfen, wenn du es öffnest und das Amulett küsst. Deine Probleme werden sofort gelöst. Denk aber dran: Es wirkt nur einmal! So, meine Aufgabe ist erledigt. Bin ich froh, hier wieder wegzukommen. Wie kann man sich in einer solch unwirtlichen Gegend ansiedeln. Allah sei mit dir!"

Er setzte sich im Schneidersitz in die Luft und entschwand. Ich blickte hinterher und spürte, dass ich vor Kälte halb erstarrt war. Schleunigst musste ich etwas unternehmen. Wie erstaunt war ich, dass auf meinem Schoß tatsächlich ein wunderschönes Holzkästchen lag. Das konnte nicht wahr sein. Jemand musste es hingelegt haben im Vorbeigehen. Was würde drin sein? Bevor ich es öffnen konnte, fielen mir die Worte des Arabers wieder ein. War zwar kompletter Blödsinn, dass ich dämliche Zauberei überhaupt in Betracht zog. Zack zack zack, 5x3 ist fünfzehn und die Rakete fliegt zum Mond, so funktioniert das heutzutage, Hand und Fuß und Köpfchen hat alles. Andererseits war es merkwürdig. Nun gut, ein schönes Kästchen, egal was drin war. Ich würde es als Andenken in Ehren halten. Gesagt, getan. Ich öffnete es nicht, steckte es in die Tasche, ging ein wenig verwandelt dahinnen. Wie Frühlingsahnung spürte ich zarte Zuversicht keimen ...

... lag nackt auf dem Rücken, schweißgebadet. In meinen Händen hielt ich ein bemaltes Holzkästchen. Nadine war verschwunden. Mit einem Blick sah ich, dass ihr Gepäck weg war und wusste sogleich, dass ich sie das letzte Mal gesehen hatte. Es war vorbei.

Der durch Hitze und Sex getriebene Schweiß klebte unangenehm am Körper. Ich stand auf und öffnete das Kästchen. Es war leer. Behutsam legte ich es hin, nahm den Tonkrug, ging vor die Tür und goss mir Wasser über den Kopf. Das tat gut. Still blieb ich draußen stehen und sah der untergehenden Sonne zu. Während ich wartete, bis das laue Lüftchen mich getrocknet hatte, änderte sich langsam ihre Farbe, bis sie tiefrot versank und schnell sich ausbreitende Finsternis die Welt zu verbergen suchte. In mir pulsierende Leere, aus der sich fernab ein Schemen bildete, näher kam, sich schüchtern anschmiegte wie ein kleines Kind, sich endlich in mir als klare Vorstellung offenbarte: Das blaue Blümchen.

Ich ging schnurstracks in die Hütte, nahm die Taschenlampe und einen Löffel. Vom hellen Strahl der Lampe geleitet, fand ich es, kniete nieder, um es auszugraben. Im Licht schwirrten kleine Insekten. Ein Gedanke stoppte mich. Tapfer kämpfte sich das Pflänzchen auf dem unwirtlichen Stück Erde durch sein Leben, und da kam ich Idiot und wollte es ausgraben, um überspannte Launen zu befriedigen. Na gut. Ich knipste nur die blaue Blüte ab, die würde eh bald verwelken, trug sie in der Hand geborgen in die Hütte und legte sie behutsam in das Holzkästchen.. Da hatte ich meinen Schatz, mein Amulett. Was für ein Brimborium, natürlich, haha. Grinsend holte ich den dicken Reclamband hervor. Er passte tatsächlich genau in das Schatzkästchen. Das Blümchen legte ich obenauf. Kleiner Herr aus Königsberg, jetzt ist dein Buch komplett, sagte ich voller Überzeugung und kindlicher Befriedigung. Morgen würde ich einen Flugschein besorgen. Nach Berlin zurück, fast ein Jahr war genug.

16

Nach traumlosem Schlaf wachte ich mit unbestimmter Vorfreude auf. Die Sonne stand schon hoch. Nach der ersten Tasse Kaffee spürte ich befriedigt das übliche Rumoren und schlenderte langsam zum Donnerbalken. Ließ die Tür einen Spalt offen, um über das sonnenlichtüberflutete Feld blicken zu können. Während des Geschäftes schlürfte ich genüsslich aus der mitgenommenen Tasse. Mein Gott, war das gemütlich. Die Idylle wurde unterbrochen. Motorenlärm kam schnell näher. Schlingernd hielt ein Auto, in eine Staubwolke gehüllt. Ich hörte die Wagentür aufgehen und sah undeutlich einen Mann in die Hütte rennen. Als er in größter Eile wieder herauskam, hatte sich der Staub gelegt, so dass ich zu meiner Überraschung Fiame erkannte. Auf dem Beifahrersitz sah ich undeutlich eine andere Person. Bevor ich rufen konnte, brauste das Auto in hohem Tempo quer über das Feld der Kümmernisse in Richtung der Berge davon.

Verblüfft putzte ich mich ab und ging zur Hütte. Nichts war dort verändert. Was mochte das bedeuten. Ach, weiß der Deibel, brummte ich, zog mich an und setzte mich mit Kaffee und ein paar Keksen auf einen Stuhl vor die Tür.

Eine Viertelstunde nachdem das Auto verschwunden war, näherte sich erneut Motorenlärm. Diesmal in einer riesigen Staubwolke gleich drei Autos. Mit einer Hand hielt ich mir die Nase zu, die andere legte ich über die Tasse. Die Augen hielt ich geschlossen, es war eh nichts zu sehen. Plötzlich wurde ich unsanft an den Schultern hochgerissen. Tasse und Kekse fielen herunter und sprangen in Stücke. Ich öffnete die Augen zu einem Spalt und sah zwei vom Staub umhüllte Gesichter neben mir. Sie schrieen irgendetwas in Französisch, ich verstand kein Wort. Den einen der Männer kannte ich. Es war der melanesische Polizist, der mich zur Vernehmung bei Kommissar Duque abgeholt hatte. Auch der Andere, ein Weißer, trug Polizeiuniform. Langsam begann ich zu verstehen, was man von mir wollte.

„Wohin sind die Schufte? Warum waren sie hier? Was hast du ihnen gegeben, Waffen?"

Da ich keine Ahnung hatte, was los war, antwortete ich nicht. Den Ernst der Lage begriff ich erst, als der Weiße mich brutal vor die Brust stieß, so dass ich umfiel. Mit drohender Miene beugte er sich über mich, hielt die rechte Hand mit ausgestrecktem Zeigefinger vor mein Gesicht und sagte:

„Jetzt hör gut zu. Hier waren eben zwei Verbrecher auf der Flucht bei dir. Wir werden uns später darum kümmern, warum sie hier waren. Jetzt sagst du sofort, in welche Richtung sie davongefahren sind!"

Ich hatte nicht gerade Todesangst, mein Herz schlug jedoch gewaltig, getrieben von einer Mischung aus Schreck und Trotz. Die Cocker-Brüder haben dich beim Wickel. Die Vorstellung dieser Bösewichter zauberte den Anflug eines Lächelns auf mein Gesicht, das der noch über mich gebeugte Polizist bemerkte. Wütend brüllte er:

„Wohin sind sie gefahren?"

Tröpfchen Spucke ließen mich zwinkern. Ich zeigte in Richtung der Küste.
„In die Richtung. Aber worum geht es überhaupt?"
Er richtete sich auf und flüsterte dem Anderen ins Ohr. Dieser ging ins Feld der Kümmernisse hinein, die Augen auf den Boden gerichtet. Ich rappelte mich auf und sah, wie einige Polizisten aus der Hütte kamen. Einer schüttelte mit dem Kopf und sagte:
„Rien."
Der zur Spurensuche Ausgeschickte kam zurück und flüsterte dem Weißen ins Ohr. Der verpasste mir ohne Vorwarnung eine kräftige Backpfeife. Bums, da saß ich wieder.
„Also doch Komplizenschaft", brüllte er und wies den Anderen an: „Verhaften!"
Dieser trat zu mir, nahm Handschellen vom Gürtel und forderte mich auf, die Hände auszustrecken. Unterdessen waren noch weitere Autos zu der Gruppe gestoßen. In einem davon wurde ich verstaut und in Handschellen nach Touro gefahren.
Im Polizeirevier herrschte heftige Betriebsamkeit. So viele Polizisten auf einem Haufen hatte ich im Sunny Islands State noch nie gesehen. Man schloss mich in einer Zelle ein, in die nur unbestimmte, leise Geräusche drangen. Leicht benommen saß ich auf einer Holzpritsche.
„So, Wolf Klein", sagte ich laut und rieb die immer noch brennende Wange, „jetzt haste Zeit zum Grübeln, jetzt ist es angebracht."
Hinter dem friedfertigen Fiame waren die her. Wer war die Person neben ihm im Auto gewesen, hatte er etwa seinen Bruder befreit? Das traute ich Fiame nicht zu. Und wohin sollte man denn fliehen in diesem Inselreich? Flüchtig brachte ich das Verschwinden der Yacht in Zusammenhang mit dem Geschehen. Sollte die verabredet auf See irgendwo warten? Möglich, aber unwahrscheinlich. Otto und seine Freunde würden sich auf solch gefährliche Räuberpistole nicht einlassen.
Der Blick zum kleinen, schmalen Fenster unter der Zellendecke zeigte, dass es draußen dunkel geworden war. Endlich drehte sich ein Schlüssel im Schloss. Ein gemütlich aussehender melanesischer Polizist brachte eine Schüssel Erbsensuppe und ein Stück Weißbrot, dazu einen Plastiklöffel. Zu trinken erhielt ich einen großen Becher Wasser und zu meiner Überraschung einen weiteren mit Rotwein. Ich fragte, als er alles auf den kleinen Tisch gestellt hatte:
„Warum sitze ich hier, was ist eigentlich los?"
„C'est un chahut de tous les diables, ici", antwortete er grinsend, was soviel heißt wie: Die Hölle ist hier los.
„Les policiers sont des diables", fragte ich.
Er grinste breiter und drohte mir neckisch mit dem Zeigefinger. Als letztes sah ich sein immenses Hinterteil verschwinden. Ich war wieder allein. Und so klug als wie zuvor. Jedenfalls wollte man mich nicht verhungern und verdursten lassen im Etablissement. Die Erbsensuppe schmeckte ausgezeichnet.

einbringt. Der Einzige, der in dem Laden hier was taugt für diffizile Aufgaben, bin ich selbst. Ich konnte schlecht zu Ihnen in die Zelle kommen, da Sie mich kennen."

Ich unterbrach ihn:

„Was wollen Sie eigentlich von mir? Ich bin ein friedlicher Mensch, tue keinem was zuleide, werde plötzlich verhaftet. Was soll das?"

Er schüttelte den Kopf::

„Non non, Monsieur, so kommen wir nicht weiter. Es ist klar, dass Sie Mörder unterstützt haben, Sie sind mitschuldig."

Ach du grüne Neune. Mord, das konnte ja heiter werden.

„Wer ist denn ermordet worden?"

Er stand auf, ging um mich herum, pflanzte sich vor mir auf und schrie:

„Monsieur. Sie wissen, wer ermordet worden ist!"

Er tippte sich mehrmals mit dem Finger auf die Brust und brüllte:

„Ich, ich bin ermordet worden!"

Bei diesem Ausbruch landeten feine Spucketröpfchen in meinem Gesicht. Ich war zu verblüfft, sie wegzuwischen. Er war also ermordet worden. Nun wusste ich endlich Bescheid. Ruhig saß er wieder hinter seinem Schreibtisch und sah mich freundlich an.

„Nun, was meinen Sie? Sie verstehen, dass ich etwas erregt bin, da es um mein Leben, um meinen Tod geht."

Man hatte wohl ein Attentat auf ihn verübt, das fehlgeschlagen war. Das war höchstens Mordversuch. Konnte Fiame so was tun?

Da ich nichts zu verbergen hatte, beschloss ich, einfach zu schildern, was mir gestern passiert war. Ich erzählte, wie ich auf dem Donnerbalken - dafür kannte ich leider kein französisches Wort und musste das langweilige ‚toilette' nehmen - friedlich meinem Geschäft nachgegangen war, als plötzlich ein Auto angebraust kam. Er musste grinsen, was ich für ein gutes Zeichen nahm. Am Ende meiner Schilderung sah er mich lange ruhig an.

„Und warum haben Sie der Polizei den falschen Weg gewiesen?"

„Ja, ich sah das Auto in Richtung der Berge fortfahren. Aber wie Ihre Polizei mit mir umsprang, hatte ich keine Lust zu helfen."

„Sie haben keine Ahnung, was die Flüchtenden von Ihnen wollten?"

„Nein, nicht die geringste."

Er stand auf und sagte:

„Also, ich nehme ihre Aussage erst mal für bare Münze, ohnehin ist es wahrscheinlich, dass die mit Ihnen das Gleiche tun wollten wie danach mit Monsieur Litzmann. Sie hatten nur Glück, dass Sie gerade Ihrem Geschäft nachgingen."

Er grinste mich an und fuhr fort:

„Allerdings konnten meine Leute das noch nicht wissen bei Ihrer Verhaftung. Man musste davon ausgehen, Sie steckten mit den Verbrechern unter einer Decke."

„Ohm Litzmann? Was ist denn mit dem?"

„Das werden Sie schon erfahren. Also es bleiben bei Ihrer Aussage einige Unklarheiten. Eigentlich sollten wir Sie noch hier behalten. Aber wir wollen es uns bei all dem Mist nicht auch noch mit dem Ausland verderben. Ihr Konsul wartet draußen, er hat sich für Sie eingesetzt. Weiß der Teufel, woher der überhaupt weiß, dass Sie verhaftet wurden. Halten Sie sich weiter zu unserer Verfügung. Wenn das hier erledigt ist, würde ich es begrüßen, wenn Sie unser Land verließen. Sie waren lange genug hier."

Da hatte er Recht. Ich behielt für mich, dass ich sowieso weg wollte. Was ging den das an.

„Übrigens, Sie wissen bestimmt, wo Ihr Freund, der Vegetarier, ist?"

„Nein, soviel ich weiß, ist er abgereist. Er hat sich nicht mal von mir verabschiedet."

Von der Yacht sagte ich nichts. Wahrscheinlich wusste er sowieso davon. Misstrauisch sah er mich an, sagte aber kein Wort mehr, öffnete die Tür und schob mich hinaus. Ich war frei.

Als ich den Gang zur Treppe entlang lief, rief jemand aus einem Wartezimmer meinen Namen. Es war Konsul Hutte, wie immer piekfein gewandet und mit roter Fliege. Er drückte mir die Hand und gab einen Stoßseufzer von sich:

„Gott sei dank, Sie sind frei. Mir wurde gesagt, Sie müssten erst vernommen werden, dann würde man weitersehen. Es hörte sich schlimm an, Beihilfe zum Mord und zu Gefangenenbefreiung. Ich befürchtete, Sie seien durch Unerfahrenheit wirklich in der Tinte. Aber wenn Kommissar Duque Sie freilässt, kann ja nichts dran sein. Geht es Ihnen gut?"

Ich fühlte mich kläglich. Der große Philosoph hatte langsam den Kanal voll. Freundschaft, Liebe, durch all diesen Murks war man nur im Knast gelandet. Ach, hör auf. Ich straffte mich, versuchte lässig neben dem Herrn Konsul auszuschreiten, einige Überlegenheit aus dem Kontrast zu seinen Trippelschritten zu gewinnen. Hey, Cowboy, denk an deine Lieblingsidee: Das Leben ist ein Spiel, du hast zu lächeln. Oder war das Ottos Idee? Ein Grinsen, als hätte ich Zahnschmerzen. Spielen ist blöd, wenn man nur verliert. Dankbar sah ich den kleinen Mann neben mir aus den Augenwinkeln an. Er war gekommen, um mir zu helfen, zwar nur als Abgesandter meines deutschen Passes, aber immerhin.

„Wie haben Sie erfahren, dass ich im Knast bin? Der Kommissar hat sich darüber gewundert."

Er lachte fröhlich:

„Hahaha. Ja, die Polizei hat es mir nicht gesagt, eine solche Polizei wäre direkt komisch. Ich bin so viele Jahre hier Konsul, da hab ich natürlich zuverlässige Quellen. Übrigens gehe ich bald als Pensionär nach Deutschland zurück. Der Nachfolger ist bereits ernannt. Vielleicht werden Sie und der arme Litzmann meine letzten Fälle sein. Hoffen wir, dass mit ihm alles gut ausgeht. Wenigstens Sie sind frei."

„Was ist mit Ohm, sitzt der etwa auch?"

„Was, das wissen Sie nicht. Sie sind wirklich ahnungslos, die Polizei scheint Ihnen gar nichts gesagt zu haben."

Er drückte mir einen Beutel in die Hand, den er die ganze Zeit getragen hatte.

„Hier, der ist für Sie. Ich wusste ja nicht, wie lange Sie festgehalten werden, also habe ich Einiges mitgebracht, auch Zeitungen. Lesen Sie, was los ist. Am liebsten würde ich mich mit Ihnen in ein Cafe setzen und alles erzählen, mit Ihnen plaudern. Aber es geht nicht, ich muss wieder reingehen, mich bei der Polizei um Litzmanns Interessen kümmern, mit der geballten Faust Deutschlands drohen, falls dem jungen Mann etwas zustößt. Wenn Sie Probleme haben sollten, kommen Sie zu mir. Ich gebe Ihnen übrigens den Rat, zu verschwinden aus dem idyllischen Ländchen. Es kann bald wild zugehen, wenn alles schief läuft. Manchmal ist mit Politik nicht zu spaßen."

Wir standen auf der Straße. Er reichte mir die Hand und ging zurück ins Gebäude. Zügig lief ich nach Hause, um dort Zeitung zu lesen. Haha, nach Hause. Angekommen, braute ich ein starkes Käffchen und packte den Beutel aus. Nahrungsmittel und Zigaretten legte ich achtlos beiseite, ebenso deutsche Zeitungen, und griff zu den einheimischen. Jetzt würde ich erfahren, was los war. Vor der Hütte in praller Sonne sitzend, versenkte ich mich in die Lektüre. Folgendes war geschehen.

Als Naboua verhaftet worden war, geriet sein Bruder Fiame aus dem Gleichgewicht. Der sonst freundliche und sanfte Fiame zog sich ins Heimatdorf Thio zurück, wo er unnahbar und finster brütete. Einige Wochen vorher hatte er durch Ratus Vermittlung eine Stelle der staatlichen Verwaltung in Touro erhalten, die er jetzt aufgab. Er wolle nicht für einen Staat arbeiten, bei dem der Bruder aus politischen Gründen im Gefängnis sitzt. Ratu arbeitete ja selbst für diesen Staat und versuchte, Fiame davon zu überzeugen, dass der Weg Nabouas in die Irre führe und die Melanesier durch friedliche Politik eine Änderung ihrer Lage erreichen müssten. Als Big Man hätte er genügend Erfahrung mit der Lösung von Konflikten zwischen den Clans und wisse, dass Kompromisse das beste Mittel seien. Doch Ratu konnte Fiame nicht mehr erreichen. In diesem braute sich etwas zusammen. Der Versuch, den Sohn zu einem neuen Studium ins Ausland wegzulocken, misslang.

Eines Tages verließ Fiame sehr früh das Dorf im Wagen seines Vaters. Er parkte in Touro vor dem Polizeigebäude mit den Zellen für die Untersuchungshäftlinge und ging hinein. Drinnen wickelte er die Maschinenpistole aus, die er mit einer Decke verhüllt unter dem Arm getragen hatte, und schüchterte die wenigen anwesenden Polizisten damit ein. Es gelang ihm, Naboua aus der Zelle zu holen. Niemand war auf eine solche Wildwestaktion vorbereitet.

Aus dem Gebäude rennend, stießen die Beiden mit Jean Peau zusammen, der gekommen war, seinen Cousin zum Geburtstag einzuladen. Die drei stürzten übereinander. Aus dem Gebäude schallten hektische Rufe der verfolgenden Polizisten. Jean Peau, der nicht wusste, was los war, schrie die sich aufrappelnden Flüchtigen verblüfft an. Fiame geriet in Panik. In der Annahme, Kommissar Duque vor sich zu haben, der seinem Verwandten ja verblüffend ähnlich sah, schoss er eine Salve aus der Maschinenpistole auf ihn ab. Dann rannten die Brüder zum Auto und rasten davon. Die Polizisten kümmerten sich erst um den Angeschossenen, was die Verfolgung verzögerte. Sie waren durcheinander wie ein aufgescheuchter Hühnerhaufen. Doch für Jean Peau kam jede Hilfe zu spät. Nach einigen Minuten war er tot.

Die Flüchtenden kamen auf ihrem Weg an meiner Hütte vorbei. Ihnen muss der Gedanke gekommen sein, sie könnten einen Weißen als Geisel gebrauchen. Ich saß glücklicherweise in meinem Toilettenhäuschen, so dass sie weiterrasten. Auf der weiteren Flucht trafen sie, wie damals Nadine und ich bei unserem Ausflug, auf Ohm Litzmann. Ohne lange zu fackeln zwangen sie ihn ins Auto. Die Verfolger fanden an dieser Stelle seinen Tropenhelm, das Schmetterlingsnetz, den Rucksack und die lederne Botanisiertrommel. Durch Nachforschungen in Touro erfuhr die Polizei, wem das gehörte. Litzmann war also höchstwahrscheinlich eine Geisel.

Die Zeitungen schwelgten in wilden Vermutungen über ausländische Verstrickungen ‚...da sowohl dieser mysteriöse Sonderling, der aus unerfindlichen Gründen seit fast einem Jahr auf unfruchtbarem Gelände in einer primitiven Hütte wohnt, die (zufällig!?) dem Vater der Gesuchten gehört, dem allseits geachteten Ratu, als auch die Geisel und sogar der Vegetarier, der eine nicht unerhebliche Rolle im Aufstieg der L. S. unter Naboua gespielt hat und jetzt plötzlich verschwunden ist, Deutsche sind.' In Fettdruck wurde die Frage gestellt: ‚Welche Rolle spielt Deutschland in unserer Politik?' und darauf verwiesen, dass ‚der deutsche Konsul Monsieur Hutte die Unschuld vom Lande spielt. Weiß er wirklich nichts? Jedenfalls hat Deutschland ihn abberufen, in Kürze wird er das Land verlassen.'

Jean Peau ermordet, Ohm Litzmann Geisel. Naboua hatte ja einen gewissen Fanatismus vermuten lassen. Aber der sanfte Fiame. Mich wollten sie als Geisel nehmen. Hoffentlich passierte Ohm nichts. Ich seufzte. Was blühte mir jetzt? Verdammter Mist, wär ich doch schon eher abgehauen. Was hatte Kommissar Duque gesagt: Halten Sie sich zu unserer Verfügung. Das wollten wir doch mal sehen. Ich würde mir ein Flugticket besorgen, das hatte ich schließlich vor dem Schlamassel schon beabsichtigt.

Ging hinein, zog mich an und legte den Brustbeutel mit Papieren und Geld um. Als ich vor die Hütte trat, fuhr ein Auto langsam die letzten Meter heran und hielt. Ein mir unbekannter Melanesier stieg aus, ein ziemlich junger Mann, in eine europäische Anzugshose und ein grellbuntes, kurzärmliges Hemd gekleidet.

„Sind Sie Monsieur Klein", fragte er freundlich.

Ich nickte.

„Sehr schön. Ich bin Jo Nacola vom ‚Jour insulaire'. Ich hätte gern ein paar Auskünfte. Wären Sie so freundlich?"

Sollte ich ‚Nein' sagen? Bestimmt ließen die sich auf die Dauer nicht abweisen, und wer weiß, was für Bockmist sie schreiben würden, sollte ich mich verweigern. Also Augen auf und durch.

Anteilnahme am Schicksal seiner Söhne ausdrücken. In meiner miesen Stimmung würde es gut tun, ein paar Worte mit einem mir freundlich gesinnten Menschen zu wechseln. Davon schien es auf der Insel neuerdings nur zwei zu geben: Konsul Hutte und Ratu.

An der Bürotür stand noch immer: Les Chefs du Bureau. Eingetreten, erwartete mich eine Überraschung. Nicht nur am Schreibtisch des toten Jean Peau saß ein anderer, sondern auch Ratus Platz war mit einem mir Unbekannten besetzt. Unschlüssig stand ich da, bis beide fast gleichzeitig fragten:

„Was wünschen Sie?"

Die unfreundlich kurz angebundene Frage machte klar, dass sie mich erkannt und eine ungünstige Meinung von mir hatten. Aus einem eher lächerlichen Möchtegern-Philosophen war ein undurchsichtiger Ausländer geworden. Getreu meiner bewährten Taktik wendete ich mich an den Melanesier:

„Ich hätte gern Monsieur Ratu gesprochen. Können Sie mir vielleicht sagen, in welchem Büro er zu finden ist?"

„Monsieur Ratu arbeitet nicht mehr hier. Kann ich Ihnen helfen?"

Also hatte Ratu den Druck nicht ertragen. Für einen Staat, der seine Söhne verfolgt, konnte er nicht mehr arbeiten. Der Weiße mischte sich ein:

„Natürlich ist der Vater dieser Verbrecher entlassen worden."

Zerstreut sagte ich:

„Ach so. Ich wollte ihn in einer persönlichen Angelegenheit sprechen."

Das war ungeschickt. Mit lauerndem Ausdruck im bleichen, mit Pickeln übersäten Gesicht fragte er:

„Persönlich? Worum geht es denn?"

Alles würde bei Kommissar Duque landen und null Komma nichts wären Ratu, seine Söhne und diese Deutschen eine Spionagegang.

„Es geht um die letzte Miete für seine Hütte, in der ich wohne. Sollten Sie ihn sehen, könnten Sie ihm ausrichten, dass ich kündige. Vielen Dank."

Ich verschwand und spürte, wie die Beiden mir hinterher starrten. Es entwickelte sich. Der Mann der Queen in der fernen Südsee, 007 persönlich. Diverse Miezen würden mir um den Hals fallen, sämtliche Knöpfe ihnen aufspringen. Das quietschende Fahrrad könnte ich gegen einen Spezialsportwagen mit allen Schikanen umtauschen. Strampelte zur Hütte zurück, ausreichend mit Bierflaschen versorgt. Spürte überall misstrauische Blicke, von jeder Kinderhand erwartete ich fliegende Steine.

Froh, endlich auf der Pritsche zu liegen, döste ich an der Flasche nuckelnd. Der Nachmittag verging mit undeutlichem Nachdenken, das in Wachträume abzutauchen drohte. Staubkörnchen tänzelten unwirklich in Sonnenstrahlen wie in Rampenlicht. Ließ mir die Blase keine Wahl, stand ich ächzend auf und schlurfte hinaus, pisste an die Hüttenwand. Mochte es stinken, verdammt egal. Soll es ruhig nach Pisse stinken!

Gesichter drängten sich vor, als hätten sie Angst, keinen Platz zu bekommen. Der grinsende Otto. Er plapperte unentwegt unverständliche Worte, die sofort in den herumwehenden langen Haaren verschwanden. Die Köpfe Fiames und Nabouas, klein, weit entfernt, kaum zu erkennen. Ich schloss die

Augen. Öffnete sie wieder, weil mir schwindlig wurde, und sah in das lächelnde Gesicht Nadines. ‚Halloh, Wölfi, sieh mal wie schön.' Mit den Augen zeigte sie nach unten. ‚Ich will das nicht sehen, ich weiß wie du aussiehst, behalt es für dich, geh zum Teufel.' Ich presste die Augen zusammen. Als der Schwindel atemberaubend wurde, öffnete ich sie und sah schrecklich lebensecht die nackte Jane vor mir, in obszöner Pose, breitbeinig, die Brüste mit den Händen fassend, aber ihr fehlte der Kopf. Die Hände auf den Mund gepresst, sprang ich auf und rannte zum Donnerbalken, um ausgiebig zu kotzen. Unter Schmerzen würgte ich noch, als längst alles heraus war. Endlich beruhigte sich der zuckende Körper, hatte den Protest beendet. Ein Häufchen Elend schlürfte zur Hütte zurück und legte sich wieder hin. Leer und müde. Unter einer Decke lag ich gekrümmt auf der Seite. Die Sonne war untergegangen.

Aus der Zeitung erfuhr ich am nächsten Tag, dass man die Flüchtigen noch nicht entdeckt hatte. Man vermutete sie auf irgendeiner der vielen kleinen bis winzigen Inseln und suchte diese systematisch ab.

Ich fragte in Touro bei der Polizei nach Kommissar Duque. Zu meiner Überraschung führte man mich tatsächlich in dessen Büro. Er saß in Akten blätternd hinter dem Schreibtisch und forderte ohne aufzusehen durch eine Geste zum Sitzen auf. Minuten vergingen. Endlich hob er den Kopf und blickte mich stirnrunzelnd an.

„Wie ich gehört habe, waren Sie gestern schon hier. Haben Sie mir etwas mitzuteilen, was Sie zuvor vergessen haben?"

Ich versuchte, die Stimme würdevoll und sachlich klingen zu lassen.

„Ich protestiere dagegen, dass ich gehindert werde, das Land zu verlassen. Ich bin ein freier Bürger mit gültigem Deutschen Pass und habe mir nicht das Geringste zu Schulden kommen lassen. Mit welchem Recht schränken Sie meine Freiheit ein?"

„Sapristi, Monsieur", sagte er lächelnd. „Wunderbar gesprochen. Mit welchem Recht, ja ja, sehr gut."

Er schraubte den langen Körper in die Höhe. Das Gesicht nahm einen bekümmerten Ausdruck an, wodurch die Ähnlichkeit mit Jean Peau zunahm, eine durch dessen Tod makabre Ähnlichkeit. Urplötzlich schrie er mit der ganzen Lautstärke, deren er fähig war, wobei die blauen Augen funkelten und das Gesicht rot anlief:

„Mit dem Recht eines in einem widerlichen Mordfall ermittelnden Polizisten eines souveränen Staates, der es für nicht ausgeschlossen hält, dass Sie darin verwickelt sind!"

Die Stimme war so gewaltig gewesen, dass irgendetwas im Raum leise gläsern nachklang. Jemand riss die Tür auf, wurde aber durch eine abrupte Handbewegung des Kommissars vertrieben. Er setzte sich gemessen und saß wieder friedlich im Sessel. Das Gesicht nahm seine normale Färbung an. Ruhig sagte er:

„Übrigens glaube ich nicht mehr, dass Sie in den Fall verwickelt sind. Aber ich bin ein äußerst pflichtbewusster Mensch. Ich gestatte mir nicht, mich im

Beruf davon beeinflussen zu lassen, was ich glaube. Es wäre nicht angemessen, denn ich kann mich wie jeder Mensch irren. Vertrauen in Regeln, die polizeiliche Erfahrung aufgestellt hat, ist oft wichtig. Man kann einen Verdacht nicht durch Glaube oder Gefühl erledigen, sondern muss ihn gewissenhaft durch positive Fakten aus dem Weg räumen. Das mag mancher als eine mir anhaftende menschliche Schwäche sehen. So bitte ich Sie denn als Mensch wie als Polizist, sich ein wenig zu gedulden. In Kürze werden wir die Verbrecher gefasst haben und Ihren Landsmann hoffentlich unversehrt befreit. Deren Aussage wird Sie nach allen Regeln der Kunst entlasten. Sollten Sie es wünschen, werde ich Sie danach persönlich in das Reisebüro begleiten, um Ihnen zum gewünschten Ticket am gewünschten Termin zu verhelfen."

Es war zum Heulen: Obwohl ich wusste, dass sein Gehabe nur Verhörtaktik war, fiel mein Gefühl darauf herein. Schrie er, bekam ich es mit der Angst; war er freundlich, war ich dankbar. Ich nahm die ausgestreckte Hand und dachte erfreut, die Sache wäre bald ausgestanden. Mit wiegendem Cowboygang ging ich ab. Draußen stellte sich heraus, dass jemand aus beiden Reifen die Luft herausgelassen hatte. Ich schob den lahmen Gaul, denn die Luftpumpe war in der Hütte.

Nachmittags wanderte ich ans Meer um zu baden. Noch einmal in Südseeträumen schwelgen. Aggy Greens Hotel lag in den letzten Zügen. Ein Flügel des Eingangsportals hing halb aus den Angeln und quietschte wehmütig im leichten Wind; braungelbes störrisches Gras lugte aus Ritzen des Mauerwerks; die Sonne brannte auf vertrocknete Blumen, um die sich niemand mehr kümmerte; das Tennisnetz war vollkommen zerrissen. Erstaunlich, wie schnell der Verfall fortgeschritten war nach dem Wegzug Aggys und ihrer Kinder in die USA. Sie hatte Glück gehabt, einen Ferienclub als Käufer des Geländes zu finden, der hier eine riesige Anlage errichten wollte. Ob das jemals geschehen würde nach den letzten Ereignissen? Mir war es egal.

Schlenderte zum Strand und zog mich aus. Der weiche, weiße Sand war heiß. Wie ein bockender Esel sprang ich herum, lag dann im flachen, lauen Wasser auf dem Rücken. Die Palmen winkten träge mit ihren Wedeln herüber, hatten Verständnis für mich hektisches Lebewesen, das ständig in der Welt herumzuflitzen hatte kraft seines Amtes als Mensch. Plumps fiel eine Kokosnuss auf den Sand. Schön und gemütlich war es hier, warm und freundlich. Eine kleine Krabbe rannte auf dem Strand vorbei, den anschwappenden Wellchen behände ausweichend.

„Na, du Blöder", piepste sie, kicherte und machte, dass sie wegkam.

Ein winziger Fisch schwamm um meine Hand herum und stupste sie mehrmals an, wollte mir etwas mitteilen. Vorsichtig beugte ich den Kopf herunter und hielt ein Ohr ins Wasser. Ein feines Stimmchen erklang:

„Die war schon immer so frech, die alte Zicke. Mach dir nichts draus. Ich wollt, ich könnt se kriegen, tüchtig versohlen würd ich die."

Die Krabbe kehrte schleunigst zurück und piepste:

„Aach, dieser Angeber hat nicht mal Scheren. Womit will er mich denn versohlen?"

Das Gackern eines Huhnes erklang irgendwo und verscheuchte Krabbe wie Fischchen. Ich stand auf. Der Arm, in dessen Hand ich den Kopf gestützt hatte, war eingeschlafen. Ich schüttelte ihn hin und her. Wieder erklang das Gackern. Ich ging ans Ufer. In einem Gebüsch entdeckte ich das Huhn. Als ich näher kam, floh es aufgeregt und ließ ein Ei zurück. Ein Stück weiter blieb es stehen und sah bange zu, was ich tun würde. Alte Flatterziege, sollst dein Ei behalten. Vielleicht war es befruchtet, dann könnte hier eine Hühnerfamilie entstehen. Was sollte ich mich da einmischen. Nahm meine Sachen und zog mich an. Wenn ich mich jetzt auf den Weg machte, wäre die Hütte mit Sonnenuntergang zu erreichen. Friedlich und entspannt wanderte ich nach Hause, aß dort etwas und legte mich auf die Pritsche, ins Dunkle starrend bis die Augen zufielen.

Ungefähr zur Zeit meiner die Artengrenzen überspringenden Unterhaltung mit Fisch und Krabbe, während ich also friedlich dösend im lauwarmen Wasser gelegen hatte, war die Tragödie oder die Verbrecher-Jagd, je nach Gusto, beendet worden. Das erfuhr ich am nächsten Tag.

Behäbig tretend hatte ich mich Touro genähert und sofort die Unruhe auf den Straßen gespürt. Plötzlich erschallte Gebrüll, vielstimmig wurden Losungen ausgestoßen: ‚Mörder, Mörder! Nieder mit dem Kolonialismus!'

Ich tippte darauf, dass sich alles vor dem Polizeigebäude abspielte. Auch in den Straßen, durch welche ich fuhr, rannten Menschen umher und brüllten. Ich stieg vom Fahrrad und lief zum Hafen, wo es ruhig zu sein schien. An einem Kiosk kaufte ich eine Zeitung und prallte auf die riesige Schlagzeile: SIE SIND TOT! ERSCHOSSEN! Mein Gott, konnte das wahr sein. Ohm Litzmann etwa auch?

Setzte mich auf die vom Restaurant ‚Berlin' gespendete Bank. Die ausgebrannte Ruine auf der anderen Straßenseite war ein situationsgemäßes Symbol. Während ich gerade mit klopfendem Herzen die Zeitung auseinander faltete, flog eine Orange an meinem Kopf vorbei und zerplatzte ein Stück weiter klatschend.

„Caldoche", wurde aus einiger Entfernung gerufen.

„Idioten", schrie ich, stand auf, klemmte die Zeitung auf den Gepäckständer und machte mich auf den Weg zur Hütte. Leichter Brandgeruch stieg mir in die Nase. Angekommen, zwang ich mir Beherrschung auf und legte die Zeitung beiseite. Jetzt kochst du dir erst das obligatorische Käffchen. Zeremonien müssen eingehalten werden.

Den dampfenden Pott in der Hand, zelebrierte ich das Aufschlagen der Zeitung, wurde dann so in den Bann gezogen, dass ich in steigender Geschwindigkeit las. Am Ende war ich betäubt und hatte das Gefühl, nicht alles begriffen zu haben. Nach einigen Minuten des Brütens, des dumpfen Starrens, während wirre Gedanken mich jagten, las ich es noch einmal.

Er runzelte die Stirn.

„Er ist nach Hause entlassen. Allerdings ist es besser, Sie lassen ihn in Ruhe. Er muss sich von den Strapazen erholen und hat gesagt, es wäre ihm am liebsten, eine Weile allein gelassen zu werden."

Den Rat würde ich nicht befolgen. Es hörte sich fast an, als gäbe es einen anderen Grund, ein Gespräch zwischen Ohm und mir für nicht wünschenswert zu halten.

Im Reisebüro nahmen die Damen den Zettel in Empfang und waren überraschend freundlich. Für sie war ich wieder in die bürgerliche Welt eingetreten. Ohne Probleme buchte ich einen Platz nach Singapur. Von dort hatte ich das noch gültige Rückflugticket nach Frankfurt. Den Laden verlassend, warf ich den beiden Damen Kusshändchen zu. Sie kicherten und winkten.

In vier Tagen würde ich fliegen. Horrido. In aufgeregter Erwartung, unterlegt mit leichter Wehmut, fuhr ich aus der Stadt heraus zum Hause Ohm Litzmanns. Einige ausgebrannte Autowracks säumten die Straßen. Mir fiel ein, dass ich noch keine Zeitung gekauft hatte. War ich schon halb abgereist?

Glücklicherweise war Litzmann zu Hause. Allerdings hatte er Besuch, Konsul Hutte war da. Bei der Begrüßung war ich gerührt und umarmte den aus Gefahr entronnenen Litzmann spontan. Zum Konsul sagte ich:

„Tagelang wollte ich Sie sprechen, Sie waren nie da. Jetzt, da alles in Ordnung ist, treffe ich Sie."

„Ja, Sie können sich vielleicht vorstellen, wie eingespannt ich war. Bin schließlich Konsul dieses jungen Mannes, den wir glücklich wiederhaben. Während der ganzen Zeit stand ich mit Behörden hier und in Deutschland in Verbindung, kam kaum zum Schlafen. Der Kontakt mit Deutschland war fürchterlich. Die nahmen mich überhaupt nicht ernst. Für die bin ich ein unscheinbarer Privatkonsul in einem völlig unwichtigen Land, der sehen muss, wie er klar kommt. Die dachten wohl, eine Entführung hier wäre lächerlich, da könne nichts passieren. Sie wiegelten immer ab. Und Polizei und Politiker hier wollten mich nur wegschieben, hielten mich für einen gefährlichen Geheimagenten. Auf meine alten Tage kam ich mir vor wie ein aufgeregt herumirrendes Huhn, das nichts erreicht mit all seinem Gegacker. Das alles kurz vor der Pensionierung. Wenn das meine Martha erlebt hätte. Ich hab Ihnen ja mal gesagt, dass alles immer nur kompliziert scheint, aber einfach ist. Hätte ich meine eigenen Worte ernst genommen, wäre ich in der ganzen Geschichte ruhig im Sessel geblieben, im Vertrauen darauf, alles löse sich selbst auf. Und wie ist es jetzt? Alles hat sich in Luft aufgelöst, der eine Betreute ist aus dem Gefängnis längst heraus und die Geisel ist unversehrt wieder da."

Er strich mit der Hand über die Glatze, auf der Schweiß perlte. Wir lachten alle drei, doch dann sagte ich:

„Alles vorbei, das stimmt. Aber Fiame und Naboua sind tot."

„Der Tod ist ja das Allereinfachste, was es überhaupt gibt. Nur das Leben erweckt mitunter den Anschein, kompliziert zu sein. Aber entschuldigen Sie, das ist gerade jetzt wohl eine zu despektierliche Bemerkung."

Er wendete sich an mich:

„Ich nehme an, dass Sie bald abreisen. Sie sollten sich vorher zu Herrn Ratu begeben. Sie werden sehen, dass dieser gute Mensch über den Tod denkt wie ich. Die Melanesier integrieren den Tod ins Leben, er gehört für sie dazu. Nun ja, ich werde gehen, sonst nehmen meine Weisheiten kein Ende mehr. Übrigens wollten Sie mich bestimmt wegen des Ausreiseverbots sprechen, aber da hätte ich sowieso nicht viel tun können. Man ist gerade in kleinen Ländern sehr allergisch gegen Einmischung irgendwelcher Art von außen. Ich nehme an, es hat sich jetzt für Sie erledigt."

„Woher wissen Sie von dem Ausreiseverbot?"

„Junger Mann, was für eine Frage."

Er strich über die Fliege wie über ein Bärtchen und fuhr fort:

„Falls wir uns nicht mehr sehen sollten, wünsche ich Ihnen viel Glück. Und nehmen Sie nicht alles so tragisch. Die Freude nicht, das Leid nicht, die Liebe nicht und nicht den Tod. Sie leben nur ganz selten, nämlich exakt einmal."

Meckernd lachte er und fragte:

„Wann fliegen Sie denn?"

„In vier Tagen."

„Einen schönen Tag noch Sie beide."

Nachdem er gegangen war, sagte Litzmann lächelnd:

„Verschroben, aber ein Pfundskerl. Der beste Hauswirt, den ich je hatte. Setz dich hin, ich hol zwei Bier aus der Küche."

Im Zimmer noch alles wie bei seinem Geburtstag. Auf dem Boden Matratzen und Kissen. Dort hatte Nadine gesessen. Vorsicht, das brachte Seufzer ein. Litzmann kam zurück und setzte sich mir gegenüber. Wir sprachen eine Weile kein Wort, starrten verlegen in die Bierflasche. Konnte mir nicht recht erklären, warum das so war. Verstohlen sah ich ihn an. Er wirkte ausgeglichen, als wäre nichts Außergewöhnliches passiert. War das normal für die Situation oder war er hart gesotten?

„Wie geht es dir", eröffnete ich das Gespräch originell.

„Gut, ausgezeichnet. Bin wieder mitten in der Arbeit. Wenn ich am Schreibtisch sitze, merke ich, dass ich sogar mehr Kraft und Ausdauer habe als vorher. Etwa so, als hätte ich ein paar Tage erholsame Ferien gemacht."

Er grinste zwar, das schnellere Zucken des Augenlides verstärkte jedoch meinen Eindruck, er sage nicht die Wahrheit. Was mochte wirklich in ihm vorgehen?

„Du hast keine Alpträume oder bist noch aufgeregt? Immerhin sind vor deiner Nase zwei Menschen erschossen worden, und dich hätte es auch erwischen können. Bist du so ein cooler Typ? Junge, Junge."

Lachend schüttelte er den Kopf: „Wundere mich selbst. Bin eigentlich nicht besonders mutig. Vielleicht hängt es damit zusammen, dass ich wissenschaftliches Arbeiten gewohnt bin. Man entwickelt eine einigermaßen pragmatische Haltung, die aufs persönliche Leben abfärbt. Etwas ist so und so gelaufen, und folglich ist es danach wie es ist. Was ich erlebt habe, ist doch vollkommen klar, banal einfach. Ich war Geisel, bei meiner Befreiung kamen die Geiselnehmer um, Punkt. Alles vorbei. Was soll ich lange grübeln oder träumen. Finito. Was mich viel mehr stört, ist der ganze Quatsch danach, Polizeivernehmungen, Reporter. Mein Gott, ich will meine Ruhe, ich muss arbeiten. Sowieso sind wegen der Unterbrechung einige statistische Untersuchungen mit meinen Käfern geplatzt, weil ich täglich beobachten und notieren musste. Die kann ich von vorn anfangen."

„Verstehe. Bist unter Zeitdruck, und ich stell dir hier blöde Fragen. Werd mal lieber gehn. Hab ne Menge zu tun. Hast ja gehört, dass ich in vier Tagen abdampfe."

„Red nicht so einen Quatsch. Heut mach ich nichts mehr und bin froh, dich zur Unterhaltung hier zu haben. Es gibt außerdem einiges, was ich dir erzählen will, obwohl ich das eigentlich nicht sollte. Und du selbst hast wahrscheinlich nichts weiter zu tun, als deinen Rucksack zu packen. Dafür braucht man nicht vier Tage. Wir werden jetzt zum Abschied ein bisschen picheln und über unser verpfuschtes Leben faseln. Ich hol Nachschub."

Zurück aus der Küche, drückte er mir eine Flasche in die Hand und sagte fast feierlich:

„Komm, wir setzen uns in mein Arbeitszimmer."

Zog mich am Arm zu einer Tür und öffnete sie. Staunend stand ich in einer anderen Welt. Die gegenüberliegende Wand des Raumes bestand aus Glas. Man blickte in einen Teil des Gartens, den ich noch nicht kannte. Große Büsche wuchsen in solchem Durcheinander, dass es wie ein riesiges Gebüsch wirkte. Verschiedenfarbige Blüten leuchteten im grünen Gewirre. Bunte Vögel flogen herum oder verschwanden im Geäst. Hoch darüber jagten aufgetürmte helle und dunkle Wolkenberge in wechselnden Geschwindigkeiten. Die ersten großen Regentropfen klatschten an das Glas. Binnen kurzem prasselte es so dicht, dass draußen fast nichts mehr zu erkennen war. Es wurde finster im Zimmer und Litzmann schaltete das Licht ein.

Vor der Glaswand stand ein großer, hölzerner Schreibtisch, der um eine altertümliche Schreibmaschine herum mit Papieren, Schnellheftern und kleinen Schachteln, wohl Käfer enthaltend, übersät war. Der ganze übrige Raum war in heillosem Durcheinander mit Büchern und Behältnissen angefüllt, an den Wänden fast bis an die Decke gestapelt. Auch einige Herbarien waren darunter, in denen ich bei näherem Hinsehen diverse Käfer zwischen den Pflanzen entdeckte. Mitten im Durcheinander standen ein kleiner, runder Tisch und zwei bequeme Plüschsessel. Eine halbvolle Flasche Irish Cream Likör krönte das Tischchen. Ohm sah meine darauf gerichteten Blicke und sagte grinsend:

„Das Zeug wirkt wie Muttermilch auf mich, dem kann ich nicht widerstehen. Als Begleitmusik zum Bier unvergleichlich. Das müssen irische Mönche im Mittelalter erfunden haben, um sich von der Christianisierung Norddeutschlands zu erholen. Ich hol uns zwei Likörgläser."

Ich ließ mich in einen der Sessel fallen. Draußen war die Hölle los. Ein mächtiger Sturm schien die Welt auseinander reißen zu wollen. Der Regen peitschte an das Glas wie eine neunschwänzige Katze. Einen solchen Tropensturm hatte ich im Sunny Islands State noch nicht erlebt. Mir wurde mulmig. Das schien Litzmann erraten zu haben, denn als er mit Likörgläsern und einigen Bierflaschen als Vorrat wiederkam, sagte er:

„An diesem Haus ist alles niet- und nagelfest für derart wackere Stürmchen gebaut. Das können wir uns gemütlich wie im Kino ansehen und es genießen. Auf der Insel knicken bestimmt ne Menge Palmen um und Einiges segelt durch die Luft. Hoffentlich ist deine Hütte versichert."

„Ich flieg sowieso bald fort."

Wir saßen in den Sesseln, beobachteten das Inferno draußen, lauschten dem Heulen und Zetern, nippten am Likör, der in träumerische Stimmung versetzte, tranken das kalte Bier. Endlich begann der Sturm nachzulassen.

„Hast du Fiame und Naboua darüber sprechen hören, ob jemand sie abholen sollte von dem Felsen, auf dem ihr wart?"

„Nein, die haben mich fast ignoriert. Im Grunde war es sinnlos, dass sie mich gekidnappt haben. An Land hatten sie wahrscheinlich gedacht, ich würde sie vor den Waffen eventuell sich nähernder Verfolger schützen. Aber danach? Vielleicht haben sie mich nur aufs Meer mitgenommen, um zu verhindern, dass ich verrate, sie seien übers Wasser weiter geflohen und in welchem Boot. Ich weiß nicht. Dachten die, sie könnten mich gegen irgendein Zugeständnis eintauschen? Jedenfalls sprachen sie fast gar nicht mit mir und untereinander in ihrer Muttersprache, so dass ich nichts verstand."

„Haben sie Ottos Namen erwähnt? Den hättest du doch erkannt."

Er sah mich überrascht an.

„Ottos Namen? Nein, warum? Wie geht es dem überhaupt? Ich hab ihn lange nicht gesehen."

Ich erzählte ihm schnell von Alan und Jane, klärte ihn darüber auf, dass die Yacht wahrscheinlich mit Otto schon vor der Entführung die Insel verlassen hatte. Er verstand sofort, worauf ich hinauswollte.

„Du meinst, die waren mit der Yacht verabredet? Das wär ja n Ding. Glaub ich aber nicht. Natürlich, Otto und Naboua waren befreundet. Das Restaurant und so. Da könnte es sein. Aber dann wäre er gekommen und hätte die beiden bestimmt nicht da verrecken lassen. Er ist ein Pfundskerl."

Ich lächelte wehmütig. Sollte ich die Geschichte mit dem Schatz erzählen? Lieber nicht. Aber das mit Nadine sollte Litzmann ruhig erfahren.

„Weißt du eigentlich, dass Nadine Mignon und ihr Vater nach Europa zurückgekehrt sind?"

„Ach, schade, ein schönes Mädchen."

Sein Augenlid zuckte schneller. Lachend fügte er hinzu:

„Haust du deshalb ab?"

Er goss mir ein weiteres Glas Irish Cream ein. Schön weich auf der Zunge, dann feurig die Kehle herunter. Genüsslich trank ich das Glas leer und leckte es aus.

„Aach, gar nichts verstehst du. Der Einsiedler und die Schöne, das wär doch was, ne Oper vom Feinsten. Alles Murks. Ich bin so was von bürgerlich, glichen und in ihr Schicksal ergeben. Sie schwatzten miteinander, lachten oft wie Kinder. Ich verstand zwar nichts, nahm aber an, sie erinnerten sich an ihre gemeinsame Kindheit, erzählten sich Schwänke aus dieser Zeit. Am späten Nachmittag des dritten Tages kam Fiame aufgeregt herein und sagte etwas zu Naboua. Sie setzten sich an den Eingang. Naboua hatte die Maschinenpistole im Arm. Von Zeit zu Zeit schlich einer hinaus, um vorsichtig zu spähen, was vor sich ging."

Litzmann hielt inne und sah mich eindringlich an.

„Die Polizei sagt, sie sei auf ihrer Suche mit drei Booten an dem Felsen vorbeigekommen. Eines wurde ausgeschickt, ihn zu untersuchen. Als das Boot sich näherte, seien plötzlich mitten aus dem Felsen zwei Männer erschienen. Der eine, Naboua, habe mit einer Maschinenpistole sofort das Feuer eröffnet. Beim anschließenden Schusswechsel seien beide getroffen worden. Die Polizei habe also in Notwehr gehandelt. Aus der Höhle im Innern des Felsens konnten sie den entführten deutschen Naturforscher, den bekannten Wissenschaftler Ohm Litzmann, befreien. Sein Martyrium in der Hand der Mörder und Brandstifter war endlich beendet."

Litzmann grinste.

„So schön und zutreffend bin ich noch nie beschrieben worden."

Er nahm einen Schluck Bier und redete weiter.

„Jetzt hör, wie es wirklich war. Als das Boot sich näherte, haben die beiden ein Weilchen diskutiert. Dann legte Naboua die Maschinenpistole aus der Hand, und sie traten gemeinsam aus der Höhle. Offensichtlich um sich zu ergeben. Fiame drehte sich noch einmal um und zeigte lächelnd mit dem Daumen nach unten. Kurz danach hörte ich Schüsse. Ich rannte heraus und sah beide übereinander in ihrem Blute liegen, röchelnd. Nach dem Anlegen des Bootes sind Polizisten in die Höhle gegangen und mit Fiames Maschinenpistole herausgekommen. Sie gaben ein paar Schüsse in die Luft aus ihr ab. Danach transportierte man uns ab. Zwei Tote und einen Lebenden."

„Ohm, die sind also einfach abgeknallt worden, ermordet. Das kenn ich nur aus Büchern und Filmen. Wo sind wir hier gelandet. Du hast recht, Ratu muss es erfahren. Aber was wird das bringen? Vielleicht bricht ein schreckliches Gemetzel los."

„Ach, übertreib nicht, so schlimm wird es nicht werden. Übrigens, wenn ich mir das richtig überlege, kommt es sowieso raus. Die Polizisten, von denen die beiden erschossen wurden, sind Melanesier, die werden bestimmt reden. Und die anderen auf den Booten haben das auch mitgekriegt. Wie dem auch sei, es geht um unsere Redlichkeit. Wir sind es dem Vater schuldig, ihm die Wahrheit zu sagen. Weißt du, ohne Redlichkeit würde auch in der Wissenschaft nur Quatsch mit Soße rauskommen. Du willst schließlich nicht wissen, was dir passt, sondern wie es wirklich alles zusammenhängt. Kannst du aber nur feststellen, wenn du ehrlich deine Arbeit tust. Das nenn ich Redlichkeit, das Wort ist nicht so abgenutzt wie Wahrheit oder Ehrlichkeit, es klingt biederer nach alltäglichem Leben. Und Ehrlichkeit kommt von Ehre, die mein ich eben nicht, das ist zu hochgestochen. Redlichkeit kommt von reden und das ist es. Man sollte sich einigermaßen darauf verlassen können, was jemand sagt. Geht mir gegen den Strich, wenn die hier einfach lügen über das, was auf dem Felsen passiert ist. Die Politik ist mir egal. Ratu ist der Vater, er soll es wissen. Die Polizei kann mir den Buckel runterrutschen. Wenn du es ihm nicht sagen willst, tue ich es wohl oder übel selbst."

Sein Augenlid zuckte wie wild. Donnerwetter, der Herr Käferforscher, es ging mir zu Herzen.

„Ohm, ich könnte dich richtig knuddeln. Die Welt ist stolz auf dich. Du bist ja n heimlicher Philosoph und Sprachforscher. Hiermit verspreche ich dir feierlich, unter der Flagge von Redlichkeit und funktionaler Folgerichtigkeit durchs Leben zu reiten. Als erstes werd ich Ratu brühwarm die wirkliche Geschichte auftischen. Wenn du wüsstest, wie oft ich flammenden Herzens gegen die Cocker-Brüder geritten bin, diese größten Lügner und Schufte vor dem Herrn. Los, darauf stoßen wir an, und dann zieh ich in die dunkle Nacht hinaus. Mich hats schwer erwischt, mehr vertrag ich nicht, sonst schaff ichs nicht mit dem Blechesel in den Stall."

Ich stand auf. Das Zimmer drehte sich um mich herum. Bekam das einigermaßen in den Griff. Wir stießen mit den Likörgläschen an, ich trank mein Bier aus, dann umarmten wir uns, gelobten, uns in bester Erinnerung zu behalten. Er gab mir einen Zettel mit seiner Hamburger Adresse.

„Falls du mal in der Gegend bist."

„Ja, danke schön. Ich hab im Moment außer der Hütte hier keine andere Adresse. Kommst du nach Berlin, such im Telefonbuch unter Wolf Klein."

Auf verschlungener Linie fuhr ich durch die Nacht. Im Lichte des kleinen Scheinwerfers glänzte die Vegetation frisch gewaschen. Vielen Pfützen musste ich ausweichen. Brubbelte vor mich hin, versuchte zu singen, stoppte das sofort, da es Gegröle wurde.

Mich erwartete eine böse Überraschung. Das halbe Dach war fort geflogen, in der Hütte stand zentimeterhoch Wasser. Mit entgeisterter Miene stand ich inmitten des Schlamassels und schrie:

„Ich muss doch bitten und lege schärfsten Protest ein!"

Sagte grinsend: „Geschieht dir recht, du Specht", und legte mich auf die nasse Pritsche.

Blitzschnell war ich eingeschlafen.

Notdürftig reparariete ich die Hütte. Ich suchte die über das ganze Feld der Kümmernisse verstreuten Bestandteile des Daches zusammen, besorgte Nägel und Hammer in der Stadt, kaufte dabei die Zeitung und ging an die Arbeit. Allmählich verschwanden die bohrenden Kopfschmerzen. Etwa eine Stunde vor Sonnenuntergang war ich fertig. Meine Habseligkeiten waren in der knallenden Sonne längst getrocknet. Ich übergoss mich aus dem Tonkrug mit Wasser, um den in Strömen geflossenen Schweiß abzuwaschen.

Mit einem Käffchen setzte ich mich in die Abendstimmung und fühlte mich halbwegs geborgen in dieser Welt. Aus der Zeitung erfuhr ich nicht viel Neues. Spekulationen wurden breit ausgewalzt, die Kommentare strotzten vor

Vermutungen. Man spürte heraus, dass keiner richtig an die Version der Polizei glauben wollte. Doch offensichtlich hatten bis jetzt diejenigen, die es anders wussten, dichtgehalten. Mir Unbekanntes erfuhr ich über die Demonstrationen zwei Tage vorher. Es hatte Verletzte unter Demonstranten wie Polizisten gegeben, einige lagen noch im Krankenhaus. Bei dem Aufruhr waren Autos und Häuser in Brand gesetzt worden. Da die Feuerwehr alles schnell löschen konnte, hatte es keine großen Schäden gegeben. Ein Interview ließ mich stutzen. In ihm schien der für die Nachfolge Nabouas vorgesehene Funktionär der LS, Atai, klammheimliche Genugtuung über dessen Tod auszudrücken. Ließ das auf etwas schließen? Es ging mich zwar nichts an, bald würde ich weg sein, aber neugierig war ich doch. Vielleicht würde Ratu etwas wissen.

Saß nach Sonnenuntergang bei offener Tür auf dem Donnerbalken und sah zum Sternenhimmel hinauf, die Ellbogen auf die Oberschenkel gestützt, das Kinn in die Hände gelegt. Behäbig spazierten Gedanken durchs Gehirn, während der Abfall der Verdauung in die Grube platschte. So hatte es zu funktionieren, haha. Ohne regelmäßiges Scheißen würde der Denkapparat nicht funktionieren. Und ohne Denken würde ich nicht mal den Weg zum Klo finden, geschweige Nahrung oder gar 'n Liebchen zum Streicheln und Vögeln. Liebe, Scheiße, Pisse, Gestank, hehre Idealwelt, Litzmanns Redlichkeit, Ottos Schlitzohrigkeit, alles eine Soße, menschlich bis in die Knochen. Ich lachte, als mir einfiel, dass ich bei Bekannten mal das Häufchen eines erst Wochen alten Säuglings gerochen hatte, der nur mit Muttermilch gefüttert worden war. Überraschend angenehmer Geruch, fast blumenartig. Ein langer Weg bis zu meinem Produkt. Das stank irgendwie bitterer, verbitterter. Schnell weg!

Von der körperlichen Arbeit des Tages erschöpft, schlief ich auf der wieder trockenen Pritsche schnell ein, in den Schlafsack wie in einen Kokon gekuschelt. Gute Nacht. Morgen würde ich Ratu sehen.

18

Ich kam gerade rechtzeitig. Schnell eingestiegen, und schon fuhr der Bus nach Thio los. Während der Fahrt sah ich intensiv aus dem Fenster. Wahrscheinlich würde ich in meinem ganzen Leben nie wieder hierher kommen. In allem steckte der Abschied. Auf dem Kamm des Gebirges spiegelte sich Ralph Ottos Gesicht in der Scheibe. Begeistert erzählte er, dass man an diesem Punkt der Insel nach Osten wie Westen in weiter Ferne das Meer sehen könne. In Thio hatte er dann Fiame und Naboua kennen gelernt. Die waren jetzt tot, ich würde den traurigen Vater treffen. Das Gesicht machte mich wütend. Du Schuft. Es lächelte harmlos, voll philosophischem Liebreiz, als wüsste es von nichts. Hatte es nicht sogar recht, war nur Ausdruck, missbrauchte Maske der dahinter liegenden, ja was, Seele oder sonst was? Meine Fresse, dieser feige Schuft. Was solls. Es gelang mir nicht, rechtschaffen wütend zu werden, er war mir noch immer sympathisch. Machtlos ist man gegen so etwas. Abhaken und draus lernen. Jeujeu, ein einziger Bindestrich: Enttäuschung wird zu Ent-täuschung.

Der Urwald flog vorbei. Kurz vor der Ostküste ging ich zum Fahrer und tippte ihm auf die Schulter. Schon hielt er an und ich stieg aus. Zu den ersten weiträumig zwischen Palmen verstreuten Häusern Thios war es noch einen Kilometer. Ich schlenderte dicht am Wasser den schmalen Strand entlang. Versickernde Wellchen netzten die nackt in Sandalen steckenden Füße mit warmem Wasser. Links rauschten Palmenwedel leise in träger Luftbewegung, rechts dehnte sich das Meer aus, in dem weit entfernt der Gischt des Korallenriffs als weiße Linie zu sehen war. Vom letzten Sturm war jeder Dunst hinweggefegt worden, so dass die hernieder brennende Sonne allem klare Konturen gab, den Farben unverwischte Eindeutigkeit. Sehnsüchtig sah ich in die Weite.

Doch ich war unterwegs zu einem trauernden Vater. Es war dumm, sich becircen zu lassen. Hinter allem Wahrgenommenen rumorte etwas Anderes. Hörte undeutlich vielstimmigen Gesang und blieb stehen. Vielleicht waren die mitten in der Trauerfeier. Ich hatte gehört, eine solche würde mitunter viele Tage dauern. Wenn man bedachte, welche Rolle Ratu und seine Söhne in der Gemeinschaft spielten, war eine lange Trauerzeremonie wahrscheinlich. Das hatte ich nicht bedacht. Höchst unangenehm, in so etwas hineinzuplatzen. Sollte ich zurückfahren? Aber ich wollte mich von Ratu verabschieden, musste ihm auch die letzte Monatsmiete bezahlen. Außerdem hatte ich Litzmann versprochen, seine Version des Todes der Brüder zu erzählen. Unschlüssig ging ich weiter, so dass der Gesang lauter wurde.

Abwarten und Tee trinken. Tee hatte ich nicht. Ich suchte mir eine herumliegende Kokosnuss und setzte mich unter eine Palme, den Stamm als Lehne benutzend. Mit dem dicken, vielteiligen Schweizer Offizierstaschenmesser schaffte ich es nach einer Weile, im Auge der Nuss ein Loch zu bohren. Das Wasser schmeckte köstlich. Südsee pur. Träge sah ich aufs Meer.

immer, wenn man etwas zu denken und zu fühlen hat. Nach einer halben Stunde kam Ratu zurück. Er trug eine längliche Pappschachtel von etwa einem Meter Länge unter dem Arm.

„Öffne den Karton nicht, während ich dabei bin, das bringt Unglück. Das Geschenk soll dir aber Glück bringen. Würden meine Söhne noch leben, könnte ich es dir nicht geben, ich würde es an sie vererben. Du bist quer durch die Welt hierher gekommen, nicht um uns etwas wegzunehmen, nicht einmal, um unsere Natur zu genießen. Du wolltest ein stilles Plätzchen, um dich zu sammeln. Möge dies dich beschützen, als wärest du mein Sohn."

Mir stieg das Blut zu Kopfe. Ich hatte eine Idee. Gemessen zog ich mein Schweizer Offizierstaschenmesser hervor und gab es Ratu mit den Worten:

„Das soll dich beschützen. Es wird dir zumindest gute Dienste leisten."

Voller Rührung schlossen wir uns in die Arme und standen eine Weile eng umschlungen. Ratus weiche Masse war warm und feucht. Wieder einer meiner Väter. Lebenslang würden sie mich finden.

Auseinandergehend hatten wir die Augen voller Tränen. Ratu drehte sich abrupt um und verschwand. Der Gesang aus dem Dorf klang leise herüber. Ich begann hemmungslos rührselig zu heulen. Über alles, über nichts. Nimm es dir nicht übel, Wolf Klein, durch Tränen wird man erwachsen.

Abgang von der Bühne. Zögernd verließ ich sie. Das Meer sah mir unbeteiligt hinterher. An der Straße musste ich lange auf den Bus warten. Die Gedanken flatterten im Kopf herum, wie betäubt konnte ich keinen festhalten. Im Bus sah ich starr aus dem Fenster, ohne wahrzunehmen.

Erst in der Hütte öffnete ich die Schachtel und entnahm ihr ein Beil, offensichtlich vor langen Zeiten in Ratus Sippe hergestellt. Ich empfand zwar eine gewisse Ehrfurcht, konnte es aber erst richtig würdigen, als ich später seine Bedeutung erfuhr.

Ein kurzer Text, den ich darüber gefunden habe:

> Das Monstranzbeil wurde von den ersten europäischen Besuchern so genannt, weil diese es mit der Monstranz der katholischen Messe in Verbindung brachten. In den melanesischen Sprachen weist der Name auf eine Waffe hin. Er lautet ‚Grüne Streitkeule' und nimmt damit Bezug auf den Jadestein, welcher die runde Klinge bildet. Die schöne und exakte Ausführung der Klinge findet ihren höchsten Ausdruck in den Rändern, die durchscheinend sein müssen.
>
> Der Griff besteht aus einem Holzstück, das durch zwei Pflanzenstengel mit der Klinge verbunden ist. Das untere Ende des Griffs bildet eine umgedrehte Kokosschalenhälfte, und das ganze ist mit Stoffen aus Pflanzenmaterialien umwickelt, die mit einer Schnur zusammengehalten werden, welche ihrerseits mit Fledermaushaaren verziert ist. In der Kokosnussschale befinden sich kleine Muscheln, Nüsse oder Steine. Wenn der Sprecher das Beil im Laufe einer Rede be-

wegt, verursachen sie ein klapperndes Geräusch. Am häufigsten wird das Beil von den Häuptlingen anlässlich großer Feste als Paradewaffe gebraucht. Dieses Instrument war so bedeutend, dass es nur von Häuptlingen geschenkt oder getauscht werden durfte. Es trug manchmal einen Namen, und man schrieb ihm eine bedeutende Zauberkraft zu. Daher wurde es in den Riten zur Beherrschung von Regen und Sonne verwendet. Mit letzterer wurde die durchscheinende Klinge identifiziert.

Stand in dem kleinen Häuschen, das als Abfertigungshalle des Flughafens diente und beobachtete durchs Fenster eine Schulklasse etwa siebenjähriger Mädchen. In Reih und Glied aufgestellt, sangen sie inbrünstig das einzige französische Lied, das mir außer der Marseillaise geläufig war: Sur le pont d'Avignon. Vor ihnen stand eine ältere Frau mit einem Blumenstrauß in der Hand und nahm die Huldigung lächelnd entgegen. Wieder eine Weiße, die sich in Richtung Frankreich verzog.

Das wars. Ich nahm den Rucksack auf und lief über das Rollfeld zur wartenden UTA Maschine. Nach dem Start aus dem Fenster auf die Insel heruntersehend, auf der ich ein Jahr gelebt hatte, empfand ich nichts. Ich horchte nach innen, um Wehmut zu finden. Nichts. Ein Schockzustand? Oder ein Übergang. Alles war weg und noch nichts Neues da. Die Karten mussten neu gemischt werden. Als die Insel zwischen weißlichen Wölkchen verschwand, wurde mir bewusst, dass ich schon minutenlang meinem Spiegelbild in die Augen geschaut hatte. Mich losreißend, bestellte ich einen doppelten Whiskey bei der Stewardess. Tief atmete ich durch ... und trank ihn aus. Das Feuerwasser brannte sich seinen Weg und entfachte Vorfreude aufs künftige Leben. Was immer da kommen mochte, sollte mich kennen lernen.

....

KURZLEBENSLAUF

Wolfgang Matzke

Geboren am 13.9.1943 in Berlin.
Schulzeit (1949 – 1961) mit Abitur in Ostberlin.
Einige Wochen nach Errichtung der Mauer Flucht nach Westberlin (Durchschwimmen des Osthafens von Friedrichshain nach Kreuzberg.).
1961-62 ein Jahr Ergänzungsschulzeit für die Anerkennung des Ostabiturs. Ablegen des Westabiturs.
1963-1965 Studium Philosophie und Mathematik an der FU Berlin; 1965-1968 Ethnologie an der FU Berlin. Ohne Abschluss.

Trampreisen in Europa, Arabien, Nordafrika, Nord-, Mittel- und Südamerika, Asien, Ozeanien. Dazwischen zur Finanzierung der Reisen Rangierarbeiter, Gleisbauarbeiter, Bauarbeiter und Taxifahrer.
1972 Heirat mit der Franco-Kanadierin Marie Lanthier. 1979 mit ihr Trampweltreise, danach zweijähriger Aufenthalt in Quebec. Dort Geburt eines Sohnes.
Rückkehr nach Berlin. Geburt einer Tochter. Umzug ins Weserbergland (Lügde). Sieben Jahre später wieder Aufenthalt in Berlin.
1996 Scheidung.

Arbeit als Berliner Taxifahrer. Nebenbei Schreiben von Romanen, Erzählungen, Gedichten.

© 2008 Wolfgang Matzke
Umschlaggestaltung und Layout: Bernd Troschke
Umschlagfoto: Tiffany-Glasbild von Oskar Matzke

Herstellung und Verlag: Lulu Enterprises, Inc; Morrisville, NC 27560
ISBN: 978-1-8479933-7-3